文春文庫

監禁面接

ピエール・ルメートル
橘明美訳

文藝春秋

パスカリーヌに
マリー＝フランソワーズに、　あらんかぎりの愛を込めて

わたしは不幸なことに、新旧二つの時代にまたがり、そのどちらでも居心地が悪いという世代に属しています。それに、もうお気づきでしょうが、なんの幻想も抱いていません。

G・トマージ・ディ・ランペドゥーサ『山猫』

目次

監禁面接

第一部　そのまえ

第一部　主な登場人物

アラン・デランブル……………語り手　失業四年目　57歳
ニコル……………………………アランの妻
マチルド…………………………アランの長女
グレゴリー・リッペール………マチルドの夫　消費者金融会社支店長
リュシー…………………………アランの次女　弁護士
ベルトラン・ラコステ…………ＢＬＣコンサルティング社長
オレンカ・ズビコウスキー……ＢＬＣ社の研修生　ラコステの助手
メフメト・ペリヴァン…………医薬品物流会社社員　アランの上司　トルコ系移民
シャルル…………………………同社の非正規労働者　アランの同僚　車上生活者
ロマン・アルキエ………………同右　ＩＴに強い　元演劇青年
クリステル・ジルソン…………医薬品物流会社の弁護士
アルベール・カミンスキー……アランが雇った元警察特別介入部隊警部
フィリップ・メスタク…………アランが雇った私立探偵
ダヴィッド・フォンタナ………人質拘束ロールプレイングの〝オーガナイザー〟
アレクサンドル・ドルフマン……ラコステの依頼主

1

おれは断じて暴力を振るうような人間じゃなかった。記憶をたどってみても、人を痛い目にあわせようなんて思ったこともない。癇癪《かんしゃく》を起こすことはままあるが、だから殴ってやろうとか、ぶっつぶしてやろうなどとは一度も思ったことがなかった。だからそのとき、当然のことながらおれは驚いた。どうやら暴力もアルコールやセックスと同じで、一つの現象ではなく、一連のプロセスらしい。機が熟しているところへたまたまなにか起きれば、人はほぼ無意識にそのプロセスに入り込んでしまう。腹が立っているのは自分でもわかっていたが、まさかその腹立ちがあんな冷酷な怒りに変貌するとは思ってもみなかった。おれが驚いたのはそのことだ。

しかも相手がメフメトとは、いやはや……。

メフメト・ペリヴァン。

トルコ人。

彼はフランスに来て十年になるそうだが、十歳の子供よりフランス語の語彙《ごい》が少ない。だから表現手段はわめくかむくれるかの二つに絞られる。しかもわめくときはフランス語とトルコ語のちゃんぽんになるので、結局なにを言っているのかわからない。それでもおれたちを見下していることはよくわかる。メフメトはおれがいまパートで働いている医薬品物流会社、メッサージュリー・ファルマスーティックの〝現場主任〟で、昇進するたびに、一種の適者生存の法則を盾《たて》にとって、以前の同僚を虫けらのように見下すタイプだ。おれは職業柄——以前の仕事だが——そういう人間をたくさん見てきた。じつのところ、メフメトのような移民労働者にかぎらず、企業内の序列の底辺から上がってくる人間の多くがそうなる。彼らは昇進と同時に、経営陣には思いもよらぬ確信をもって、自分も今日から経営者の一人だと思い込む。立てこもり事件などで人質がいつの間にか犯人の味方になってしまうという「ストックホルム症候群」のようなものだろう。ただしメフメトの場合、厳密にいえば自分を経営者だと思い込むのではない。もっとすごいことに経営者になるのだ。上役が部屋を出るやいなや、メフメト自身がその上役になる。そもそも従業員二百人規模のこの会社には、いかにも〝経営トップ〟といった大物社長が君臨しているわけではなく、複数のリーダーがいるにすぎない。ところがメフメトときたら、自分は一リーダーの地位に甘んじるような小物ではないと思っている。自分のことをある種の抽象概念、彼が〝経営陣〟と呼ぶ上位概念そのものだと思っている。この概念は中身こそ空《から》っぽだが（そもそもこの会社の経営陣なんて、おれたちは名前さえ知らない）、多くを語る。たとえば、メフメトにとっての経営陣は、神に近づくための〝道〟のようなものらしい。

おれの仕事は朝五時に始まる。いわゆる単純労働で（雇う側からすれば賃金に関係するので、必ず〝単純〟をつける）、郊外の薬局に配送するために医薬品を仕分けし、箱詰めする作業だ。メフメトは八年間、つまりおれが来るよりずっと前からこの仕事をし、それから現場主任になった。いまでは三匹の〝虫けら〟に命令できることを自慢にしているわけで、まったくもってたいしたもんだ。

一匹目の虫けらはシャルルという。ホームレスなのに名前は国王というのが笑える。おれの一歳下で、釘《くぎ》のようにやせていて、穴のように飲む。説明がややこしいのでホームレスと自称しているものの、じつは住まいがあるというのが本人の主張だ。それも不定ではなく特定の。車で寝泊まりしているが、五年以上まえから走らせていないので、不動の家、つまり特定の住所だというジョークで、いかにも彼らしい。そして、これまたジョークとしか思えない腕時計をしている。皿みたいに大きくて目盛りだらけのダイビング用の時計で、しかもベルトが蛍光グリーン。シャルルがどういう人生を送ってきたのか、なぜ車上生活を送るはめになったのかは謎だが、とにかく変わったやつだ。たとえば、低家賃住宅への入居を何年間申請しつづけたか覚えていないくせに、申請の更新をやめてからの日数は正確に覚えている。前回訊《き》いたときは「五年と七か月と十七日」と言っていた。要するに、シャルルはもう一度家に住むという希望を完全に捨てたときからの日にちを数えている。「希望なんてな」と彼は人差し指を立てる。「人間どもがその条件を我慢して受け入れられるようにと、悪魔が作り出したひどいしろものにすぎん」。まえにどこかで聞いたような文章で、シャルルが考えたわけじゃないだろうと調べてみたが、出典はわからなかった。とはいえこの例から、風体はただの大酒飲みでも、シャルルには教養があるとわかる。

二匹目の虫けらはもっとずっと若いやつで、ロマンという。南仏のナルボンヌ出身で、高校の演劇部でちょっと注目されて俳優を夢見るようになり、大学入学資格取得後すぐパリに出てきたが、ほんのわずかなギャラを稼《かせ》ぐこともできなかった。なぜかというと、ロマンは若者言葉なのに訛《なま》りがひどくて、〝r〟を『三銃士』のダルタニャンみたいに巻き舌で発音するからだ。あるいはアンリ四世みたいに。彼が言うには、『ル・シッド』のセリフを巻き舌連発で「われらは五百で出発したが、みるみる加勢を得……」なんてやると、大笑いされるらしい。ロマンは発音を直そうと専門のレッスンまで受けたが効果がなかったし、バイトで食いつなぎながら片っ端からオーディションを受けまくったがなんの役ももらえなかった。そしてある日、夢は夢のまま終わるんだと自覚した。映画俳優ロマンが誕生する見込みはない。その失意に加え、都会といえばナルボンヌしか知らなかったロマンは、大都会パリに早々に押しつぶされ、打ちのめされてしまった。そして子供のころの憂鬱《ゆううつ》に逆戻りし、田舎者の悲しみを感じはじめた。いまとなっては演じたい役など一つしかないそうだ。新約聖書のたとえ話に出てくる、あの故郷に帰る放蕩《ほうとう》息子だけ。それでも空手で帰るわけにはいかないと、やれるかぎりのバイトを掛け持ちしてこつこつ金をためている。働きアリだ。そして残りの時間をツイッター、フェイスブック、セカンドライフ、ＭＳＮ、マイスペース等々に費やしている。それが彼にとって唯一、訛りを気にしなくていい場所なんじゃないかとおれは思う。シャルルの話では、ロマンはＩＴにめっぽう強いらしい。

おれは毎朝ここで三時間働いていて、それが月に総額五百八十五ユーロになる（そこからさらに諸経費を差し引くために、こういう少額給与に〝総額〟とつけるのもお決まりだ）。帰宅は朝の九時ごろで、妻のニコルが家を出るのが少し遅れたときには玄関ですれ違う。そういうときニコルは「遅くなっちゃった」と言いながらおれの鼻にキスをし、うしろ手にドアを閉めて出ていく。

で、話を戻すが、その日の朝、メフメトは驚くほど機嫌が悪かった。爆発寸前で、きっと細君にやり込められたんだろうとおれは思った。通い箱《かよいばこ》や段ボールが置かれた荷物ホームの上をせかせか歩き回り、配送リストを握りしめた手の関節が白く浮き出ていた。職場でこんな重責を担っているのに、家のごたごたまで抱え込まされるなんて勘弁してくれ、と全身で訴えているように見えた。そして五時ちょうどに顔を出したおれを見て、いきなり例のちゃんぽんでわめきだした。遅刻しなきゃいいってもんじゃないと言いたいらしい。モチベーションがあればもっと早く来るはずで、自分は少なくとも一時間まえに出社している、とかなんとか。すべて解読できたわけじゃないが、主旨はよくわかった。要するに、おれのことをアホだと言いたいのだ。

おれたちの仕事はメフメトが騒ぎ立てるほど難しいもんじゃない。薬のパッケージを仕分けし、パレットに載せた段ボール箱に詰めるだけ。パッケージには識別コードが大きく表示してあるから、それを見て選別すればいいのだが、たまに、なぜか、コードがないことがある。きっとプリンターの調子が悪いんっすよとロマンは言う。そういうときはラベルに印刷された細かい文字列のなかのコードを見る。十一番目と十二番目と十三番目の文字だ。しかしそれがちっこくて、眼鏡をかけないと見えないので厄介《やっかい》だ。ポケットから眼鏡を取り出して、耳にかけて、パッケージのほうに身をかがめて、ラベルの文字を数えて……というわけで時間がかかる。そんなところを見ようものなら〝経営者〟メフメトはたちまちおかんむりだ。で、まさにその日の朝、おれが最初に手にしたパッケージにコードがなかった。メフメトがまたわめきだした。おれはラベルを見ようと身をかがめた。ちょうどそのとき、メフメトがおれの尻を蹴《け》った。

朝五時少し過ぎの出来事だ。

おれはアラン・デランブル、五十七歳。

元管理職、失業中。

2

当初、メッサージュリー・ファルマスーティックでの仕分け仕事は体力維持が目的だった。少なくともニコルにはそう言っておいた。だがニコルも娘たちも信じなかった。たしかにおれの年齢で、朝四時起きで最低賃金の四十五パーセントを稼ぎにいくのが、単に関節を動かすためだなんてことはありえない。まあ、話せば長くなるんだが……。いや、考えてみたらそうでもない。当初はその程度の稼ぎなどさして重要じゃなかったが、いまはどうしても要《い》るってことだ。

おれは四年まえから失業している。この五月でちょうど四年になる（正確には、忘れもしない五月二十四日）。

いまでは月末の帳尻合わせが時にかなりの難題で、メッサージュリーの仕事だけでは足りないのでほかにもいろいろやっている。あっちで数時間、こっちで数時間と手当たり次第。折り畳《たた》みコンテナで野菜を運び、商品を〝プチプチ〟で包み、チラシを配り、夜はオフィスの清掃をする。季節限定の仕事もあって、二年まえから中古家庭用品専門のスーパー〈なんでもあるよ《トゥルーブトゥー》〉でサンタクロースをやっている。だがニコルに話せばつらい思いをさせるだけだから、全部は言わない。毎回出かける理由をひねり出してごまかしている。夜間の仕事は言い訳が難しいので、失業者仲間を何人もでっちあげ、そいつらとタロットゲームをするんだと言ってある。気晴らしになるからと。

失業するまで、おれは従業員二百人弱の企業で人事部長をしていた。人事・教育全般を担当し、給与等の労働条件をとりまとめ、経営陣を代表して従業員代表機関である企業委員会と交渉していた。ベルコーというコスチュームジュエリーの製造販売会社だ。糸に通した真珠を食って（繰《く》って）十七年。この駄洒落《だじゃれ》が好きな従業員はかなりいて、よく「ここじゃ真珠をがつがつ食ってるからさ」などと言っていた。真珠や宝石がらみの駄洒落や隠語はほかにもたくさんあって、おかしな冗談が飛び交《か》っていた。まあ、一種の業界ジョークだ。だがそうした笑いは、ベルコーがベルギーの会社に買収されるとわかった途端に消えた。おれはベルギー側の人事部長とポストを争うことを覚悟したが、相手が三十八歳だと知って心のなかで荷物をまとめはじめた。〝心のなかで〟というのは、現実的かつ金銭的には解雇《かいこ》に対してなんの備えもできていなかったからだ。だがどうしたものかと考える余裕もなく、慌ただしく荷物をまとめるしかなかった。買収が発表されたのが三月四日で、六週間後には早くも第一陣が解雇された。続いて第二陣が五月二十四日。おれもその一人だった。

その後の四年間、わが家の家計崩壊とともに、おれの精神状態はまず不信、それから疑心、次いで罪悪感、さらには不公平感へと変化してきた。少しまえからは怒りさえ感じていた。怒りってやつは、まあ、あまり前向きとは言えない。毎朝メッサージュリーに着き、メフメトのもじゃもじゃの眉《まゆ》を見て、シャルルのひょろ長い体がふらついているのを見て、自分がここに至った道のりを思い返すと、腹の底からふつふつと怒りがわいてくる。とりわけ精神的によろしくないのは、この先の人生について考えることだ。補足年金の基準になるポイントが足りなくなるんじゃないか、諸手当は先細りだろう、ニコルと二人で頭を抱えることも少なくないだろう云々、などと考えてはいけない。そんなことを考えはじめたら、坐骨神経痛も忘れてテロリストの気分になってしまう。

当然のことながら、職安の担当者との付き合いも四年になり、いまでは親戚の一人のような気がしている。最近その担当者から、ある種の感慨を込めて、あなたは失業者の鑑《かがみ》ですと言われた。再就職の希望を捨てたのに、就職活動自体はやめないところがすばらしいという意味で、彼はそこに芯《しん》の強さを見ているらしい。だとしたらがっかりさせたくない。彼はまだ三十七歳だし、そうした無害な幻想はできるだけ長くもちつづけてもらいたい。だが実際には、就職活動続行はある種の反射行動にすぎない。仕事を探すことが仕事になっている。まるでずっとそれしかしてこなかったみたいに職探しが自律神経系に刷《す》り込まれ、これといった目的がなくてもなにかがおれをそっちへ押しやる。つまりおれは、犬が電柱のにおいを嗅《か》ぐように仕事を探している。幻想など抱いちゃいないが、体が勝手に動いてしまう。

メフメトに尻を蹴られる数日まえにまた新たな求人案内に応募したのもそのせいだ。有名な人事コンサルティング会社が、どこかの大企業のために人事副部長を一名求めているという。職務内容は、管理職の採用、職務分掌の策定、人事考課、試験結果のまとめと分析、社会貸借対照表《ビラン・ソシアル》（企業の雇用・福祉関係の報告書）の作成などで、これぞまさしくおれの仕事、前の会社でずっとやってきたことばかりだ。また人材要件に、「多様な能力をもち、体系的に仕事を進めることができ、厳正で、真のコミュニケーションスキルを備えていること」とあり、これまたまさしくおれのことだ。

そこですぐさま必要書類をかき集め、履歴書と一緒に送った。だがもちろん、案内には年齢制限があるかどうか書かれていない。

なぜなら書かなくても明々白々だから。つまり、答えは「制限あり」だ。

仕方がない。それでもおれは応募した。結局のところ職安の担当者をがっかりさせたくなかったからだろう。


話をその日の朝に戻すと、メフメトに尻を蹴られたとき、おれが大声を上げたので〝虫けら〟たちも振り向いた。ロマンはすばやく、シャルルはだいぶ遅れて。なにしろシャルルは朝出社した時点ですでに複数本の白ワインを胃袋に入れていた。おれは若者並みの反射神経で身を起こし、その瞬間おれのほうがメフメトより頭一つ背が高いことに気づいた。それまでは主任殿の身長など恐れ多くて気にしたこともなかったんだが。いっぽうメフメトのほうは、おれの尻を蹴ったことに自分で驚いていた。一瞬で怒りが引いたようで、魔法が解《と》けたように目をぱちくりさせ、唇を震わせて、何語か知らないが言葉を探している。そしてそのとき、おれは生まれて初めてあることをした。まず、システィーナ礼拝堂の天井画を見上げるときみたいに頭をゆっくり、ゆっくりうしろに倒し、そこから一気にまえに振って強烈な一撃を見舞った。テレビで見たことがあるやつだ。頭突《ずつ》き、と呼ばれている。ホームレス生活が長いシャルルは何度も殴られたことがあり、この手のことには精通している。そのシャルルがあとで「完璧《かんぺき》」

と言っていたから、初心者にしては上出来だったようだ。たしかに結果も上出来で、メフメトの鼻がつぶれた。こっちの頭蓋骨《ずがいこつ》に衝撃が走る寸前にメリッと妙な音が聞こえたから間違いない。メフメトは悲鳴を上げ（これはトルコ語だった、絶対に）、優位に立ったおれはすかさず次の攻撃に移るはずだったが、メフメトが両手で顔を覆って膝を突いたので気勢をそがれた。それでも映画ならここで軽く体をひねってはずみをつけ、顔面に足蹴りを命中させるところだ。だがおれも頭が痛すぎて、両手で頭を抱えて膝を突いてしまった。こうして二人は向き合って跪《ひざまず》き、両手で頭を抱えて身をかがめるという格好になった。労働という劇場で上演される一大悲劇。その厳《おごそ》かなる一場面。

ロマンがまず動いたものの、どうしていいかわからずバタバタしている。メフメトは血を流していた。数分で救急車が到着し、状況説明。ロマンがおれに声をかけ、主任があなたの尻を蹴るのを見た、証人になる、心配いらないと言ってくれたが、おれは黙っていた。そう簡単にはいくまいと経験が告げていた。吐きたかった。だからトイレに行ったが、吐けなかった。

だがトイレに行ったのは無駄ではなく、鏡で自分の顔を見ることができた。額《ひたい》に切り傷と大きな瘤《こぶ》があり、顔面蒼白で、呆然《ぼうぜん》自失の体《てい》。哀れだ。一瞬、おれはシャルルに似てきたと思った。

3

「ちょっとそれ……どうしちゃったの？」と帰宅したニコルがおれの額の瘤にそっと手を伸ば

した。
おれはそれには答えず、ごくごくさりげなく一通の手紙を彼女に渡すと、そのまま書斎に引っ込み、探しもののふりをして引き出しのなかをかき回した。ニコルは静かに手紙を読みはじめた。《このたびは募集中の人事副部長職の求人にご応募くださり、ありがとうございます。慎重に選考を行いました結果、貴殿が書類審査に合格されたことをお知らせいたします。つきましては筆記試験にお越しいただきたく、近々詳細をご連絡申し上げます。なお、筆記試験に合格された場合には、続いて面接試験に進んでいただきます》
喜んでもいい手紙だと納得するまで何度も読み返したのだろう。コートを着たままのニコルがようやく書斎の入り口に顔を出したのは少し時間が経《た》ってからだった。そして手紙を手にしたままドア枠に肩をもたせかけ、首を右に傾けた。彼女がよく見せるポーズのなかでも、とりわけおれが好きな、ノックアウト級の一つだ。それをわかってやってるとしか思えないこともある。そのポーズのニコルを見るたびに、この女は神の恩寵《おんちょう》を受けていると思う。どこか悲しげな、なんというか、ある種のしなやかさ、とんでもなく色っぽい緩《ゆる》みみたいなものがある。手紙を手にしておれを見つめるニコル。なんと美しい、というかなんとセクシーな。要するに、ふるいつきたくなる。セックスはずっとおれの最強の抗鬱剤《こううつ》だった。
当初、失業がまだ宿命ではなく、単なる災難にすぎなかったころ、おれは不安に苛《さいな》まれ、ところかまわずニコルに飛びついていた。寝室でも、浴室でも、廊下でも。ニコルはけっして拒否しなかった。それがまだ生きていると確認するおれなりの方法だとわかっていたからだろう。なにしろニコルは人の心が読める女だから。だがやがて不安が苦悶《くもん》に変わると、その影響は

〃ほぼ不能〃という形で表れ、抱き合うことはまれになった。それでもニコルは相変わらず優しく、辛抱《しんぼう》強い。それがおれには余計つらい。おれたちのセックスバロメーターは完全に変調をきたしたが、どちらもそれに気づかないふり、あるいはたいしたことじゃないというふりをしている。ニコルはまだおれを愛している。だが夫婦生活はますます困難になり、こんな調子で長続きするわけがないと怖くなる。

そのニコルがいま、BLCコンサルティングの手紙を手にして立っている。

「ねえ、これ」と彼女が言う。「すごいじゃない!」

シャルルの「希望なんてな……」云々《うんぬん》の出典をなんとしても見つけなけりゃと思った。なにしろニコルの言うとおりなのだから。おれは希望の罠《わな》にはまるまいと、必死で自分に言い聞かせた。こんな通知が来るなんて本来ありえない。おれの歳《とし》で、しかも人事の現場から四年も遠ざかっていた人間がこのポストを射止められるチャンスは三十億分の一もないんだぞと。だが努力もむなしく、早くもその瞬間、ニコルもおれも可能性を信じはじめた。この何年かで身に染みたことを忘れたかのように。希望という不治の病にとりつかれたかのように。

ニコルが寄ってきて、濃密なキスをしてくれて、おれは天にも昇る心地になった。勇気のある女だ。鬱状態の失業者と暮らすなんてさぞかし厄介だろうに。もちろん自分自身が鬱になるのもすごく厄介なことなんだが。

「どの会社の募集かわからないの?」とニコルが訊く。

おれはパソコン画面にタッチし、BLCコンサルティングのホームページを出す。〃BLC〃は設立者のベルトラン・ラコステの略で、ご立派な家柄だ。しかも一日で三千五百ユーロ請求するようなやり手の人事コンサルタント。期待に胸を膨《ふく》らませてベルコーに入社したころの（さらにその数年後、コーチング資格を取得するために国立の職業訓練所CNAM《クナム》に登録したころの）おれにとって、ベルトラン・ラコステのようなハイレベルの人事コンサルタントはまさに将来の目標、憧れの存在だった。有能で、常に相手の先を行き、どんな状況でも瞬時に分析して解決策を提案する、そんなプロ中のプロだ。だがおれは、そのころちょうど娘たちが生まれたのでCNAMを終えられなかった。というのは表向きの説明、ニコルの前向きな解釈だ。実際は力が及ばなかったからで、どうやらおれのメンタリティーは〝使われる側〟向きらしい。

つまり、管理職といっても中間管理職止まりの典型だ。

ニコルにはこう答えた。

「募集要項はぼかしてあって、〝業界トップクラスの国際企業〟としか書かれていない。ただ、パリ勤務だってことはわかってる」

おれはニコルの目のまえで、生涯教育としての職業継続訓練に関する労働法と最新の法改正のウェブページを次々と開いてみせた。その日の午後じっくり目を通したものだ。彼女は微笑《ほほえ》んだ。机はポストイットやメモで埋め尽くされ、書棚の棚板にもルーズリーフが何枚もセロハンテープで留めてある。おれが一日熱心に勉強していたことに彼女はようやく気づいたらしい。ニコルは観察力の鋭い女で、いつもなら日常生活のどんなささいな変化にもすぐに気づくのに。おれが一つでも物の置き場所を変えると、部屋に一歩入ったところで気づく。ずっとまえに（娘たちがまだ小さかったころ）一度だけ浮気をしたことがあるんだが、こっちがあらゆる注意を払ったにもかかわらず、ニコルはその日のうちに気づいた。だがなにも言わなかった。その日の晩は重苦しい雰囲気だった。ようやく寝室に引き揚げたとき、ニコルはとうとう疲れた声でこう言った。

「アラン、まさかまたこんなことしたりしないわよね」

そしてベッドのなかでおれに背を向けて身を丸めた。それ以来、おれたちは一度もその件に触れたことがない。

「といっても、千に一つもチャンスはないけどな」

ニコルはBLCコンサルティングからの手紙を机の上に置いた。

「そんなことわからないじゃない」と言いながらコートを脱ぐ。

「でもこの歳じゃ……」

ニコルが振り向いた。

「応募者はどれくらいいたと思う?」

「そうだなあ、三百人かそこらだろう」

「じゃあ、筆記試験に呼ばれたのは?」

「まあ、多くて十五人ってとこかな」

「だったらどうして三百人以上のなかからあなたが選ばれたのか説明してみて。年齢を見なかったから? 見落としたとでも?」

いや、さすがにそんなことはない。ニコルの言うとおりだ。じつはおれも午後の半分かけてあらゆる仮説を立ててみた。だがどうやっても同じ結論、不可能としか思えない結論にたどりついてしまう。つまり、履歴書が五十代の強烈なにおいを放っているのにおれを呼び出したということは、BLCはそこになんらかの興味をもっている。

ニコルは辛抱強い。タマネギとジャガイモの皮をむきながら、書類審査通過についておれが考えつくかぎりの理由を挙げて長々と説明するのをじっと聞いていた。話すうちにどうしようもなく気持ちが高ぶり、抑えようと思っても声ににじみ出てしまい、ニコルもそれに気づいたようだ。二年以上まえからこういう通知を受けとっていなかったのだから仕方がない。応募しても応募しても、ほかを当たってくれという返事ばかりだったし、返事が来ないことさえあった。だからいままでは、おれのような人間はもう誰からも求められない、試験に呼ばれることもないとわかっていて、それだけに今回の件についてもなんらかの理由をつけずにはいられない。そしてあらゆる仮説を精査した結果、どうやらそれらしきものを見つけた。

「助成金だと思う」おれは言った。

「なんの？」

中高年層の雇用促進のための企業への助成金だ。最近この国では、どうやら中高年の労働時間が短すぎるらしい（そんなことおれに訊いてくれりゃすぐ教えてやったのに、えらく金のかかる調査をしたんだろう）。それはもちろんまだ働いている連中の話で、それ以外に、国がまだ必要としているのに早めに引退する中高年も多いらしい。それだけでも困るが、もっと困ることがある。おれみたいに、働きたくても仕事のない中高年がいるってことだ。つまり短時間しか働かない中高年集団とまったく働いていない中高年集団のあいだに、働きたいのに仕事がない中高年の集団がいて、それなりの社会問題になっている。そこで政府は彼らを救済しようと、中高年を再雇用する企業に助成金を出している。

「先方が興味をもってるのはおれの経験じゃなくて、負担免除や助成金取得だよ」

ニコルは唇をすぼめて顎《あご》をちょっとまえに出した。それはどうかしら、と言う代わりによく見せる表情だ。これにもおれは弱い。

「でも」と彼女が言う。「業界トップの国際企業ならお金もたっぷりあって、政府の助成金なんかどうでもいいんじゃない？」

じつはおれも、助成金の件をはっきりさせるのに午後の残りの半分をかけ、やはりこれも違うなと思ってはいた。ニコルの言うとおり、筋が通らない。負担免除はほんの数か月のことだし、助成金も上級管理職の給与のほんの一部をカバーする程度で、しかも徐々に減少する。

おれが何時間もかけてたどりついた結論に、ニコルは数分で達した。こうなるとますます、BLCが書類を通したのはおれの経歴に興味をもったからだと考えざるをえない。

五十代はまだまだ活動的だし、そのうえ培った経験があるから、企業にとってはむしろお買い得だ。おれはこの四年間、そのことを採用担当者たちにわかってもらおうと苦心惨憺《さんたん》してきた。だがそういう理屈は経済誌の雇用欄の穴埋めにしかならず、企業相手には通用しない。鼻先で笑われるのがおちだ。だが今回は、今回こそは、誰かがほんとうにそう思ったのではないか。おれの書類をちゃんと見て、会ってみようと思ってくれたのではないだろうか。そう考えると、大当たりをとることも夢じゃないと思えてくる。

だったらすぐにでも面接してくれ！　と叫びたかった。

もちろん我慢したが。

「娘たちには当分内緒だな」

ニコルもそのほうがいいと言った。父親が職を求めてうろうろしていることを、娘たちはけっして喜んじゃいない。二人とも口には出さないし、そんなつもりもないのだろうが、父親のイメージは否応《いやおう》なくがた落ちのようだ。ただし失業そのもののせいではない。失業したことでおれが変わったからだ。老《ふ》け込み、猫背になり、陰気になった。面倒な老人になった。だから娘たちには医薬品の仕分け作業をしていることも知らせていない。そんな状況で就職先が見つかりそうだと安易に期待させ、その期待をあっさり裏切るようなことになれば、父親の権威は取り返しのつかないところまで失墜してしまう。

ニコルがおれを抱きしめ、人差し指の先を瘤の上にそっとのせた。

「この傷のこと、説明してくれる？」

おれはできるかぎり粉飾し、気の利いた話にしてみた。笑い話にさえできたと思う。だがおれがメフメトに尻を蹴られたというだけで、ニコルはもう笑うどころではなかった。

「そのトルコ人、まともじゃないわよ！」

「少なくともヨーロッパ的反応じゃあないな」

この冗談もあまり受けなかった。

ニコルは思案顔でおれの頬に手を当てる。おれのために胸を痛めているのがよくわかる。へっちゃらさと強がってみたかったが、おれの心も重く、ニコルの手が顔に触れただけで、お互い情緒不安定の危うい状態にあることがわかった。

ニコルが瘤を見つめて言う。

「その話、ほんとうにそれだけで済みそうなの？」

今度結婚するときはおつむの弱い女にしよう。

と思ったのも束の間、ニコルが唇を重ねてきた。

「どうでもいいわよね」と彼女が言う。「仕事が決まりそうなんだし。きっと決まるわ。信じてる」

おれは目を閉じ、また「希望なんてな……」を思い出し、シャルルがアホな皮肉屋にすぎないことを祈った。

4

ＢＬＣコンサルティングの筆記試験に呼ばれたことは、じつはかなりの衝撃で、その日からプレッシャーで眠れなくなり、気分は陶酔《とうすい》から悲観へと急降下した。なにをしていても試験のことが気になり、こうなったらどうしよう、ああなったらおしまいだなどと考えて憔悴《しょうすい》する。

金曜日、ニコルはおれのために時間を割《さ》いて、勤め先の資料センターのサイトで調べ物をし、最新の法律情報を何十ページもプリントアウトしてくれた。それを読んで改めてわかったのだが、この四年でおれの知識はかなりの後《おく》れをとっていた。人事労務の分野では法規がだいぶ変わり、なかでも解雇に関しては驚くほど条件が緩和されている。マネジメントの分野でも新しい概念や戦略が次々と生まれ、手法も変化が激しい。五年まえには誰もが「交流分析」に夢中だったが、いまでは時代遅れだ。代わりになにが注目されているかというと、「トランジション・マネジメント」、「部門活動」、「コーポレート・アイデンティティ」、「個人間ネットワークの構築」、「ベンチマーキング」、「人的ネットワーク形成」等々。なかでも「企業の価値」が盛んに論じられている。いまや企業のために働くだけではだめで、企業の価値に〝忠実〟であることが求められる。以前はただ方針に同意すればよかったが、いまでは企業と融合しなければならない。一体化しなければならない。といってもおれにはなんの問題もない。雇ってくれるなら融合だってなんだってする。

ニコルが資料を分類してくれたので、それを基に情報カードを作った。日曜の朝からは、ニコルが質問しておれが答えるというやり方で頭にたたき込む段階に入った。詰め込み式の猛勉強。書斎を行ったり来たりしながらなんとか集中しようとし、記憶術もいろいろひねり出した。だが欲張りすぎてかえって混乱した。

紅茶を入れて戻ってきたニコルが書類だらけのソファーにまた寝そべる。朝からずっと部屋着のままだ。これといって外出の予定がない日、特に冬のあいだなど、こうやって過ごすことがある。着古したTシャツに履き古したマウンテンソックスというニコルは眠りと紅茶のにおいがして、クロワッサンのように熱く、日差しのように美しい。試験を控えて緊張していなかったら迷わず飛びつくところだが、性生活の現状にも鑑《かんが》み、差し控えることにした。

「触らないの」と、おれが瘤に手をやるのを見てニコルが言った。

この瘤のやつ、それほど気にしているつもりはないのだが、鏡を見るたびに忘れてくれるなよと容赦なく訴えてくる。今朝見たときは中心が紫で周囲が黄色という不気味な色合いになっていた。男らしく見えるならまだいいが、これじゃ汚らしいだけだ。救急外来の医者は一週間くらいこのままですよと言っていた。いっぽうメフメトのほうは、鼻骨が折れていて十日間仕事ができないそうだ。

メッサージュリーの作業場では二人分穴があいてしまったので、すぐにシフトが組み直された。ロマンに電話したらシャルルが出て、そのことを教えてくれた。

「あれで作業予定が狂っちまってさ、ロマンが夜をやって、おれはあと数日、午後も働くんだ」

とりあえず別のチームの現場主任がこっちの作業もみているが、メフメトはなるべく早く復帰したいと上役に言ってきているとのこと。ほうら、ここに一人、セミナーに参加するまでもなく企業価値とやらにご執心《しゅうしん》のやつがいる。臨時のメフメト代理は、上層部は職場での暴力沙汰をけっして許さないだろうとシャルルに話したそうだ。「チーム長が部下を叱責したら病院行きなんてことになったら、どうする？」と言ったらしい。なにが言いたいのかよくわからないが、おれに不利なことは間違いない。でも心配させたくないのでニコルには話さなかった。それにBLCが差し伸べた手を見事つかむことができたら、メッサージュリーのトラブルなんか笑い飛ばしてやれる。

「試験の日はファンデーション塗《ぬ》ってあげる」ニコルがおれの額を見てからかう。「真面目に言ってるのよ！　ちょっとだけ。うまく隠せるわよ」

まあな。まずは筆記試験で、面接じゃないし。面接までには瘤もほとんど目立たなくなるだろう。もちろん面接まで行ければの話だが。

「あら、もちろん面接まで行けるわよ」とニコルが断言した。

その固い信念におれはたじろぐ。

顔に出すまいと踏ん張っているものの、動揺はピークに達していた。一昨日や昨日の比ではない。試験が近づくにつれて自信が薄れ、不安が濃くなる。金曜に本格的な復習を始めた時点では、自分がこれほど時流に遅れているとは思っていなかった。それがわかったときからパニック状態だ。だからこの日の晩に娘たち（ともう一匹）がやってきて、そうとは知らずに試験勉強の邪魔をしたことは、結果的にはいい気晴らしになった。

まずグレゴリー（これが〝もう一匹〟）が入ってくるなり、おれの瘤を指さして言った。

「あれ、ご老体、足が弱って転んじゃったんですか？」

〝ご老体〟というのは彼特有の冗談で、これが出るとだいたいマチルドが——上の娘が——彼を肘《ひじ》でつつく。娘はおれが怒りっぽくなったから冗談は控えるべきだと思っている。だがおれに言わせれば、肘でつつくより平手打ちでも食らわせてやったほうがいい。なにしろこいつは四年まえからマチルドの夫だし、四年間ずっと殴ってやりたいと思ってきた相手だから。そもそもグレゴリーなんて名前のやつにろくな男はいない。その証拠に髪がオールバックときた。娘はこんな胸くそ悪いのが相手でもいいらしいが、おれは、悪いがまっぴらごめんだ！——という調子だから、ニコルやマチルドが言うとおり怒りっぽくなったんだろう。運動不足のせいよとニコルは言う。いい言葉だ。たとえそれが、朝四時起きで尻を蹴られにいく男がまっさきに思い浮かべる言葉じゃなくても。

マチルドは英語の教師で、とてもまともな女だ。不可解なほどの情熱を日常生活に注《そそ》いでいる。買い物に行く、晩のおかずを考える、八か月まえからバカンスのために宿を予約する、同僚の教師の子供の名前を全部覚える、全員の誕生日を覚える、妊娠の計画を立てる、そうしたことすべてに夢中になれる。かくも容易に心が満たされるなんて、おれには驚きだ。マチルドが平凡な暮らしに熱中するさまを見ているとある種の感動さえ覚える。

夫のグレゴリーは消費者金融会社の支店長で、客に金を貸して、掃除機だの自動車だのテレビだの、山ほどのものを買わせている。ガーデンファニチャーなんかも。パンフレットを見ると金利は適正に思えるが、結局は借りた額の三、四倍返すことになる。そして返済が苦しくなると、話は簡単で、また貸してくれるが、そうなると借りた額の三十倍返すことになる。グレゴリーとは幾晩も激しくののしり合った。おれが嫌うもののすべてを詰め込んだようなやつが娘婿《むすめむこ》とは、これこそ家庭内悲劇だ。ニコルも思うところがあるようだが、おれより人間ができてるし、勤めがあるからそのことばかり考えてもいられない。だがおれは暇な分、ひと晩やりあったらそのあと三日間一人で怒りをたぎらせることになる。頭のなかでやりとりを再生してリベンジマッチをやるわけだ。

マチルドはうちに来るとたいていキッチンに直行する。そして料理中のニコルかおれと話しながら、流しに放置されているものを洗う。放っておけないのだ。自宅にいるのと同じように手が動いてしまうらしい。友人宅でも教わるまでもなくコップを戸棚のしかるべき場所に、ナイフやフォークを引き出しのしかるべき場所に手際よくしまうのだろう。特殊な第六感。素直に感心する。

この日もキッチンに立っていたおれのうしろに来て、恋人みたいに耳にキスしてくれた。

「お父さんったら、ぶつけちゃったの？」

同情されるのはごめんだが、優しく言われたのでうれしかった。

答えようとしたところへまたチャイムが鳴った。今度はリュシー、下の娘だ。胸が貧弱で、そのことをずっと気に病んでいる。繊細な男ならそのほうがぐっとくるんだが、それを二十五の娘にどう説明すりゃいい？　リュシーは細身で、神経質で、短気。理性が常に優位に立つわけではなく、むしろ情動的に行動する。すぐに怒りだし、ぱっと言ってしまってから後悔する。だから誰にも怒りをぶつけたことがない姉に比べて元カレの人数がはるかに多い。乱暴にいえば、リュシーはメフメトに頭突きを食らわすタイプで、マチルドはファンデーションを差し出すタイプ。

リュシーはどうやらややこしい生活を送っているようで、今日は彼氏抜きでやってきた。母親にキスしてから嵐のようにキッチンに入ってきて、鍋の蓋《ふた》を持ち上げる。

「レモン入れた？」

「さあな。それは母さんが作った」

リュシーは肉と野菜の煮込みに鼻を近づける。レモンは入っていない。そしてベシャメルソースを作ろうかと申し出るが、おれはさりげなく断わる。

「ベシャメルソースならおれのがいい」

じつのところ、おれにはベシャメルソースしか作れないと誰もが知っている。だからそいつを奪われると……。

「どうやらこれだっていうのを見つけたわよ」マチルドが意気込んで言った。

リュシーが片眉を上げる。なんの話かまるでわからないようだ。少し猶予《ゆうよ》をやろうと、おれはあっけにとられたふりをする。「おいおい、うそだろ、え?」

リュシーは泣きそうな顔をするが、内心はおもしろがっている。

娘たちはまさしくおれとニコルの交配の産物だ。リュシーは容姿が母親似で、気性はどちらかというと父親似。マチルドはその逆。リュシーは活発で、冒険好き。マチルドは勤勉だが、すぐにあきらめる。勇気も気力もあるのだが、そもそも人生に多くを求めていない。結婚相手を見りゃわかる。英語の才能に気づくと、それ以上のことは求めず素直に英語の教師になったが、そういうところはおれにそっくりだ。リュシーのほうは移り気で、美術史、心理学、ロシア文学、あとは忘れたがいろいろ勉強し、全部に夢中になり、どっちに進んだらいいかわからなくなった。どの学科でも成績がいいのに、どれもやり遂げられず、恋人と同じように人生設計も変えまくった。マチルドは始めたからにはきちんと終える質《たち》なので、学業を無事修め、最終学年のときの恋人と結婚した。

誰もが驚いたのはリュシーのその後で、正確さと緻密《ちみつ》さが求められる仕事など向かないと思われていたにもかかわらず、弁護士になった。主にDV被害者の弁護に当たっている。この分野は葬儀屋や税理士と同じで仕事がなくなる心配はないが、かといって儲《もう》かりもしない。

「十九区の3LDK」とマチルドがビジネスライクに続ける。「ジャン゠ジョレス通りの近くで、理想の場所とは言えないけど……でも日当たりがいいのよ、ほんとに。それにグレゴリーの通勤の便もいいし」

「いくら?」リュシーが訊く。

「六十八万ユーロ」

「うーん、やっぱりけっこうするね」

おれが聞いた話では、頭金が五万五千ユーロしかなく、グレゴリーが金融業界にいるといってもローンを組めるかどうかわからないらしい。

そういうことを考えるとまたつらくなる。以前のおれは〝頼れるパパ〟だった。娘たちがねえお願いと頼んできて、最初はクールに断るが、最後は苦渋のため息をついて返済されることのない金を貸し、それでいておれがうれしくてたまらないことを娘たちも知っている、そういう父親だった。役に立てるってのはうれしいもんだ。だがいまや、おれとニコルの生活水準は最低レベルで、所有するもの、着るもの、食べるもののすべてにそれが表れているから、娘たちもねだったりしない。以前は車も二台もっていた。便利だからだが、それ以上に楽に買えたからで、必要性を疑いもしなかった。長年のあいだ、どちらも分相応に昇進、昇給があったので経済的余裕が生まれ、知らぬ間に生活水準が上がっていた。ニコルは資料センターの主任になり、おれはベルコーとその子会社全体をみる人事部長になった。先行きに不安などなく、アパルトマンのローンも楽に完済できると思っていた。だから娘たちが家を出てからは、ニコルの希望でアパルトマンのリフォームも考えはじめた。娘たちの部屋の一つを客用寝室にし、もう一つは仕切りをとっぱらってリビングを広くする。排水管を移動してキッチンの向きを変え、流しが窓の下にくるようにする。そのために金も貯《た》めた。まずローンを完済し、リフォーム代金を現金で払い、金が余ったらバカンスに出るという無理のない計画だ。だが返済になんの不安もなかったし、現金もそれなりの額になっていたので、結局この計画を前倒しし、ローン完済を待たずにリフォーム工事を発注した。まずはキッチンから。問題はそのタイミングで、これまた忘れたくても忘れられない。キッチンの解体作業が始まったのが五月二十日で、おれが解雇されたのが二十四日。すぐに工事を止めた。この日を境に家計は右肩下がりに転じ、そのまま下降が止まらなくなった。キッチンはタイル張りから配管までほぼ解体されてしまっていて、そのままじゃ使えないから自分でなんとかするしかない。そこで、おれが漆喰《しっくい》タイルの支持台の上に流しを取りつけ、仮の配管でつないだ。食器棚も急場しのぎのいちばん安い壁付け棚を買ってきて、おれが壁に固定した。見るからにちゃちで、いまにも壊れそうなやつだ。だから毎日、皿を載《の》せすぎじゃないかとひやひやしている。床もリノリウムのシートを買ってきてむきだしのコンクリートの上に敷いた。以後、毎年新しいのに張り直し、ニコルへのサプライズにしている。帰宅した彼女に「ほら、キッチンをリフォームしたよ」と言ってドアを大きく開けてやる。すると彼女も調子を合わせ、「わあ、シャンペンの小瓶を開けなきゃ！」と応じてくれる。冗談としてイケてないことはどちらもわかっているが、このあたりが精一杯だ。

失業手当でローンを返済するのが苦しくなってからは、リフォーム用の蓄《たくわ》えを切り崩した。その蓄えもほぼ底を突いた時点で、返済はまだ四年分残っていた。するとニコルが、ここを売ってもっと狭いところに買い替えよう、差額でローンの残りも返せるからと言いだしたが、おれは断固拒否した。このアパルトマンのために二十年働いてきたと思うと、とてもじゃないがあきらめられない。そのうちニコルもその話をしないほうがいいと感じたのか、口にしなくなった。少なくとも当面は。だがいずれ、彼女の言うとおりにせざるをえなくなるんだろう。たとえばメッサージュリーの一件がまずいことになったら……。おれたちが親としての面目を保てるかどうかはかなり危うい。娘たちはすでになんでも自分で解決していて、金をねだるという贈り物をおれに差し出すことさえできなくなっている。

ベシャメルソースはうまくできた。いつもの味だ。おれたちはいつものようにテーブルを囲んだ。こんなとき、以前ならわかりきった会話、代わり映えのしないジョークが心地よかったんだが、数年まえからすべてが癇《かん》に障《さわ》るようになってきた。自分でもまずいとは思いつつ、忍耐力がすり切れていてすぐにイラつく。とりわけこの夜はBLCの件を言いたくて焦《じ》れていた。娘たちに向かって、おれにどんぴしゃりの求人があってな、書類審査に通って、こんなチャンスは四年ぶりで、あと数日で筆記試験を突破して、続いて面接でもめざましい成功を収めるから、娘たちよ、あとひと月で、おまえたちを悲しませるような父親は過去のものになるぞと宣言したかった。だがおれは堪《こら》えた。ニコルがおれに向かって微笑んでいる。これでいいほうに向かうと信じていて、幸せそうだ。そのまなざしにはおれへの信頼があふれている。

「で、そいつは」とグレゴリーが話を続けた。「法学部に登録した。さて、そいつが法学部に入って最初にしたことはなんだ？　知ってる？」

知るわけがない。いやマチルドは知ってるんだろうが、もちろん夫の話のオチをばらしたりはしない。おれはグレゴリーのばかさ加減を知ってるから、まともに聞いちゃいなかった。

「なんと、大学を告訴したんだ！」と彼は感嘆の声を上げる。「自分の登録料を前年のと比べて、その増額が〝学生手当の相応分の増額〟によって正当化される範囲を超えていると主張した」

そして、どうだ、すごいだろうと言わんばかりに大笑いした。

右寄りの信条と左寄りの幻想の合体である婿殿はこの手の話に目がない。患者が医者をやり込めるとか、双子の兄弟が法廷でののしり合うとか、子だくさんの母親が子供相手に戦いはじめるといった小話ならいくらでも知っている。スーパーの客が店を訴えて勝ったとか、交通違反の罰金分を自動車メーカーに払わせたといったパターンも得意だ。だが婿殿がいちばん興奮し、オーガズムに近いレベルに達するのは行政をやり込める話で、自動改札機が故障して国鉄《SNCF》が訴えられたとか、国税庁が申告用の切手代の払い戻しを余儀なくされたとか、自分の息子と同級生の成績を比較して、ヴォルテールについての作文で息子が不当に差別されたと訴えた保護者に国民教育省が負けたとか、きりがない。しかもネタがくだらないほど大喜びする。彼はそうやって、法があるからこそ、ダビデがゴリアテを倒す式の弱きを助ける戦いが永遠に更新されるのだと主張する。その戦いは壮大なものであり、法こそが民主主義の戦力であると確信しているらしい。彼を少し知っただけで、こいつが民間にいてよかったと胸をなでおろしたくなる。行政や司法にこんなやつがいたらどんな騒ぎを引き起こすかわかったもんじゃない。

「でもそれ、ちょっと心配」とリュシーが応じた。

グレゴリーは弁護士のリュシーが相手でも臆《おく》することなく、悠々と持参のサンテミリオンを自分のグラスに注ぐ。興味深い議論を始められてなんともうれしい、自分に分《ぶ》があることを論証してみせると言わんばかりの態度だ。

「逆だね」とさっそく学者ぶる。「心配どころか、いちばん立場の弱い者でも勝てるとわかって安心じゃないか」

「つまりおまえは、クリーム煮に塩が足りなかったらおれを訴えられるとでも言いたいのか？」

　そう言ったら、全員おれのほうを振り向いた。たぶん声色《こわいろ》に問題があったんだろう。マチルドがお父さんやめてよと目で訴える。リュシーは目を輝かせる。

「塩が足りなかった？」とニコルが訊く。

「単なるたとえだよ」

「だったらほかのにしてよ」

「クリーム煮となると、少々難問ですけどね」とグレゴリーが認める。「でもぼくが言いたいのは基本原理なんで」

　ニコルは早くも心配そうだが、おれは譲《ゆず》らないと決めた。

「その基本原理ってやつが気に食わん。まったくもってばかげてる」

「アラン……」ニコルがおれの手に触れて自制を促《うなが》した。

「なんだ、〝アラン〟って、なんだ？」

　おれは爆発寸前だ。だがなぜそうなのか誰にもわからない。

「ばかげてなんかいませんよ」とグレゴリーが続ける、得意な話題で譲歩するような男ではない。「この話からわかるのは、誰でも」と力を込め、全員に重要性を訴える。「ほんとうに誰でも、やる気さえあれば勝てるってことじゃないですか」

「勝てるって、なにに？」リュシーが事態の鎮静化を図る。

「そりゃ」とグレゴリーが詰まる。あまりにも低レベルの攻撃に足をすくわれたのだ。「だからさ……」

「切手一枚とか、三十ユーロの登録料とかのためにそこまで手間をかけるなんて、意味あるのかな」とリュシー。「それだけのやる気と時間があるなら、もっと大事なことができるんじゃないの？」

それだ、おれが言いたかったのも概《おおむ》ねそういうことだ。そこでマチルドがアホな夫に助け舟を出したが、リュシーは譲らない。数分後には姉妹がののしり合う事態となり、やがて業《ごう》を煮やしたニコルが拳《こぶし》でテーブルをたたいたが、いつものように時すでに遅く、効果はなかった。だから、娘たちが引き揚げて二人きりに戻ったとき、ニコルはこれ以上ないくらいのふくれっ面《つら》をおれに向け、今度は彼女が爆発して、おれたちがののしり合うことになった。

「あなたなんかもううんざり！」とニコル。

そして寝室で服を脱いでクローゼットの扉をバタンと閉め、下着姿でバスルームに消えた。おれにはショーツをはいた尻しか見えなかったが、そいつがものすごくいかしてた。

「絶好調だったもんでな！」とバスルームまで聞こえるような声で言ってみた。

だがニコルはもう二十年以上まえからおれのコントに笑ってくれない。

ニコルが寝室に戻ってきたとき、おれはまた情報カードに鼻を埋めていた。それを見て彼女は現実に立ち戻る。あの奇跡的な通知によって、おれたちがいま重大な局面を迎えたことを彼女は理解している。この件はおれにとって人生最後のチャンスと言ってもいい。ベッドのなかで真剣にカードを見直すおれを見て、彼女は機嫌を直し、笑顔に戻って言う。

「大事な時を迎える準備はできた？」

そしてベッドに入ってくる。

ニコルはそっとカードをつかみ、眠っている子供の眼鏡を外すようにゆっくりおれから取り上げた。そして手をシーツの下に滑らせ、すぐにおれと出合った。

大事な時を迎える準備はできた。

5

送信者：ベルトラン・ラコステ
受信者：アレクサンドル・ドルフマン
日付：四月二十七日月曜日、九時三十四分
件名：選抜試験と採用試験

前略　以下に先日の打ち合わせの要点をまとめさせていただきます。

御社は、今後一年以内にサルクヴィル工場の閉鎖と、それに伴う大量解雇を実施されます。よって、この大仕事にふさわしい責任者を、グループ内の上級管理職から選びたいとお考えです。

そこでわたしに、もっとも精神的に強く、もっとも信頼できる、つまりもっとも有能な人物を選抜する方法を考えるよう依頼されました。

弊社《へいしゃ》がご提案した「人質拘束《こうそく》事件シミュレーション」の案が採用となりました。候補者が集まったところに武装グループが乱入して全員を拘束するという筋書きで、もちろんシミュレーションであることは伏せておきます。

このシミュレーションないしロールプレイングを通して、とりわけ各人が武装グループから会社を裏切るよう強要される場面において、候補者は次の資質を問われることになります。強いストレスがかかった状況で冷静な判断ができるか。行動の質を保てるか。また企業の価値にどこまで忠実でいられるか。

さらに、ご承諾もいただきましたので、この機会に人事副部長職の採用試験も同時に行うことといたします。すなわち、採用試験の受験者にロールプレイングの進行役を務めてもらい、そこでスキルを評価します。

このように選抜試験と採用試験を組み合わせることによって、サルクヴィルの重要ポスト候補者を評価すると同時に、人事副部長職候補者の人材評価能力を見極めることも可能となり、一挙両得と言えるでしょう。

ロールプレイング実施に必要な人員の確保、その他すべての具体的な準備は弊社がお引き受けいたします。とはいえ、すでにご承知のことと存じますが、本件はそう簡単な仕事ではありません。武器、演技者、場所、考え抜かれたシナリオ、各種小道具、行動観察用の器材等々が必要になります。

さらに、疑いを抱かせることなく、候補者全員を一か所に集めなければなりません。これについてはお知恵を拝借いたしたく、よろしくお願いいたします。また、ロールプレイングのしかるべきタイミングで、ドルフマン様ご自身にお出ましいただくことも考えられます。

選抜・採用同時試験は、五月二十一日木曜日に実施するということでいかがでしょうか（オフィスに人がいない日でなければならず、キリスト昇天祭の祝日であるこの木曜日が都合がよいと思われます）。

近日中により具体的な計画案をお送りします。

草々
ベルトラン・ラコステ

6

あなたはものごとを悪いほうに考えすぎよとニコルに言われた。案ずるより産むが易《やす》しって言うでしょと。そして筆記試験の三日後に、またしても彼女の言うとおりになった。

だがまずは筆記試験の話だ。当日、おれはひどく落ち込んでいた。そもそも試験というのが、十一人の大のおとなを小学生みたいにひと部屋に詰め込んで受けさせるという、なんとも……。いや、試験そのものはどうでもいい（結局のところ、生きているかぎり人は評価されつづけるんだし）。それよりショックだったのは、会場に入ったらおれがいちばん年上だったことだ。というよりおれが唯一の中高年だった。ほかの受験者は女性三人に男性七人、いずれも二十五から三十五のあいだで、その全員がおれのことを場違いだと言わんばかりに、あるいは古生物の標本でも見るようにじろじろ眺めた。考えてみればそれが当然なんだろうが、とにかくがっくりきた。

受験者を迎えたのはオレンカとかいうポーランド系の妙齢の美女。小柄でキュート、いかにもポーランド的で、人目を引く。だが冷ややかで、素っ気《そけ》ない。紹介がなかったので、ＢＬＣでなにをしているのかわからない。少々横柄《おうへい》な態度や命令調の物言いから、力のほどを見せつけよう、魂を売ってでも会社の信頼を勝ち得ようとしているのはわかるから、インターンといったところだろう。その女性のうしろに書類が積み上げられていて、それが数分後に配られることになる試験問題だった。

オレンカは今回の求人の説明から始めた。まずこの十一人が百三十七人の応募者のなかから選ばれたこと。その瞬間、かすかな、うっとりするような勝利のため息が部屋に広がったように思えた。続いてどういう人材が求められているかの説明。ここでも企業名は明かされない。内容はどれもおれに当てはまり、あまりにもぴったりなので、聞いているうちに自分がすでに選ばれたような気になった。

だが三十四ページの試験問題が配られると同時に、現実に引き戻された。自由記述式の問題もあれば選択式の問題もあり、半ば自由記述式で半ば選択式のものも、四分の三くらい自由記述式のもあり（どうやって点をつけるつもりか知らないが）、それらに三時間で解答する。

内容は意表を突くものだった。

法令中心に詰め込んできたのに、出された問題はかなり「マネジメント、教育、評価」に偏《かたよ》っている。だから過去の記憶から材料を引っ張り出すしかなく、ノアの洪水のころじゃないかと思うくらい古い情報を発掘しようと苦心した。人事の現場を離れていたから勘も働かない。ニコルと発見したマネジメントの新手法や最新の戦略もまだ未消化で、試験問題のなかの具体例にどう当てはめたらいいのかわからない。それでもいくつかの問題には答えを書き、できるかぎりの最新流行用語を詰め込んでみたが、それが限界だった。つまり、ただ埋めただけだ。

しかも書いている途中で字が汚いと気づいた。ほとんど読めないところもあったので、自由記述式の解答にはいっそう気を遣うことになった。選択式でチェックマークだけ入れればいい問題にはほっとする。これじゃチンパンジー並みだ。それも年食ったチンパンジーだ。

おれの右隣には三十くらいの女性がいて、どことなくリュシーに似ていた。それで最初、同じ立場同士の軽い笑みを投げかけてみたのだが、あろうことか、おれが口説《くど》いたみたいに軽蔑のまなざしでにらまれた。

そんなこんなで、三時間経ったときにはもうぐったりだった。ほかの受験者は皆よそよそしく、付き合いのない隣人が偶然通りですれ違ったというふうに、互いに軽い会釈《えしやく》だけ交わして会場を後にした。

外はいい天気だった。

試験の出来がよければ勝利を祝う晴天だと思えたかもしれない。

メトロの駅に向かいながら、おれの気分はずんずん沈んでいった。一枚ずつ膜がはがれるように徐々に出来栄えが見えてくる。たくさんの質問を空欄のままにした。どうにか埋めたところも、いまごろになってようやくいい答えが、それも書いたものとはまったく違う答えが浮かんでくる。若い世代が本領を発揮できるような問題ばかりだった。おれには無理だ。つまりあれは、おれがもはや属していない世代向けの試験だ。正解できなかった問題を数えてみようと思ったが、あまりにも多くて途中でわからなくなった。

試験会場を出たときは疲れていただけだが、メトロの駅に着いたときは自分でもわけがわからないほど落ち込んでいた。泣きたかった。でも泣いてもどうにもならないとわかっている。そしてとうとう、メフメトへの頭突きみたいなものがおれには唯一の解決法らしいと、おれの身に起きたことに見合うのはそれしかないと思えてきた。テロリストは爆弾を積んだトラックで学校に突っ込んだり、空港に破片爆弾を置いたりする。おれもそういうやつらと同類のような気がしてくる。だが実際には、爆弾を仕掛ける代わりに、おれは騙される。毎回やつらの、つまり〝システム〟の思うつぼにはまる。求人案内？　おれは応募する。試験？　おれは試験を受ける。面接？　おれは面接に行く。返事を待て？　おれは待つ。もう一度来い？　おれはもう一度行く。協調性の塊《かたまり》だ。こういう人間を料理する方法なら〝システム〟はいくらでも知っている。

おれは打ちひしがれてメトロの駅にいる。午後も時間が遅く、どの車両も混んでいる。いつもならホーム中央の自販機沿いに歩くのに、なぜかこのときおれはホームの端に行き、その線を越えたら危険だとされるあの白線の上を歩きだす。酔っているわけでもないのに頭がふらふらする。不意に左から突風が来た。電車が入ってくる気配にも音にも気づいていなかった。おれから数センチのところを全車両が通過したが、助けようと寄ってくる人間は一人もいなかった。そんなもんだ。都会じゃ誰もが危険と隣り合わせの生活を送っている。ポケットのなかで携帯が震える。ニコルからの三度目の電話。試験がどうだったか知りたいのだろうが、答えてやる元気もない。おれはホームのベンチに腰を下ろし、人々がおしくらまんじゅうで帰宅を急ぐ様子を一時間ほど眺めていた。それからようやく立ち上がり、電車に乗った。

おれのすぐあとから若い男が一人乗り、車両の隅に立った。発車するとすぐそいつがわめきはじめた。電車がカーブできんきんいう音に負けまいとする大声だが、あまりにも早口でなにを言っているのかよくわからない。「ホテル」「仕事」「病気」といった単語が聞きとれる。そいつは酒臭く、ランチのクーポン券がどうの、メトロの切符がどうの、仕事が欲しい、でも仕事のほうはおれを欲しがらないとかなんとか言っている。ほかにも言葉の一斉射撃の合間に「子供がいる」「物乞いじゃない」などが聞こえる。そして男は物乞いを始める。そいつがスタバのタンブラーを差し出してまえを過ぎるとき、どの乗客も足もとを見つめ、あるいは急に新聞に夢中になる。やがて男は隣の車両に移っていった。

その男を見ていて考えさせられた。車内でのこうした寸劇はいつものことで、金をやるときもあるし、やらないときもある。ではどういうときにやるかというと、そいつが誰よりも胸を打つ口上《こうじょう》をしたとき、琴線《きんせん》に触れる言葉をひねり出したときだ。そう気づいて愕然《がくぜん》とした。つまりホームレスのあいだでさえ競争があり、強い者だけが、ライバルと差をつけられる者だけが生き残る。もしおれがホームレスになったら、シャルルのように生き残る側に回れるかどうか極めて怪しい。

その晩、おれはどん底でぐったりしていたが、ニコルはそれを、朝四時起きでメッサージュリーの仕事をしてからBLCコンサルティングの試験を受けにいって、ひどく疲れているからだと解釈した。だがほんとうは、ニコルには黙っていたが、メッサージュリーには行っていない。メフメトへの頭突きに続く二日間の職場放棄のあとの月曜日に、おれは〝本人限定受取〟で一通の手紙を受けとっていた。解雇通知だ。降ってわいた災難におれは頭を抱えた。少ないとはいえあの給料が要る。ものすごく要る。

そこですぐ職安に駆け込み、例の担当者におれにできそうな仕事はないかと聞いた。普通なら、雇用者と管理職を対象とする〈管理職雇用協会〉のサービスを利用するのだが、そこは単純労働を扱っていない。いまのおれには一般事務職と現場労働者を対象とするサービスのほうがいい。二段階下になるが、そこまで下げれば生き延びる可能性が少しは広がる。

アポをとっていなかったので、担当者はおれを待合室と事務所を隔《へだ》てる二重扉のあいだで迎えた。おれは手短にメッサージュリーを首になったことを説明した。

「そんな連絡来てませんよ」と彼は驚いた。

相手はおれの息子でもおかしくない年齢で、そこが少々やりにくい。息子が父親に対するように優しくしてくれるのがこそばゆい。

「いや、じきに電話があると思います。とにかく早急に次を見つけたいんですが、なにか適当なのはありませんか？」

彼は求人案内の掲示板を指さす。

「ここにあるので全部です。いまはこれといったのがなくて」

フォークリフト免許とか調理師免許をもっていたら、もう少し楽に荒波を渡っていけるのかもしれない。だがおれは資格不要の求人を探すしかなく、しかも坐骨神経痛で応じられないものもあるからさらに門が狭くなる。一人で掲示板をじっくり見ての帰り際、ガラス越しに担当者に軽く合図した。だが彼はすでに二十歳くらいの女性の相談に乗っていて、ちょっと困ったような視線を投げただけだった。知ってる顔だが誰だっけといったふうに。

そしてその翌日、今度はメッサージュリーの弁護士から書留で書類が来た。なにごとかと隅々まで読んだが、話は単純だ。要するに、おれは上司を殴った。上司はおれの尻を蹴ったことを否定した。メフメトはおれのそばを通ったときに軽く触れただけだと主張している。解雇だけならまだましだったというわけで、なんとおれは故意の暴力で法廷に呼び出されるらしい。メフメトは診断書という強力な証拠を手にしている。そこには日常生活の障害になるほどの痛みと、後遺症の恐れについて詳細な説明があり、可能性としては平衡感覚と方向感覚の乱れや外傷後ストレス障害が挙げられていて、それがどの程度になるかはいまの段階ではわからないという。

メフメトは五千ユーロの損害賠償を請求している。

それだけではない。もうすぐ六十になろうというおれが兵長ごときに尻を蹴られたというのが実態なのに、書類の文面ではおれが〝社内の秩序を著《いちじる》しく乱した〟ことになっている。呆《あき》れ返ってものも言えない。おれが秩序を乱しただと？　というわけで、会社のほうは二万ユーロの損害賠償を請求している。もはや受けとることもない給料三年分。

そんな大金を払わされることになったら、おれはもちろんだが、愛するニコルまでもが地獄を見る。すでに十分つらい思いをしているニコルにとてもじゃないがそんなことは言えない。採用試験の話だけでもようやくなのに。そして案の定、出来が悪かったと聞いたニコルは、一日の終わりにまだ残っているわずかな気力を振り絞り、結果を待ちましょうと励ましてくれた。自分のことは自分じゃわからないものよ、ほかの人たちにも難しかったかもしれないし、自信がありそうに見えたって実際どうかはわからないもの、特に記述式は経験がものをいうし、若い人たちは経験を積んでないわけだし、そもそもあなたが呼ばれたってことは、先方が上っ面じゃなくて経験に裏打ちされた取り組みを期待してるからだと思うし……。どれも何度も聞かされて覚えてしまった言葉だ。おれはニコルを途方もなく愛しているが、このとき聞かされた言葉は厭《いと》わしかった。

その夜、彼女がどうにか眠りについてから、おれはそっとベッドを抜け出した。眠れないときは夜中に服を着て、外に出て、界隈《かいわい》を一周する。数年まえからそれが一種の儀式になっている。この日はいつもより少し遠くまで行った。おれの無意識が、トラウマになりそうな場面の反芻《はんすう》を求めていた。今日のメトロの場面とか。そんなわけで、おれは家から離れた郊外電車の駅に来た。小さい門扉《もんぴ》が開いていて、歩行者用のトンネルに冷気が流れ込んでいる。ごみ箱からごみがあふれ、打ちっ放しのコンクリートを覆《おお》い尽くすようにビールの小瓶が転がっている。駅舎は曇った蛍光灯《けいこうとう》に満たされている。おれは《関係者以外立ち入り禁止》と札のある小さい鉄の扉を押し開け、狭い階段を下りる。すると光に照らされた線路に出る。泣くつもりなどないのに、すぐに涙が流れはじめる。おれは立っている。左右の足を棒のように砂利《じゃり》に突き立て、仁王《におう》立ちになって。そして電車を待つ。

もちろん電車は来ない。

三日後の朝、下に降りて郵便受けを開けたらBLCコンサルティングのロゴ入り封筒が入っていたので驚いた。早くても一週間はかかると思っていたのに、わずか三日で結果が来るとは。慌てて封筒を開けたら手紙の一部を破ってしまった。

ちくしょう。

おれはアパルトマンへと駆け上がり、またすぐに駆け下り、ニコルの勤め先までダッシュした。じきに昼になり、といってもそれまで猫みたいにせわしなく通りを行ったり来たりしながら一時間待ったわけだが、そこへようやくニコルが出てきて、遠くからおれに気づき、おれの態度でいい知らせだとわかったのか笑顔で近づいてきて、おれが手紙を差し出すと、読むか読まないかでもう「あなた」と言い、そこで声を詰まらせる。その瞬間おれは二人の人生に奇跡が起きたんだと確信する。二人とも目がうるんでいた。まだ我慢が必要だが、早くも娘たちに電話したくてたまらない。特にマチルドに。理由はわからない。どちらかというとマチルドのほうが感覚がまともで、反応も速いからだろう。

そう、あらゆる予想に反して、おれは筆記試験をパスした。

能力があると認められた。

面接試験は五月七日木曜日。

信じられないことだが、認められたんだ！

ニコルがおれを抱きしめる。だが資料センターの正面入り口で見世物になるわけにもいかないのですぐに離れる。ランチのために三々五々ニコルの同僚が出てきて、おれは顔見知りの何人かと頬のキスだの握手だのであいさつを交わす。みんなおれが失業中だと知っている。だからここに来るときはいつもにこやかにして、なにごとにも前向きな、打たれ強い男を演じるようにしている。だが正直なところ、こっちが失業しているときにオフィスに出入りする人の流れを見るのは気分のいいもんじゃない。といっても嫉妬《しっと》ではない。厄介なのは失業そのものではなく、労働経済を基盤にした社会で生きつづけなければならないことだ。そういう社会で失業すると、目に映るものが自分に欠けているものばかりという悲惨な結果になる。

だがこのときは違った。おれの立場はもう変わっていて、四年ぶりに胸を開いて深呼吸している気分だった。ニコルはなにも言わないが、見るからにうきうきしていて、おれの腕を抱えて通りを歩きだした。

その晩は〈シエ・ポール〉で祝杯を挙げた。とんでもない散財だと思いながら、どちらも口には出さなかった。たいしたことないという顔をして、それでもメニューは値段を見ながら選ぶ。

「前菜はいらないわ」とニコルが言う。

だがウェイトレスが来たとき、おれは前菜をまず二皿選び、加えてニコルの大好物の卵のゼリー寄せも注文してしまった。そしてサン＝ジョゼフのボトル。ニコルは唾《つば》をのみ、なるようになれと言わんばかりに微笑んだ。

「あなたには感服するわ」

なぜそんなことが言えるのかわからないが、それでも言われるとうれしい。照れ隠しもあってさっそく要点に取りかかる。

「面接の受け答えの作戦を練ってみた。残ったのは三、四人だろう。そのなかで差をつけなきゃならん。だから……」

と始めた。大人相手に初勝利を収めた少年のように気持ちが高ぶる。

時々ニコルがおれの手に触れ、声が大きすぎると知らせてくれる。おれは慌てて声を小さくするが、五分で元に戻ってしまう。それを見てニコルが笑いだす。くそ、こんなに楽しいのは何年ぶりだ？　これじゃ最後までしゃべりっぱなしってことになりかねないと反省し、口をつぐむが、すぐまた開く。どうにもならない。

バスティーユ広場近くのラップ通りは夏のようににぎやかで、おれたちは恋人同士のように抱き合って歩いた。

「そしたらあの医薬品の仕分けの仕事は辞められるわね」とニコルが言う。

一瞬ぎょっとしたのが顔に出て、ニコルがどうしたのと片眉を上げたが、ここいちばんの落ち着きの表情を顔に張りつけてごまかした。とはいえ少々血の気が引いた。面接で落ちたら、そして法廷に引きずり出されて二万五千ユーロの損害賠償を請求されたら……。幸いニコルはなにも気づかなかった。

バスティーユからメトロに乗るはずなのに、なぜかニコルは駅に下りずに歩きつづけ、ベンチのところまで行って座った。そしてバッグのなかをかき回し、小さい包みを出しておれのほうに差し出した。オレンジ色の柄物《がらもの》の布でできた小さい玉だ。赤い紐《ひも》がついていて、その根元に小さい鈴もついている。

「お守りよ。日本の。あなたが書類審査に通った日に買ったの。つまり効果抜群ってことよね」

お守りなんてばかばかしいと思いながらも、感動した。お守り自体にじゃなくて、つまりその……よくわからないが、とにかくおれは感動した。サン＝ジョゼフをほぼ一人で空けたからかもしれない。いや、わかった。感動したのはおれたち二人の人生にだ。この四年間耐えてくれたニコルには、これからめちゃくちゃ幸せになる権利がある。なんとしても幸せにしなければ。お守りをズボンのポケットにしまったら無敵のヒーローになった気がした。

次はいよいよ最終段階だ。

もう誰にも邪魔させやしない。

さて、シャルルの口癖に、「唯一たしかなのは、なにごとも予想どおりにゃならんってことさ」というのがある。そう、シャルルは歴史上の名言とか長老然とした物言いを好む。だから、彼は孤児なんじゃないかと思うことがある。それはさておき、面接試験のまえには何度も悪夢にうなされたが、シャルルの言うとおり、いざ受けてみたらなにもかもとてもうまくいった。

面接が行われたのはデファンス地区にあるBLCコンサルティングの本社で、おれは十五分早く着き、一階ロビーで待った。広い空間にゴージャスなカーペット、間接照明、受付嬢はアジアンビューティー、そしてうんざりする場所にぴったりの環境音楽。瘤が引いたあとも残っていた痣《あざ》を隠すためにニコルが出がけにファンデーションを薄く塗ってくれたが、汗で流れやしまいかと気になって始終たしかめたくなる。それを我慢しながら、おれはポケットのなかで日本のお守りをいじくりまわしていた。

やがてベルトラン・ラコステ本人が大股《おおまた》でやってきて、おれと握手した。五十代で、尋常ならざる自信家だが、愛想はいい。

「コーヒーをいかがです？」

　いえ、けっこうですとおれは答えた。

「緊張されてます？」

　彼はちょっと口元を緩めてそう訊いた。そして自販機に小銭を入れながら続けた。「就職活動というのは、いつだって楽じゃありませんからね」

「楽じゃありませんが、名誉なことだと思っています」

　ラコステはほうという目をおれに向けた。そのとき初めてまともにおれを見たと言っていい。

「で、コーヒーはほんとうに？」

「けっこうです」

　おれたちは自販機のまえにしばらく立っていた。ラコステは自販機にもたれてインスタントのエスプレッソをすすりながら、ちょっと悲しい運命論者といった表情でロビーを見まわしている。

「まったく、インテリアデザイナーって連中はいっさい信用できないね」

　頭のなかで警告ランプが点灯した。いや、正確にはなにが起きたのかわからない。あまりにも気合いが入っていたからひとりでに答えが浮かんだ。そこで数秒待ってからそれを言葉にした。

「わかりました」

　ラコステはびくりとした。

「なにがです？」

「あなたはくだけたふりを装《よそお》っている」

「え？」

「あなたはあえて気安いふりをしようとしている、と申し上げたんです。〝仕事上の面接ではあるが、なによりまず人間らしくいこう〟といったたぐいの。違いますか？」

するとラコステはおれをにらみつけた。ひどく怒っているように見えた。おれは好調な滑り出しだと思った。

「わたしたちの年齢が近いことを利用して、あなたはあえて親しげに接することで、わたしが節度をわきまえぬ言動に出るかどうか見ようとされた。そしてこちらがそれに気づくと今度はにらみつけ、怒りを見せることでわたしがすごすごと引き下がるかどうか見ようとされた」

ラコステの顔が輝いた。そしてにんまりした。

「けっこう。地ならしはもう十分なようですね」

おれはなにも答えなかった。彼はコップを大きなごみ箱に投げ捨てた。

「では真面目な話に移りましょう」

そう言ってラコステは先に立ち、またしても大股で廊下を進んだ。おれは敵の猛攻撃寸前のパリ・コミューンの兵士になったような気分だった。

ラコステは自分の仕事をよく心得ていて、書類も抜かりなく見る。履歴書に一つでも弱みがあればすぐ気づくし、弱みを突くとなったら最大限それを利用する。

「そうやって彼はおれのことを試しつづけたんだが」とおれはニコルに話して聞かせた。「そのときにはもう最初とはまったく雰囲気が違ってた」

「どこの企業の採用なのか言ってた？」とニコル。

「いや、もちろん言わないさ。でもいくつか手がかりは得られた。かなり漠然としてるんだが、それでも調べればわかるかもしれない。どこの企業か想定しなきゃならないからな。じつはこういうことなんだ。面接の最後のほうでおれはこう言った。『それにしても、わたしのような歳の者に興味をもっていただけるとは、正直驚きました』。ラコステはおれの言葉に驚くふりをしかけたが、結局やめて両肘を机に突き、おれをじっと見て言った。『デランブルさん、われわれは文字どおり競争の社会に生きています。だから誰もが他者に差をつけることを求められている。たとえばあなたは雇用主に対して、わたしはわたしのクライアントに対して。そしてわたしにとって、あなたは特別な切り札なんです』」

「切り札って、どういう意味なの？」とニコルが訊く。

「つまりこういうことだ。『今回のクライアントは若くて高学歴の人間を想定しているので、わたしはそういう候補者も用意します。いっぽうあなたのような候補者は想定外なので、クライアントは驚くでしょう。そこがわたしの狙いです。そして、ここだけの話ですが、どの選択が正しいかは最終試験で自《おの》ずと明らかになるはずです』と」

「えっ、まだ試験があるの？」ニコルが驚いた。「面接でもう決まりだと思ってた」

「『最終候補者は数人です。最終試験でそのうちの一人が選ばれます。正直申し上げてあなたが最年長ですが、経験を生かして差をつけられる可能性はけっして低くありません』」

ここまで聞いてニコルが警戒しはじめ、首を傾《かし》げた。

「で、なんなの、最終試験って」

「『クライアントはある重要な案件のために、社内の上級管理職数名のなかから最適任者を選ぼうとしています。そこで、その評価試験の際に、あなた方に推進役を務めていただきます。つまり、そこでの能力によってあなた方自身も評価されるわけです』」

「それって……」ニコルはまだわけがわからずにいる。「つまりなにをするの？」

「『こちらで準備して人質拘束事件を演出します』」

「え……」とニコルが息を詰まらせる。

おれはニコルが窒息《ちっそく》するんじゃないかと心配になる。

「『そこでいかに対象者にストレスをかけ、彼らの度胸、抵抗力、忠誠心を評価するかがあなた方の腕の見せどころです』」

ニコルはぽかんと口を開け、それから叫んだ。

「そんなのまともじゃないわよ！　その人たちを拘束するわけ？　人質になったって信じ込ませるの？　職場で？」

「『武装グループを演じる俳優、空砲の銃、人質の行動を映し出すカメラ等が用意され、あなた方にはその武装グループを介して人質に一連の質問をしてもらいます。大いに想像力を発揮していただきたい』」

ニコルは憤慨のあまり立ち上がった。

「最低！」

それでこそニコルだ。歳とともに憤慨する力も衰えそうなものだが、まったくそうならない。だが大爆発したら最後、誰にも止められなくなるので、早い段階でなだめたほうがいい。

「そんなふうに考えなくてもいいんじゃないか？」

「じゃどう考えればいいの？　武装グループがあなたのオフィスに乱入して、あなたを脅して、あなたを問い詰めたらどう思う？　それがどれくらい続くの？　一時間？　二時間？　死ぬかもしれないって思うじゃない、殺されるかもって。それが全部、社長のご要望だっていうわけ？」

ニコルの声が震えている。ここまで真剣な怒りは久しぶりだ。落ち着こうと思った。そもそもニコルの反応はもっともで、おれはじつのところよく考えもしなかった。すでに頭が最終試験の日に飛んでいて、身も心もそこへ向かっていた。どんな試験だろうと突破するしかないというのが唯一たしかな現実だからだ。

そこで事を丸く収めようとした。

「たしかにちょっとな……。でもこの状況は、別の角度から見るべきじゃないか？」

「このやり方がまともだっていうの？　だったらついでに銃で撃っちゃえば？」

「おい……」

「もっといいのがある。札束を用意しとくのよ。で、窓から投げて、その人たちがどう反応するか見ればいいじゃない！　ねえ、アラン、あなた頭がおかしくなっちゃったの？」

「そんな大げさな」

「でも受けるつもりなんでしょ？」

「きみの言いたいことはわかるけど、おれの言い分も聞いてくれよ」

「人質にとるなんて問題外よ。なんだって理解はできるけど、すべてを許すことなんてできない！」

そう叫ぶニコルは見るも無残なキッチンに立っている。

おれは間に合わせの流しを何年も支えてきた漆喰タイルの支柱に目をやった。今年張り替えた床のリノリウムは去年よりさらに安物で、すでに四隅が悲しいほどめくれている。その上に立って憤慨しているニコルは、買い替える金がないからくたびれたウールのカーディガンを着ていて、どうにもみすぼらしい。しかも自分でそのことに気づいてさえいない。それはおれに対する侮辱じゃないだろうか。

「いいか、たしかなのはな、ちくしょう、まだレースの途中ってことだけだ！」

あろうことか、今度はおれが叫んでいた。口調の激しさにニコルが立ちすくむ。

「ちょっと、アラン……」と彼女は動揺する。

「なにが〝ちょっとアラン〟だ！　おれたちがホームレスになりかけてるってことがわからないのか？　四年まえからじわじわと首を絞められてきたが、今度こそ完全に息の根が止まっちまうぞ！　そうさ、最低のやり方さ。でもおれたちの生活だって最低じゃないか。ああ、あいつらは腐ってる。だがおれはやる。あいつらがやれと言うことをやる。なんでもやってやる！　最悪誰かを撃たなきゃ仕事を手にできないとなったら、撃ってやる。なぜならな、もうたくさんだからだ！　六十にもなって尻を蹴られるなんて、もううんざりだ！」

おれはわれを忘れた。

腹立ちのあまり、右手にあった壁付け棚をつかんで引っ張ったらあっさり壁から外れ、轟音とともに皿やコップもろとも落下した。

ニコルが悲鳴を上げ、両手で顔を覆って泣きはじめたが、慰《なぐさ》めてやる気にもなれない。もう無理だ。そう、結局のところ問題はそれだ。おれたちは四年まえからなんとか沈むまいと一緒に闘ってきた。だが、ある日もう無理だと気づく。知らぬ間にどちらも自分の殻にこもっている。いくら息の合った夫婦でも、現実を同じように見ているわけじゃないんだし。そのことをニコルに言いたいのに頭に血が上《のぼ》っていてうまく言えない。

「きみは首になったわけじゃないから、そんなのはおかしいとか、正しくないとか言ってられるんだ。おれの立場じゃそんな余裕はない」

ぱっとしない言葉だが、この状況でひねり出せるのはそれがせいぜいだった。ニコルにも大筋は伝わったはずだと思い、おれはくるりと背を向け、ドアを乱暴に閉めて外に出た。

一階まで下りてから上着を忘れたと気づいた。

外は雨で、かなり寒かった。

シャツの襟《えり》を立てた。

まるでホームレスだ。

7

五月八日、戦勝記念日の祝日。わが家では毎年この日に母の日を祝うことにしている。本来の母の日の日曜は、マチルドがグレゴリーの実家で過ごすからだ。ニコル自身は母の日なんてどうでもいいと再三言ってきたが、マチルドが首を縦に振らない。どうしても祝うと言って聞かない。たぶん将来自分の子供たちに母の日を祝ってほしいんだろう。そのためのリハーサルを自分でやっている。

昼には娘たちが来るというのに、ニコルは九時になってもベッドを出ようとしなかった。壁のほうを向いて布団をかぶったままじっとしている。昨日の喧嘩以来、おれたちはほとんど口を利いていない。ニコルには拘束事件でっちあげがどうにも納得できないらしい。

今朝早くニコルがベッドのなかで泣いていたようにも思うが、声をかける勇気がなかった。おれは先に起きてキッチンに行った。昨日割れた食器類はまだ片づけられていなかった。部屋の隅のほうに掃き寄せてあったが、とんでもない量で、どうやらおれはわが家の食器類のほとんどをだめにしたようだ。片づけたいが、いまやったら音がうるさいだろう。

なにをしたらいいかわからずうろうろした挙句《あげく》、メールを見ようとパソコンを立ち上げた。おれは自分の社会的効用をメールの受信数で測っている。解雇されたあともしばらくのあいだベルコー社のかつての同僚がメールしてきて、おれもすぐ返信していた。ちょっとしたおしゃべりだ。だがある日、まだメールしてくるのは解雇された連中ばかりだと気づいた。同時期に解雇された〝解雇同期〟。おれは返事するのをやめた。すると彼らも書くのをやめた。ベルコー社関連にかぎらず、全体的に見ても周囲との付き合いが希薄になっている。おれとニコルには旧友が二人いた。ニコルの高校の同窓でトゥールーズに住んでるやつと、おれが兵役で知り合って時々食事してたやつ。あとは職場の友人、バカンス先で知り合った友人、娘たちがまだ学校に行っていたころのママ友、パパ友。だがみんな疎遠《そえん》になった。たぶんおれたちに飽きたんだろう。心配ごとが同じでなくなると喜びも同じではなくなる。だから最近、ニコルとおれは少々孤独だ。メールを送ってくるのはリュシーくらいのもので、それも週に一度程度。ほとんど中身のないメールだが、パパたちのことを忘れちゃいないわよと言いたいのだろう。マチルドは母親に電話してくるが、それも意味合いは同じだ。

メールボックスには〈国立雇用局〉と〈管理職雇用協会〉のインフォメーションレターと、三年以上まえに購読をやめたマネジメントや人事系の雑誌からのお知らせメールがいくつか入っていた。

ブラウザを開けば、グーグルが世界中のニュースを教えてくれる。《――幸いなことに、アメリカの今月の失業者増加数は五十四万八千人にとどまった》。つまり誰もがもっと悪い数字を予測していたということだ。昨今の状況ではこれで喜ばなければならない。《経済犯罪発生件数が急増し、前例のないレベルに到達。当局によれば、これは想定内の――》。もういい。〝想定内〟に関する当局の説明能力は十分信頼できるから、読むまでもない。

寝室で音がしたので書斎を出た。ニコルがようやく起きてきた。

彼女は黙ったままデュラレックスのコップにコーヒーを注ぐ。いつものコーヒーカップは粉々になって、箒《ほうき》とともに部屋の片隅で眠っている。

その様子を見ておれはまたイラついた。失業中の夫を支えるどころか、説教家を気どっているじゃないか。

「道徳でローンは払えないぞ」

ニコルは答えない。顔がむくんでいて疲労の色が濃い。くそっ、おれたちはどうなっちまったんだ。

彼女はコップを流しに置くと、大きなごみ袋を出してきて食器の破片を入れはじめた。すぐに重くなるので四袋に分けなければならなかった。どの袋も陶器やガラスの尖《とが》ったところがあちこちから飛び出ている。夫婦喧嘩で食器を割るのは喜劇のなかと決まっていて、本来は笑わせるためだ。でもこの場では、ものすごくつまらない。

「貧しくてもいいの。でも汚いまねはしたくない」

すぐには言い返せなかった。ニコルがシャワーを浴びているあいだにごみ袋を下まで運んだ。二往復。そのあとまた部屋に二人になったが、どちらも口を開かず、ただ時が流れた。子供たちがもうすぐ来るのになんの準備もできていない。食器も買ってこないと食事ができないが、もうその時間もない。というより、この重苦しさのなかではそれを言い出す勇気がない。

ニコルは椅子の上で身をこわばらせたまま外を見ている。特に見るものがあるわけでもないのに。

「汚いのは社会だ」と言ってみた。「失業者じゃない」

玄関のチャイムが鳴ってもなお、互いに相手が立ち上がるのを待っていた。だが結局おれが負けて娘たちを迎え、しどろもどろの説明をし、なにも訊いてくれるなというニュアンスを込めてごまかした。みんなでレストランに行こうと言うと、娘たちは驚き、しかもそれにしては母親がうれしそうではないことに気づく。するとニコルがうれしそうなふりを始め、さらに気まずくなる。娘たちは悲しそうだ。いや、悲しいというより、おれたちになにかあれば自分たちもつらくなるから、それを恐れているのだろう。マチルドが母親にプレゼントを渡した。カーディガンだ。やられた。いつからだか覚えていないが、少なくともかなりまえから娘たちは必需品をプレゼントしてくれている。おれが食器を壊したことを知ったら、次のおれの誕生日プレゼントはスープ皿六枚ってことになるだろう。

デザートが出てきたところで、マチルドが誇《ほこ》らしげにアパルトマンの予約契約にサインしたと報告した。ローンはまだ確定していないそうだが、グレゴリーは余裕の笑みを見せ、任せておけと胸を張る。ほかの必要書類も手続き中だから、夏休みには新居に移れるかもしれないと。おれは心のなかで二人が無事に支払いを終えられるように祈った。

勘定《かんじょう》を頼もうとしたらリュシーがこっそり先に済ませていた。だがリュシーもおれも、そのことに特別な意味はないんだというふりをする。

「アラン、あなたのためならなんでもするけど」とニコルが寝るまえに言った。「でもあれだけはだめ。人質ごっこなんてわたしの信条と相いれない。もうその話は聞きたくないし、そんなものをわたしに押しつけないで」

そしてすぐに壁のほうを向いた。おれは悲しかったが、説得するのは無理だとも思った。

だからといっておれは立ち止まったりしない。さっそく最終試験のことを考えはじめた。なぜなら、たとえ方法はニコルの気に入らなくても、試験に受かりさえすれば口論などただの思い出にすぎなくなるからだ。

ものごとはそういうふうに考えるべきだ。

8

送信者：ダヴィッド・フォンタナ
受信者：ベルトラン・ラコステ
件名：人質拘束ロールプレイング（エクシャル・ヨーロッパ案件）

前略　打合わせどおり、以下に準備状況をご報告いたします。

武装グループ役として協力者を二名確保しました。過去に幾度となく仕事を共にしてきた仲間であり、信頼できる人間であることを全面的に保証します。

さらにエクシャルの顧客役として、若いアラブ人と中年のベルギー人の俳優を雇いました。

武器は次のものを用意するつもりであります。

・短機関銃ミニ・ウージーを三挺《ちょう》（三キロを切る軽さ、九ミリ、毎分九五〇発連射可能）
・自動拳銃グロック17を二挺（六三五グラム、同じく九ミリ、ロングマガジン）

無論、すべての銃器に空包を装塡《そうてん》します。

実行場所としてご提案するのは、エクシャルが重要顧客を招くという設定にふさわしい見栄《みば》えのいい建物で、会議室一つ、オフィス三つ、化粧室等々を備えた理想的なフロアがあります。パリ市の境界に位置し、大きなガラス窓がセーヌ川に面しています（添付三に写真と地図）。部屋の配置もこの計画にうってつけであります。具体的な動きについては何度かリハーサルをする必要がありますから、基本シナリオを早急に固めなければなりません。当方の提案は添付四のとおりで、以下はその概略です。

・評価対象となるエクシャルの上級管理職は極めて重要な会議のためにこの場所に呼ばれる。招集日が休日で、また通知が直前なのは、機密性の高い会議だからと説明する。

・エクシャル・ヨーロッパのドルフマン社長と海外の重要顧客も出席し、その場で話し合いが行われると知らせておく。

・会議開始早々に武装グループが乱入する。

・ドルフマン社長は早々に会議室から連れ出される。これによって現場の緊張がいっそう高まり、試験の目的にかなった状況が生まれるものと考える。またドルフマン社長に別室から試験の成り行きを観察していただくことが可能となる。

・評価対象者たちは私物と携帯電話を取り上げられる。そして一人ずつ別室に連行され、そこで尋問を受ける。

・ほんの数分、会議室から武装グループがいなくなる時間を設け、評価対象者の自己組織能力、および抵抗能力を観察できるようにする。

・尋問は武装グループのリーダーが行うが、尋問内容は別室から評価者（すなわち人事副部長職の採用試験受験者）が指示する。

・ロールプレイングの進行状況を複数のカメラで追い、関係者が一部始終を見られるようにする。

ご要望はすべて取り込んだつもりでありますが、見落としがあればご指摘ください。お寄せいただいた信頼と、オレンカ・ズビコウスキーさんの貴重なご助力に感謝いたします。

草々

ダヴィッド・フォンタナ

9

もうメッサージュリーの仕事はないのに、朝四時起きで出かけるふりをするのはさぞかしつらかろうと思っていたが、そんなことはまったくなかった。そもそもよく眠れず、頭が覚醒《かくせい》したままなので、ベッドを出るとむしろほっとする。数日まえからはニコルが冷たいからなおさらだ。以前はいつも二人でくっついて眠っていた。そうやって相手をつなぎとめるのがルールだった。ベッドのなかで互いをつかまえ、放し、またつかまえる。話し合って決めたわけでもなんでもないが、二十年あまりそうやってきた。

この日の朝は、ニコルもじつは目を覚ましているとおれにはわかっていた。寝たふりをしているだけだ。それでもおれたちはそれぞれの殻から出ようとしなかった。互いに触れないこと、と満場一致で決まっている雰囲気だった。

目論見《もくろみ》どおり時間より少し早くメッサージュリーに着いた。ほかのチームにも顔見知りがいるから要注意だ。質問も同情もまっぴらなので見つかりたくない。そこで入り口を見張るのにちょうどいい物陰を見つけ、そこに身をひそめて背の高いロマンが出社してくるのを待った。

だが通りの角に現れたのはふらふら揺れるシャルルのほうだった。どうやるのか知らないが、寝ながら飲んでいたとしか思えない。まだ朝の五時にもならないのに、彼の息はすでにタンカー並みにアルコール満載だ。だがシャルルはたとえアルコール満載でもけっこうしっかりしている。と思ったが、今朝は……おれが誰だか思い出すのに苦労している様子だ。

「おんやまあ」と亡霊を見るように言う。

そして左手をわずかに上げる。ネイティブアメリカンのあいさつみたいに。いかにも彼らしい、ちょっとおどおどした感じのしぐさだ。おどおどしたネイティブアメリカン。それで例の巨大な腕時計が肘までずり落ちた。

「やあ、シャルル、変わりないか？」

「幸福な日々は去った」

念のために言っておくが、シャルルは時々謎めいたことを言う。

「ロマンを待ってるんだが」

シャルルの顔が輝いた。役に立てるのがうれしいのだ。

「ああ、ロマン、あいつはチームを移ったぞ！」

四年まえから山ほどの厄介ごとを経験してきたからか、そのひと言でぴんときた。

「つまり？」

「いまは完全に夜勤で、あいつは主任やってる」

シャルルみたいな人間がほんとうに言おうとしていることを知るのはかなり難しい。彼には普通の意識状態とは別の〝第二の〟状態みたいなものがあって、そっちの状態では絶えず変化しているからなのか、とらえどころがないのだ。いまだって、深い洞察による発言なのか（つまりどうということもないこの知らせが彼のなかで思考の根を張り巡《めぐ》らせているのか）、それともアルコールで脳が完全にいかれているだけなのか判断がつかない。

「どういうことだ？」

おそらくこっちの不安を感じたんだろう、シャルルはちょっと首をすくめて哲学者の顔になった。

「ロマンはな、昇進した。現場主任になってな――」

「正確にはいつ？」

シャルルはやはりそうくるかとでも言いたげに唇をすぼめて言った。

「あんたが去ったあとの月曜」

勘が当たったと喜びたいところだが、それどころじゃない。とんでもない事態だ。シャルルがお悔《く》やみでも言うようにおれの肩をそっとたたいた。やはり彼の頭脳は見た目よりずっと速く回転している。その証拠に、

「おれの助けがいるんなら……」と言った。「おれもあの場にいて、全部見たから」

そんなことを言ってくれるとは想像もしていなかった。シャルルはおれを元気づけようとし

て、大げさに人差し指を立てて言う。

「伐採人《ばっさいにん》が斧《おの》をかついで森に入ると、木々は言う。あの斧の柄《え》はおれたちの仲間だよと」

いきなりなんのことかと面食らう。だが表現方法がどうだろうと、シャルルの申し出がどういう性質のものかは彼を見ればわかる。

「ありがとう、シャルル。でもあんたから貴重な仕事を奪うようなことはしない」

おれがそう言った途端、落胆と後悔がシャルルの目に影を落とした。

「ていうより、証人になるには見場《みば》が悪すぎるってんだろ？　まあな、そのとおりさ。おれみたいに落ちぶれたのが唯一の証人として法廷に出たりしたら、かえって……かえって……」

シャルルは言葉を探す。おれが助け舟を出す。

「逆効果？」

「それだっ」とシャルルが破顔する。「逆効果！」

正真正銘の大喜び。一つの言葉が見つかったことでシャルルは勝利に酔いしれる。ついいましがたのおれへの同情が頭から吹っ飛ぶほどに。そしてこの言葉に文字どおり感動し、嚙《か》みしめるように頭を軽く揺する。今度はおれが彼の肩をたたいたが、これは心からのお悔やみとしてだ。

帰ろうとすると、シャルルがおれの腕をつかんだ。

「よかったら、近いうちに食前酒を一杯やりにこないか、うちに。なんつうか、その……」

そしておれが、〝うち〟がなにを意味するのか、この招待がなにを意味するのか考えているうちに、早くも揺れる足どりで遠ざかっていった。

おれは考えつづけながら駅に向かった。

メトロに乗ってから携帯にロマンの番号が入っていることを確認した。メッサージュリーはどうやら本気のようだ。彼らはコンクリートで防御を固めつつあり、おれのほうは身ぐるみはがれそうだ。

頭で計算。夜勤ってことは、ロマンはたぶんまだ起きている。

電話をかけた。

相手はすぐに出た。

「やあ、ロマン」

「あ、ども」

すぐにおれだとわかったようだ。ということは、おれから電話が来ると思っていた？　ロマンの声は明るかったが、どこかあいまいでもあった。気まずさと解釈していいだろう。だがニコルは失業してからおれが妄想を抱いていると言うし、思い過ごしっていう可能性もなくはない。ロマンは急な昇進について事実だと認めた。

「で、おやっさん、そっちの様子は？」

〝おやっさん〟も最近我慢できなくなりつつある。ニコルが言うように、失業したせいで怒りっぽくなった。おれは会社側の態度のこと、弁護士の手紙のこと、訴訟《そしょう》になるかもしれないという話をした。

「そんな、うそだろ！」とロマンはすっとんきょうな声を上げた。

そこまでやるなと言ってやりたい。もう何日もまえから社内の誰もが知っていたに違いないのに、ロマンは驚いたふりをした。おれをたぶらかすつもりなら、そいつは失敗だ。

「法廷に出るとなったら、きみの証言が必要になるかもしれない」

「任せとけって、おやっさん」

だめだ、万事休す。証言を渋るようだったらまだチャンスがあるんだが、これじゃ……。こいつはもう腹をくってる。出廷の二日まえにドロンを決め込むつもりだろう。それでも念のため再確認する。

「ありがとう、ロマン。いやあ、ほんとに助かるよ」

一瞬の沈黙。やはり当たりだ。ロマンはおれの皮肉に気づいた。返答の一瞬の遅れですべて確認できた。

「どうってことないっす」

電話を切ったとき、おれはパンチを食らった気分だった。やはりシャルルに頼もうかと一瞬思ったが、頼めば彼は必ず出廷し、仕事を失うだろう。しかもその証言は誰からも信用されず、結局のところなんの役にも立たない。とはいっても、ほかにどうしようもなければ頼むしかない。そうせざるをえない。

おれの頭上に馬の毛一本で吊るされたダモクレスの剣が、また少し上がった。これが上がれば上がるほど、その毛が切れたときの危険度が増す。頭のなかで粗暴な思考が渦を巻きはじめた。

メッサージュリーの連中はなぜおれをこんな目にあわせたいのか。

なぜここまで突き落とす必要があるのだろうか。

ロマンのことは理解できる。恨みはしない。彼の立場で仲間か仕事かの選択を迫られたら、おれも迷わないだろう。だが会社は？

それからおれは自分に残された手をいくつか考えた。そしてそのなかから、状況を考慮して、謝罪という手を選ぶことにした。詫《わ》び状を書こう。向こうはそれを社内に貼り出すかもしれないし、給与明細と一緒に全社員に送るかもしれないが、勝手にすればいい。この仕事を失ったままになるのは痛手だが、法廷に引き出されて丸裸にされるよりずっとましだ。

家に着くなり書斎へ急いだ。すると机の上に封筒が置いてあった。朝一番の配達がいつもより早かったとみえて、ニコルが出かけるまえに届いたようだ。BLCコンサルティングのロゴ入りのかなり分厚いビニール封筒。おれは一瞬ニコルのメモを期待して胸をときめかせたが、なにもなかった。

以前のおれたちは、相手になにか残して外出するとき必ず書置きをした。すごく元気なときはユーモアを添えて、まあ元気という程度なら明るい文面で、どちらでもないならせめて愛情を込めてちょっとした言葉を残す。だがこの日、ニコルはただ封筒を置いただけだった。

BLCの封筒を開けるまえに、書斎に隠しておいたメッサージュリーの弁護士からの書類を引っ張り出し、そこにあった番号に電話した。若い女性が出て、別の若い女性に電話を回し、その女性が若い男性に回し、その男性が弁護士は電話に出られないと言った。それから十分以上粘ってようやく取りつけたのは、弁護士と電話で五分だけ話せるという約束だった。午後三時半にまたこちらからかけることになった。

10

ＢＬＣコンサルティングの封筒には「人事副部長の採用」というタイトルのファイルが入っていて、そのなかに、「ロールプレイングへの参加　職場での人質拘束」という文書が綴《と》じてあった。

最初のページは目的だけで、《あなたの使命　刻々と変わる強いストレスにさらされた評価対象者を試すこと》とある。

二ページ目以降にシナリオの詳細が書かれていた。人質の尋問は人事副部長職の候補者（おれとライバルたち）が進行役を務めるわけだが、その候補者同士の機会均等を図るためのルールも説明されている。

あるポストの候補者が別のポストの候補者を評価するとは、まったくもってこの企業のシステムは妙な具合に出来上がっている。もはやトップが権限を行使するまでもなく、社員が社員の面倒を見るわけだ。特に今回のやり方は強烈で、おれたち最終候補者はまだ雇われてもいない段階で、能力の低い上級管理職数人を解雇に追い込むことさえできるかもしれない。資本主義がついに入ろうとする人間が出ていく人間を自ら選ぶという究極の押し出し方式。資本主義がついに生み出した永久機関。

おれははやる気持ちを抑えて書類を丹念に読んだが、予想どおり全体的に記述が一般化されていて、固有名詞がない。どの企業の試験なのかわからないし、評価対象の上級管理職が誰なのかもわからない。もちろんそれがわかってしまったら、人事副部長職を狙う受験者がいっせいに裏工作に走りかねないのだから、当然の措置だろう。

システムにはシステムのモラルがある。

おれたち受験者が評価する上級管理職は五人。年齢は丸めてあるようだ。

男性三人
・三十五歳、法学博士、法務担当
・四十五歳、経済学教授資格者《アグレジェ》、財務担当
・五十歳、鉱山大学卒業の技師、プロジェクトリーダー

女性二人
・三十五歳、エコール・サントラルおよびHEC経営大学院卒、販売担当
・五十歳、国立土木学校卒業の技師、プロジェクトリーダー

いずれもこの企業の重要ポストを占めるエリートたち。M&Mシステムの第一人者。M&Mは「マーケティング&マネジメント」のことで、現代企業を支える二本の柱だ。その原理ならおれも知っている。マーケティングとは欲しくもない人々にモノを売ることであり、マネジメントとは役に立たないヒトを動かしつづけること。つまりこの五人は経済システムのなかで極

めて活発に動いている主体であり、企業の価値に忠実で、それを支えている人々だ（そうでなければとっくにその地位を追われている）。しかしなぜこの五人なのか、ほかではなくこの五人を評価するのはなぜか、そこのところをはっきりさせる必要がありそうだ。

書類には彼らの学歴、職歴、これまでの職務、現在の職務についての説明もあり、それを見ておれは、頭のなかで彼らの年俸を十五万から二十一万ユーロのあいだと見積もった。

書類に目を通したところで、じっくり考えようと歩きに出た。いつもの頭の整理法だが、おれはどちらかというと興奮していてこそ頭が働く質だ。だから歩くのも落ち着くためではなく、情報を整理してある方向性を見つけるためで、そうすることで興奮して頭が冴えてくる。で、頭が冴えた結果、あまりにも深刻な現状に思い至り、思わず足を止めた。おれの周囲で崩壊に拍車がかかっている。ニコルのこと、ロマンのこと、メッサージュリーの訴訟のこと……。まだ名前もわからない大企業の人事副部長職は、いまやなんとしてでも獲得すべきもの、獲得するしかないものになっている。そのための支えは三十年以上働いたという実績と、そのあいだ自分が優秀だったと思えることだけ。だがそれが信じるに足るものなら、このままあと十日ほど優秀でいられさえすれば、社会に復帰できるかもしれない。そして厄介ごとなど一掃できるかもしれない。そう自分に言い聞かせてどうにか集中力を取り戻し、おれはまた歩きだした。それでも頭のなかの小さい声だけは黙ってくれない。ニコルの声だ。いや、声というより言葉だ。ニコルの言葉に逆らうつらさにどうにか耐えてはいるものの、彼女の明確な反対表明以来、おれは自分の可能性を疑いはじめ、そこをどうしても吹っ切れずにいる。手段については迷っていない。その点はニコルにはけっしてわからないだろうし、それはそれで仕方がない。ニコルのワーキングライフは幸運なことに平穏無事だ。だから、競争の激しい分野で生き抜くために時に強《し》いられる無理というものを理解することはないだろう。それより気になるのは、ニコルが結局のところ合格の可能性を信じていないのではないか、そしてじつは彼女が正しくて、おれは非現実的な可能性に飛びつこうとしているだけではないかということだ。おれ自身、心の声にまともに耳を傾けたら最後、あっという間に大論争に巻き込まれそうなんだし。そして、もし……。

どうしても引っかかるので徹底的に考えてみた。すっきりしないと先に進めない。何度払いのけても、この不安は起き上がりこぼしのように戻ってくる。そこでとうとう決心し、電話した。

例の小柄なポーランド女性が出た。相変わらずちょっとかすれた声がセクシーで、いかしてる。おれは名乗った。いえ、ラコステは会議中で電話に出られません。どういうご用件でしょうか？

「ちょっと込み入ってまして」

「一応おっしゃってみてください」

やや素っ気ない。

「最終試験の準備に取りかかるところなんですが」

「存じております」

「ラコステ社長は受験者全員に平等のチャンスがあると言われました。しかし……」

「あなたは疑っておられる？」

共感に満ちた口調とは言いがたい。このままだと泥沼にはまりそうなので、思いきって言った。

「そのとおりです。やはり変だと思います」

ほんとうに会議中かどうか怪しいものだが、とにかくオレンカはおつなぎしてみますと言った。おれの一手はそれほど悪くなかったようだ。人の評価や採用にかかわる人事コンサルティング会社は公明正大が信用の要《かなめ》なので、こう突っ込めば社長を呼び出せると踏んだのだが、案の定、ラコステ本人が出た。

「お元気ですか？」

まるで電話を待っていたかのように喜びにあふれた声だが、ラコステはそこにわずかな含みをもたせた。

「いま会議中ですが、あなたが不安を感じておられるようだというので」

「ええ、いくつか不安な点がありまして。いや、じつのところ一点だけです。今回のような重要ポストの採用試験で、わたしの年齢が不利にならないというのがどうも納得できません」

「その質問はすでにされましたね、アラン。そしてわたしはお答えした」

こいつは抜け目がない。用心したほうがいい。こういうところで相手をファーストネームで呼ぶのは使い古された姑息《こそく》な手段だが、いまだに効果がある。つまり、彼のほうはまたしても親しさを装ったわけだが、それでいておれのほうから〝ベルトラン〟とは呼べないことを互いに承知している。

おれは沈黙で応じた。

彼はおれが理解したことを理解した。結局のところ、おれたちは気が合っている。「いいですか」と彼は続けた。「あなたにははっきり申し上げたつもりですが、もう一度言いましょう。最終候補者はわずか数人で、しかもプロフィールはばらばらです。あなたの場合、年齢は不利ですが、経験は有利です。これ以上なにを言えばご納得いただけるんです?」

「依頼主の意図は?」

「依頼主は見かけではなく、実力を求めています。その期待に応えられると思うなら――これまでの試験結果もそれを示しているわけですが――最終試験にチャレンジしてください。そうでないなら……」

「はあ、それはわかりますが」

ラコステはおれが込めた留保のニュアンスを聞きとった。

「場所を変えます。ちょっと失礼」

おれは四十秒間音楽を聞きつづけた。このヴィヴァルディの「春」の電話バージョンを聞くと、とてもじゃないがそのあとすばらしい夏がやってくるとは思えない。

「お待たせしました」ようやくラコステが出た。

「いいえ」

「ええとですね、デランブルさん」

〝アラン〟は終わりだ。ついに彼は仮面を脱ぐ。

「今回の依頼主である企業は最重要顧客のうちの一社でして、わたしとしても判断ミスをするわけにはいきません」

その声は親しさではなく、今度は真剣さを装っている。〝本音〟というカードを切るつもりのようだが、このレベルのやり手となると、どこまでが嘘でどこからが本音なのか正直なところわからない。

「このポストには高い職業意識が必要で、今回の募集でもほんとうにその任に堪《た》えると思える応募者は多くありませんでした。結果について先走ったことは言えませんが、ここだけの話、受験しないのはもったいないと思いますよ。明確なお返事になっているかどうかわかりませんが」

前より一歩踏み込んだ話だ。それも大きな一歩だ。うれしくて最後のほうは半ば上《うわ》の空だった。録音して、ニコルに聞かせてやればよかった。

「よくわかりました」

「では近いうちに」と彼は早くも電話を切りかける。

手短に別れのあいさつを交わして電話を終えた。

心臓をばくばくさせながら、おれはまた歩きはじめた。ヒートアップした脳みそに酸素を送ってやらなければ。そしてまた準備に取りかかる。なんていい気分だ！

まずは客観的要素から固めよう。

最終候補者はたぶん三人か四人だろう。それ以上いるとロールプレイングの進行が混乱しそうだ。三人でも四人でも基本は変わらないから、とりあえず三人としよう。

だとすれば二人蹴落とせばいい。そのためには、五人の上級管理職の評価でその二人より優れているところを見せなければならない。つまり五人のうちの劣った人間を巧みに排除してみせなければならない。おれたち三人のうちで仕留める獲物がもっとも多い者が勝つ。それだけ人を見極める力があることになるからだ。わかりやすくいえば、五人のうちの四人を仕留めれば大成功。そこを最大目標と考えればいい。最悪一人でも首にできそうなところまで追い込めたら、おれの勝ちなんじゃないだろうか。

もちろん、できれば一人ではなく、複数。

そうしたことを考えながら、おれは無意識のうちに左に曲がり、メトロの階段を下りていた。どこへ行くつもりなのか自分でもわからない。足が勝手にここに来た。メトロの路線図を見上げる。おれの駅からは、どこへ行くにしてもまずレピュブリック駅に向かえばいい。カラフルな路線図を目で追いながら口許《くちもと》がゆるむのを抑えられない。なにしろ行き先を決めるのはおれの無意識だ。電車に乗って座り、どこで乗り換えるか無意識が決めてくれるのを待つ。あらゆるチャンスを味方につけること。そのためには最善の戦略を、つまり五人のうち一人でも多く仕留められる戦略を選ばなければならない。

レピュブリック駅をやり過ごし、シャトレ駅まで行く。

おれはマネジメントの基本中の基本に戻ることにした。《有能なマネジャーは先を読んで備える》

方法は二つ考えられる。

第一は送られてきたファイルが暗示する方法で、実名抜きの資料を読み込み、シナリオを分析し、五人がテロリストの要求に対してどう反応するかを無条件で、あるいはほぼ無条件で想像すること。たとえば、うろたえる、臆病をさらけ出す、会社を裏切る、同僚を裏切る、本心を漏らす、等々。月並みな方法だ。ピストルをこめかみに突きつけられたら誰もが本能に従うに決まっている。だから問題は彼らが裏切るかどうかではなく、どこまで裏切るかにある。

おれがもっと若かったら、この方法で満足していたかもしれない。ラコステが漏らしてくれたところによれば、ライバルは全員おれより若い。ということはこの方法で準備してくると考えられる。

だとしたらおれは第二の方法を選び、ライバルに差をつけてやる。そう思いながら頭のなかで両手をすり合わせた。

ここでもう一つ基本中の基本。《目標設定はステップに分ける》。第二の方法は三つのステップに分けられそうだ。まず、依頼主がどこの企業か突き止めること。次に、候補者五人が具体的に誰なのか突き止めること。最後に、五人それぞれについて調査し、各人の経歴、目標、可能性、力量、そしてなによりも弱点を知ること。それがわかれば、そいつを仕留めるのにもっとも有効な手立てもわかる。

だが与えられた時間は十日とひどく短い。

そんなわけで、無意識がおれをここへ連れてきた。ＢＬＣコンサルティングの本社前。ラ・デファンス――高層ビルが林立し、地下を高速道路やメトロが縫《ぬ》って走り、中心部に吹きさらしの広い遊歩道が伸びる巨大空間。ここにはおれみたいな働きアリが無数にいて、仕事に精を出し、せかせか動き回っている。ここで成功を収めたらもう働かなくてもよくなる、そういう場所の一つだ。

ＢＬＣビルの広いロビーに入ってまず全体を見わたし、エレベーターの昇降口が視野に入る応接コーナーを選んだ。

時間がないと言いながら、おれはここで何時間も待とうとしている（空振りに終わるかもしれないのに）。それも、誰ともわからぬ誰かが、どこともわからぬどこかへ導いてくれるのを待つわけで、いい作戦とは言えない。だがどうせ考えごとをするのなら、ほんのわずかでもチャンスがありそうな場所で考えたほうがいい。エレベーターから出てくる人と視線が合わないように斜めに座り、手帳を広げた。二十秒ごとにエレベーターのほうにさりげなく目をやる。この時間にこれほど人の出入りがあるとは思わなかった。背の低いやつ、高いやつ、風貌の冴えないやつ、ありとあらゆる人々。

エレベーターに目をやりながらも、目標の第一ステップに意識を集める。ＢＬＣコンサルティングに仕事を頼むくらいだから、依頼主はかなりの大企業で（特に資金力）、しかも戦略的な分野に関係しているのではないか（管理職の能力評価をきっちりやるのは職責が個人レベルを超えるからだろう）。だが戦略的な分野といっても範囲が広い。国や国際組織とも関係する戦略分野というものは軍事から環境までじつにさまざまだ。先端技術、国防、製薬、安全保障……手帳に書きはじめたが、きりがないのでやめた。その部分を線で消し、キーワード二つだけを残した。〝大企業〟と〝戦略分野〟。

そのあいだにもエレベーターは上下し、ドアが開くたびに人がわっと出て、またわっと乗る。一時間経った。おれは手帳片手に考えつづける。

人質拘束事件をでっちあげるにはそれ相応の準備が要るだろう。犯人グループを演じる人間、偽の武器、ほかには？　テレビドラマの場面が頭に浮かんだ。銀行に押し入る一味。パトカーのサイレンが聞こえてきて、一味はわめきながらドアというドアをバリケードでふさぎ、銀行員や客の怯《おび》えた視線を浴びながらカウンターのなかに入る。一味の命令でみんな床に身を伏せる。それから？

また一時間過ぎた。そこへあのポーランド系の研修生が現れた。すごくキュートで、金髪がまぶしすぎる。エレベーターを出ると、しっかりした足どりでわき目も振らずに進む。わが道を行くと態度で示したいタイプ。ライトグレーのスーツにピンヒールでロビーを突っ切り、回転ドアに達するまでに五、六人の男を振り返らせた。おれは別だ。振り返るのではなく数秒後に立ち上がり、あとについて外に出た。そして歩道に立ったまま、彼女がメトロのほうへ勝ち誇った歩みで遠ざかるのを見送った。少しぞくりとした。最終試験の場に彼女がいるかどうかはわからないし、試験にどうかかわってくるのかもわからない。だがとにかく敵でないことを祈りたい。なぜならこの女は剣だから。まだ若いので周囲にそれほど被害は出ていないだろうが、遠からず剣の鞘《さや》を払うときがくる、そう思わせるなにかがある。

ロビーに戻ろうとして回転ドアに入った瞬間、ベルトラン・ラコステが真正面のエレベーターから出てきた。

ぎょっとして反射的に下を向き、回転ドアを一周してまた外に出て、そのまま通りを渡った。心臓が波打ち、足がふらついた。気づかれていたらアウトだ。だがセーフだった。一瞬焦《あせ》ったので見落としたが、よく見たらラコステは五十代の男と一緒で前を見ていない。その男はさほど背は高くないが、筋肉がぎゅっと締まっているように見え、足どりに無駄がなく、滑《すべ》るように進む。

二人は話をしながらロビーを歩いてくる。

おれは物陰に隠れ、向こうからこちらが見えないことを確認する。数秒後、二人は歩道に出て、握手をして別れた。ラコステはなかに戻り、またエレベーターに乗った。男のほうは静かに歩道に立っている。

そしてさりげなく右を見て、左を見る。

角張った顔、薄い唇、角刈り。

脚を軽く開いた安定感抜群の立ち姿。おれはじっくり観察した。下から上へ見ていって、胸のあたり、脇の下で目を止めた。間違いなくピストルを携帯している。映画の知識でしかないが、あのスーツの膨らみはそうに違いない。男はゆっくり右ポケットを探り、チューインガムを一枚出すと、周囲を見ながら静かに包みをはがした。

誰かに見られていると感じたようだ。彼の視線は周囲を走査し、ほんの一瞬おれのほうを見て止まった。その一瞬、おれは凍りついた。そして慌てて時計に目を落とし、携帯がかかってきたふりをして背を向けた。それからこっそり横目でうかがうと、男はチューインガムの包みをポケットに押し込み、メトロのほうに歩きだした。

そいつはラコステのただの客でもおかしくなかったが、目が合ったあの一瞬で違うとわかった。

おれは記憶を探り、これまで仕事で出会った人間のなかにこういうタイプがいなかったか考えた。無表情で、動きに無駄がなく、白髪《しらが》交じりの角刈り、滑るような歩き方……。

頭の奥のほうから答えが一つ出てきた。退役軍人。いや、もう一段階上じゃないか？　そこではっとした。そう、傭兵《ようへい》。

この推測が正しいとすれば、ラコステは〝人質事件でっちあげ〟のために プロを雇《やと》ったことになる。

おれはそこを離れた。

弁護士に電話する時間だ。

言いたいことの大筋は手帳にメモしてある。電話の向こうの女性が力強い声で応答したとき、おれの腕時計はきっかり午後三時半を指していた。

「デランブルさんですね？　弁護士のクリステル・ジルソンです。どういうご用件でしょう」

若い。BLCの研修生の声にも似ている。束《つか》の間《ま》、娘のリュシーが法服を着て、おれみたいな失業者に向かって、同じように苛立った、断固たる口調で応じるところが目に浮かんだ。若い連中はなぜこうも互いに似ているんだ？　それはたぶん、おれみたいに年を食った役立たずも互いに似ているからだろう。

ほんの数秒で、ジルソン弁護士は改めて〝過失による解雇〟をおれに宣告した。

「なんの過失です？」

「上司を殴ったことです。どこの会社でも同じ理由であなたは解雇されたでしょう」

「ではどこの会社でも、現場主任には部下の尻を蹴る権利があるんですか？」

「ああ、あなたはそう申し立てていたんでしたね。ですが残念ながら、そのような事実はありません」

「なぜあなたにわかるんです？　わたしは朝の五時に尻を蹴られた。その時間にあなたはなにをしてました？」

おれはかっとなり、弁護士は口をつぐんだ。これでは早々に電話を切られそうだ。立て直さなければ。突破口を開かなければ。おれは手帳に目を走らせた。

「ジルソン弁護士、失礼ですが……あなたはおいくつですか？」

「この件とは関係がないようですが」

「いや年齢こそが問題なんです。いいですか、わたしは五十七歳で、四年前に失業し――」

「デランブルさん、電話は弁明の場じゃありません」

「――しかも今回の解雇で唯一のパートの仕事も失った。それなのにあなたはわたしを裁判所に呼び出し――」

おれの声はまた高くなった。

「わたしにおっしゃられても困ります」

「――わたしがもらっていた給料の三年分に相当する損害賠償を請求しようとしている！　わたしに死ねというんですか？」

もう相手が聞いているかどうかもわからないが、聞いていると思って続ける。そしてプランBに移る。

「謝罪してもいいと思っています」

短い沈黙。

「文書による謝罪ですか？」

しめた、興味を示した。この方向でよさそうだ。

「もちろんです。こういうことでどうでしょう。実際に起きたことはそちらの主張とは違いますが、それはもうどうでもいい。とにかくこちらは謝罪します。復職も要求しません。ただし、そこまでにしていただきたい。おわかりですか？　訴訟はなしです」

相手は一瞬考えた。

「謝罪を受け入れることはできると思います。早急に送っていただけますか？」

「明日にでも。なんの問題もありません。ですからあなたのほうは告訴をやめてください」

「デランブルさん、ものには順序があります。まずはあなたがペリヴァン氏と会社宛に謝罪文を出してください。そのあとで、こちらからご連絡します」

よく考える必要がありそうだが、これで一時休戦にできた。電話を切るまえに、どうしても知りたかったことを訊いた。

「ところで、ペリヴァンさんの言い分が正しいとあなたが思われる理由はなんですか？」

相手は答えたほうがいいかどうか天秤《てんびん》にかける。一瞬の沈黙がその証拠だ。それからこう言った。

「証言があるからです。その場に居合わせたあなたの同僚が、ペリヴァンさんはあなたに軽く触れただけだと証言し――」

ロマンだ。

「あ、もうけっこう。わかりました。謝罪文はあなた宛に送ります。それでけりをつけるということで、いいですね？」

「手紙をお待ちしています」

十分弱で、おれはもうメトロに乗っていた。

数か月まえにロマンからハードディスクを借りたことがあり、そのとき彼のアパルトマンまでとりにいった。正確な住所は覚えていないが見つけられるだろう。通りはけっこう見覚えがあり、角に薬局があって、その少し先の右手の建物だったはずで、番地がなんとなく馴染《なじ》みのある数字で……ええい、なんだったか忘れたが、そうだ、五十七だ、おれの歳だったとそこで思い出し、その建物のインターホンを見て、ロマン・アルキエと書かれたボタンを押すと、眠そうな声が答えた。

だがおれが上がっていったときにはもう眠そうじゃなかった。青ざめて、不安顔で、指が少し震えていた。それにしても彼のところはこんなに狭かったのかと驚いた。ミニワンルームというやつだ。引き戸のうしろにミニキッチンが隠れているが、それも五十センチ四方しかなく、上部に小さい戸棚、下部にてのひらほどの流し台があるだけだ。部屋そのものは壁に寄せた机が面積の半分を占めていて、その上に情報機器が山と積まれている。残りの半分がソファーベッドで、夜はこれを広げて寝るんだろう。ロマンはそのソファーに座っていて、おれに向かって床の上のわけのわからないものを指さした。赤いプラスチック製のぶにゃぶにゃしたもので、スツールクッションのたぐいだと思うがおれは遠慮した。するとロマンも立ち上がった。

「えっと」と始める。「おやっさんに言わないといけないことが――」

おれはぱっと手を出して彼を止めた。狭い空間で、二人はウサギ小屋のなかの二羽のウサギのように向き合っている。ロマンは口を開けたまま、目をぱちくりさせてこっちを見ている。

彼はなにをされるんだろうと戦々恐々で、その反応はもっともなことで、というのもおれはここに探しにきたものをなにがなんでも手に入れるつもりでいるから。すべてはこいつにかかっていると思うと、それがまたじれったい。ロマンが頭皮に冷や汗をかいているのを見て、おれは〝そうじゃないんだ〟と首を振る。ここは落ち着いていこう。すべての出来事は、彼のもおれのも、人生という大きな物語のなかの一場面にすぎない。特に彼のはわかりやすい。ロマンは農家の息子で、彼の行動と反応のすべては農家ならではの心の枠組みによって決定される。つまり手にしたものは手放すなと体で覚えている。持っているものは持ちつづける。後生《ごしょう》大事に。なんでもそうだ。もちろん仕事も。好きかどうかにかかわりなく、手にしたものは彼のもの、彼の所有物だ。だからおれは〝責めにきたわけじゃないんだ〟と首を振る。責めるどころか、それでいいと完全に認めているんだと。

　そしてメッサージュリーの件は気にしちゃいないと示すために、机の上の機器の山を振り返って感嘆の面持《おもも》ちで眺める。中央にパソコンの液晶ディスプレイが鎮座《ちんざ》している。いやはや、ウサギ小屋にこんなテクノロジーが入り込んでいるとは誰も思うまい。おれが向き直ると、彼は家畜を扱いなれた大きな手をだらりと下げたまま目をしばたたいた。どんなにつまらないものでも、こいつは誰かに譲るより自殺するほうを選ぶだろう。まったく、知ったこっちゃない。おれには急ぎの用がある。

「仕事を続けろ、ロマン、なにがあってもな。事情はわかってるし、恨んじゃいないさ。おまえの立場だったらおれだって同じことをする。だが一つだけ頼みがあるんだ」

　ロマンは警戒して眉を寄せる。育てた子牛に予想外の安値をつけられたみたいに。おれは親指でディスプレイを指した。

「まさに次の仕事のためでね。一件引っかかってるのがあるんだが、そのためにちょいと調べ物が必要で、手伝っちゃもらえないかと……」

ロマンの顔がようやく明るくなった。その程度で許してもらえるのかと心底ほっとしたようで、にっこり笑ってキーボードに手を伸ばした。ここでは移動しなくてもあらゆるものに手が届く。波のような電子音とともにパソコンが立ち上がり、おれは調べてほしいことをロマンに説明する。すると今度は農家ならではの用心深さが顔を出す。

「それ、おやっさんが思ってるよりずっとややこしいかも」

だがそう言いながら、指はもうキーボードの上を走っている。BLCコンサルティングのサイトが現れ、三つのウィンドウが動き回ったかと思うとすぐ隅のほうに居場所を見つけた。まるで水中バレエだ。クリック音の連打で一、二、三……八枚のウィンドウが花のように開く。まだ始まったばかりなのに、もうついていけない。

「ほとんどプロテクトされてないすね。こいつら、ばか？」とロマンが言う。

「守るべきものがないんだろう」

ロマンがおれのほうを振り向く。そんなふうに考えたことがないらしい。だからついでに言ってやった。

「たとえばおれは、パソコンに入ってて守りたいものなんかないぞ」

「え、だって、個人情報ってもんが……」

憤慨している。これまた彼らしい。データを保護しないやつがいると思っただけで唖然《あぜん》とするらしい。どうでもいいデータだってあるだろうに。おれのほうは彼の憤慨に啞然とする。「おれの個人情報にアクセスできたとして、それをどうするんだ？　そんなのおまえと同じだろ。みんな似たようなもんだろ」

だがロマンは眉をひそめ、首をゆっくり右に倒し、それから左に倒して、

「かもしれないけど」と食い下がる。「でもそれはおやっさんのものなんですよ」

こりゃいくら言ってもだめだ。おれはあきらめた。

指は走りつづける。

「ほらこれ、こいつらの顧客リストっすよ」

顧客リスト。一秒後、机の下に置かれたプリンターがジージー言いはじめる。ロマンはデータを電子メールでおれに送る。あまりにも容易で、腕の見せ場がなくてがっかりしているようだ。

「もっとほかに必要なものは？」

欲しいものをほとんど手に入れてロマンのところを出た。「契約中の顧客」と題されたリストはわりに短いが、そこからさらに八つのサブフォルダに行けるようになっている。並んだ社名をざっと見ていった。そのあいだにメトロはレピュブリック駅に着く。電車を降り、乗り換え通路を上がりながらも、目はリストから離さない。〝エクシャル・ヨーロッパ〟。いきなり足を止めたらうしろから若い女性がぶつかってきて悲鳴を上げた。おれはわきによけ、もう一度リストに目を走らせた。おれが設定した条件に合致するのはエクシャル・ヨーロッパだけだ。

大企業で、戦略分野。ふたたび通路を歩きはじめるが、全神経をこの社名に注いでいるのでゆ

っくりしか歩けない。

石油業界と無縁の人間でも、エクシャルと聞けばその巨大な組織、世界各地にいる三万五千人の従業員、スイスの国家予算をしのぐ売上高などを思い浮かべる（といってもスイスでは、いくつかの銀行の地下で、アフリカの負債を二度帳消しにできるくらいの隠し財産が日々膨張しているんだろうが）。多国籍企業エクシャルのなかでエクシャル・ヨーロッパがどの程度の割合を占めるのかわからないが、重量級なのは間違いない。ということは、どうやらこれが正解だ。念のためもう一度リストを見る。ほかは中規模企業か、大企業でも決定的に重要な分野とは言えない会社ばかりだ。それに、これは単なる補足だが、人質事件が起こりうるという観点からも、自動車会社や庭の小人《ガーデンノーム》をつくる会社より石油会社のほうがまだしもそれらしい。

今日一日で大きな収穫があった。第一ステップはこれでクリア。おれはいまや採用企業の正体にほぼ確信をもっている。

ほんのいっとき夢に浸った。エクシャル・ヨーロッパのどこかの部門の人事副部長！　これ以上ない幸せだ。おれは空を飛ぶような気分で足を速め、駅から数分で家に着いた。

鍵を回し、ドアを開ける。その瞬間こりゃまずいぞと思った。腕時計に目をやる。午後七時四十五分。

おれは嘆息して入る。

キッチンテーブルの上に〈食器のディスカウントショップ〉とロゴの入った大きな厚手の紙袋が二つ。ニコルはまだコートを羽織《はお》っていて、廊下ですれ違ったがなにも言わない。おれが悪い。

「すまん」

ニコルにも聞こえたはずだが、聞く耳をもたない。彼女は六時ごろ帰宅したはずだ。だがもちろん夕食の支度はできていない。今日はおれが食器を買ってくると約束したんだった。この三日間食器が足りずに軽い食事でしのいできたので、一度帰宅したニコルはまた出かけ、自分で食器を買ってこなければならなかった。だから帰宅するなり、緊迫した雰囲気に包まれたというわけだ。ニコルは黙ったまま新しい皿、碗《わん》、コップを流しに置いていく。どれも安物だ。おれの趣味じゃないとニコルも知っている。

「言いたいことはわかってるわ。でも安いのしか買えないから」

「いや、だから、まさにそうだから、仕事を探してるんじゃないか」

そうだ、おれたちはまさにこれから家計を立て直そうとしている。それなのに互いに不満を募《つの》らせ、恨みさえ抱きはじめている。もっともつらかったこの数年のあいだ、支え合い、気持ちを一つにしてがんばってきたのに、ようやくそこから抜け出そうというときになって気持ちが離れかけている。それが悲しい。ニコルは舟形容器入りの、茶色いソースがかかった中華っぽい総菜《そうざい》を買ってきていた。そのまま食べられるようになっていて、おれたちは無言のままのみ込んだ。あまりにも空気が重く、ニコルが耐えきれずにテレビをつける。おれたち二人のバックグラウンドミュージック。「タグウェル社はランス工場で八百人の人員削減に踏み切ると発表しました」。ニコルはもぐもぐしながら買ってきたばかりの皿を見つめている。総菜を盛ってみるとますます醜悪だ。おれのほうは、どれも代わり映えしない内容だというのに、ニュースに聞き入るふりをする。「……は順調に伸びています。これを受けてタグウェルは四・五パーセント高で終わり……」
食事を終えたときには反発し合う感情に疲れはて、どちらも黙ったまま席を立った。ニコルは皿を洗いはじめたが、意固地《いこじ》になっているとしか思えない洗い方だ。それから彼女はバスルームに、おれは書斎にこもった。
おれのパソコンではロマンのところのような水中バレエは見れない。ウィンドウが勝手に開いたり移動したりする優雅な動きはなく、ただエクシャル・ヨーロッパのロゴ入りのホームページがじっとしているだけだ。封筒のアイコンがロマンからのメールの着信を告げている。おれはBLCコンサルティングの顧客フォルダのなかから、ベルトラン・ラコステとエクシャル・ヨーロッパ社長アレクサンドル・ドルフマンとのやりとりの記録を探し出した。
ドルフマンの発言。《ありていに申しましょう。サルクヴィルの解雇は八百二十三人の予定ですが、とりあえずの試算によれば、直接間接を含めて最終的に影響を受けるのは二千六百人で、つまり労働市場全体に多大な、かつ長期的な影響を与えることになります》
もう少し先。《言うまでもなく、この複合的な人員削減計画は企業価値を高めるものです。ですから、この重大な任に当たる幹部は他に類のない経験を積むことになりますし、おそらくは精神的にも貴重な体験をするでしょう。そもそも強靱な精神と高い反応力を備えていなければ務《つと》まりませんし、衝撃に耐える力も人並み外れていなければ無理でしょう。さらに、わが社の価値観を完全に自分のものとしている人物でなければ任せられません》
手帳にメモした。

サルクヴィル＝エクシャルの最重要課題
↓とびきり有能でタフな人間を選びたい
この計画の指揮をとらせるため
↓最適任者を選ぶためのロールプレイング
社内の候補者のなかから

次はその候補者が誰かを突き止めたい。第二ステップだ。ところがBLCの顧客フォルダをいくら探しても評価対象者のリストが見つからない。念のため最初から全部見直したし、うっかり違うところに入れたのかもしれないと、ほかのフォルダのファイルも調べてみたが、やはり見つからない。いや、それは覚悟していた。おそらくラコステもまだ受けとっていないのだ。となれば自分で探すしかない。

まずは組織図が手がかりになるが、エクシャルのサイトには略図しかなかった。その図の頂点、ページのいちばん上の中央にアレクサンドル・ドルフマンの顔写真がある。六十代。髪が薄くなりかけ、鼻がやや大きく、眼光が鋭い。さりげなくカメラに向けた微笑みには、なんでも成功させてきた大物ならではのゆるぎない自信があふれ出ている。しかもその成功はすべて自分の手柄だと思っている顔だ。傲慢さがあまりにも板についているので、とっさに頬をはたいてやりたくなる。おれはその写真をじっくり見てから少し右に首を伸ばし、隅の小さいマントルピースの上の鏡を見る。そしてまたドルフマンに戻る。正反対だ。おれは五十七歳だが、白髪交じりとはいえ髪はまだ全部あり、どちらかというと丸顔で、いかにも自信がなさそうに見える。意志の強さを除いたら共通点は一つもない。

続いてBLCの顧客フォルダに戻り、エクシャル関連の資料のなかから詳しい組織図を見つけてプリントアウトした。そして今度は自分の経験を頼りに、そのなかから求める条件に合う上級管理職を拾ってみたところ、十一人いた。上出来だが、まだ多すぎる。そしてここからが難しい。なんでも第一次選考は容易で、気楽にできるが、その後の絞《しぼ》り込みはミスが許されない。一人削るたびに、最終試験の失敗のリスクが跳ね上がる。おれは新しいファイルを開き、十一人の名前をコピペし、ルーレットで勝負するときのように両手の指先を合わせて考えはじめた。

そこへドアが開いて、ニコルが顔を出した。その顔に疲れが出ているからか、パジャマ替わりのTシャツのせいか、それともドア枠に肩をもたせかけ、首を右に傾ける例のポーズのせいかわからないが、おれは不意に泣きたくなり、額をもむふりをしてごまかした。そのついでに画面隅の時刻表示を見ると、二十二時四十分。調べ物に没頭して時が経つのを忘れていた。そして顔を上げた。

いつもならこういうとき、たいていはニコルが上機嫌で話しかけてくる。そうでなければおれが立ち上がって彼女のほうへ行く。だが今夜は、書斎の入り口と奥に陣取ったままどちらも動かない。

なぜわかってくれないんだ?

長年一緒に暮らしてきたが、こう自問したのはこのときが初めてだった。これまで一度もそんな疑問が浮かんだことはなかった。それなのに今夜は大海原が二人を隔てている。

「あなたがなにを考えてるのかすごくよくわかるわ」とニコルが言う。「この件がどんなに大事かわたしがわかっていない、と考えてる。わたしにはささやかな暮らしがあり、ちょっとした仕事があるから、結局のところ夫が失業中という状況に慣れてしまったんだ、と考えてる。そして、あなたにふさわしい仕事なんかどうせ見つからないとわたしが思ってる、と考えてる」

「まあそんなところだ。全部じゃないけど……一部は当たってる」

ニコルは近づいてきておれの横に立った。そして立ったまま、座っているおれの頭を自分のほうに抱き寄せた。おれは彼女のTシャツの下に手を滑らせ、腰に置く。かれこれ三十年も繰り返してきた儀式だが、いまだに驚くほど刺激を受けるし、情熱は無傷のまま残っている。今日みたいな状況でさえそれは変わらない。おれたちは夫婦だ。ただし今日、二人を隔てる大海原はおれたちのあいだにあるのではなく、おれたちのなかにあるってところが問題だが。

おれは身を離し、ニコルは魚が泳ぐスクリーンセーバーに目をやる。こう訊いてみた。

「どうすりゃいい？　どうしてほしいんだ？」

「あれ以外ならなんでもいいの。とにかく……あれはだめよ。ああいうことに手を染めたら……」

メフメト事件のその後の展開をニコルに言うべきなんだろう。今夜これから謝罪文を書くというさらなる屈辱が待っていることも。だがニコルに言うこと自体とんでもない恥辱だ。重大な過失とやらで解雇されたから、職安で紹介してもらえる仕事もますます減るということも話すべきだろう。この先おれたちを待ち受けているものを考えたら、安物の食器を買うことさえ贅沢《ぜいたく》で、あのころは幸せだったな、なんてことになりかねないと話すべきだ。だがおれにはどうしても言えない。

「わかった」

「わかったって、なにが？」

ニコルはまだおれの肩に手を置いている。おれはまだ彼女の腰に手を置いている。

「あきらめる」

「ほんと？」

少々うしろめたいが、嘘も方便。嘘ってのはそういうもんだ。

ニコルはふたたびおれを抱き寄せた。その抱擁からも安堵《あんど》のほどが伝わってきたが、彼女は言葉でも説明しようとする。

「あなたが悪いわけじゃないわよ。どうにもならないことだもの。でもそんな方法で人を雇うなんて……。自分を大事にしなかったら、成功も望めない。わかるでしょ？」

言うべきことが多すぎてまともに答えられない。だからこれでいい。おれが頷《うなず》いてみせると、ニコルはおれの髪に指を入れ、おれの肩に体をぴたりと寄せ、尻をきゅっとすぼめた。おれが必死なのはこのすべてを守るためなんだが、わかってもらえない。だから一人でやり遂げ、成果だけを彼女に差し出そう。おれはもう一度こいつのヒーローになりたいんだ。

「もうやすむ？」とニコル。

「あと五分。メールを一本打ったら行くよ」

彼女はドアのところで振り向き、微笑んだ。

「すぐ来てね」

そんなふうに言われて書斎にとどまれる男は千人に二人もいない。だがおれはその二人に入り、口先でこう言う。

「二分で」

謝罪文を書いてしまおうかと思ったが、明日でも時間はあると、やめにした。それくらい十一人のことが気になっていた。クリックすると魚たちが消え、エクシャル・ヨーロッパのサイトとおれが作ったファイルが現れる。

考えられる十一人の候補者。ここから五人――男三人、女二人――に絞らなければならない。まずは十一人の年齢や学歴をBLCが送ってきた資料と突き合わせる。それから一人ずつ取り上げて職歴を追ってみる。以前の勤め先や同窓会などのサイトを探したところ、何人かについては略歴が見つかった。サルクヴィルのリストラを取り仕切るには管理職としてかなりの経験を積んでいなければならないし、すでに難しい任務、あるいは厄介な任務をこなしていて、その実績が経営陣の目に留まったに違いない。これらを考え合わせた結果、十一人を八人に絞ることができた。まだ三人――男が二人、女が一人――多いが、これ以上は無理だ。それに、実際の五人がこの八人のなかに入っていればそれだけでもすごいことで、優位に立てるだろう。

それからエクシャルのサイトと、BLCの顧客フォルダと、略歴なんかを見つけたサイトやSNSのあいだを行ったり来たりして、八人分の個人情報カードを作った。

おれの書斎机はあまり大きくないので、ある年の誕生日にニコルが壁掛け式のコルクボードのセットを贈ってくれた。それが書斎の壁に掛けてあって、六枚のボードを本みたいに開いたり閉じたりでき、そのどこにでも書類をピンで留められるようになっている。

まず、以前からそこに留めてあったものをすべて外した。これまでに応募した求人広告とか（すっかり黄ばんでいる）、雇ってくれそうな企業リスト（結局雇ってくれなかった）、企業研修のリスト（年齢制限で参加できなかった）、人事交流会でよく顔を合わせていた他社の人事部長のリスト（その交流会におれはもう参加できない）など。それから八人の候補者の顔写真と、各人の履歴にメモ用の余白を加えたものを拡大印刷し、そのすべてをボードに留めていった。

満足のいく出来だった。本物の書類みたいにめくれる。数歩下がって出来栄えに見とれた。本の表紙に当たるボード面にはなにも留めていないので、閉じてしまえば中身はわからない。

そのときうしろでドアが開いたことにおれは気づかなかった。すすり泣きが聞こえてきてようやく気づき、振り向いた。ニコルが白いだぶだぶのTシャツを着て立っていた。すぐ行くと言ったのは二時間前、もしかしたら三時間前だ。あきらめると言ったのも。しかもカラーの顔写真と履歴書がずらりと並んでいるところを見られてしまった。ニコルは言葉をなくし、ただ首を左右に振っている。彼女ができることのなかで、それはおれにとっていちばんむごいことだ。

おれは口を開きかけたが、その必要はなかった。

ニコルはもう部屋を出たあとだった。大急ぎで必要なファイルをUSBメモリに保存し、ノートパソコンを充電するためコンセントにつなぎ、デスクトップのほうをシャットダウンし、壁のコルクボードを閉じ、照明を消し、バスルームの前を通って寝室に飛び込んだが、部屋は空だった。

「ニコル！」

この夜のおれの声は妙な具合に響いた。孤独に似た響きだ。キッチンを見て、居間も見たが、いない。もう一度呼んだが、ニコルは答えない。

さらに数歩行くと客用寝室で、ドアが閉まっている。ノブに手をかけた。

鍵がかかっている。

嘘をついたことでまた失敗を重ねた。あんなことを言うんじゃなかった。だがくよくよしても始まらない。それにこの仕事を勝ちとりさえすれば、ニコルにもおれが正しかったとわかるはずだ。

おれも一人で寝る。明日は大変な一日になる。

11

ひと晩中同じことを考えつづけた——自分がラコステだったらなにをどうするか。今回のような選抜方法を考えることと、それを実行することのあいだには大きな隔たりがある。ニコルの驚いた顔がよみがえる。武装グループ、武器、尋問……。

もうすぐ朝五時だ。いつものようにメッサージュリーに行くふりをして家を出て、東駅の巨大なブラッスリーに入った。まずカウンターでコーヒーを頼み、置いてあるル・パリジャン紙の見出しを一瞥《いちべつ》。《パリ証券取引所は大盛況。九週連続の上昇》。コーヒーを待ちながらページ

をめくる。《……タンソンヴィル工場に警察が突入。立てこもっていた四十八人の従業員は……》

いちばん広い部屋のいちばん奥のテーブルに腰を下ろし、ノートパソコンを開いた。立ち上がるのを待つあいだ劣悪なコーヒーをすすり、ああ、駅のブラッスリーだなあと実感する。この時間にこの場所にいる早朝のお仲間といえば、休憩中のトーゴ人の道路清掃員たちが元気に大笑いしているのを別にすると、夜《よ》っぴて飲んでいた酔っぱらい、仕事から上がったばかりの夜間労働者、タクシー運転手、疲れ果てたカップル、ラリっている若者。みんな元気がなく、それを見ていると正直こっちの士気も下がってくる。せかせかとパソコンに向かっているのはおれだけだが、破産寸前なのはおれだけじゃない。さっそく昨夜USBメモリに保存したファイルを開く。

ラコステの通信文を調べてみたら、ダヴィッド・フォンタナという人物からの報告書が見つかった。BLC本社で見かけた男はこいつじゃないだろうか。俳優を雇ったとか、空包を装塡した銃を用意するとか書かれていて、候補地の建物の図面も添付されている。文体や内容からみて元軍人に違いない。念のためブラッスリーの無線LANに接続して「ダヴィッド・フォンタナ」で検索してみたが、案の定見つからない。顔や情報がどこにも出ないように用心してるんだろう。少なくともこの名前では出ていないはずだ。頭のなかのニューロンの一つに付箋《ふせん》を貼った――こいつの身元を洗うこと。どこから来たやつかを探り出すこと。

いずれプロの助けが必要になるだろうと思っていた。人材動員力は人事責任者に求められる資質の第二に挙げられる。

こういうときこそわが愛するインターネットだ。なんでも見つかる。とんでもないものを探すときでも必ず見つかるという意味で、世界で唯一の場所。西洋文明の無意識に似ているかもしれない。

一時間強で使えそうなサイトを見つけた。警察官、元警察官、未来の警察官、警察マニアのためのサイトで、予想を超える人数がひしめいている。だが、たまたまログインしていた何人かと長々やりとりしてみたものの、たいした収穫はなかった。こんな時間にネットを見ているのは落ちこぼれや失業者ばかりで役に立たない。確実なのは「これこれの人を求む」と投稿することだ。おれは小説家と偽り、人質拘束事件について具体的なことを知りたいので、その種の事件を実際に知っている人に話を聞きたいと書いた。そしてこのために作ったメルアドを添えたが、時間がないんだったと思い出し、携帯の番号に書き換えてアップした。これでタスクが一つ完了。手帳の一行目に線を引く。

次のタスクは私立探偵を探すこと。だが調べはじめたらすぐに頭が痛くなった。料金が一時間当たり五十から百二十ユーロもする。時間を見積もって数字を並べてみると、ぞっとする値段になった。だがほかに手はない。あの八人について、なんとしても私生活や経歴の詳細を調べなければならない。企業向けの仕事を請け負っていることと、大手ではなく、かといって雑《ざ》魚《こ》でもないところというのを条件に、いくつか探偵事務所の住所を拾った。そして最後は運任せでそのなかからいちばん近くにある事務所を選んだ。その時点で午前八時。おれはすぐに店を出た。

どこの企業のどこのオフィスでもおかしくないありふれた事務所。そこでおれを迎えたのはかつてのおれ、まだ自分に自信があり、力を発揮する場をもっていたころのおれに似た男だった。

「わかりました」と男は言った。

フィリップ・メスタク、四十過ぎの私立探偵。柔和《にゅうわ》で、手際がよく、ロジカル。近所のおやじ風の地味な容姿で、どこにいても目立たない。おれは真正面から勝負することにした。採用試験を受けるという話をし、どういうロールプレイングかには触れずに、五人の上級管理職を評価する試験だと説明した。メスタクは事前調査というおれの作戦に理解を示す。

「それでこそ万全を期したことになりますね」とまずは同意。「しかし調査期間が短いのは好ましくありません。わたくしどもでは企業からの依頼を受けて従業員調査を頻繁《ひんぱん》に行っていますす。需要が伸びている市場です。ですが、残念ながら、時間をかけなければ結果の質が上がらないケースが少なくありません」

「おいくらですか」

メスタクはにやりとした。おれと同じ現実的な人間だ。

「ごもっとも」と彼は頷く。「いいご質問です。計算してみましょうか？」

そこでおれが希望する調査項目を挙げると、メスタクはそれをメモし、上着の内ポケットから小さい計算機を取り出していくつか計算し、最後に長々と考え込んでから数字を決め、計算機をポケットに戻して顔を上げた。

「全部で一万五千ユーロになります。諸経費込みです。追加料金はありません。現金でお支払いいただけるなら一万三千にさせていただきます」

「なにを保証してくれますか？」

「四人の調査員をフルタイムで投入し、そして——」

おれは遮《さえぎ》った。

「いや、意味があるのは結果だけです。なにを保証してくれますか？」

「調査対象者の名前をいただければ、こちらで住所を調べ、四十八時間で次のものをご提供します。民事上の身分、詳細な家族状況と世襲財産、個人履歴ならびに職歴上の主な出来事。そして現在の経済状況の概要、すなわち債務、流動資産等々」

「それだけですか？」

メスタクは不安げに片眉を上げた。おれは続ける。

「そんなありきたりの材料でどうしろと言うんです？　そんなのは〝どこかの誰か〟のプロフィールでしかありませんよ」

「しかし、この国はそうした人々であふれているんです。わたしも、あなたも、ほかの人も、つまり誰もがそうじゃありませんか？」

「なにかもっとこう、ピンポイントの情報が欲しいんですが」

「といいますと？」

「まともじゃない借金、以前の勤め先での過失、問題のある家族、不治《ふじ》の病を抱えた妹、アルコール中毒の配偶者、悪癖、スピード違反、グループセックス、愛人、情婦、秘密の生活、遺伝的異常といったたぐいのもの」

「デランブルさん、もちろんなんでも調べられますよ。でもそれなりに時間がかかります。そうした方向で掘り下げるには特殊なネットワークを使ったり、袖の下を使ったり、尾行したりするわけで、しかも運がよくなければならない」

「いくらです？」

メスタクはまたにやりとした。言葉というより、ストレートな要求が気に入ったようだ。

「段階を踏むのはいかがでしょう。最善の方法だと思います。つまり、最初のお支払い後二日で、先ほど申し上げた基本的な情報をご提供します。それをご覧になったうえで、追加調査の的を絞っていただき、それに対してこちらでお見積りする」

「一括のほうがいいんですが」

メスタクはまた計算機を取り出して計算し、数字をメモした。

「追加調査は二日間で一人当たり二千五百ユーロ。〝賄賂《わいろ》〟込みです」

「現金なら？」

「これが現金割引の価格です。定価ですと……」

とまた計算機のほうにかがみ込む。

「あ、けっこうです。よくわかりました」

おれにとっては途方もない金額だ。追加調査は半分に絞って四人にするとしても、全部で二万三千ユーロになる。貯金の残りを注ぎ込んでも九十五パーセント足りない。

「どうぞゆっくりお考えになってください。ですがご依頼いただけるのでしたら早めにご連絡ください。大急ぎで調査員を手配しなければなりませんので」

握手をして事務所を出る。

そしてメトロに乗った。いよいよ決定的な試練のときが来た。

こうなることは最初からわかっていた。ニコルとの口論、ここ数日の苛立ち、筆記試験と面接の緊張、結局のところそのすべてはこの最終段階でただの一点に集約する。つまり、すべてはおれのモチベーションにかかっている。そんなことは二十年も前からマネジメントの基本だ。成功したいならすべてのリスクを負わなければならない。

だがそう簡単に決心できることじゃない。

疲れ果てて気力もなかなかわいてこない。

おれの目は見るともなしにメトロのポスターを、ひっきりなしに乗り降りする乗客を見る。そしてほぼ無意識にエスカレーターを上がり、わが家の近くに出る。おれたちが住んでいる通り。初めて来たときひと目で気に入った界隈。

一九九一年のことだ。

あのころはなにもかも順調だった。結婚して十年以上経ち、マチルドが九歳、リュシーが七歳になっていた。おれは子供たちに〝おれのプリンセス〟とかなんとか、すごくばかげたことを言っていた。そしてニコルは喜びに満ちていた。写真を見ればわかる。おれたちはとてもフランス的なカップルで、定職に就《つ》いていて、まあまあの給料で、将来性もあった。銀行からこれなら不動産を取得できますよと言われた。そしておれは鋭敏なる責任感からパリの地図を広げ、この辺りにすべきだと思う地区を線で囲い、それなのにその後すぐ、パリ市の反対側でこの物件を見つけた。

いまおれがいるのがその界隈だ。メトロを出る。はっきり覚えている。あのときこの光景を目にしたおれたちを思い出す。

見た途端に心引かれた。小さい丘の上にある地区で、通りも上がったり下ったりで、建物も木々も前世紀からここにある。アパルトマンの建物はきれいで、赤レンガ造り。相談したわけでもないのに、二人とも出窓があって、がたがた揺れるエレベーターがあるアパルトマンがいいと思っていた。おれはすばやく目測し、ソファー以外はすべて運び込めると踏んだ。不動産屋はプロの目で床を確認して問題ないと言い、ドアを開けるとなかは光に満ちていて、これこそ丘の上の特権だとうれしくなり、それでいて値段は借りられる金額より十五パーセント高いだけだった。おれたちは夢中になり、十五パーセントをどうしようかと慌てた。もうこの物件に惚れ込んでいた。銀行の担当者は揉《も》み手をし、追加のローンを組みましょうと提案してきた。そしておれたちはアパルトマンを買い、契約書にサインし、鍵を手にした。子供たちを友人宅に預けて二人でそこに戻ってみると、アパルトマンはいっそう広く感じられた。ニコルが建物の裏手に面した窓を開けると、少し向こうの学校の校庭と三本のプラタナスの木が目に入る。どの部屋もこれから埋めるべき空間と、これからやってくる幸福と、これから始まる愉快な暮らしに沸《わ》き立っていて、ニコルがいきなりおれをつかまえてキッチンの壁に押しつけ、熱烈なキスをし、おれは息ができず、彼女はすっかり興奮していて、今夜はすばらしいことになりそうだとおれは感じ、彼女は各部屋を回りながらここはこんなふうにしたいと両手を大きく広げて語った。

おれたちは借金で首が回らない状態になり、そこへ不況も重なったが、どういうわけか運に恵まれ何年も無事に切り抜けてきた。その時期の幸せの秘密は愛にあったわけではなく（愛ならいまでもある）、娘たちにあったわけでもなく（娘たちもいまでもいる）、つまり仕事にあったわけで、仕事というとてつもない幸運に恵まれていたからこそ、そこから数々のいい結果が自然に生じていた。つまり、ローンの返済、バカンス、お出かけ、学費、車、そして真面目にしっかり仕事をしていれば報酬はついてくるという自信。

あれから二十年弱経ったいま、おれは同じ場所にいるが、一世紀分は老けている。

家に戻って書斎に入ると、ニコルが泣くのが聞こえるようで、彼女の着古したカーディガンが目に浮かび、安物の食器も目に浮かび、だから電話番号を探し、「グレゴリー・リッペールをお願いします」と言い、キッチンのリノリウムがはがれてるからまた張り替えなければと思い、「やあ、ご老体だよ」と言い、陽気な声を狙ったのにそうならず、あの間に合わせの流し台はあまりにもみすぼらしいと思い、あそこの壁に置く食器棚を探さなければと思い、彼は「え、なにかありました？」と言い、そりゃグレゴリーにはめったに電話などしないからだが、「用があるからすぐに会いたい」と言うと、彼はまた「え、どうしました？」と言い、それだけでもむかつくが、それでも彼が必要なので粘り、「大至急」と繰り返し、彼はようやく急ぎの用らしいと理解し、こう言う。「それでもちょっとかかるんで、十一時で？」

12

そのカフェの名前は〈ル・バルト〉。同じ名前のカフェがフランスに二千か三千はありそうだ。おれの婿殿はそういうところを選ぶ。毎日ここで昼を食べ、ウェイターをきみと呼び、秘書と三目並べ《モルピオン》のスクラッチくじをこすりながら、ケジラミ《モルピオン》のジョークでも飛ばしているんだろう。この店にはたばこ屋コーナーと広いカフェスペースがあり、カフェのほうは穴のあいた長椅子とフォーマイカの家具が置かれ、床はぴかぴかのタイル張りで、テラス席を囲むガラスにロールスクリーンタイプのメニューが掛けられていて、「ホットドッグ」と「サンドイッチ」が読めないアホな客のためにホットドッグとサンドイッチのイラストも添えてある。

おれが先に着いた。

壁の上のほうに掛けられた液晶テレビにはずっとニュース・チャンネルが流れている。音量は絞ってあるが、客はだいたいそちらに目を向け、次々と流れるニューステロップを見ている。

《企業利益配分――従業員七パーセント、株主三十六パーセント。失業者数予測――年末に三百万人か》

こんなときに一つでも採用試験に引っかかっているなんて、おれはとんでもなく運がいいってことだろう。

グレゴリーはなかなか来ない。理由があって遅れているのかどうか怪しいところで、わざとぐずぐずしているんじゃないか、自分は多忙な身だと見せつけたいんじゃないかと思えてならない。

隣のテーブルではスーツ姿の若い男が二人、コーヒーを飲みながら話し込んでいる。保険会社の管理職といったところで、まあ、婿殿と同じたぐいだ。

「ほんとなんだって」と片方が言う。「笑えるゲームだよ、『路上』ってやつ。自分がホームレスになるんだ。で、生き残れるかどうかが勝負でさ」

「社会復帰じゃなくて？」もう片方が訊く。

「まさか。とにかく生き延びなきゃならない。で、変数が三つあって、三つとも避けては通れないんだ。ただそれぞれの度合いを変えることはできる。それが寒さと、飢えと、アルコール中毒ってわけ」

「なんだそりゃ！」

「笑えるだろ？　いやほんと、大笑いしたよ。サイコロを振るんだけど、単純じゃなくて、カードをうまく使うのがコツなんだ。〈心のレストラン〉の無料の食事とか、シェルターに宿泊、暖かいメトロの出入り口に居場所を確保――これはなかなか手に入らないけどな――寒い日の段ボール、駅のトイレで体を洗う、なんてカードがあって……いや、嘘じゃないって、けっこう複雑なんだ」

「でも、戦う相手は？」

「自分に決まってるだろ」と間髪《かんはつ》入れずに答える。「そこがこのゲームのすごいとこだよ」

グレゴリーが来た。そしてその二人と握手し（おれの読みは当たっていた）、それを機に二人は腰を上げて出ていった。グレゴリーはおれのまえに座った。

スチールグレーのスーツにクリームのシャツ、ベージュのタイ。こいつはスカイブルーとかラベンダーとか、キッチンの壁の色みたいなパステルカラーのシャツばかりもっていて、今日もそのうちの一枚だ。

ベルコー社を首になるまでは、おれも常にスーツ四着を維持し、シャツとネクタイなど数えきれないほどもっていた。服装に気を配るのは嫌いじゃなくて、いろいろ合わせるとニコルよりたくさんもっていたので、「高級娼婦のつもり？」とよくからかわれた。つまりおれは、父の日に娘たちが、今年もまたネクタイになっちゃったと心配することなく堂々とネクタイを贈れる貴重な父親だった。ただしマチルドはセンスがなく、悪趣味なのを買ってくることがあって、そういうのは締めたことがない。その悪趣味の影響がいまのグレゴリーに見受けられる。

つまり解雇された時点でおれはスーツを四着もっていた。少しすると古いのはもう処分しましょうよとニコルが言うようになったが、踏ん切りがつかなかった。失業初日から、おれは外出のたびにスーツを着ていた。それも職安や面接に行くときだけじゃなくて、朝五時にスーツで、ネクタイまでして、メッサージュリー・ファルマスーティックの仕事に行っていた。受刑囚が失った誇りをわずかばかり取り戻すために毎朝ひげを剃《そ》るような心境だったのかもしれない。だがある日、帰りのメトロのなかでお気に入りの上着の縫い目がほつれ、脇の下からポケットまで開いてしまった。おれの横にいた若い女性二人が吹き出し、その片方が身ぶりで謝ろうとするのだが、笑いはどうにも止まらない。おれは毅然とした態度をとった。するとほかの乗客も笑いはじめた。おれは次の駅で降り、上着を脱ぎ、無造作に肩にかけた。一日暑さに耐えたサラリーマンがようやく涼んでいるという場面を演出したわけだが、実際は一月だった。

そして家に着くなり、四、五年以上経っている衣類を全部捨てた。残ったのはきちんとしたスーツ一着と数枚のシャツだけで、以来それらをとても大事にしている。クリーニングに出したときのビニールカバーをかけたまま、骨董品のように洋服ダンスに掛けてある。だからエクシャルに就職できたら、まっさきにするのはスーツをあつらえることだ。失業以前にもしたことがない贅沢をしてやる。

「なんか、緊張してるみたいですね」とグレゴリーが鋭く言う。

おれは緊張していた。

だがもっとよく見ておれの顔色が悪いことに気づくと、そういえば大至急会いたいと言われたんだっけ、こんなのは初めてだぞとようやく思い出したようだ。彼は姿勢を正して咳払いし、ちょっと感じのいい笑みをこちらに向けた。

「金を借りたいんだ、グレゴリー。二万五千ユーロ。いますぐに」

ぎょっとする話だというのはわかっている。どう切り出そうかさんざん悩んだが、どうやってもうまくいきそうにないので、いきなり本題に入るしかないと思った。効果てきめんで、婿殿は口を開けたままなにも言えない。指で下顎を押し上げてやりたいほどだったが、我慢した。

「どうしても要る。仕事のためだ。おれにぴったりの仕事にありつけるかもしれない千載一遇《せんざいいちぐう》のチャンスがめぐってきたんだが、そのために二万五千ユーロ要る」

「二万五千ユーロで仕事を買うってことですか？」

「まあ、そんなところだ。ややこしくて説明できないが、とにかく……」

「無理ですよ」

「仕事を買うことが？」

「いえ、そんな大金を貸すことがです。無理ですって。だっていまの状態じゃ……」

「だからこそだ！　だからこそおれはいい客なんだ。その仕事で簡単に返済できるんだから。短期でいい、せいぜい数か月。それ以上ってことはない」

グレゴリーは話についてこれずに戸惑っている。だからわかりやすくした。

「いや、実をいえば、そう、ほんとうに仕事を買うわけじゃない。つまり……」

「賄賂？」

おれは苦しげな表情を装って頷く。

「でも、その会社やり方が汚いですよ！　仕事をやるから金を払えと言ってくるなんて。そもそも法律違反だ！」

おれは動転してわめいた。

「違法か合法かなんて言ってる場合じゃない！　おれがいつから失業してるか知らんのか！」

おれは叫んでいた。グレゴリーはなんとかしなけりゃと記憶を探る。

「えっと、たしか……」

「四年だ！」

こんなふうに最近すぐに声を荒らげてしまう。今回の件でおれの神経はすり切れる寸前だ。

「おまえは失業したことがあるのか、え？」

今度は食ってかかった。グレゴリーは周囲の目を恐れてそわそわしはじめた。おれはそこにつけ込み、さらに声を上げる。とにかく金を借りたい、こいつにうんと言わせたい、いますぐ合意を取りつけたい。言質《げんち》さえとればあとはなんとかなる。

「くだらない説教なんかたくさんだ。おまえには仕事があって、おれにはない。そのおれが頼んでるのは再就職を後押ししてくれってことだけだ！　ややこしいか、それが、え？　ややこしい話か？」

グレゴリーはまあ落ち着いてと手で制する。ここでおれは迂回《うかい》作戦に出る。彼のほうに顔を寄せ、打ち明け話を始める。

「あのな、理由はでっちあげでいいから二万五千ユーロ貸せ。車でも、システムキッチンでも……お、それがいい、システムキッチンだ、うちのを見ただろう……。十二か月で返す。たとえば月に千七百ユーロプラス利子とかなんとか。問題ない、ほんとうだ、なんのリスクもない」

グレゴリーは黙ったままだが、表情に自信が戻ってきた。プロの自信だ。数秒でおれの立場は変わった。いまや融資を交渉している。さっきまで義父だったが、いまや客だ。

「問題はそこじゃありません」と彼がきっぱり言う。「そんな額を貸すには担保が必要です」

「仕事に就く」

「ええ、たぶんね。でもいまはまだ就いていない」

「人事副部長だ、大企業の」

グレゴリーは目を細める。おれの立場はまた変わった。頭がいかれていると思われたらしい。チャンスが指のあいだからこぼれていく。おれは状況を立て直そうとする。

「だったら、おまえんとこから二万五千ユーロ借りるにはなにが要るんだ？」

「十分な年収」

「いくら？」

「ですから、お義父《とう》さん、このやり方はよくありませんよ」

「よし。じゃあ、おれに保証人がいたら？」

彼の目が輝く。

「誰です？」

「さあな。おまえとか」

彼は目を閉じる。

「冗談でしょう。ぼくらはアパルトマンを買うんですよ！　ローンの額を考えたらとてもじゃないけど……」

おれは両手を伸ばして彼の両手を握りしめる。

「聞いてくれ」

これが最後の一発だ。引き金をひく勇気があるかどうかもわからない一発。

「これまでおまえに頼みごとをしたことはない」

言うだけで骨が折れる。もてるかぎりのエネルギーを注入しなけりゃとても言えない。

「だが今度ばかりはほかに手がない」

重ねた手に視線を落とし、ほかのことに集中しようとした。なぜなら口にするのが難しいからだ。とんでもなく難しいから考えたくない。

「おまえしかいない」

一語ごとにほかのことを思い浮かべようと努力する。初めてフェラをする新米売春婦もそうだろう。

「どうしてもその金が要る。死活問題だ」

ちくしょう、ここまで身を落とさなきゃならんのか？

「グレゴリー……」

おれは唾をのんだ。えい、言っちまえ！

「頼む」

やった。言ったぞ。

グレゴリーは唖然としている。おれもそうだ。

金貸しという彼の商売が気に入らなくて、これまで数えきれないほどやり合ってきたのに、おれはいまその相手に金を貸してくれと泣きついている。この状況があまりにも異常なので、どちらもグロッキー状態でしばらくなにも言えなかった。そしてこの驚きは強い〝押し〟になったはずだとおれは思った。ところが、グレゴリーは首を小さく振った。

「ぼくの独断で決められるんだったら……。言うまでもありませんが、勝手に融資をまとめることはできないんです。上役がいるんです。お義父さん、いまのあなたの収入も、お義母《かあ》さんのもぼくは知りませんけど、想像はできます……。三千とか、五千ならまだ検討の余地がある。でも……」

そのあと起きたことがなにに起因するかといえば、「頼む」のひと言に尽きる。こいつに懇願なんかするんじゃなかった。取り返しのつかないことをした。間違いだとすぐに気づいたが、一度出た言葉は取り消せない。前のめりの姿勢を解除して、また椅子にしっかり腰を下ろし、反対側の尻でも掻《か》くかのように右肩をうしろに引いたとき、おれは半ば無意識だったが、いずれにしてもそのすべてはたった一つの言葉が招いた結果だ。数多くの悲惨な戦争も、こんなふうにたった一つの言葉から始まったに違いない。

弾《はず》みをつけ、もてる力を振り絞って顔面に一発見舞った。婿殿は完全に不意を突かれた。青天の霹靂《へきれき》だ。おれの拳は頬骨の真下に入り、彼はうしろに投げ出され、テーブルにつかまろうとして両手が空《くう》をかいた。体が二メートル飛んで別のテーブルと二脚の椅子にぶつかり、そのあいだに腕が支えを求めてすべてをなぎ倒し、頭が店内の支柱にぶつかり、喉が唸《うな》り声のような、どこか動物的な叫びを排出し、客が全員振り向き、グラスが割れて椅子が壊れてテーブルがひっくり返る音が響きわたり、そして驚愕の静寂が訪れた。おれのまえには道ができていた。それでも拳があまりにも痛くて、腹のくぼみにぎゅっと押し当てていなければ耐えられない。それでもおれは立ち上がり、呆然とする客を残して店を出た。

こんなことは長い人生で一度もなかったのに、トルコ人の主任に続いて、今度は娘婿をぶちのめした。わずか数週間で二人。おれは荒っぽくなった、それだけはたしかだ。

通りに出た。

自分の行動がどういう結果を招こうとしているか、おれはまだ正確に思い描いていなかった。だがその心配をするまえに唯一の問題を解決したかった。二万五千ユーロ調達すること。

13

おれは二万五千ユーロのために娘婿をノックアウトし、二万五千ユーロを求めてふたたび歩きだした。人の目には悪魔に魂を売り渡したように映るだろう。

以前、おれは自分のことをよくわかっていた。だから自分の振る舞いに驚いたことなどなかった。ひととおりのことを経験したら、いつどういう態度をとればいいかわかってくるものだ。ここは我慢しなくていいといった判断もできるようになる（たとえば家族の集まりでの娘婿との口論とか）。ある年齢を過ぎたら人生は繰り返しでしかない。いや、もちろん繰り返されないものもあるが、唯一の経験からしか学べないもの（あるいは唯一の経験をもってしても学べないもの）についてはマネジメントが助けてくれるわけで、自己啓発セミナーに行けば性格分類を使って数日で手ほどきしてくれる。それは実践的で、一種のゲームで、たちまち精神が刺激されるので知的なものに思え、これからは仕事でうまく立ち回れそうだと思わせてもくれる。要するに不安がなくなるわけだ。ただしその手法は時とともに変わるし、分類表も次々と新しいのが出てくる。ある年は自分の強みが論理性、活動性、協調性、独創性のどれなのか判定させられ、翌年になると自分の性格が勤勉家、反抗者、リーダー、努力家、共感者、夢想家のどれなのか判定させられる。自分がどういうタイプかは（保護者タイプ、経営者タイプ、為政者タイプ、芸術家タイプ、奨励者タイプなど）指導者が変わるたびに新たな発見があるし、自分がなにに向いているかも（行動、管理、企画、緻密な作業など）新しいセミナーに参加するたびに見方が変わる。これは誰もが夢中になるある種の詐欺《さぎ》だ。星占いと同じようなもので、なにをどうやっても自分に当てはまる内容が見つかるようにできている。だが結局のところ、そうしたものを駆使《くし》してみても、実際になにごとか起きてみなければ自分がどんな振る舞いをするかなんてわかりゃしない。現に、このところおれは自分に驚きっぱなしだ。

　メトロを出たところで携帯が鳴った。ものごとがあまりにも速く進むときは用心することにしているが、このときがまさにそうだった。

「アルベール・カミンスキーといいます」

感じのいい素直な声だが、それにしても早すぎる。あのサイトに投稿したのは今朝なのに……。

「ご要望にお応えできると思うんですが」と相手は言った。

「こちらの要望をどう解釈されてます？」

「あなたは小説家で、おそらくは人質事件が出てくる小説を書こうとされていて、そのために具体的で詳しい情報を求めている。それも生の情報を。わたしが読み違えたのでないかぎり投稿内容はそういうことだと思いますが」

的確だ。意地悪な質問にもうろたえなかった。頼りになりそうだ。ただ話し方は遠慮がちで、人目を気にしているようなぎこちなさを感じる。

「それで、あなたはこの分野で実際の経験をおもちなんですか？」

「もちろんです」

「電話をくださる方は皆さんそうおっしゃるんですが」

「複数の人質事件に実際にかかわりました。それぞれ状況が異なりますが、いずれも比較的最近のものです。この種の事件が具体的にどう展開するかといったことを知りたいのなら、ほとんどの質問に答えられると思います。わたしに会いたければこの番号にどうぞ、〇六、三四……」

「あ、待ってください」

こいつはできる、間違いない。あえて突っかかってみせたのに、苛立《いらだ》ちもせず淡々と説明し、最後は上手《うわて》を行ってみせた。結局ぜひ会いたいとこちらから頼むことになったのだから、おれより一枚上だ。これこそいま必要な助っ人じゃないだろうか。

「今日の午後はいかがです？」

「時間によります」

「というと……」

「二時なら」

結局その男の提案でシャトレ近くのカフェで会うことになった。

グレゴリーのほうはどうなっただろうか。すぐには起き上がれなかっただろう。彼がフロアのまんなかで伸びているのが目に浮かぶ。そこへ馴染《なじ》みの店主が駆け寄り、「どうしました、ひどいやられようだ！　いったい誰なんです、あいつは」と言いながら頭の下に手を入れて抱き起こし……だがその先がわからない。要するにおれはグレゴリーのことをよく知らない。勇敢なのかどうかも知らない。だから騒がずに立ち上がって服の埃《ほこり》を払ったのか、それとも「殺してやるからな、あんちくしょう！」とかなんとか、いつものようにやや哀れっぽくわめいたのかわからない。だがいちばん知りたいのはそんなことじゃなくて、彼がマチルドにすぐ電話したか、それとも帰宅してから話すつもりでいるのかだ。おれの作戦がうまくいくかどうかはそこにかかっている。

マチルドが英語を教えている高校は細い通りに面している。校門まえは昼時になると高校生でいっぱいだ。これがけっこうなばか騒ぎで、叫び、押し合いへし合いし、男子生徒も女子生徒もホルモン全開でにぎにぎしい。おれは近くの建物のエントランスの陰から電話した。マチルドはすぐに出た。電話の向こうもこっちと同じくらいにぎやかだ。驚いたことにグレゴリーからはまだなにも伝わっていなかった。だが残された時間枠はわずかだろうから、なんとしてもそこに滑り込まなければ。

え、いますぐ？　お母さんになにかあったの？　どこにいるの？　外ってどこ？

いや、母さんじゃない、安心しろ、たいしたことじゃない、おまえとちょっと話がしたいだけだ、ああ急いでる、通りにいる、すぐまえの……。五分でいいんだ……。ああ、いますぐ。

リュシーに比べるとマチルドは愛らしい。リュシーのように美人でも魅力的でもないが、可《か》憐《れん》だ。今日はプリント柄のしゃれたワンピースで、女性が何人かいたら、そのなかでおれがまっさきに目を留めるような服だ。歩き方は優雅で、ニコルの腰の動きをちょっと思い出させる。

だが嫌な予感がするのか、表情は硬かった。

説明が難しすぎる。だがとりあえず言ってみた。あやふやな頼みごとになったが、マチルドはすぐ要点を理解した。要するに二万五千ユーロだと。

「でもそれ、アパルトマンに必要なのよ。もう契約を予約したんだから！」

「もちろんわかってるが、契約は三か月後だろ？　それよりずっとまえに返せるんだ」

マチルドは混乱し、歩道を行ったり来たりしはじめる。怒ったように三歩行き、途方に暮れて三歩戻る。

「ねえ、どうしてそんなに必要なの？」

また賄賂説を使った。一時間まえにグレゴリーに試してあまりうまくいかなかったが、ほかに思いつかない。

「賄賂？　二万五千ユーロも？　どうかしてるわよ！」

おれはごもっともと苦しげに頷く。

マチルドは歩道を四歩行き、四歩戻る。

「お父さん、悪いけどそれはできないわ」

マチルドはまっすぐおれの目を見て、苦しそうな声でそう言った。勇気を振り絞ったのだ。

こうなったら奥の手を使うしかない。

「なあ、プリンセス……」

「だめ、〝プリンセス〟はやめて！　言っとくけど、愛情につけ込むのはなしにして」

どうやら奥の奥の手を使わなければならないようだ。おれはできるかぎり落ち着いて説得を試みた。

「でも、たった二か月でどうやって返済するつもり？」

マチルドは現実的だ。いつも具体性の上に立って的確な質問をする。小さいころからそうで、遠出、ピクニック、パーティーといった計画が持ち上がると率先して動き、きっちり準備してくれた。自分の結婚式も八か月前から準備して、正直なところこっちがうんざりするほどなにもかも細かく決められていた。そういうところがあるせいか、時にはマチルドがすごく遠い存在に思えることもある。いまのように目のまえに立っていても。そして、そんなマチルドを見てはたと己を振り返り、いったいおれはなにをしてるんだと自問した。カフェのフロアで伸びているグレゴリーの姿も浮かんだが、そっちは追い払った。

「その会社、ほんとに採用したばかりの社員に給料の前払いなんかしてくれるの？」

マチルドは拒絶から話し合いへと態度を変えていた。本人は自覚していないのだろうが、拒絶というカードをすでに捨てている。相変わらず歩道を行ったり来たりしているが、動きが遅くなり、移動距離も短くなってきた。

娘は悩んでいる。

それを見ておれも真剣に悩みはじめた。金を手に入れるぞと意気込んでいたときは迷いなどなかったし、相手がグレゴリーなら何度でも迷いなくのしてやる。だがいま、不意にわからなくなった。娘がおれの目のまえで、コルネイユの悲劇さながらの葛藤《かっとう》に苦しんでいる。つまりアパルトマンをとるか、父親をとるか……。こつこつ貯めてきた金なんだろうし、いまではマチルドの人生と夢を支える土台になっているはずだ。

だがそのとき、マチルドのプリント柄のワンピースがおれに助け船を出してくれた。よく見たらハンドバッグと靴も同系色で揃えてある。ニコルだってこれくらいのおしゃれができてもいいはずだ。

マチルドはセールを賢く利用する。二か月まえに下見に行き、戦略を練り、準備をし、そのおかげである日とうとう夢見ていたスーツを、定価ではとても買えないような一着を手に入れる、そういう女の一人だ。そんな手腕はニコルにもおれにもないから突然変異だろう。そうか！　なるほど、グレゴリーを引きつけたのはそこだ。

グレゴリーはいまごろオフィスでどうしているだろうか。きっと秘書がもってきた氷入りのフリーザーバッグを顔に当てているだろう。おれを告訴することを考え、もったいぶった判事が重々しく判決文を読み上げる場面を想像しているに違いない。そして喜び勇んでその場面に自らを登場させ、泣きぬれる妻を腕に抱えて勝者として法廷から出ていく。マチルドはうなだれ、父親より夫のほうが上だと認めざるをえなくなり、板挟みになって苦しんでいる。だがグレゴリーは、あいつは、踏みにじられた自尊心を取り戻し、堂々と胸を張って裁判所《パレ・ド・ジュスティス》の階段を下りていく。正義の殿堂《パレ・ド・ジュスティス》——ここが今日ほどその名にふさわしい場所だったことがあるだろうかなどと悦に入《い》りながら。そのうしろから敗者が、打ちひしがれておろおろする義父がすがりつき、懇願《こんがん》する……おっとそれだ、その言葉だ。〝懇願〟する。おれはグレゴリーに懇願しなければならなかった。

　このおれが。

　結局おれは説得を続けた。

「母さんとおれが生き延びるためにその金が要るんだ。おまえから借りておれが返さないわけがないだろ？　だがもちろん、どうしてもとは言わんがな」

　ここでおれは恥ずべき行動をとる。うなだれてみせ、その場を立ち去るふりをする。一歩、二歩、三歩……。スピード感があったほうが有利に働くので、かなりの早足で。自慢にもならないが、おれはこういうことにかけては有能だ。そしていま、あの仕事を手に入れるには、家族を救うには、妻と娘たちを救うには、おれは有能でなければならない。

「お父さん！」

　やった。

　卑劣《ひれつ》だとわかっているので一瞬目を閉じた。そして娘のところに戻った。おれにこんなことをさせる社会システムをけっして許すまい。だが、まあいい、おれは身を落とし、卑劣な男になる。その代わりシステムの神からおれにふさわしいものをもらうとしよう。おれをレースに復帰させてくれ、社会に戻してくれ、人間に戻してくれ。生きた人間に。そしてあの仕事をくれ！

マチルドは目に涙をためていた。

「正確にはいくら要るの？」

「二万五千」

終わった、これで決まりだ。あとは手続きの問題で、そこはマチルドがやってくれる。金が手に入る。

おれの地獄行きは確実だ。

だがこれで息がつける。

「約束してよね……」とマチルドが言いかける。

だがおれが自信満々なのを見て、表情を緩めずにはいられない。

「なんでも誓うから言ってくれ、プリンセス。本契約はいつだ？」

「正確な日付は決まってないの。二か月以上は先になると思うけど……」

「そのまえに返す。誓って」

そう言っておれは地面に唾を吐くまねをした。

マチルドは口ごもる。

「あのね……グレゴリーには言わないつもりだから。わかるでしょ？　だから、ほんとに返してくれないと……」

だがおれがなにか言ってやるまえに、マチルドは早くも携帯を取り出して銀行の番号を押していた。

通りには相変わらず高校生がたむろして、楽しそうにわいわいやっている。みんな生きる喜びと互いを求め合う喜びに酔っている。彼らのまえには大きな可能性が広がっている。そしておれとマチルドは、なんでも可能だと信じている若者たちに囲まれ、彼らの情熱の波のうねりを受けながら、どちらも動かずにじっと立っている。不意に、マチルドがまえほど愛らしく見えなくなった。まえほどおしゃれでもなく、ワンピースもまえよりありきたりに思え、それを着たマチルドは色あせて見える。なぜだろうと考え、答えを見つけた。いまこの瞬間のマチルドが母親に似ているからだ。マチルドはいま自分がしていることが恐ろしく、それにもかかわらず父親のことを考えるとこうせざるをえないので生気を失っている。しゃれた服装ももはやニコルの着古したカーディガンと同じにしか見えない。

マチルドは電話で銀行の担当者と話している。途中で問うような視線をおれに投げる。

「そうです、現金で」とマチルドがおれの代わりに念を押す。

これで一段落。マチルドがまたおれのほうを見て時間を確認。おれは了解と目を閉じてみせる。

「五時十五分ごろには行けます」とマチルドが言う。「ええ、わかっています、現金で持ち歩くには大金ですけど」

担当者は待ったをかけているようだ。金を愛しているんだろう。

「でも売買は二か月以上先ですし……。それまでのあいだ……。そうですか、ええ、問題ありません。では五時に、助かります」

マチルドは取り返しのつかないことをしたんじゃないかという顔で電話を切った。その顔は、今度はおれに似ている。打ちのめされた顔。

どちらもしばらくなにも言えず、視線を落としたままそこに立ち尽くした。やがておれの体を愛情の波が走り抜け、それが言葉になって口から出た――「ありがとう」。するとその言葉にマチルドが感電する。娘はおれを助け、おれを愛し、おれを憎み、恐怖を感じ、そして恥じている。普通なら、おれのような歳の父親が娘にこれほど苦しい感情を抱かせたり、その人生にこれほどの重荷を強いたりするなんてありえない。

マチルドは肩を落とし、なにも言わずに校内に戻っていった。

銀行には午後五時に二人で行く。さっそく探偵のフィリップ・メスタクに電話した。

「明日の朝、前金を支払います。そちらに九時でどうです？　ということで、急ぎ調査員を手配していただきたい」

そして次は、シャトレ。

その店は一種のブラッスリーだったが、クラブチェアが置かれていてBOBO《ボボ》（ブルジョア・ボヘミアン、二十一世紀初頭のアメリカの新上流階級）っぽい。シックだ。勤めていたころのおれだったら気に入っただろう。

その男の顔を見てまず思い出したのは電話の声だった。どこかぎこちない、話しづらそうな声。男はやせていて、ほとんど動かず、動くとしてもスローモーションになる。かなり風変わりな容貌だ。この容貌で動かないとなると、イグアナか？

「アルベール・カミンスキーです」

立ち上がりもせず、ただちょっと腰を浮かせて無造作に手を差し出しただけだった。

採点――マイナス10。

のっけからマイナスというのは困りものだ。時間を無駄にしたくない。やるべきことがいくつもある。

おれも座ったが、深くは腰かけずに背筋を伸ばし、長居はしないと態度で示した。

歳はおれと大差ない。ウェイターが注文をとりにきてから下がるまでどちらも黙っていた。そのあいだにおれは目と脳を働かせ、この男のなにが問題なのかを探り、どうやら答えを見つけた。クスリだ。こう言うと驚かれるかもしれないが、おれ自身はいっさいやったことがない。この歳にしちゃ奇跡的なことかもしれない。だからよくわからないし、鼻も利かないが、それでもたぶん当たっている。しかもこいつは、カミンスキーは、そのせいで崩壊しかかっている。つまりおれたちは従兄弟《いとこ》同士みたいなもんだ。崩壊の種類は違っても行きつく先は似たようなものだろう。おれは本能的に身を引いた。必要なのは強くて、有能で、実戦向きの助っ人だというのに……。

「わたしは以前警察にいて、警部でした」とカミンスキーは始めた。

よく見ると、顔はやつれているが目はうるんでいない。シャルルとはまったく違う。つまり崩壊の質がアルコールとは違う。なにを飲んでるんだ？　おれにはわからない。だが見たところ元警部殿は誇りを捨ててはいないようだ。

採点――マイナス8。

「しかも長く特別介入部隊《RAID》にいたので、それであなたの投稿に応じたんです」

「なぜ過去形なんです？」

　カミンスキーはちょっと笑って下を向いた。そして、

「失礼ですが」とおれに訊いた。「おいくつですか？」

「五十以上、六十未満」

「同年代ですね」

「それが？」

「この歳になると、ある種の人々をすぐに見分けられますよね。たとえば、ゲイ、人種差別主義者、ファシスト、偽善者、アルコール中毒患者、薬物中毒患者。だからあなたも、ええと……」

「デランブルです。アラン・デランブル」

「デランブルさん、あなたもわたしがどういう人間かよくおわかりでしょう。というのが答えです」

　おれたちは笑みを交わす。

　採点――マイナス4。

「わたしはRAIDの交渉人でしたが、八年まえに警察を首になりました。職務上の過失で」

「重大な？」

「人が死にました。女性です。自殺です。わたしはかなり飲んでいたんですよ、エクスタシーを。女性は窓から身を投げた」

　ほんの数分でマイナス採点をプラスに変えられるのは、同情や親近感をあおるのが得意、つ

まりいかさまがうまい人間か、あるいはとても誠実な人間か、そのどちらかだ。

「それで、そういうあなたをこちらが信用すると思いますか？」

彼は少し考える。

「それはお探しのものによるでしょう」

おれより背が高いだろう。立ったら一メートル八十あるかもしれない。肩幅はあるが、そこから下に向かって腕も体も細くなる。十九世紀なら肺病患者だ。

「あなたがほんとうに作家で、人質事件について詳しく知りたいのなら、わたしは役に立てるはずです」

言外の意味は明らかで、こちらの嘘に気づいている。

「ところで、RAIDって？」

相手は目を細め、失望の色を見せた。

「いや、まじめな話……」

「捜査《Recherche》、支援《Assistance》、介入《Intervention》、抑止《Dissuasion》でRAID。わたしの専門は抑止でした。つまりその、最後の身投げまでは」

悪くない。だがこいつと組んだら、情けないよれよれコンビってことにならないか？　そもそもこいつはなにで食ってるんだ？　服はぼろぼろ。体を壊してその場しのぎで生きているといった雰囲気。たぶん金のためならなんだってやるんだろう。遅かれ早かれ刑務所行きか、あるいは殺されてゴミ箱行き。だとすれば金額については交渉の余地がある。と金のことを考えた途端どっと悲しみが押し寄せてきた。マチルドが目に浮かび、続いてニコルも目に浮かぶ。

もうおれに寄り添って眠ることさえ拒否しているニコル。正直なところ、おれはもう疲れた。

カミンスキーが心配そうな顔で水の入ったピッチャーを押してよこした。おれは息が上がったまま戻らない。遠くに来すぎた、こんなにも遠くに……。

「だいじょうぶですか？」とカミンスキーが繰り返す。

おれはコップの水を一気に飲み、ぶるっと体を震わせた。

「いくらです？」

14

送信者：ダヴィッド・フォンタナ
受信者：ベルトラン・ラコステ
日付：五月十二日
件名：人質拘束ロールプレイング（エクシャル・ヨーロッパ案件）

前略　現在、現地で機材等の設置を進めております。添付の配置計画図のように、われわれはこのフロアを二つの区域に分けて使用します。
片方はかなり広い会議室で（図のA）、ここに人質を監禁します。この部屋の廊下側の壁には小さいガラス窓がありますが、人質だけにして様子を見る場面を作りたいのであれば、武装

人質拘束ロールプレイング配置計画図

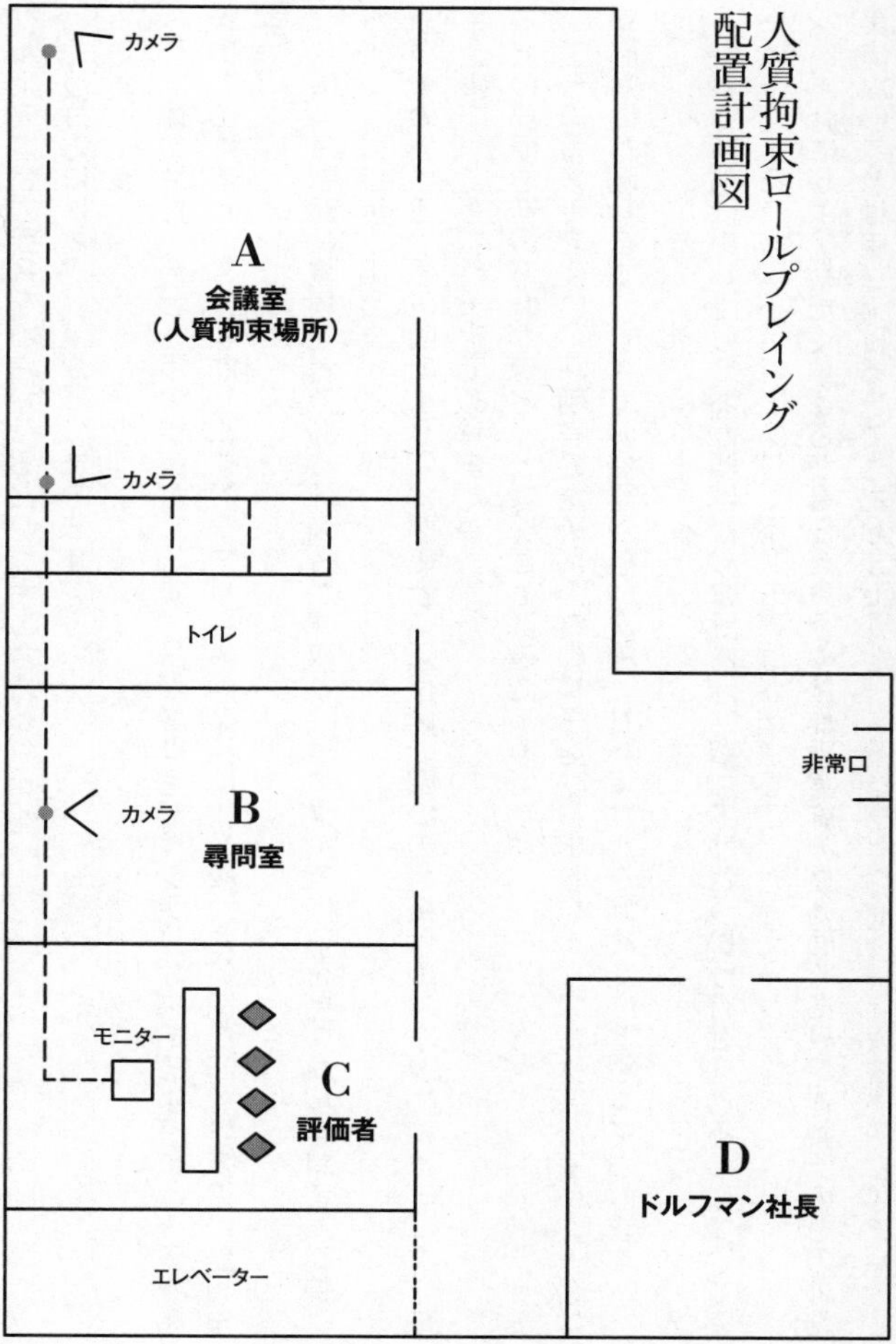

グループに窓ガラスをふさがせるという手も考えられます。

もう片方にはオフィスが三つあります。

Dは休憩や打ち合わせ用の控室とします。Bが尋問室で、シナリオにあるように、人質を順番にここに連れてきて尋問します。つまり各人の業務に的を絞った質問をぶつけて追い詰めます。

Cに人事副部長職候補者である評価者が陣取り、モニターで様子を見ながら尋問者（武装グループ）に指示を出します。

いまのところ、添付図のように、評価者（添付図の四つの網掛けのマーク）にはモニターのまえに座ってもらう予定であります。

どの部屋も音の漏れがほとんどないことは確認済みです。

三台のカメラを使い、評価者のために人質の様子を映し出します。二台は会議室に、一台は尋問室に設置します。すべての機器が揃い次第、リハーサルを始めたいと思っております。

なお、事前に申し上げておかねばなりませんが、参加者がどういう行動をとるかについて完全に予測することは不可能であり、不測の事態が起きることも考えられます。

いずれにせよ、わたくしどもが責任を負うのは作戦実施の技術面であり、作戦そのものの結果でないことは申し上げるまでもありません。

免責同意書を添付させていただきますので、免責事項をご確認のうえ、貴社あるいはエクシャル・ヨーロッパ様のご署名をいただきたく、よろしくお願い申し上げます。

草々

ダヴィッド・フォンタナ

15

午後五時、校門を出たマチルドがまっさきに目にするのは父親だ。つまり、叫び、わめきながら押し寄せる高校生の渦《うず》のまんなかに立っているおれだ。マチルドは処刑台に向かうように口を引き結んで歩きだす。

まるで父王の命令で人身御供《ひとみごくう》になるイフィゲネイア。

なにもそこまで悲痛な顔をしなくても、とおれは思う。

銀行に着くと担当者が待っていた。グレゴリーにそっくりだ。同じスーツ、同じヘアスタイル、同じ態度、同じ話し方。いったい何人クローンがいるんだか。だがグレゴリーのことなど考えないほうがいい。とてつもない大問題を引き連れてくるやつだから。

途中でマチルドが担当者と一緒に席を立ち、少しして戻ってきた。それで終わり。あっけない。マチルドが札束で膨らんだ封筒を差し出す。

おれは娘を抱擁する。娘は機械的に頬を差し出すが、すぐに冷たい態度をとったと後悔したようで、おれを傷つけたと思い、おれはそれに気づいて言葉を探すが、なにも見つからない。

結局娘はおれの腕を握りしめる。アパルトマンの頭金のおよそ半分をおれに渡してしまったいま、娘はもはや悩みようがないので逆にほっとしたようにも見え、ただこう言った。

「約束してくれたわよね……」

そして、何度もそう言ったことで信じていないみたいに聞こえないか、今後の成行きを恐れているように聞こえないかと案じ、少しはにかんだ。

娘とはメトロの入り口で別れた。

「おれは少し歩くよ」

だが実際には歩かず、娘が下りていって電車が出るくらいまで待ち、それからおれも駅に下りていった。娘との大衝突を先延ばしする勇気はないので、携帯をマナーモードにしてズボンのポケットに入れる。マチルドは三十分以内に家に着くはずだ。駅をいくつも過ぎてから乗り換えのために降り、通路を歩いていると携帯が腿《もも》をたたいた。おれは電車に乗らずにベンチに座り、しわくちゃのル・モンド紙を拾い、記事に目を走らせる。《今日では、従業員は企業資産の保全に対する〝最大の脅威〟と見なされている》

腕時計を見ながらいらいらとページを繰りつづける。八ページ。《アミール・シャヒード・アル＝アッバーシ所有のヨットがオークションにかけられ、一億七千四百万ドルの記録的高値で落札》

じりじりして集中できない。

だがそれほど待たずにまた携帯が震えた。今度はすぐさま取り出して画面を確認。やはりマチルドだ。唾をのみ、そのまま留守電になるのを待つが、娘はメッセージを残さない。

別の紙面を適当に開いてのぞき込む。十五ページ。《四か月まえから工場を占拠していたデ

フォルジュ社の従業員たちは、総額三百ユーロの特別手当を受け入れ、封鎖を解除》

二分後、マチルドがまたかけてきた。腕時計を見てすばやく計算。ニコルはまだ帰宅していない。だがおれより先に家に着くだろうし、そのとき家の留守電にマチルドのメッセージが入っているというのは避けたい。三回目のぶるぶるでおれは出た。

「お父さん！」

その先が出ない。こっちも同じだ。

「よくもあんなこと……」と始める。

だが努力もむなしく、また言葉が止まる。自宅からだ。帰宅したマチルドは夫の腫《は》れ上がった顔を見て仰天し、しかも父親が自分に頼みにきたのは、夫から金をもぎとれなかったからだと知ったのだろう。

そして金を渡してしまったことを夫に打ち明けざるをえなかった。

というわけで二人とも激怒している。当然だ。

「聞いてくれ、プリンセス、あのな……」

「やめて！」

渾身《こんしん》の叫びだ。

「返してよ、お金を返して、いますぐ！」

勇気があるうちに言ってしまおう。

「もうないんだ。仕事のためにたったいま渡してきた」

沈黙。

信じたかどうかわからない。なにしろこれまでの父親像は丸ごと消え去り、ぞっとする化けものみたいな父親像に代わってしまっただろうから。

しかもイメージを修正すればいいのではなく、その化けものと向き合わなきゃならないという大問題だ。

だから安心させてやらなければ。案ずることはないと言ってやろう。

「とにかく、約束は守る！」

だが返事は低く、短く、静かにやってきた。娘はもう言葉に迷いもせず、ただ思ったことをずばりと言った。

「人でなし……」

それは意見じゃなくて、認定だ。おれは分厚い封筒を抱きしめて駅を出る。〝人でなし〟の父親を祀《まつ》る霊廟《パンテオン》への予約券を抱きしめて。

16

マチルドはそれ以上電話してこなかった。その代わり、腹が立ちすぎたとみえて直接押しかけてきた。インターホンの鳴らし方があまりにも乱暴で執拗《しつよう》だったので、マチルドが上がってきて、ニコルの目のまえでおれに罵詈《ばり》雑言《ぞうごん》を浴びせるあいだもずっと、指だけはボタンを押しつづけているように思えた。マチルドは金を返せと詰め寄り、この詐欺師とわめいた。札束は書斎机のいちばん上の引き出しに入っているから、数メートル歩くだけで娘を安心させてやれるのだが、そのことは考えないようにした。そして歯医者で厄介な治療に臨むときのように精神を集中し、気合を入れた。

だがうまくいかなかった。もちろんこうなることはわかっていたが、それでもつらかった。なぜニコルもマチルドも理解してくれないのか、おれには謎だ。いや、まあ、わからなくもない。もともと失業というのは彼女たちにとって単なる概念だった。新聞に書かれ、テレビで語られるものでしかなかった。その後少しずつ現実味を帯びてきた。失業が蔓延し、知り合いが失業したり、あるいはその近親者が失業したりしはじめる。だがまだ漠然とした印象でしかなく、現実の問題とはいえなんとかやっていけるもの、存在することはわかっているが自分とは関係ないものというレベルにとどまった。世界の飢餓《きが》、ホームレス、エイズと同じように（痔《じ》もそうか？）、失業も直接関係のない人にとっては雑音でしかない。そうこうしているうちに、ある日〝失業〟が家の扉をたたく。ついさっきのマチルドのように指に力を込めてインターホンを押す。だがその段階になってもなお、誰もがその音をずっと聞きつづけているわけではない。たとえ身内に失業者がいたとしても、毎日仕事に行く人間は一日中そのことを考えているわけじゃない。日中は〝失業〟が鳴らすインターホンの音など聞こえず、夕方家に戻ったときに耳にするだけだ。いやそれさえ怪しい。ほんとうに耳にするのは失業者と一緒に暮らしている場合と、テレビニュースで取り上げられるときだけかもしれない。マチルドの場合はうちに来るときだけだから、幾晩か、あるいはたまの週末といったところで、まったく感覚が違うわけだ。いっぽうおれはどうかといえば、〝失業〟が錐《きり》で鼓膜《こまく》に穴を開けつつある。そこを説明してやらなけりゃ！

そこでマチルドがひと息ついた隙に、おれはこれまでにない大チャンスを手にしたんだと、採用の可能性が現実的なレベルに達しているんだと言おうとしたが、たったひと言で遮られ、またマチルドがわめきはじめた。がなり立て、拳でテーブルをたたく。この調子だと買ったばかりの食器を今度はマチルドが壊しそうだ。そのあいだずっと、ニコルは部屋の隅に縮こまり、声もなく涙を流しながらおれを見ていた。まるで見たこともないほど感動的な芝居をおれがやっているかのように。

おれは説明をあきらめた。そして書斎に引っ込んだが、それで終わりにはならなかった。マチルドの怒りは収まらず、追いかけてきてドアを開け、なおもおれをののしった。とうとうニコルも黙っていられなくなり、マチルドを落ち着かせようと声をかけ、わめいてもしょうがない、こういうときこそ建設的に、具体的になにができるかを考えるべきじゃないかしらと言い聞かせた。するとマチルドは怒りの矛先《ほこさき》を母親に向けた。

「〝なにができるか〟って、なに？　代わりにお母さんが返してくれるの？」

だがすぐまたおれのほうに向き直る。

「返してくれなきゃ困るのよ、ほんとに！　本契約まえに返してくれないと、ほんとよ！　さもないと……」

とそこで急に止まった。

頭に血が上っていて、ほんとうにお手上げだと理解していなかったようだ。もしおれが返さなければ、不動産売買は成立せず、そのために貯めてきた金額の大半も失うことになる。しかも打つ手がない。マチルドはショックで声が出ない。だから言ってやった。

「約束しただろう？　本契約までに全額返済する。おれがおまえに嘘をついたことがあるか？」

やり方が汚いのはわかってるが、ほかにどうすりゃいいんだ？

マチルドが帰ったあと、アパルトマンは不穏な静けさに包まれた。ニコルが部屋から部屋へとうろつく音がしばらく聞こえていたが、とうとう書斎にやってきた。涙も涸《か》れ果てたとみえて、ニコルの怒りは落胆に場所を譲っていた。

「あのお金、なんのためだったの？」と訊く。

「万全を期すためだ」

ニコルはそんなんじゃわからないと苛立つそぶりを見せた。彼女が客用寝室にこもって以来、ひょっとしてまた口を利いてくれて、なにか訊いてきたら、なんと言ってやれるだろうかとずっと考えていた。そしていくつか説明を用意しておいたのだが、そのなかから一つを選んだのは奇しくもニコル自身だった。

「マチルドはあなたが賄賂だと言ったって……」

おれは「ああ」と言った。

「誰への？」

「今回のリクルートの会社」

ニコルの顔色が変わった。おれはそこに一瞬の輝きを見たと信じ、一気に突き進んだ。行きすぎだとわかってはいたが、おれにも救いが必要だ。

「採用を請け負ってるBLCコンサルティングのことだ。そこが決定権をもってる。だから払った。仕事を買ったんだ」

ニコルはおれの書斎机の椅子に座った。パソコン画面が目を覚まし、エクシャルのサイトを映し出す。油井《ゆせい》、ヘリコプター、製油所……。

「それじゃ……たしかなの？」

この問いに答えなくていいなら残りの寿命を投げ出したってよかったが。救いにきてくれる神はいない。おれはニコルの大きく膨らんだ希望と大きく見開かれた目にたった一人で立ち向かうはめになり、案の定、ひと言も言葉が出てこない。仕方がないので微笑むにとどめ、当然だろと両手を広げてみせた。ニコルは笑顔を見せた。こんなすばらしいことはないという感動の笑みで、今度は笑いながら泣きはじめた。でもまだ不安なのか、落とし穴があるんじゃないかと探しつづける。

「もしかしたら、ほかの候補者にも同じことを要求したんじゃない？」

「ありえないさ。ポストは一つだけなんだぞ！　返さなきゃならなくなる金を要求するわけがない」

「でも信じられない。あなたに提案してくるなんて」

「提案したのはおれだ。最終候補にはほかに三人残ってて、四人とも対等だったんだ。だから差をつける必要があった」

ニコルはぶったまげていた。おれはちょっと救われた気がしたが、苦い味のする救いだった。もう確定だとニコルに思わせれば思わせるほど、最終試験突破計画が危ういものに思えてくる。それに、試験に失敗しても知られずにすむ最後のチャンスを、いまおれは海に投げ捨てようとしているのだから。

「それで、マチルドにすぐお金を返せるっていうのはどうしてなの？」

誰もが知っているように、嘘は嘘を呼ぶ。マネジメントも、嘘を極力減らし、なるべく真実の近くにとどまるようにと教えている。だがそうもいかないときがあり、すると嘘はどんどんエスカレートする。

「二万ユーロで交渉したんだが、二万五千なら雇用主に給料の前払いを認めさせると言われてね」

いったいどこまでこの調子で行くつもりだ？

「試用期間なのに前払いしてくれるの？」

どんな交渉にも節目ってものがある。そこを越えられるかどうかが勝負だ。だからおれはこう言った。

「二万五千ユーロは給料のたかが三か月分だから」

おれたちのあいだにはまだ〝疑念〟が薄いベールのように漂っていたが、それを吹き飛ばすことはできそうだと思えた。その理由もわかっている。希望だ。ニコルには希望が必要だから。そう、〝悪魔が作り出したひどいしろもの〟のせいだ。

「でもそれをどうしてマチルドに言ってやらなかったの？」

「怒るばかりで聞こうとしないからさ」

おれはニコルに歩み寄って両腕を回した。

「じゃあ、あの人質拘束なんとかって、なんなの？」

あとはそこを処理するだけだ。毒を抜いてしまえばいい。自分がついた嘘を自分で信じはじめたみたいに、おれは気分がよかった。

「それこそ形だけのものってことさ！　なんの意味もない。なにしろもう決まってるんだから。おもちゃの銃をもった男が二人入ってきて、ちょっと怖がらせるだけ。ほんの十五分のロールプレイングで冷静な対処ができるかどうか見るだけだ。それで依頼主は満足する。みんな満足する」

ニコルは少し考え込み、それから、

「じゃあ、もうなにもしなくていいの？」と訊いた。「お金を払って、仕事が決まったってことなのね？」

おれは答えた。

「そうだ、払った。あとは待つだけだ」

ニコルがそれ以上あと一つでも質問したら、今度はおれのほうが泣き崩れていただろう。だがニコルは納得し、それ以上の質問はなかった。おれは、どうだい、採用されると決まったら人質ごっこもまえほどひどいものには思えないだろうと言いたくなったが、やめておいた。どうにか説得できただけでも奇跡だし、正直なところ嘘とごまかしの連続でへとへとだ。

「あなたはほんとに勇敢ね」とニコルが言う。「苦境から抜け出すためにどんなにがんばってきたかよく知ってる。メッサージュリー以外にいろいろバイトしてたことも知ってるの。わたしをがっかりさせたくなくて、黙ってやってたこと」

そこまでばれていたとは。

「あなたのがんばりと意志の強さにはいつも感激してる。でも娘たちを巻き込むのはよくないわ。わたしたち二人で乗り越えるべき問題だもの」

総論賛成、各論反対。娘たちしか解決手段をもってないときはどうすりゃいいんだ？　そのことに気づかないふりをするのか？　連帯は一方向しか成立しないのか？――だがもちろん、そんなことはいっさい口にしない。

「そのお金の話だけど、仕事を買ったって話、全部マチルドに話すべきよ」とニコルが続ける。「安心させてやって。お願い、電話して」

「だけどな、今夜はおれたち三人ともかっかして、興奮して、パニックになってるだろ？　どうせあと数日で採用が正式になって金を返せるんだ。マチルドはアパルトマンを買えるし、すべて正常に戻るんだから」

というよりなにより、二人とも疲れ果てていた。

だからニコルもおれの逃げ腰の言い分を聞き入れざるをえなかった。

17

エクシャルに関する下調べはほぼ完璧だ。

欧州グループの組織図は頭に入れたし（ついでに米州グループの主要株主も）、五年前からの主要な経営指標、経営陣の経歴、資本構成の詳細、過去の株価の主な動き、そして目下の主要プロジェクトも押さえた。プロジェクトのなかでも特に重要なのは、精製をふたたび原油生産地に近づけようというもので、これに伴いサルクヴィルを含むヨーロッパの複数の精製所の閉鎖が計画されている。いちばん厄介だったのは原油と石油製品に関する基礎知識を身につけることで、この分野の基本用語に慣れるだけでも丸々二日かかった。鉱床、探鉱、生産、掘削《くっさく》、輸送、精製、ロジスティクス……。理系の頭脳を持ち合わせていないので、最初はどうなることかと思ったが、やるしかないという意志のおかげでいつの間にかのめり込んでいた。慣れてきてからは、もうこの会社で働いているような妙な気分になったし、幹部だっておれより知らないやつがいるんじゃないかとさえ思った。

こうした内容についても情報カードを作ったら、八十枚近くになった。黄色いカードが組織と資本・株関連、青いカードは技術、白いカードは労使関係。そしてニコルが仕事に行っているあいだにリビングを歩き回りながら暗唱した。こうするとどっぷり浸かれて、早く覚えられる。

詰め込み式猛勉強も四日目だが、いつだってこれがいちばんじれったい段階だ。知識を詰め込んでもまだばらばらで、意味をなさない。だがあと二日もすれば、脳が情報を整理しおえてすっきりするだろう。試験当日までには間に合う。つまり勉強のほうは順調だ。

いっぽう、尋問で相手の職務を考慮してぶつける質問については、どういうところをつついたら揺さぶりをかけられるか考えはじめたばかりだった。法務担当なら、提携《ていけい》先や顧客との契約についてなんらかの秘密を抱えているだろうし、経理担当なら、大きな商談で使われる裏の手に通じているだろう。だがまだ漠としたイメージしかなく、これから掘り下げて、できるかぎりの準備をして〝決戦の日《Dディ》〟に備えなければならない。もちろん人質拘束事件そのものについてもカードを作り、カミンスキーの手を借りて練り上げようと思っている。

探偵事務所に依頼した調査のほうは、一般的情報に関する報告書を昨日受けとった。

だがそれに目を通して参ったと思った。私生活に関しては八人とも視聴率調査のサンプル世帯のように平凡だ。みんな普通に学業を修め、結婚し、何人かは離婚し、子供がいて、その子供も普通に学業を修め、結婚し、何人かが離婚している。人間が時にこんなにも気の滅入る存在になりうるとは！　とにかく調査結果をざっと見た段階では、彼らにはおもしろいところがなく、つけ入るスキもなさそうだ。でも、だからこそ、なんとしても彼らを丸裸にしてスキを見つけなければならない。

この日、おれはカミンスキーが家に来るのを待っていた。最初に会ったとき、彼はイグアナのように動かないくせに頭だけは動いていて、焦っているおれの足元を見て吹っかけてきた。財布はほとんど空なのに、イグアナに金がかかるとは。それでもカミンスキーが気に入ったし、頼りになると思った。小説家だという嘘も早々に見破られて事実を打ち明けざるをえなかったが、そのおかげでおれたちの関係はずいぶんすっきりし、話はスムーズに運んだ。その場でおれが作った八人分の個人情報カードにも目を通してくれて、こんなありきたりの情報じゃどうにもならないとおれが嘆いてみせるとこう言った。

「あなた自身のことを情報カードにしたら、やはりこんな感じになるんですよ。でも実際には、あなたは普通の失業者ではなく、人質拘束シミュレーションの準備をしている失業者なわけだから」

それはわかっていたが、ニコルに相談できなくなってから、そういうことを言ってくれる人間がいなかったのでありがたかった。わかっていることでも、時には誰かに言ってもらう必要があるんだとしみじみ思う。

その後おれは調査結果を何度も何度も読み返した。だがカミンスキーが言うように、「どれほど情報を集めて準備しても、最後は勘に頼るしかない」わけだ。

数学的にいうと、八人に絞り込んだ時点での〝誤差〟を考えれば、おれの成功率はまあまあといった程度で、高いとはとても言えない。だが、たとえ大きな勘違いがあったとしても、おれ以上に情報を得ているライバルはいないだろうから、ある程度自信をもっていいはずだ。五人のうちの二、三人でも攻め落とせれば、ライバルに大差をつけられるだろう。

そのためにも〝パンチの利いた〟情報が必要だ。

だが追加調査の料金は、五人までならなんとかなるが、それ以上は出せない。

大いに悩んだ末、おれは男二人（四十五歳の経済学教授資格者《アグレジェ》であるジャン＝マルク・ゲノーと五十代のプロジェクトリーダーであるポール・クザン）と女二人（四十八歳で安全監査役のイヴリン・カンベルランと三十四歳で大口顧客案件の責任者であるヴィルジニー・トラン）に、ラコステの複数のメールで〝オーガナイザー〟とされているダヴィッド・フォンタナを足し、この五人を追加調査にかけることにした。

このうちポール・クザンだけは迷わなかった。銀行の取引明細によれば、本人の口座にも家族の口座にも会社から給料が振り込まれていない。ミステリーだ。妻の口座には毎月入金があるが、それはクザン本人が振り込んでいる。しかもたいした金額ではなく、結婚生活の破綻《はたん》を匂わせる。破綻していないのなら、妻はミステリーの存在を知らないのだろう。いずれにせよ、クザンの給料は——エクシャルに二十年以上勤めているプロジェクトリーダーともなればかなりの額をもらっているはずだが——どこにも出てこず、ということは家族以外ないし別名義の口座に振り込まれているとしか思えない。

これは大いに期待できる。

したがって追加調査する。

ジャン＝マルク・ゲノーはじっくり検討したうえで選んだ。現在四十五歳。二十一歳で大富豪ボアシュー家の令嬢と結婚。子供が七人。ゲノー本人の血縁には注目すべき点はないが、妻のほうは父親がかのボアシュー博士だ。厳格なカトリック信者で、活動熱心な中絶反対団体を率いている。だからゲノー家では禁猟区のウサギのように子供が増えた。だとしたら、舞台裏でなにが繰り広げられていてもおかしくない。声高にモラルを叫ぶ人間がいたら、その足元には口外できないものが隠されていると思ったほうがいい。

したがって追加調査する。

女性群のなかでは、まずイヴリン・カンベルランを選んだ。五十歳に近い女性で、大企業の上級管理職で、独身。スクラッチくじじゃないが、ちょっとこすればなにか出てきそうだ。写真も決め手になった。なぜだかわからないが、おもしろい顔だと思った。おれがそう言ったらカミンスキーはにやりとした。「見る目がありますね」

もう一人はヴィルジニー・トラン。大口顧客、つまりエクシャル・ヨーロッパにとっての最重要顧客の担当。野心家で、抜け目のないところもあるとみえてスピード出世していて、少々の良心のとがめなど気にするタイプとは思えない。なにか仕事上の武器になるものを手にしているのではないか。

追加調査が空振りに終わる可能性もあるが、狙いは悪くないはずだ。

うまくいけばこのどん底から這い上がれる……。

時おりそのことに目が眩《くら》む。

だがそれ以外については状況が悪化していた。


まずメッサージュリーの件。おれは弁護士宛に謝罪文を送ったが、数日のあいだなんの音沙汰もなかった。毎朝、仕事に行くふりをして家を出るときに郵便受けを見たがなにもなく、ジルソン弁護士にも何度も電話したがつないでもらえず、胸のうちに得体の知れない不安が広がっていった。だからとうとう郵便配達員が書留を届けにきてサインを求め、その封筒に《ジルソン&フレレ弁護士事務所》とあるのを見たときにはもはや嫌な予感しかしなかった。案の定、ジルソン弁護士が伝えてきたのは、会社側が告訴を維持すると決めたので、近々裁判所がおれを呼び出すから、そこで現場主任のメフメト・ペリヴァン氏を殴って負傷させたという事実を証言しろという内容だった。驚いてさっそく電話すると、どうしたことか今度はすぐ弁護士本人が出た。

「デランブルさん、わたしにもどうしようもありません。できるかぎりのことはしたんです。依頼人がどうしても告訴すると言っているのに、これ以上どうしろとおっしゃるんです？」

「しかし、先日合意しましたよね？」

「いいえ、謝罪文を書くと申し出られたのはあなたで、こちらからはなにもお願いしていません。

あなたが自らそうされたんです」

「しかし……あなたの依頼人がこちらの謝罪を受け入れたなら、なぜ訴訟沙汰にする必要があるんです？」

「依頼人は謝罪を受け入れました。それはほんとうです。そしてそれをペリヴァンさんに伝え、ペリヴァンさんもまた、わたしが聞いているかぎりでは大変満足しています。ですが、申し上げるまでもなく、あなたの謝罪文は詳細な自白にほかならないわけですから」

「ですから？」

「ですから、あなたが事実を全面的に認めている以上、依頼人はむしろ損害賠償を請求するのが当然だと考えています」

謝罪文のことをもちかけたとき、こうなる可能性もあるとおれにはわかっていた。だがおれのような立場の人間を相手に、前雇用主とその弁護士がここまであくどいことをするとは思わなかった。

「あんまりだ」

「お気持ちはわかりますが、法的にはなんの意味もありません。なにかいい弁護方針をお考えになってはいかがでしょう」

と言って相手は電話を切った。どうせそんなことだろうと思っていたので腹も立たない。それにおれには切り札が一枚しかなくて、それを使うしかなかったんだから、自分を責めることもできない。

会社を責めることさえできない。絶対に勝てるとわかっているときに勝負をやめるなんて、そんなばかなことは普通しない。

それでもやはり我慢できず、携帯を壁に投げつけたら見事にばらばらになった。そして五分後にまた携帯が必要になったので、家具の下を這いずり回って部品を回収した。セロハンテープで応急処置をした携帯はぼろ服みたいになった。というか、老人ホームにいるお年寄りの眼鏡みたいだった。

続いて金の件。カミンスキーは二日間の仕事の料金を四千から三千に負けてくれたが、それでも探偵事務所の支払いと合わせるとマチルドから借りた金では足りない。そこでリフォーム用の貯金の残り千四百十ユーロから千ユーロを引き出すしかなかった。この件が片づくまえに、ニコルが残高を確認したりしないことを願うばかりだ。

カミンスキーの〝二日間の仕事〟というのは、初めて会った日に早くも彼が提案してきたもので、一日目は技術的側面に、二日目は心理的側面に的《まと》を絞って、二日間で人質拘束に関する知識を伝授するという計画だった。カミンスキーはダヴィッド・フォンタナという人物のことを知らなかった。だがフォンタナが書いたメモを見て、こいつはほんもののプロだと言った。ラコステはこの作戦のためにフォンタナを雇ったわけだが、おれもカミンスキーを雇った。つまりどちらも専門家＝助言者＝コーチを得ているわけで、チェスの国際試合を明日に控え、それぞれのコーチから猛特訓を受けている対戦者みたいなものだ。

いっぽう、ニコルについてはそこまですべて順調で、彼女は落ち着きを取り戻していた。もしかしたらおれに内緒でマチルドに電話し、じつはこういうことでねと事情を伝えたんじゃないかとおれは思う。娘を安心させたことで自分も安心したんだろう。

だからこの日の朝十時ごろ、約束どおりカミンスキーが一日目の講義のためにやってきたときには、そのあと破局が訪れることなど想像もしていなかった。

カミンスキーは予告どおり三脚付きのビデオカメラをもってきていた。それをテレビにつないで、彼が言う〝相対的位置関係〟なるものを映し出そうというのだ。尋問のリハーサルにも使える。

また技術的側面を教えるために、銃も二挺もってきていた。フォンタナのメールにロールプレイングでピストルと短機関銃が使われるとあったので、その見本としてウマレックス四・五ミリ（装弾数十八発）とバイカルQB57を用意してくれた。前者はベレッタのコピーで、後者はウージーの代わり。実行場所の図面が入手できていたので、カミンスキーがそれに倣《なら》って主な部屋をここで簡略的に再現しようと言い出した。そうすれば場所の急所や、武装グループや人質の主な動線も説明できるという。そこでおれたちはソファー、テーブル、椅子を部屋の隅に寄せ、人質が拘束される会議室の空間を再現した。

そして、昼の十二時十五分を少し過ぎたころのこと。

カミンスキーは武装グループが現場を支配しつづけるためにどう動くかについて説明していて、自ら人質役になって壁に背を当て、床に座って膝を抱えていた。

おれは武装グループ役で、短機関銃を肩にかけて部屋の入口に立ち、銃口をカミンスキーのほうに向けていた。そのときドアが開いてニコルが入ってきた。

異様な場面だ。

おれがご近所の女性とキスしていたとかいうのなら、ただもう滑稽《こっけい》で、単純な話だったろう。

だがこのときニコルが目にしたものは……ハイパーリアルだった。おれが抱えている銃は恐ろしいことこのうえないし、場面は軍事訓練みたいだし、床で膝を抱えてニコルのほうに鋭い視線を向けている男はどう見てもプロだ。

ニコルはひと言も発しなかった。ただ息をのみ、あっけにとられていた。おれはロールプレイングなんて〝形だけのもの〟だと説明したが、そういうことを言うおれがどれほどの嘘つきかをニコルはこのとき知った。そして銃、部屋、隅に押しやられた家具へと視線を泳がせた。もっと取り繕《つくろ》いようのない失態をまえに、ニコルばかりかおれのほうも言葉をなくしていた。もっとも嘘もここまで来たら、いまさらなにを言ったところで誰も耳を傾けちゃくれないだろうが。

ニコルは無言で首を横に振り、そのまま出ていった。

カミンスキーは優しかった。昼飯にしますかとかなんとか、ちょっとした救いの言葉を見つけてくれた。そこで冷凍食品を解凍し、二人で食べた。それにしてもなぜこんなことが起きるのか不思議でたまらない。ニコルが昼に帰宅して一緒に食事をするなんてめったにないことだ。年に二回あるかないかだし、必ず事前に連絡があって、おれもそれに合わせて家にいるようにする。それがなんで今日なんだ？　しかも予告なしに。なにもかもが結託しておれに反抗しているとしか思えない。だがカミンスキーは笑顔を見せ、不屈の精神というのはたいていこういう状況で目覚めるものですと言った。

昼食後も重苦しい雰囲気が続いた。おれは萎《な》えた心を叱咤《しった》し、どうにか講義についていった。だがドアのほうを見るたびに、その枠のなかに立つニコルの姿と驚愕のまなざしが浮かび、心が折れそうになる。

　カミンスキーは好意的で、出し惜しみせずに教えてくれた。おれがどんな状況にも対峙《たいじ》できるようにと体験談もたくさん聞かせてくれた。自分の人生については口が堅いが、それでも体験談の端々から否応なくわかってくる。たとえば、警察に入るまえに臨床心理学を学んでいたこと、それでRAIDでは交渉人を務めるようになったことなど。そのころはまだクスリをやってなかったんだろう。あるいは周囲にばれていなかったんだろう。

　だが午後も時間が進むにつれて、カミンスキーの集中が切れ、苛立ちを見せるようになってきた。禁断症状だ。そして何度か、ちょっと疲れたから一服させてくれと言って下におり、数分して戻ってくると落ち着きが戻り、目も輝いているというのが繰り返された。なにを一服してるかわかったもんじゃない。いや、なんの中毒だろうとおれは気にしないが、気分転換とやらのやり方が気に食わない。だからとうとう言ってやった。

「ばかにするのもいい加減にしてください」

「なんだって？」

　彼はかっとなって腰を浮かせた。おれは一瞬迷ったものの、そのまま続けた。

「あなたが朝から晩までクスリ漬けなのは最初からわかってました。でもあの値段でこんなよれよれが来るとは思いませんでしたよ。そういう意味の値引きだったんですか？」

「ちゃんと教えてるじゃないか！　どこに問題がある？」

「全部ですよ。自分にあの値段の価値があると思ってるんですか？」

「それを決めるのはあなただ」

「なら、価値はないと言いましょう。あなたが死なせたという女性は、あなたがトラックの陰でクスリを打っているあいだに窓から身を投げたんですよね」

「それが？」

「そういうことは、それ一回だけじゃない。違いますか？」

「あんたに関係ないだろ！」

「警察は民間とは違う。たった一度の過失で解雇したりはしない。それまでに何度あったんです？　上がとうとう解雇に踏み切るまでに、いったい何人死なせました？」

「いい加減にしろ！」

「で、その女性ですが、飛び降りるところを見たんですか？　落ちたあとの路上の遺体を見ただけじゃないんですか？　嫌な音がするそうじゃないですか、特に若い女性の場合。それってほんとですか？」

カミンスキーは後ずさりして椅子にどさりと腰を落とし、静かにポケットからたばこの箱を取り出した。おれにも一本差し出す。おれは心配しながら彼の判定を待った。

「いいですねえ」と彼は笑顔で言う。

おれは胸をなでおろす。

「じつにいい。狙った方向を変えることなく、効果的なポイントだけに集中し、短く、鋭く、的確な質問で切り込んでいく。いや、ほんとに、素人《しろうと》とは思えない出来です」

彼は立ち上がってカメラのところまで行き、ボタンを押した。カメラが回っていたとは気づかなかった。

「これは明日のためにとっておいて、尋問について考える際に見直してみましょう」

おれたちは一日よくがんばった。

カミンスキーは午後七時ごろに帰っていった。

そして夜。

おれはアパルトマンに一人になった。

家具は隅に寄せたままだ。帰るまえにカミンスキーがもとに戻そうと言ってくれたが、その必要はないと断った。もうニコルは戻ってこないとわかっていた。おれは小銭をかき集め、アイラのボトルとたばこの包みを買ってきた。おれが二杯目を飲んでいるときに、リュシーが母親の身の回りのものをとりにきた。彼女が入ってきたとき、部屋の窓は開け放たれていて――暖かい夜だったし、初めて吸ったたばこのにおいで頭がくらくらしたから――おれは完全に気の抜けた顔をしていたらしい（実際は気が抜けるどころじゃなかったから、あくまでも見かけの話だ）。だからリュシーはなんの文句も言わず、ただこう言った。

「一緒にはいられないの、ママの世話をしないといけないから。明日ランチできる？」

「昼はだめだ。夜なら」

リュシーはいいわと頷いた。そして優しく抱擁《ほうよう》してくれた。それがひどくつらかった。

だがおれにはまだやるべきことが山ほどある。

二本目のたばこに火をつけ、情報カードを手にとり、がらんとしたリビングを歩き回りながら復習をはじめる。「資本金、四千七百万ユーロ。内訳、エクシャルル・グループ八パーセント、トータル十一・五パーセント……」

その日のうちにマチルドが短くてきつい言葉を二回留守電に残した。

「わたしが思ってる父親像の真逆《まぎやく》よ」という言葉もあった。
胸が張り裂けそうだった。

18

送信者：オレンカ・ズビコウスキー、ＢＬＣコンサルティング
受信者：ベルトラン・ラコステ
件名：研修期間の終了

前略　ご存じのとおり、わたくしの第二次研修はこの五月三十日で終了します。期間は六か月で、四か月の第一次研修と合わせ、十か月にわたってさまざまな仕事を経験させていただきました。

寛大にもラコステ社長が信頼をお寄せくださって以来の、ＢＬＣコンサルティングでのわたくしの活動について、最終報告書を添付させていただきます。この機会に、数々の任務を委《ゆだ》ねてくださったこと、またそのなかには研修生の通常の責任範囲をはるかに超えるものもあったことに、心より感謝申し上げます。

十か月近くに及ぶ無報酬の活動は試用期間として十分なものであり、またこの期間わたくしが無遅刻無欠勤で、職務の遂行にもなんら問題がなかったことに基づき、正規雇用のご決断を

いただけるものと期待しております。

ここに改めて、この会社で働きたいという強い希望と、ラコステ社長のそばでお役に立ちたいという心からの願いをお伝えいたしたく、ぜひともお汲《く》み取りくださいますようお願い申し上げます。

かしこ

オレンカ・ズビコウスキー

19

「おれは四十七番地に住んでる」とシャルルは言っていた。四十七番地のまえに車を置いているという意味だ。

四十七番地はその通りで唯一の番地で、隣の四十五番地まで三百メートル離れている。そのあいだは廃用になった工場の高い塀が続いていて、この辺りで目を引くものといえばそれしかない。通りの反対側には囲いがあり、なかの建設中の建物の足場が見えている。通りはひたすらまっすぐで、陰鬱で、三、四十メートルごとに街灯が立っている。

シャルルは例のごとくネイティブアメリカン風に左手をちょっと上げておれを迎えた。

「まえは」と彼が言う。「あっちにいたんだ、街灯の真下に――〝こんばんは！〟――でも眠れなくてさ――〝やあ、こんにちは！〟――眠るには、街灯から離れた場所があくまで待たなきゃならんかった」

電話したとき、シャルルはなにごとかと思ったようだが、

「例の食前酒の招待、まだ有効か?」

と訊いたら、一日の疲れも忘れて心底喜んでくれた。

「ほんとか? うちに来てくれるんか?」

というわけで、夜も十一時に近いというのに、おれはシャルルと〝彼んち〟のまえにいる。

つまり真っ赤なルノー25のまえに。

「一九八五年型だ」とシャルルが片手を屋根に置いて誇らしげに言う。「V6ターボ、V型6気筒、2458cc!」

五年以上まえから走らせていないという事実にひるむそぶりもない。車はタイヤが傷まないように台の上に載せてあって、地面から数センチ浮いているように見える。

「二か月ごとにダチが寄ってくれてな、タイヤに空気を入れてくれてる」

「そりゃいい」

だが驚くのは支持台じゃなくてバンパーだ。まえもうしろも巨大なバンパーでガードされている。アメリカのトラックについているようなクロムメッキのパイプバンパーで、絶句するほどばかでかく、地面から一メートル以上そそり立っている。シャルルがおれの絶句状態に気づいて言った。

「ああ、これな、まえとうしろのお隣さん対策だ。以前いたお隣さんがな、ちょっと出かけて戻るたびにおれの車をへこませた。そんで、ある日頭に来てさ。でこうなった」

なるほど。しかし、こりゃすごい。

「あっちの、ずっと向こうに」とシャルルが通りの端のほうを指す。「もう一台ルノー25がいたんだ。一九八四年のGTX！　だがそいつは引っ越しちまってさ」

失われた友情を惜しむかのようにそう言った。

通りのかなりの部分はぼろぼろのワンボックスカーや台に載せた車で占められていて、移民労働者やその家族が暮らしている。郵便配達員は駐車違反の切符みたいにワイパーの下に郵便物を挟んでいくそうだ。

「お互いうまくやってて、雰囲気は悪くないから、文句は言えんさ」

なかに入って食前酒をごちそうになる。シャルルの〝アパルトマン〟は見事なまでに整理されていて、創意工夫に富んでいる。おれがそう言うと、

「そりゃ、そうでもしなきゃ！」とシャルルが応じた。「広くないから、そこをなんとか……」

「機能的に？」

「それだ！　機能的！」

シャルルが相手のときは、言語が最大の切り札になる。

座席のあいだにトレーが置かれ、その上にボトルとピーナッツ。つまりトレーはテーブル代わりであり、皿代わりでもある。外が暖かいので窓を開けたら、夜風がうなじをなでていった。おれも酒とつまみを持参していた。まあまあのウイスキー――お高くとまっても、みすぼらしくもないやつ――とチップスやクラッカーの袋をいくつか。

どちらもほとんどしゃべらない。シャルルとおれはいつもそんなもんだ。目を合わせて笑み

を交わすだけだが、気まずいことなんかまったくない。心穏やかな時間。家族との食事のあと、テラスのロッキングチェアでひと休みする旧友同士といったところだろう。精神を泳がせてみたらアルベール・カミンスキーの顔が浮かんだ。頭のなかのカミンスキーと目のまえのシャルル。おれがどちらかに似ているとすれば、それはシャルルじゃない。彼はウイスキーをすりながら、フロントガラスを、その先の巨大なバンパーを、さらにその先の静かな通りを眺めている。三人ともなにかの被害者だとしても、シャルルはそれを〝姿〟にとどめているだけだ。だがカミンスキーとおれはまだ人生の荒波のなかにいて、このままではどちらも殺人犯として終わりかねない。二人とも非妥協的だから、理屈上そうなりうる。シャルルはその逆で、いっさいの希望を捨てていて、その意味でいちばん賢いと思う。

二杯目のウイスキーでロマンの顔が浮かんだと思ったら、それに続いておれを待ち受ける厄介ごともぞろぞろ浮かんできた。おれは自分がすでに覚悟を決めていると気づいた。シャルルにも証言を頼まない。だからこう言った。

「一人でなんとかできる、と思う」

こんなふうに出し抜けに言ったんじゃ、伝わるものも伝わらないかもしれない。シャルルは考え込むようにグラスの底を見つめ、それからなにかぶつぶつ言ったが、それが同意なのかなんなのかわからない。だがそのあと彼が頷いたので、どうやら同意らしいとわかる。まあそのほうがいいんだろう、わかるよ、とでも言いたいのだろう。おれは外に目をやり、動かない車列、点々と続く黄色い街灯の下で光る歩道、刑務所にも似た廃屋《はいおく》工場の塀の影を眺めた。おれは自動車レースの大勝負を目前に控え、その準備にもてる力のすべてを、いやそれ以上のものを投入したレーサーだ。明日死ぬかもしれないという気分で、ひとときの静謐《せいひつ》を味わっている。

「そのことを考えると妙な気分なんだけど……」

シャルルは〝そうだな〟と言う、〝妙な気分だ〟と。おれはウイスキーの力を借りて思いきって自分に問いかける。おれはなんでここにいるんだ？　そして答えが怖くなる。ひょっとして、勇気をもらいにきたんじゃないか？　つまり、もし失敗したら、おれを待つのはたぶん殺風景な郊外であり、台の上の車だから。だがそれはシャルルへの思いやりを欠く。

「おれ、嫌みなことしてるよな……」

シャルルはすぐ片手をおれの膝に置く。

「心配するなって」

それでもおれは恥ずかしくて、慌てて話題を変える。

「で、ラジオもあるのか？」

「もちろんだ！」

シャルルは即座に腕を伸ばしてボタンを回す。

「……社の社長は三百二十万ユーロの退職金を受けとりました」

シャルルは即座に消す。そして、

「調子いいな」と感慨深げに言う。

それがニュースのことを言っているのか、ラジオという快適な設備のことを自慢しているのかわからない。おれたちは優に一時間そうやって飲んでいた。

それからもう帰らなきゃと思いはじめた。まだ復習があるし、試験まで集中を切らすわけにはいかない。

するとそのタイミングで、おれはなにも言わなかったのに、シャルルがボトルを指さして言った。

「帰り道用に最後の一杯？」

おれは考えるふりをした。いや、実際に考えた。もう酒は要らない。だからもういいと言った。もう十分だと。

ふたたび長い数分が流れた。穏やかで心地いい、静かな数分。泣きたくなった。シャルルがまたおれの膝に手を置き、何度も軽くたたく。おれはグラスの底をじっと見る。空だ。

「さあ、もう寝る時間だ……」

おれは向きを変えてドアの取っ手をつかんだ。

「送る」とシャルルが言って自分の側のドアを開けた。

おれたちは車のうしろで握手した。無言で。

メトロのほうへ歩きながら、まさかおれの味方はシャルルだけになったなんてことはないよなと、ちょっと考え込んだ。

20

木曜まであと五日。もうじき最後の決断を迫られることになる。まだ五日あると思うとほっとするが、五日しかないと思うと恐ろしい。だがとりあえずはほっとしたい。

昨夕アイラのボトルを半分空けたにもかかわらず、おれの頭は早朝から冴えている。コーヒーを一杯飲みながら、情報カードの内容が頭に刻まれつつあることを確認する。月曜か火曜には追加調査の結果を受けとれるはずなので、残りの一日か二日で戦略を練ればいい。なにか料理できるネタが出てくることを祈るばかりだ。

ニコルが出ていってから、このアパルトマンはひどく寂しい。

マチルドは留守電でおれをののしるのをやめた。いまごろ夫がおれを訴えようとするのを苦労して引き留めているに違いない。いや、グレゴリーはもうそうしたかもしれない。

カミンスキーは秒単位の正確さで約束の時間にやってきた。今日の予定は、ＲＡＩＤの隊員教育に使われている資料を読んで分析することと、人質拘束と尋問の心理的側面を検討すること。

彼はまず、人質がある程度長い時間拘束された場合、どういう態度や行動をとろうとするかについて、また人質をとる犯人側が普通どういう点に注意を払うかについて詳しく説明してくれた。それによって被害者の心理状態がどういう段階を経てどう変わっていくかがわかり、どのタイミングでいちばん弱くなるかもわかってきた。

午前の終わりに一旦そこまでのおさらいをし、午後は丸ごと尋問の検討に費やした。おれは長く人事で経験を積んでいたので、人心操作術はある程度身についている。今回の人質の尋問は、要するに採用面接に年に一度の評価面談を足し、武器の存在によって緊張感を倍増させたようなものだろう。大きな違いは、上級管理職が企業内で抱えている不安が潜在的なものでしかないのに対し、人質事件に巻き込まれた被害者の不安と恐怖は目のまえの現実だという点にある。といっても突き詰めれば同じことだ。結局のところ、唯一の違いは武器の性質と猶予期間の長短だけなのだから。

そしてその晩は、約束どおりリュシーと夕食をとった。

食事に誘ったのがリュシーだからか、レストランも彼女が選んできた。誰でも歳をとれば、遅かれ早かれ自分の子供の子供になり、なんでも子供に決めてもらうようになる。だがもうそんな歳だとは信じたくもないので、おれはレストランを変えさせた。というわけで、アパルトマンのすぐそばの〈ロマン・ノワール〉に行った。外は暖かく、リュシーは別嬪《べっぴん》で、しかもこの食事がなんら特別なものではないふりをしてくれる。だから関係ない話題を連発するわけで、むしろそのことが特別になる。そして今日はリュシーがワインの味をみる（以前から家族のなかでいちばんワインの味がわかるんじゃないかと思われていたのに、これまでリュシーが試飲したことはなかった）。要するに、どう切り出したらいいのかわからないのだろう。とにかくリュシーは関係ない話をすると決めていて、いまのアパルトマンは日当たりが悪いので出たいとか、どうにか食べていくのに必要な弁護士提携体《アソシアシオン・ダヴオカ》の仕事だの国選弁護人の指名だのについて話しつづけた。リュシーは恋人がいるときには恋愛の話をしない。今日はその話題が出ないので、さっそく訊いてみた。

「今度のやつの名前は？」

リュシーは苦笑いし、ワインを一口飲んでからしぶしぶ発表する。

「フェデリコ」

「おいおい、外国風じゃないとだめなのか？　えっとその前のやつはなんだっけ」

「パパったら……」とリュシーが笑う。

「フサーキ？」

「フサキ」

「オマルってのもいなかったか？」

「その言い方じゃ何百人もいるみたいじゃない」

今度はおれが笑う番だ。そして少しずつ、おれのほうもなぜここにいるのか忘れたふりをする。だがデザートを注文したところで、自分からは切り出せないリュシーの肩の荷を下ろしてやるために、こっちからニコルの様子を訊いた。

リュシーはすぐには答えられず、少し間があいた。そしてようやく、

「すごく落ち込んでる」と言った。「なんか張りつめてる感じ」

「世の中の状況が張りつめてるんだ」

「で、説明してくれる？」

時には子供と話をするにも面接試験くらい準備しなきゃいけないようだ。だがもちろん、いまのおれにはそんなつもりも気力もないから、ごくありきたりの筋をたどって説明をでっちあげた。

「それで、具体的にはなにがどうなったの？」わかりにくい説明のあとでリュシーがこう訊いた。

「具体的には、おまえの母さんは耳をふさいでしまい、おまえの姉さんは頭の回転を止めてし

まった」

リュシーがちょっと笑う。

「で、わたしは？　そのなかでどこに位置するわけ？」

「おまえさえよけりゃ、おれの部隊に空きがあるぞ」

「パパ、これ戦争じゃないから」

「ああ。だがこれも一種の戦いだ。で、いまのところおれは孤軍奮闘してる」

というわけでまた説明が必要になり、また嘘をつく。

ニコルにした話を丸ごと繰り返したことで、自分がどれほど嘘を積み上げなきゃならなかったか改めてわかった。おれの話は不安定なバランスの上に成り立っていて、一か所でも穴があいたらすべてが崩れ、当然ながらおれも一緒に崩れる。求人案内、試験、賄賂……そこで壁にぶつかった。リュシーはニコル以上に鋭いから、おれの作り話なんかはなから信じない。

「信用のある人事コンサルティング会社が、数万ユーロのためにそんなばかげたことするの？　ちょっとびっくり……」

そう言われたら、よほどのアホでないかぎり疑われているとわかる。

「いや会社そのものじゃない。そいつが単独でやることだ」

「それでも危険。その人、首になっても平気ってこと？」

「さあ、知らん。だがこっちも雇用契約さえまとめてもらえりゃ、あとはそいつが刑務所に行こうがどうしようが知ったこっちゃない」

そこへコーヒーが運ばれてきたのでどちらも口をつぐんだが、そのまま会話は途絶え、再開できなくなった。その理由はわかっている。リュシーにもわかっている。リュシーはおれの話をいっさい信じていない。そのことを示すためにあえて黙っている。そしてコーヒーを飲みおえると両手をテーブルの上に置いた。

「もう行かないと」

明白なあきらめのサインだ。痛いところを突くこともできるだろうに、そうしない。いつものように母親と姉にはなにか差しさわりのないことを言うんだろう。リュシーならうまくやれる。彼女から見れば、パパはこんがらがった出来事に首を突っ込んでるみたいだから、いま騒いでもしょうがない、そのうちどういうことかわかるはず、といったところだろう。つまりリュシーは逃げる。

おれたちは同じ方向に少し歩き、それからリュシーが振り向いて言った。

「じゃね。パパが思うようになるといいね。助けが必要になったら言って……」

そしておれの腕をとって頬にキスするが、そのキスには悲しみがあふれている。

そのあとの週末はまさに大事《だいじ》の前夜の様相を呈した。

〝明日の戦いでは、わたしのことを思え〟

といってもおれはまるっきり一人で、誰も思っちゃくれない。それにニコルがいなくて寂しいのは、おれが一人だからじゃなくて、ニコルなしの人生に意味がないからだ。なぜ彼女にわかるように今回の件を説明できなかったのか、なぜあんなタイミングで次から次へとおかしなことが起きたのか、おれにはわからない。こんなことはいままで一度もなかった。なぜニコルは耳をふさいでしまったのか。なぜおれの可能性を信じてくれなかったのか。ニコルがもう信じてくれないとしたら、おれは二度死ぬことになる。

しかもこんな状態であと数日踏ん張らなきゃならない。

木曜まで。

リュシーと食事をした翌日、おれは情報カードを復習し、使った金を勘定し、しくじったらどうなるか考えてめまいを覚えた。それでも人質候補の写真と履歴を丹念に見直し、途中で集中が切れそうになったので外に出て歩いた。すべての情報カードと、石油産業に関するクセジュ文庫の一冊と、カミンスキーがコピーしてくれたＲＡＩＤの資料を抱えて。

家に戻ると留守電にリュシーから三回メッセージが入っていた。二回は家に置いて出た携帯に、一回は固定電話に。昨日の夕食で収穫が得られなかったからか、リュシーはもう少し話を聞かせてと言ってきていた。ちょっと心配だからというのだが、理由は言わない。おれは気が散るから電話したくなかった。四日後に社会復帰のチケットを勝ちとってから、おまえたち抜きでがんばるのはほんとに大変だったぞと言ってやればいい。

21

その日の夜、探偵事務所のメスタクから電話があり、追加調査の結果がまとまったと知らせてきた。こちらがまだ残りの料金を払っていないので、メスタクは調査員が短時間でいかに奮闘したか、いかに奇跡的な成果を上げたかを抜かりなく強調する。だが値上げ交渉の常套手段などおれには通用しない。

翌朝さっそく事務所に行くと、メスタクは慎重に金を数えてから大型の封筒を差し出した。そしてお送りしましょうと立ち上がったが、おれがさっさとオフィスを出て狭い廊下のソファーに座ったのを見て席に戻った。

封筒のなかに金額相当の獲物が入っていなければ、おれがすぐ戻ってきて文句を言うだろうとわかったようだ。

なにしろ娘の金なんだから、お粗末な結果で満足するつもりはない。そして、それは正直なところなかなかの出来だった。時間がなかったのによく調べてある。なかにはガッツポーズしたくなる情報もある。だがそれを悟られたくないので、おれはこっそり建物を出た。メスタクとはもう会うこともないだろう。

家に戻るなり、書斎机の上のものをどかし、調査資料を並べた。

まずジャン＝マルク・ゲノー、四十五歳。

十九世紀生まれでもおかしくない家庭環境。ゲノー家は何世代も前からカトリックの家としか婚姻関係を結んでいない。多くの将軍、司祭、大学教授が輩出《はいしゅつ》しているが、もちろんその陰には採卵鶏に変えられた無数の女性たちがいたわけで、家系図は熱帯の樹木のように生い茂っている。中産階級の御多分に洩れず、この小集団も時代の変化には及び腰で、産業革命が始まってからは地代を頼りに慎重に財をなしてきた。労働者階級のにおいがする産業革命には軽蔑の念しか抱いていない。そして当然のことながら、現代の子孫たちはファンダメンタリストを公言してはばからない。住所も七区、八区、十六区、ヌイイなど、伝統ある高級住宅地ばかり。

で、問題のゲノーは二十一歳で結婚し、十年以上にわたって十八か月ごとに子供をつくってきて、七人でやめた。奥方は毎日決まった時間に十字を切りながら体温を計っているはずで、彼のほうも、用心するに越したことはないので、いろいろ気を遣っているだろう。というわけで、ゲノーは息抜きを必要としている。それも健全ならざる息抜きを。調査資料には彼の写真が二枚。一枚は午後七時半にサン＝モール通りのとある店に入っていくところ。二枚目は午後八時四十五分にそこから出てきたところ。いずれもジムにもっていくようなスポーツバッグを提げている。帰宅したのが午後九時十五分。

おれはついてる。キャッシュカードの記録から、ゲノーが週一ペースで二時間この店に来ていることがわかった。たいてい木曜だ。常連のなかに〝おともだち〟がいるんだろう。思わずにやけてしまう。こいつはもう仕留めたようなものだ。

次はポール・クザン、五十二歳。こいつはもっとおもしろいが、その理由が尋常じゃない。こういう背景をもつ男は、おそらく難攻不落で、おれがライバルと差をつける余地など与えてくれないだろう。なんとかしてこの男の尋問をライバルに回し、失敗させるのが得策だ。それを目指すことにする。

写真のクザンは頭が信じがたいほど大きく、眼窩《がんか》から目が飛び出していて、見るからに恐ろしい顔をしている。毎朝車で出社し、地下駐車場には彼の名前が書かれたスペースがあり、技術プロジェクトを複数担っていて、あちこち飛び回り、報告書を出し、会議に参加し、設備を見てまわり……にもかかわらず四年以上前から〈管理職雇用協会〉に求職者登録していて、失業手当を受けとっている。そこでおれは職歴を丹念に読み、添えられたメモに書かれた日付やいくつかの事実を手がかりに、なぜ現在のような奇妙な状況に至ったのかを再構築してみた。

ポール・クザンは二十二年間エクシャルで働いていたが、四年まえにある部門の人員削減の対象となって解雇された。彼がその部門に異動してわずか数か月後のことだった。さて、そのとき四十八歳だった彼の心中に去来したものは？　強烈な拒否反応？　それとも捨て身の巻き返し戦略？　いずれにせよ彼は働きつづけると決め、なにごともなかったように出社した。そして上司に呼ばれ、その後役員会に話が持ち上げられ、そこでなんと出社を認める決定がなされた。つまり、どうしても仕事をしにきたいのならどうぞ、でも給料は出ませんよ、という決定だ。以来四年間、クザンは給料なしで働き、生産性の高さをアピールしつづけている。だがこれをボランティアと呼ばずしてなんと呼ぶ？

彼は実力のほどを認めさせたいに違いない。会社側がふたたび雇用すると言うまで働くつもりだろう。

ポール・クザンは資本主義のもっとも古い夢を具現している。どれほど想像力豊かな経営者でも、これ以上の社員を思い描くことはできないだろう。彼はローンを払えなくなってアパルトマンを売り、車も大衆車に買い替え、わずかな失業手当で細々と生き延びながら、会社では大きな責任を負っている。だとすれば彼はサルクヴィル案件に興味をもつはずだ。工場閉鎖の陣頭指揮を執って成功すれば、まず間違いなく復職できるだろうし、それどころか上層部に迎えられるだろう。これほどの意志をもつ人間はいざとなれば平然と死んでみせるだろうし、妥協など考えられない。たとえ銃を突きつけられても屈服しないだろう。

いっぽう小柄なベトナム女性のヴィルジニー・トランは、おれのいい取引相手になってくれそうだ。

トランが正確にいつユベール・ボヌヴァルと出会ったのかは調査員もつかんでいなかった。だが彼女の通話記録とキャッシュカードの取引明細から、付き合いが始まったのはおよそ十八か月まえだろうと推測している。報告書には二日まえに撮られた写真が何枚か添えられていて、ポトー通りの市場で買い物を楽しむ二人の様子が写っていた。チーズのまえで見つめ合う二人。パプリカの上でキスする二人。そして最後の一枚は抱き合ったままトラン嬢の家に入っていくところ。十八か月も経っちゃいないなとおれは思う。経っているとすればほんものの恋だ。調査員はセミナーや展示会といった仕事の場で出会ったのではないかとメモしていた。ありうる。ここで問題なのは恋愛そのものではなく、トラン本人でもなく、相手のほうだ。ユベール・ボヌヴァルは三十八歳で、ソラレム社のプロジェクトリーダー。そしてソラレムは、エクシャルの競合企業の子会社。つまりトランは競合会社の人間と寝ている。

すばらしい。

おれはパソコンに飛びつき、ネットでソラレムが請け負った建設現場の写真をすぐに見つけた。これでかわいいトラン嬢をどういう状況に追い込めば崩せるかわかった。会社のためにボヌヴァルを裏切れと迫ればいい。ソラレムが建設した石油プラットフォームの技術情報を要求する。ボヌヴァルに電話し、仕事で競合企業の社外秘の技術データが〝どうしても必要〟だと泣きつけと言う。つまり自分の会社への忠誠を示すために、恋人にその会社への忠誠を捨てさせなければならない。絵に描いたようなジレンマ。完璧だ。

続いてイヴリン・カンベルランだが、これは空振りだった。おもしろくもなんともない。

金を無駄にした。

そして最後の一人、これがいちばんすごかった。

ダヴィッド・フォンタナ。今回の人質拘束シミュレーションのオーガナイザーとしてBLCコンサルティングが雇ったプロ。写真をひと目見て、BLCの本社でラコステと一緒にいたあの男だとわかった。

フォンタナは六年まえに小さい警備保障会社を設立した。防犯の監査、機器・システムの設置、監視などを請け負う極めて〝健全な〟会社で、つまり世間一般の過剰な不安を追い風にして儲けている。だが社員を使って毎年膨大な数の防犯カメラを設置させているにもかかわらず、帳簿上それほどの黒字は出ていないので、探偵事務所の調査員はかなりの利益が会計の網の目をすり抜け、出所がわからないように処理されたうえで社長の懐に入っているという可能性を示唆《しさ》している。また、申告されていない活動も行っていて、その部分は彼自身の過去と同じくらい怪しげだ。たとえば企業のための各種調査、債務の取り立て、あらゆる種類の警護など。顧客はフォンタナの表向きの経歴しか知らされない。軍人として空挺部隊からキャリアをスタートさせ、その後長く対外治安総局《DGSE》（フランスの情報機関）にいた。顧客用の表向きの経歴はそこまでだ。個人としての経歴——つまり傭兵だったこと——はけっして明かされない。だがちょっと調べただけでも、二十年ほどのあいだに旧ビルマ、クルディスタン、コンゴ、旧ユーゴスラヴィアなど、あちこちにいたことがわかる。旅行が大好きらしい。それから時代の波に乗ってさまざまな民間軍事会社のミッションに参加するようになり、そうしたミッションの依頼主は政府、多国籍企業、国際組織、ダイヤモンド商にまで及んだ。フォンタナが引き受けたのは主に戦闘訓練で、ミリタリー・プロフェッショナル・リソーシズ《MPRI》、ダインコープ・インターナショナル、エリニュスなど、有名な民間軍事会社が先を争ってフォンタナを招いた。彼はどんな仕事でも厭わず、あちこちの作戦地域に出かけていって手を貸したので、意欲的だと評価されて引っ張りだこになった。

だがやがてちょっとしたトラブルが生じ、そのあとフォンタナはやり方を変えた。トラブルというのは、南スーダンで七十四人の虐殺に加担したのではないかと疑いをかけられたことだ。当時彼を雇っていた民間軍事会社はスーダン政府が支援する民兵組織のジャンジャウィードを助けていた。

そこでフォンタナは安全策をとり、引退と称して現場を離れ、帰国して警備保障会社を設立した。

ベルトラン・ラコステもここまでのことは知らないはずだ。もちろんエクシャルも。フォンタナの会社のパンフレットはじつにきれいなものだし、彼自身の経歴も極力表現を和らげてある。とはいえ、たとえ知ったとしても、ラコステもエクシャルも困りはしないし、ひるみもしないだろう。どの分野でも必要とされるのは有能な人材であり、その意味でダヴィッド・フォンタナは間違いなく有能なのだから。

おれは改めてBLCの本社でフォンタナを見かけたときのことを思い出した。彼が一瞬こっちを見たときのあの恐怖。おれの勘に狂いはなかったわけだ。

それから改めてゲノーとクザンとトランの個人情報カードを作り、自分で思いついたことも書き加えた。そして投げかける質問や尋問の進め方を考えながら、ふと不安になった。おれは経験に基づいた勘で彼らを選んだだけだ。当日その場にいるのが別の人間ばかりだったら完全にアウトで、その場で一から考えなければならない。

だがそれを考えだしたら不安が増すばかりなのですぐに払いのけた。人生においては運を味方につけることも実力のうちだし、数年前から不運ばかり続いてきたので、そろそろ運が向いてくるころだという気もする。それでも念のため、もう一度彼らを選んだ過程をたどってみると、やはりおれの選択は間違っていないと確信できたのでほっとした。それから頭の回転を滑らかにしようとウイスキーを自分で注いだ。アパルトマンは空で、誰もいないから、準備が整ったことを祝う相手も自分しかいない。

22

ベルトランへ

研修終了の件と、あなたが約束してくれた雇用契約について返事を待ってるんだけど、そのあいだにわたしと同じ大学を出たトマ・ジョランの研修契約をあなたが承認したって聞いた。彼に提示された職務はわたしが十か月やってたのとほとんど同じよね（あの契約書、わたしの契約書をコピペして作ったんじゃない？）。

仕事の件で携帯にメールして悪いけど、でもどうしても気になって。ほんとに、わたしの思い違いだといいんだけど。

今夜電話ちょうだい、お願い。

何時でもいいから。

オレンカ

追伸：バスルームにネックレスを忘れちゃったから、とっといてね……。

23

送信者：ベルトラン・ラコステ
受信者：オレンカ・ズビコウスキー
日付：五月十八日
件名：研修期間の終了

前略　これまでにも何度かお話ししましたように、残念ながら、当社の現状では正規雇用を検討することができません。

最近の受注状況の改善により短期的見通しは立ったものの、いまだ長期的な安定を図るには至っておらず、増員の余地はありません。

研修は全体的に良好な状況のなかで行われ、当社といたしましては、ごく一時的な困難はあったものの、価値ある経験の機会をご提供できたことをうれしく思います。ここで積まれた経験は、今後の就職活動の際にも必ずやズビコウスキーさんの強みとなるでしょう。

なお、トマ・ジョランさんの五か月の研修を当社が受け入れたことに驚かれたとのことですが、この決定はズビコウスキーさんが五月三十日以降の研修延長を希望されていないことが明らかだったためになされたものです。したがって、当然のことながら、研修延長を希望されるのであれば、すでに当社の業務に通じておられること、社員ともいいチームワークができていること等を考慮し、ジョランさんへのオファーはただちに取り下げます。

お返事をお待ちしております。

草々

ベルトラン・ラコステ

24

もはや最終試験を取り巻く状況は明らかで、しかもおれに有利だ。

受験者のなかでいちばん準備できているはずだから。

これだけ勉強し、ライバルたちより明らかにたくさん頭に詰め込んだのだから、いちばんになれる。

そこまで考えたときに電話が鳴った。十九時ごろだった。

スピーカーに切り替わる。

「もしもし」

リュシーではなく別の女性の声だ。若い。どこかで聞いたことがある。

「オレンカ・ズビコウスキーです」

はっとすると同時に警戒し、おれはとりあえず電話に近づいた。

「先日BLCコンサルティングでお目にかかりました、あなたが試験を受けられたときです。わたしはあそこで……」

やはりあの女性だとわかって慌てて飛びついたので、受話器を取り落とし、家具の下を手探りするはめになった。ようやくつかんですぐに叫んだ。

「もしもし！」

三歩あるいて一度しゃがんだだけなのに、長距離を走ったみたいに息が切れる。あまりにも思いがけない人物からかかってきたので心臓が縮《ちぢ》み上がっていた。

「デランブルさんですか？」

そうだと答えた、わたしですと、その声が震えていたからか相手は突然すみませんと謝り、おれのほうは試験用紙を配る彼女の姿をはっきり思い出していた。

相手は会いたいと言った。いますぐに。

尋常じゃない。

「なぜですか？　理由を聞かせてください！」

こちらがどれほど仰天しているか伝わったようだ。

「お宅から遠くないところにいます。二十分で伺《うかが》えます」

その二十分は二十時間、いや二十年にも等しい。

そして二十分後、おれたちは広場の脇の芝生に置かれたベンチに座っている。街灯が一つずつともっていくが、どの通りも人が少なく、静かだ。今日のオレンカはおれが思っていたほどキュートじゃなかった。化粧をしていないからだろう。彼女ははずみをつけ、ひと息にこの世の終わりを告げる。

わかりやすい言葉で。

「表向きは四人の候補者が最終試験を受けるわけですけど、そのうち三人はお飾りです。あのポストはもうジュリエット・リヴェという受験者のものと決まっていて、あなたにチャンスはありません。単なる引き立て役です」

この情報はまずおれの脳を一周したが、ニューロンの束のあいだをすり抜けてどこにも引っかからなかった。つづけてもう一周し、今度はようやくシナプスのあいだに潜り込んだ。それからようやく事の重大さがわかってきた。

「リヴェさんはラコステ社長のごく親しい友人で」とオレンカは続ける。「選ばれるのは彼女です。あとの三人は社長がリヴェさんの引き立て役として選びました。一人目はクライアントを喜ばせるための国際派、二人目はリヴェさんに経歴が似ている人。いずれも社長がうまく立ち回って評価を下げるはずです。そして三人目のあなたは、年齢で選ばれました。社長によれば、最近はシニアが一人入ってると客受けがいいからだそうです」

「しかし選ぶのはエクシャルであって、ラコステさんじゃない！」

オレンカはびっくりした顔をした。

「え、なぜエクシャルだと知ってるんです？」

「質問に答えてください」

「なぜご存じなのかは置いておくとして、とにかくエクシャルはラコステ社長の選択に異を唱えたりしません。能力に大差がない場合、信頼するコンサルティング会社がいいと思う人間を採用します。そういうものなんです」

おれは目を上げて辺りを見わたしたが、霞《かすみ》がかかったようでよく見えない。なんだか気を失いそうだ。胃がよじれ、腰の奥のほうまできりきり痛む。

「とにかくあのポストはあなたのものではありません。チャンスはありません」

おれがおろおろし、あまりにも取り乱したので、オレンカは言わないほうがよかったんだろうかと不安げな顔になった。それほどおれはひどい状態だったんだろう。

「で……それをなぜ言いにきたんです？」

「ほかの二人の候補者にも知らせました」

「なんのために？」

「ラコステさんがわたしを利用し、絞れるだけ絞りとって空っぽにし、その挙句《あげく》お払い箱にしたからです。だから、あのご立派な選抜試験が参加者不在で失敗するようにしたいんです。受験者がリヴェさん一人しか現れなければ、彼には屈辱だし、重要顧客のまえで面目《めんもく》丸つぶれにもなりますから。少々おとなげないけど、でもそれで気が晴れるので」

オレンカは立ち上がった。

「とにかく試験には行かないのがいちばんです。ほんとうです。こんなこと申し上げたくありませんけど、あなたの筆記試験はひどい点でした。時流に完全に乗り遅れています。面接試験に呼ばれるはずもなかったのに、社長がわざとあなたを残しました。奇跡的に最後まで残ったとしても、エクシャルが中高年を受け入れることはけっしてないとわかっているからです。残念ですが……」

と彼女は手であいまいなしぐさをする。

「自分勝手な理由でこんなことしてるってわかっています。でもあなたに無駄足を踏んでほしくないからでもあるんです。屈辱的とも言えますし。あなたはわたしの父と同じくらいのお歳なので、それもあって」

機嫌取りが行きすぎたと感じる神経は持ち合わせていたようで、そこで唇を結んだ。おれの憔悴しきった顔を見て、パンチが効きすぎたとわかったからかもしれない。

おれはロボトミーを受けたみたいになっていた。

つまり脳がまったく反応しない。

「あなたを信じないと言ったら？」

「いえ、信じられるはずです。だって最初からあなた自身が信じていなかったでしょ？　だからこそ電話してこられたんですよね、一週間ほどまえに、ベルトランに……ラコステ社長に。あなたは信じたかった。でもどう考えてもおかしいと思われた。ですからあなたにはおわかりだと思って……」

おれは脳の活動再開を待つ。

そしてようやく顔を上げたとき、オレンカはそこにおらず、もう広場の端のほうをメトロへと向かっていた。


暗くなった。だがリビングの明かりはつけていない。大きく開け放った窓から街灯のぼんやりした明かりが射し込んでいる。

おれはがらんとしたアパルトマンに一人。

ニコルは出ていった。

娘婿はおれが殴り倒した。娘夫婦は金を待っている。

メッサージュリーの訴訟は数週間のうちに始まる。

不意にインターホンが鳴る。

リュシーだ。下に来ている。

何度も電話したのに出ないので心配して来たんだろう。おれは立ち上がるが、玄関まで行ってあきらめる。膝から崩れ落ち、泣いた。

リュシーはいまや懇願している。

「お願いだから開けて、ねえ、パパ」

おれがいるとわかっているからだ。窓が開いていて、明かりがついている部屋もあるから。

だがもう身動きできない。

破綻だ、降参するしかない。

涙がとめどなくこみ上げてくる。ここまで泣けるなんていつ以来のことだろう。涙だけはなんの嘘もない。錯乱状態のむせび泣き。おれは心底疲れ果てて立ち上がれない。

やがてリュシーはあきらめ、帰っていった。

おれは泣きつづけた。玄関扉のうしろに膝を突いたまままものすごく泣いた。

どれくらいそうしていたのかわからないが、夜もすっかり更けたに違いない。

涙も涸れ果ててから、どうにか立ち上がった。

いくつか浮かんだ思いつきが少しずつ、苦しまぎれに形をとりはじめる。

深く息を吸って、吐く。

怒りが体中に広がる。

電話番号を探し、押す。こんな遅くに申し訳ないと謝る。そして言う。

「どうしたら銃を手に入れられるか知っていますか？　あの、本物の……」

カミンスキーは数秒ためらう。

「まあ、一応はね。で……どんな銃が要るんです？」

「なんでも……いや！　なんでもいいわけじゃない。ピストルです。オートマチック。できますか？　弾も一緒に」

カミンスキーはちょっと考え、それから言った。

「いつまでに？」

第二部　そのとき

第二部　主な登場人物

ダヴィッド・フォンタナ……語り手　警備保障会社社長　本試験を企画、進行
ベルトラン・ラコステ……BLCコンサルティング社長
アレクサンドル・ドルフマン……エクシャル・ヨーロッパ社長

【エクシャル・ヨーロッパ社　人事副部長候補】

アラン・デランブル……第一部の語り手　57歳
ジュリエット・リヴェ……秘密裏に採用が内定している女性

【エクシャル・ヨーロッパ社　サルクヴィル工場プロジェクト責任者候補】

マキシム・リュセ……法務畑　35歳前後
ヴィルジニー・トラン……営業畑　34歳
ジャン＝マルク・ゲノー……財務畑　45歳
ポール・クザン……技術畑　52歳
イヴリン・カンベルラン……技術畑　48歳

【襲撃チームおよび役者】

カデル……武装グループ役　リーダー
ヤスミン……同右　唯一の女性
ムラド……同右　威圧的な風貌
マリク……エクシャルの顧客役　アラブ系
アンドレ・ルナール……同右　ベルギーの俳優

25

作戦開始の一時間前になって、ベルトラン・ラコステがわたしに近づいてきてこう言った。

「フォンタナさん、ちょっとした変更です。人事副部長職の候補が四人ではなく二人になりそうでしてね」

そう言われると細部が変わるだけで全体への影響はないかのようだが、数分まえにラコステが二通目のメールを受けとったときに——そう、一通目もあった——顔をひきつらせたことを考えると、実際はその逆だろう。そもそも本件をラコステに依頼したエクシャル・ヨーロッパは最終試験の受験者を四人だと思っているし、それがいきなり半減してなんの問題もないはずはない。こんなぎりぎりになってなぜ二人も受験を取りやめたのか、その理由は不明だが、ラコステにそれを問いただすのはわたしの役目ではない。

そうだ、責任範囲外のことに口をさしはさむべきではない。わたしの仕事は場所を見つける、人や機材を手配するなど、この作戦を技術面で準備、実行することであって、それ以上ではない。

しかしながら、もっとはるかに困難な作戦をまとめてきた経験からつくづく思うのだが、ある程度以上に複雑な作戦というのは不安定な有機体のようなもので、非常にもろい面がある。

すべての要素が鎖状につながっていて、どの環に支障が出ても全体に響く。実際、開始直前にちょっとした障害が出はじめた場合、経験からいうとかなりの確率で最悪の事態に至るので、覚悟しておいたほうがいい。誰でも嫌な予感くらいはするだろうが、普通はそれを無視してしまい、まずいと思ったときにはもう遅いというのがこの種の問題の特徴だ。本来なら最初から自分の勘を信じるべきなのに。

少し向こうでラコステがエクシャル・ヨーロッパ社長のドルフマンと話し合っていた。悪い知らせをたいしたことではないかのように伝えるため、ラコステは屈託のない笑みを浮かべている。ドルフマンはそうとう驚いただろうに、顔色一つ変えなかった。肝《きも》の据わった男だ。少々尊敬の念を覚える。

九時少し過ぎに、インターホンが音声と映像で二名の受験者の到着を告げた。わたしは受付まで下りていった。がらんとしたエントランスホールは殺伐《さつばつ》とした雰囲気で、二十ほどの大きなソファーが並んでいるところにたった二人の人間が十メートル以上離れて座っていて、互いにあいさつを交わした様子もなかった。

片方はデランブルという受験者だが、顔を見て、見たことがあると思った。近づきながら頭のなかで記憶のフィルムを回して探すと、十日ほどまえで止まった。ラコステとの打ち合わせを終えてBLCを出たときだ。歩道でラコステと別れ、さて帰ろうと思ったとき、誰かに見られていると感じた。あれは妙な感覚だが、わたしは長年危険のなかに身を置いてきたので敏感になっていて、そのおかげで二度命拾いした。だからその場で足を止め、動揺を隠すためにポケットからチューインガムを出し、包み紙をはがしながら下を向いたまま、相手がいる場所を探った。そして直感が確信に変わったところですばやく顔を上げた。すると正面の建物の角から男がこちらを見ていた。男はすぐ視線を下げて時計を見、それから折よく携帯が鳴り出したふりをし、携帯を耳に当てながら背を向けた。あれがデランブルだったとは。あの日は下調べに来ていたのだろう。だが妙なことに、あの男だというのはたしかなのだが、いま目のまえにいる男はまるで別人に見える。

それはデランブルが異常なほど緊張しているからだとすぐにわかった。充電したての電池みたいにビリビリしている。

顔はげっそりして、ほとんど血の気がない。ひげを剃るときに切ったのか、右頬に汚らしい赤いかさぶたがある。神経性の痙攣《けいれん》で左目がぴくぴくし、手はじっとりしている。これらのうちの一つだけでも、この男が試験を受けるような状態ではなく、最後までもたないだろうと考えるのに十分だったはずだ。

つまり、相次いで二人が辞退し、助手のオレンカ・ズビコウスキーとは連絡がとれず（ラコステは先ほどから何度も電話し、そのたびにより切羽《せっぱ》詰まったメッセージを残している）、受験者の一人は脳梗塞寸前……。これは思っていたよりはるかに危険なことになりそうだと誰でも思うだろう。だがそれはわたしの問題ではなかった。選んだ建物は場所も設備も要求を満たし、機器は正常に作動し、わたしのチームはよく訓練されている。つまり自分の役割は完璧に果たしていたので、このおかしな試験がどういう結果になろうとこちらは未払金の振り込みを待つばかりで、それ以外のことはどうでもよかった。

ただし任務には「助言」も入っていたので、いちおう安全策をとることにした。つまり二人の受験者、デランブル氏とリヴェ嬢――〝嬢〟という感じではないが――と握手したあと、ちょっと失礼と言ってホールの反対の端にある受付カウンターまで行き、内線でラコステをつかまえて状況を説明した。

「デランブルさんはかなり体調が悪いようです。尋問の進行役などできるかどうかわかりませんよ」

ラコステは一瞬言葉を失った。今朝ここに来てからの一連のジャブのあとでとうとうパンチを食らったかに見え、さすがのラコステもこれで弱気に転じ、勝負は終わりかと思った。だが彼はすぐに立ち直った。

「体調が？」

「ええ、ひどく神経質になっています」

「神経質って、そりゃ普通です！　今日は誰もが神経質なんだから！　わたしだって！」

この時点でわたしはこの作戦の「不調の兆《きざ》しリスト」に〝ラコステの異常に張りつめた声〟を追加した。彼は明らかに耳をふさごうとしている。始まったばかりの作戦が早くもゾラの『獣人』の暴走列車を思わせているにもかかわらず、顧客の信頼を失うことなく列車を止める方法がわからないようだ。だからラコステはどの問題も二次的なものでしかないように振る舞っている。企業の仕事を請け負うようになってから、こういう例を頻繁に目にしてきた。大きな組織では個々のプロジェクトにも多くの人員、予算、時間が注ぎ込まれるので、止めるには多大な勇気が必要で、つまり誰にも止められなくなる。広告キャンペーンでも、マーケティング戦略の展開でも、イベント制作でも見られる現象だ。責任者は実際に問題が起きてからようやく経緯を振り返り、まえからその兆候があったのに直視せずにいたと気づくが、一般的にはそう思うだけで声には出さない。

「切り抜けられますよ」とラコステはこちらを励ますように言った。「それにデランブルさんが期待以上の力を発揮しないともかぎりませんし」

こういうやみくもな態度に対しては、わたしは口をつぐむことにしている。

エントランスホールの向こうで身をかがめているデランブルはいまにも破裂しそうな不安の塊に見えた。だが技術面での大きなしくじりを別として（それはわたしの責任になる）、この状況にさしたる危険があるとは思えなかった。しょせんロールプレイングゲームにすぎないのだから。

というより、本音の本音をいえば、この作戦がうまくいかないかもしれないという状況はさほど不愉快なものではなかった。むしろ愉快だった（もちろんその後の展開は別だ）。そもそもふざけた話ではないか。わたしは二十年以上を戦闘地域で過ごし、優に十数回命の危険にさらされ、かなりの人が死ぬのをこの目で見てきた。そのわたしにお遊びの人質拘束事件をでっちあげろとは。無論それなりの理由があるのだろう、なにか重大な経済問題が絡んでいるのだろうと思いはしたが、実際に一から十まで準備する過程で、彼らがこれをゲームとして楽しんでいることにも気づかざるをえなかった。あの二人、ドルフマンとラコステは重責を担《にな》う企業人かもしれないが、この件に関しては人を怖がらせて楽しんでいた。その点は否定できない。

そしてその結果がどうなったかは、見てのとおりだ。

ラコステは電話のあとすぐに下りてきた。苛立ちが垣間見えたが、それが単にいまの状況のせいなのか、それともわたしと同じように、作戦が錐揉《きりも》み状態になりかねないと感じているせいなのかはわからなかった。成功を収めてきた人々は往々にして自分を疑わなくなり、いつでもなんとか切り抜けられると思うようになるものだ。つまり自分を不死身だと思ってしまう。

もう一人の受験者のジュリエット・リヴェはデランブルと極端な対照をなしていた。軽やかでスリムな美女で、まだら模様織《シネ》りのグレーのスーツがボディーラインを引き立てている。もちろんそれを意識して選んだのだろう。それに比べると大きなソファーにうもれかけているデランブルは、わたしの目にはひどくやつれ、老けた男に映った。これはどう見ても不公平な戦いだが、かといってファッションショーをするわけではない。これから行われるのは対人関係能力と本物の才覚が試される試験であり、その点ではラコステの言うとおり、デランブルにもあらゆる可能性が残されている。しかも四人が二人に減ったのだから、計算上のチャンスは二倍になっている。

二人の受験者はさっと立ち上がり、ラコステがそれぞれを引き合わせた。

「デランブルさん、リヴェさん……。そして今日の世話人、有能なるダヴィッド・フォンタナさん」

そのときわたしの頭のなかに赤信号がともった。リヴェの落ち着きぶり、ラコステの作戦決行へのこだわり、そしてある種の態度から、二人のあいだで話が……なんというか……もうついているという確信を得たからだ。デランブルを気の毒に思わずにはいられなかった。わたしの思い違いでなければ、彼はこの芝居のエキストラにすぎないことになる。

もう一つ、リヴェはハンドバッグだけなのに、デランブルがアタッシュケースをもっていて、それが二人の対照をますます際立たせていることにも気づいた。彼は仕事に行くところで、彼女は帰るところといった印象だろうか。

「受験者はわたしたちだけですか？」とデランブルが訊いた。

その声色がラコステの勢いを削いだ。不安がにじみ出た、少しバランスを欠く低い声で、まさに爆発寸前という雰囲気だ。

「ええ」とようやくラコステが答えた。「ほかの方々は参加を取りやめました。それだけお二人のチャンスが増えたということで……」

デランブルはさほど喜んだようには見えなかった。たしかに合格率は上がったが、誰が見てもたった二人の試験にこれほど大げさなことをするのはおかしい。ラコステもそこに気づいたとみえて、

「悪くとらないでいただきたいのですが」と続けた。「今日の試験のいちばんの目的は採用ではありません」

ラコステはこの場を掌握しようとデランブルの目をじっと見る。

「本件の依頼人は、重大なプロジェクトを実施するために、上級管理職五人のなかから最適任者を選ぼうとしています。そのための選抜試験が今日の主目的です。そのタイミングがたまたま人事副部長一名の採用と重なり、しかも職務の一つが社員評価だというので、採用試験を同時に行うことになりました。一石二鳥を狙ったわけです」

「はい、わかりました」とデランブルが言った。

その口調には敵意とも怒りともつかない、苦みのようなものが表れていた。これは気分転換

させたほうがいいと思い、わたしは二人を案内してエレベーターで上がった。

会議室に入ったのは正確に九時十七分。間違いない。仕事柄、常日頃から正確さを旨《むね》としているし、長年の経験でわたしの体内には正確な時が刻まれているので、一日のうちのいつでも数分の誤差で正確な時間を言うことができる。しかもこのときは腕時計を見たのだから確実だ。会議は十時開始と案内されていて、エクシャル・ヨーロッパの上級管理職五人はその十分から十五分まえにはやってくるはずだから、それまでにすっかり準備ができていなければならない。

わたしはチームのメンバーをデランブルとリヴェに紹介した。まず客の役を演じる二人の俳優、マリクとアンドレ・ルナール。マリクは明るい色の大きなジェラバ（北アフリカのフード付きの長衣）と幾何学《きかがく》模様の紫色のカフィエ（アラブの男性がかぶる頭巾）を身に着けている。ルナールはきっちりしたスーツだ。

わたしは説明した。

「ゲームの冒頭で、マリクさんとルナールさんがエクシャルの顧客として五人の管理職に紹介されます。マリクさんは早々に舞台からいなくなりますが、ルナールさんは最後まで残ります」

話しながらわたしは受験者二人の反応に注意していた。アンドレ・ルナールは有名俳優とまでは言えないが、数年前にある洗剤のコマーシャルに出たことがあり、そこそこ評判をとったので、どこかで見た顔だと思われるおそれがある。ところが、デランブルもリヴェもすでに武装グループ役三人のほうに目が釘づけになっていて、ルナールどころではなかった。まあ、それも当然だろう。いくらロールプレイングだとわかっていても、迷彩のつなぎに目出し帽、黒の編み上げ靴、テーブルに並べられた三挺の短機関銃ウージーとそのマガジンを見たら誰でもぎょっとする。しかも、自慢ではないが、とびきりの協力者を選んでおいたのだからなおさらだ。隊長のカデルはいかにも冷静沈着なリーダータイプの顔立ちで、女性のほうのヤスミンは威嚇《いかく》的な態度をとって相手に恐怖を与えるのを得意とする。二人ともモロッコ警察の出身で、見た目どおりのやり手だ。いっぽうもう一人のムラドは優秀とは言えないが、顔がいかついので連れてきた。剃り残しのある頬がやけに分厚い粗暴な顔で、武装グループ役にぴったりだ。

全員頷き合うだけであいさつに代えた。重苦しい雰囲気が漂う。作戦開始直前はいつもこんなふうで、少々しらじらしくなることもある。

それからデランブルとリヴェに三つの部屋をよく見てもらった。まず、いまいる会議室。ここでゲームが始まり、その後武装グループが侵入して五人を拘束することになる。次に尋問室。人質を個別に、あるいは対決させたいならペアで連れてきて尋問する部屋。ここのテーブルにはノートパソコンが開いた状態で置かれていて、エクシャル・ヨーロッパ・グループのイントラネットにつながっている。最後が監視室。受験者二人がここから指示して間接的に尋問を進める。モニターが二台あり、片方には会議室の二台のカメラがとらえた映像が映っていて、もう片方には尋問室が映っている。もう一つ控室があり、ドルフマンとラコステはそこから作戦を見守ることになるのだが、受験者には関係ない。

ラコステはそこで一旦われわれを残して出ていった。心配ごとが顔に出ていた。もう一度ズビコウスキーに電話しにいったのだろうが、時間から考えて、いまさら彼女が現れるとは思えない。ラコステにもそれはわかっているはずだ。二人のあいだになにがあったのか知らないが、彼女が逃げてしまい、ラコステは助手なしでなんとかするしかないというのは聞かなくてもわかる。

リヴェは雰囲気を和《やわ》らげたいのか、デランブルに微笑みかけようとしたが、デランブルのほうは応じるどころではないようだ。二人は隣り合って座り、会議室の様子を映すモニター画面を見ている。

そこへエクシャル・ヨーロッパ社長、アレクサンドル・ドルフマンが入ってきた。わたしは数日前のリハーサルで初めて会った。そのときこちらの説明を熱心に聞き、なんの文句も言わずに従ってくれたが、それがまた大物ぶりを雄弁に物語っている。また年齢のわりには動きが敏捷《びんしょう》で、絶妙なタイミングで倒れるこつをすぐにつかんだ。

わたしはドルフマン社長を案内して控室に行き、そこで演技に必要なものを身に着けてもらった。その際に念のためもう一度段取りを説明したが、ドルフマンがリハーサルの日とは違って少し苛立ちを見せたので、話をはしょらざるをえなかった。ドルフマンはさっさと控室を出た。今日は誰もがぴりぴりしている。

ドルフマンのあとを追って会議室に戻り、シナリオどおりドルフマンの右にルナール、そのまた右にマリクに座ってもらった。ルナールのほうは早くも顧客然として演技に集中しているが、マリクはのんびりととびきり濃いコーヒーをすすっている。

そして、われわれは五人の到着を待った。

26

モニターには鮮明な画像が映し出されている。われながら器材の準備は完璧で、大満足だ。ラコステはデランブルとリヴェのうしろにメモを手にして立っている。わたしも椅子を引き寄せてモニターと受験者を見守る位置に座った。わたし自身、少し緊張してきた。だがそれは問題があるからではなく――わたしにとってはなんの問題も生じていないわけで――仕事を完璧にこなしたいからだ。任務をやり遂げないと報酬の残りの三分の一が受けとれない。しかもこの仕事はけっこうな儲けになるので無駄にしたくない。正直なところ、企業がやるお遊びはいくらでもギャラを吹っかけられるので助かる。だが仕事そのものはたいしておもしろくないし、楽しむのは企業側だけだ。やはりわたしはもっとリアルな仕事のほうがいい。

任務の重さにかかわりなく、わたしはいつも開始時点で少し緊張する。だがデランブルの緊張ぶりはわたしの比ではない。モニターにかじりつき、隠された謎でも探すように見入っていて、しかも右のモニターから左のモニターへと目を移すとき頭ごと動かすので、なんだか雌鶏《めんどり》のようだ。リヴェは試験そのものより隣人の存在が気になるようで、レストランで食い散らかす同席者でも見るように先ほどからこっそりデランブルを観察している。だがデランブルのほうはリヴェのことなど眼中になく、機械仕掛けの人形みたいに頭を動かしている。その様子があまりにも異様なのでまた少し心配になり（試験で緊張するのは普通だとしても、ここまでとなると……）、腕を伸ばして肩をたたき、だいじょうぶですかと訊いた。だが言い終えるより早く、デランブルは電気ショックを受けたように飛び上がり、

「へ？　なんです？」と振り向きざまに言った。

「デランブルさん、だいじょうぶですか？」

「へ？　あ、はい……」と彼は答えたが、目の焦点が合っていない。

あとから振り返ってみて最悪だと思うのは、その瞬間、自分でまずいと確信したことだ。つまりその時点ですでに、わたしの不安は確信に変わっていた。それなのになにもアクションをとらなかった。どう見てもデランブルは普通ではなかった。いま考えると、採用試験を取りやめにして、この二人抜きで上級管理職五人の選抜試験を実施すればよかったのだが、そのときは頭のなかで二つが完全に一体化していて、片方だけやめることなど思いつきもしなかった。そしてそのあとの展開は、なにやらあっという間の出来事だったのだ。

開始時刻が近づくにつれ、リヴェも落ち着きをなくしていった。そもそも武装グループと黒光りする銃を見たときから顔色が悪くなっていた。しかもそれが序の口にすぎないことなど、彼女は知る由《よし》もなかった。わたしは立ち上がって二人にマイクの使い方を説明した。武装グループに指示するためのマイクで、メンバーのイヤホンにつながっている。デランブルからは唸り声のようなものしか返ってこなかったが、理解はできたようで、やってみてくださいと言うと制御装置を正しく操作してみせた。

エクシャルの管理職たちはばらばらとやってきた。

まずマキシム・リュセとヴィルジニー・トラン。

リュセは法律家で、大きな声では言えないがそれがおかしなほどぴったりで、法律家以外の何者にも見えない。身なりは隅々まできっちりしていて、動きのすべてがカクカクしている。目の動きさえそうで、目玉がまず自分の位置を確認してから次の位置へ移動するといったふうだ。資料は熟読してあったので、リュセが法学博士であることも頭に入っていた。エクシャル・ヨーロッパの数々の契約書を作成し、管理しているのはこのリュセだ。

トランのほうは営業畑の女性管理職で、力がみなぎっている。みなぎりすぎと言ってもいいほどで、麻薬を打ってきたと思われてもおかしくない。自信たっぷりに歩き、人々のまえに、それも真正面に堂々と立つ。怖いものなんかないという雰囲気を漂わせ、相手が少しでも言葉に詰まるとその文章を奪って自分で終わらせる。このボディと六桁の給料だから、同年代の男どもからちやほやされているだろう。

二人が会議室に入ってくるところを見ただけで、三十代の彼らは時代にうまく乗っているとわかる。握手と同時にこんな声が聞こえてきそうだ。「わたしたちは活動的で、生産的で、幸せです」と。

二人はドルフマン社長にあいさつし、社長のほうもにこやかに応じる。企業でよく見かける親しみを込めた態度だが、わたしに言わせれば紛らわしい。階級の上から下まで誰もが友人で、敬語を使って話すときでさえ呼びかけはファーストネーム。これではものごとがややこしくなるだけだろうに。こんな雰囲気で仕事をしていたら、そのうちオフィスが向かいのビストロの支店になってしまう。わたしが一時いた軍隊ではなにもかもが明快で、自分がなんのためにそこにいるのか忘れる心配はなかった。同じ階級の同僚以外は上官か部下しかおらず、誰に会っても相手が自分の上か下かすぐにわかる。ところが最近の企業はややこしい。社長とスカッシュをし、課長とジョギングをし、これではなにがなんだかわからない。気をつけないと、上長などおらず、表計算ソフトだけが仕事を管理しているように思えてくるだろう。だがそのままでいられるわけではなく、遅かれ早かれ階級制の現実に引き戻される。そのときが問題だ。つまり、表計算ソフトがあなたの成績に不満を唱え、それに基づいて上司があなたを非難しても、長く上司をクラスメートかなにかと混同してきたので、あなたは上司を本気で恨むことさえできない。

まあ、わたしの想像にすぎないが。

ということで、とにかくドルフマンは会議用テーブルの奥に君臨し、やってきた管理職たちはまず〝権力〟に詣《もう》でて社長と（続いて社長に紹介されたルナールとマリクと）握手をし、それから互いにやあと肩をたたき合って席に着く。

いっぽう監視室では、管理職がやってくるごとにラコステがデランブルとリヴェにその名前を告げ、すでに渡してあったリストのどの人物なのか教えていった。たとえば「マキシム・リュセ。リストに〝法学博士、法務担当〟とある人物です」とか、「ヴィルジニー・トラン。リストには〝エコール・サントラルおよびHEC経営大学院卒、販売担当〟とあります」と。

デランブルは十分な準備をしてきたようだ。一人一人のカードをもっていて、熱心にメモをとっている。たぶん彼らの行動についてだろう。だが手が震えていて、読める字が書けているとは思えない。リヴェはそれほど熱心ではなく、事前に受けとっていた資料を広げ、人名の横にチェックマークを入れただけだった。真剣に準備してきたようには見えない。

数分後にジャン＝マルク・ゲノーとポール・クザンが到着した。

ゲノーはエコノミストで、ひと目でうぬぼれ屋だとわかる。見るからに傲慢《ごうまん》そうで、胸を突き出して歩く。自分に疑問を抱くことなどなさそうに見える。かなりの外斜視で、どちらで見ているのかよくわからない。

その隣に座ったクザンはその逆で、頭が大きいのにぞっとするほどやせていて、信仰ゆえに火あぶりにされるイエズス会修道士といったところだ。エンジニアとして多くの資格をもち、キャリアの大半をペルシャ湾で過ごした。四年前に本部に戻り、以来重責を担っている。エクシャルの技術面の第一人者であり、掘削の帝王とも呼ばれている。

最後にやってきたのは五十歳に近い女性プロジェクトマネジャー、イヴリン・カンベルラン。こうしてぎりぎりに来るからにはそれなりの自信があるのだろう。

ドルフマンは一刻も早く本題に入りたいというそぶりを見せた。

そして指先でテーブルをたたいて全員の注意を促してから、ルナールとマリクのほうを向いた。

「まずはエクシャル・ヨーロッパの代表として、お二人を心より歓迎申し上げます。ご紹介が少々慌ただしくて恐縮でした。それではわたくしから……」

監視室の空気はすでに重くなりはじめていたが、ここで一気に重みを増した。スピーカーから聞こえてくる声はなにやら遠くの、ひどく邪悪な宇宙から聞こえてくるように思えた。

わたしはラコステのほうを見、彼が軽く頷いてみせたので、隣の部屋の武装グループチームに合流するため部屋を出た。廊下まで会議室のドルフマンの声が追ってくる。「……この大変有望な、わたくしどもが心から歓迎する統合におきまして……」

三人の武装グループ役はさすがにプロで、すっかり準備できていた。わたしは反射的にヤスミンのウージーの構え方を少し修正したが、あとは完璧だ。そして、両手を広げた。

つまり時間だという合図。

カデルが頷いた。

三人はすぐに行動を開始した。

わたしも彼らについて廊下に出る。「……そしてこの分野の企業にとっては、世界戦略の重要な転換点を意味します。それゆえに……」。わたしはすぐ三人と別れ、監視室に戻った。

武装グループが会議室のドアを乱暴に開けるまでに十秒もかからなかった。

「両手を開いてテーブルの上に置け!」カデルが叫ぶと同時に、ムラドがその右に展開し、部屋のどこでも狙える位置に立つ。

ヤスミンが無駄のない足どりでテーブルを一巡し、ウージーの先でテーブルをたたきながら命令に従わせる。

あまりの衝撃で誰も動けず、誰の喉からもなんの音も出なかった。一瞬で全員の呼吸が停止し、ただ目のまえ数センチにある銃口をぽかんと見ている。まるで催眠状態で、銃をもつ人間のほうを見ようともしない。

モニターの前ではデランブルがメモしようとしているが、手が震えて書けない。彼はリヴェのほうをちらりと見る。リヴェはどうにか平静を装っているが、あまりにも急な展開に、デランブル以上に青ざめていた。わたしはコントローラーを使ってカメラを少し動かし、ざっとテーブル全体を見わたした。五人はいずれも身をこわばらせ、目を大きく見開いていて、微動だにしない。文字どおりの硬直状態……。

カデルがドルフマンに近づいた。

「ドルフマンさん」と強いアラブ訛りで話しかける。

ドルフマンはゆっくり顔を上げる。その姿は先刻より縮み、一気に老けたように見える。口は半開き、目は眼窩から飛び出さんばかり。なかなかの演技だ。

「この状況をはっきりさせたいので、お手伝い願います」とカデルが言う。

ここで誰かが介入しようなどと無謀なことを思ったとしても、動く時間はなかっただろう。二秒も待たずにカデルはシグ・ザウエルを出し、ドルフマンに向けて構え、引き金をひいた。

銃声が響きわたった。ドルフマンは勢いよくうしろへ倒れ、椅子が一瞬傾いたが、それが戻るとともに体も反動でまえに倒れてテーブルに崩れ落ちた。

そこから動きが加速する。アラブの客を演じるマリクがジェラバを翻して立ち上がり、カデルに向かってアラビア語でわめき立てる。しどろもどろになりながらも怒りを嘲《あざけ》りに変えてぶちまけ、見事にパニックを演じる。だが一気にほとばしり出た言葉の流れがぷっつり途絶える。カデルが狙った一発が心臓に当たった瞬間だ。マリクの体は衝撃で回転するが、四分の一回転もしないうちに二発目を腹に食らう。マリクは身を二つに折って床に倒れる。

説明するまでもないだろうが、人質の反応を月並みに身体的抵抗、言葉による抵抗、そして無抵抗、の三つに分けるとすると、いちばん好ましいのは無抵抗だ。次の作戦が進めやすくなる。そこで、五人に理想の振る舞い、すなわち無抵抗という道を選ばせるために、わたしは人質の一人に勝ち目のない抵抗を演じさせることにしておいた（マリクが演じたのがそれで、なにしろ死んでみせたのだから説得力がある）。エクシャルからの依頼は五人の精神的な〝打たれ強さ〟を試すことだった。そして、ラコステが何度も念を押したように、それは彼らの敵に対する協力度合いを測ることで明らかにできる。すなわち敵から協力を強要された場合に、各人の反応が「断固たる拒否」から「恥知らずな協力」に至る目盛りのどこに位置づけられるかで判断できる。そのためには五人が武装グループとの交渉に臨まなければならず、その方法としていちばんいいのは、無抵抗以外に道はないと示してやることだ。というわけでドルフマンに続いてマリクにも死んでもらった。

会議室の出来事に戻ろう。

最初の発砲の際、全員が恐怖の叫びを押し殺した。そのあとは想像してみてほしい。部屋は三発の銃声で満たされ、二人の人間が倒れて血だまりが広がりつつある。

イヴリン・カンベルランは本能的に両手で耳をふさいだ。マキシム・リュセは両手をテーブルに置いたまま目をぎゅっとつむり、気が狂ったように頭を左右に振った。頭蓋骨のなかの脳の位置を移動させたいのかと思ってしまう。

「どうやらゲームのルールをご理解いただけたようだ。わたしはカデルです。互いを知る時間はたっぷりありますから、とりあえず自己紹介はここまでに」

この言葉は謎めいたものに聞こえただろう。

カデルがジャン＝マルク・ゲノーのほうを見下ろし、ちょっと困ったように眉をひそめた。

誰の耳にも液体が滴《したた》り落ちる音が聞こえた。

ゲノーの椅子の下にくすんだ色の水たまりが広がりつつあった。

人それぞれに性格も体質も異なるので反応もさまざまだが、基本はあまり変わらない。結局のところ突然の驚愕、恐怖、脅威に対する脳の反応はかなり絞られる。そのなかの一つに、思いがけない出来事を受け入れまいとする「否認」がある。これは悪い冗談に違いないと考えつづけるわけで、クザンはこのケースらしく、頭を抱えたまままっすぐ前方を注視していた。だがそれも長くは続かない。目のまえで一人か二人撃ち殺されると嫌でも現実に引き戻され、妥当な対応を考えざるをえなくなる。だからこそ、彼らにとって権威の象徴であるドルフマン社長を冒頭で〝撃ち殺す〟というシナリオを組んでおいたのだ。しかも一瞬で階級の秩序をひっくり返せるので、主人はこっちだという武装グループのメッセージが明らかになる。それにしてもドルフマンの演技力はたいしたものだった。前のめりに倒れたところで血糊《ちのり》の入った袋を手で握りつぶすという方法をとってもらったのだが、指示どおりにうまくいった。もちろんドルフマンが緊張しないように、少々手間取っても五人は思考が停止していて気づかないでしょうから心配いりませんと言っておいたのだが。

監視室のデランブルとリヴェも完全に硬直していた。現実の人質事件はテレビで見るのとはまったく違う。だがこれだって本物じゃないんだしと言いたくなるだろうが、自慢ではないが見事な出来で、リアルすぎるほどリアルだった。そして二人も、モニター越しとはいえその場にいるかのように立ち会ったわけで、衝撃を肌身で感じたはずだ。二人の反応を見ればわかる。こういう場面を目撃したときの精神的反応は九つに分けられる。麻痺、驚愕、不安感、強い恐怖感、フラストレーション、脆弱《ぜいじやく》感、無力感、屈辱感、解離《かいり》。デランブルの反応は明らかに不安感と解離で、リヴェは麻痺と強い恐怖感だった。

会議室のほうではそのあとすぐにムラドが動いた。アラブ人の顧客の死が思ったほどの抑止効果を発揮しなかった場合に備え、それでも抵抗の試みを封じられるよう、人質に余裕を与えない計画にしてあった。

「全員こっちに来い！」とムラドがどなり、奥の壁を示す。

するとと恐怖心に突き動かされたように全員いっせいに立ち上がり、慌てて移動しはじめた。大事なものを蹴ったら大変だとでもいうように誰もが小股で、また想像上の弾丸を避けるつもりなのか頭を下げたままだ。

「壁に手をついて足を開け！」ムラドがまたどなる。

リュセは両手両足を大きく開いて尻を突き出し、早くも身体検査に備えるような格好になった。テレビでそういうのを見たのだろう。その隣のトランはスカートがタイトで足を開けない。するとヤスミンがうしろから近づき、銃の先で乱暴にスカートを持ち上げ、すばやい足蹴りで無理やり広げさせた。さらに壁に突いた両手の指も開かせて、こちらも姿勢が整った。男性が多いなかでスカートがまくられたところはかなり卑猥《ひわい》で、これもまた人質の気力をくじく効果的なやり方だ。ゲノーはズボンが膝まで濡れ、手も足も震えている。クザンはいつ頭が吹き飛ぶかわからないと覚悟して目を閉じている。その隣では人質の一人を演じる俳優のルナールが小声でぶつぶつ言いはじめ（これもシナリオどおり）、最後の一人のカンベルランはそれが祈りだと気づいてますます動揺する。仲間の一人が神に祈りはじめると、他の人質も抵抗をあきらめる傾向にあるので、そう仕組んでおいた。

数秒後、壁を向いた人質たちの背後で動きが始まる。足音やドアの開閉音が聞こえ、誰かが背後を行き来する気配も感じられただろう。さらにテーブルを動かす音、あるいはせわしい呼吸も。これで人質にも二人の遺体が運び出されていくところだとわかる。

すべては迅速に進められ、数分後にはカデルがこっちを向けと命じた。すでに会議用テーブルは壁際に寄せられ、血だまりはカーペットに吸い込まれ、そこだけてらてらした黒っぽい染みになっている。部屋の中央にはなにもなく、この状況ではその空間こそが恐ろしい。

そこへムラドがウージーをぶらりと提げて戻ってくる。胸には血の染みを袖でこすった跡がある。そしてバレエの振り付けかなにかのように、武装グループは人質のまえにきれいに並んで立つ。カデルが中央、ヤスミンが右、ムラドが左。

そこでカデルはあえて数秒待つ。聞こえるのはうつむいたゲノーの嗚咽《おえつ》だけだ。

「よし」とカデルが言う。「全員ポケットの中身を出せ！」

財布、鍵の束、MP3、携帯電話などが次々とテーブルの上に並べられていく。女性二人のハンドバッグはもともとテーブル上に残されていた。

ヤスミンが人質の列に入り、隠しているものがないか身体検査をする。

なに一つ見落とさない慣れた手つきだ。ポケット、ベルト、すべて調べる。トランはヤスミンの両手が巧みに乳房の上をなで、腿のあいだを探るとき体を硬くした。カンベルランのほうは触られても何の反応もしない。ただもう立っているのが精一杯のようで、体全体が早く倒れてしまいたいと訴えている。ヤスミンは続いて男性群に移り、尻も股間《こかん》も容赦せず、ゲノーの濡れたズボンも平気で触る。そしてカデルに問題なしと合図しながら数歩下がる。

人質は直立で並ばされ、その正面に武装グループ三人が立った。

「われわれがここにいるのは聖なる大義のためです」とカデルが静かに始めた。「あらゆる犠牲に値する大義です。われわれにはあなた方の協力が必要で、それを得るためなら命も捨てる覚悟です。もちろん、必要となればあなた方の命もいただく。そのあたりを少し考えてもらいましょう。アッラーフ・アクバル！」

ヤスミンとムラドも即座に「アッラーフ・アクバル！」と唱和し、それからカデルが出ていき、ヤスミンがそれに続く。ムラドだけが残り、人質の列の前に仁王立ちになった。

誰もどうしたらいいかわからない。

誰も動かない。

突然ゲノーが膝から崩れ、床に突いた両腕のあいだに首をうずめて泣きじゃくった。

27

アラブ人の客を演じたマリクは出番を終えたので、控室で着替えてから監視室に顔を出した。ジーンズとセーター姿で床にスポーツバッグを置いている。金の入った封筒を渡してやり、握手し、彼はエレベーターのほうに消え、わたしはデランブルとリヴェのうしろに戻った。

続いて、同じく控室で血糊のついたシャツとスーツを着替えたドルフマン社長が顔を出した。いい演技だったと知らせるために親指を立ててみせると、ドルフマンはにっこり笑った。彼が笑ったのはこのときが初めてだ。

ドルフマンはすぐに顔を引っ込め、ラコステを従えて控室に戻っていった。控室にも会議室と尋問室の様子が見られるモニターが置いてある。

以後ドルフマンとラコステは控室から成行きを見守る。この二人がいわば出資者だから、話し合いながら管理職五人を評価するのだろう。わたしは二人の受験者と監視室に残り、技術面で支障が出ないように展開を見守った。考えてみたらおかしなことだが、わたしが今回の少々大げさな（いずれにしても記憶に残るような）作戦を準備したのはエクシャル・ヨーロッパのため、ドルフマン社長のためだが、ドルフマンとは全部合わせても二十くらいしか言葉を交わさなかったと思う。だからこの人物がなにを考えているのか、どういうメンタルの持ち主なのかわからない。もちろん自分は会社のために必要な人間であり、会社のために最善を尽くしていると思っているのだろう。実際、彼は彼が牛耳《ぎゅうじ》る世界に神として君臨している。では、その彼にとっての神とは誰なんだろうか。取締役会？　株主？　金？　だがその考察を掘り下げる時間はなかった。目のまえのデランブルがトイレにでも行きたいのか椅子の上でしきりにもぞもぞしはじめたからだ。リヴェのほうも血の気が失せていて、紙になにやら書きつけるとペンにキャップをし、寒気がするのかジャケットの前をかき合わせた。

「もう少ししたら尋問に移ります。そのあとがあなた方の出番です」

わたしの声に二人とも飛び上がりかけた。どちらも振り向いたので正面から顔が見えたが、少しまえとはさらに様子が変わっている。これまた何度も目にしてきたことだが、強い感情は人を変貌させることがある。極限の状況に置かれることで、ほんとうの顔、ほんとうの自分が表に出てくるということだろう。特にこのときのデランブルは、いつか彼が死ぬときにはこんな顔で死んでいくんだろうと思わせるような、そんな表情をしていた。

わたしはマイクに近づいて指示した。

「ムラド、予定どおり円形に配置してくれ」

わたしの声が聞こえるとムラドはいまにも歌い出すような格好で片手を耳に当てた。

そしてそこにいない相手に向かって頷き、さっそく動いたと思ったらイヤホンが耳から外れた。

「よし」と彼は言った。

ルナールも含めて六人の不安げな目がいっせいにムラドに向けられ、コードの先にだらんと垂れたイヤホンヘッドをじっと見る。

「じゃ、えっと……」とムラドが言う。「変えよう。位置だ。位置を変える」

これではどう動いたらいいのかわからない。リハーサルのときもムラドはぱっとせず、こんなことになるんじゃないかという一抹の不安はあった。外見はこの仕事にぴったりだが、頭脳に問題があり、本来なら履歴書をひと目見て却下するレベルだ。とはいえカデルと親しいし、今回はゲームだから出番を絞れば使えると思った。それに、白状すると、こいつがどんなふうにやるかちょっと見てみたいという好奇心もあった。だがまさかここまでひどいとは。これでは誰かが吹き出してもおかしくない。幸いこの場面では緊張のほうが勝っていて、誰もが不安げに彼を見つめただけだったが。

人質たちは動けと言われたことは理解した。だがどこにどう動けばいいのかわからない。そこでカンベルランはトランを見、トランはクザンのほうをうかがった。ルナールは祈りをやめた。リュセは洟《はな》をすすってゲノーのほうを見る。全員なにが起きようとしているのか皆目見当がつかないようだ。

「じゃあ」とムラドが続けた。「あんた」

そう言ってポール・クザンを指すと、クザンはすぐさま姿勢を正した。それが、つまり姿勢を正すのが、災難に立ち向かう彼のやり方のようだ。こいつは相当したたかだぞとわたしは思った。

「そっちへ行け」とムラドが言い、カンベルランが立っている場所を指す。「で、あんた」とルナールを指す。「あんたはこっち」とカンベルランとトランの中間あたりを指す。「こいつの横に」とゲノーを指す。「で、あんたは」とトランを指す。「そこに立って」指の向きがあいまいでよくわからない。カンベルランのそばということだろうか。「で、あんたは、えっと……」リュセが指示を聞き逃すまいと集中する。「ああ、あんたはここ」と自分の足元を指す。「ああ、そうじゃなくて、円になるんだ」とおまけをつける。

もはや人質を脅しているという雰囲気ではない。ムラドは乱暴な命令口調を忘れ、夢中になって、なにやら楽しげな雰囲気さえ漂わせて説明する。まるでガラスケースのなかのケーキを選ぶ食いしん坊だ。しかも指示を終えただけで満足顔になる。だが誰も動かない。正直なところ、どういう配置にするか決めたこのわたしでさえ、彼の言うことがさっぱりわからなかった。

「ほら、動いて！」とムラドが最大限の励ましの表情としぐさで言う。

しかし、たぶんもうおわかりだろうが、ムラドのような男が励ますしぐさをするとどうなるかというと、肩にかけた短機関銃の銃口が前方を向いたまま揺れるわけで、励ましにならない。それに、いくら励まそうとも指示そのものが不可解なのだからどうしようもない。結局誰もが迷っていた。

するとクザンが動いた。こういうところに性格が出る。誰もが戸惑っているときにクザンだけが行動した。あとで思い返してみるとまさに……いや、まだその話は早い。

つまりクザンが動き、ムラドが指したあたりまで行った。するとトランも動き、続いてゲノーも動いた。それからカンベルランが右に移動し、ルナールは左に移動し、だがそこでごちゃごちゃになって誰もがまた足を止めた。リュセはクザンにぶつかり、クザンはリュセをカンベルランのほうに押し戻す。

ムラドは落胆の表情を見せた。それでもまだ指示に問題があるとは思っていない。

そこで彼は信じがたい行動に出た。いやまったく、呆れたやつだ。なんとウージーを床に置いて人質に近づいた。そして、カンベルランの肩をつかみ、下を見ながら、見えない線でもなぞるようにして押していく。そしてタンゴのステップをようやく覚えたから、一緒に踊ってくれませんかとカンベルランを誘ったように見える。そして一メートルほど押したところで「ここ」と言った。ムラドはいまや円形に並ばせるという任務に心底没頭していて、人質がこの隙にウージーを奪って彼に向けるかもしれないなどとは考えもしない。案の定トランがびくびくしながらウージーのほうへ一歩踏み出し……(この瞬間、モニターで見ているこっちは冷や汗が出た)、だがそこでムラドが振り向いたので足を止めた。ところがムラドはそれでも気づかず、相変わらず懸命になって人質を移動させていく。ルナールの肩をつかんで少し向こうに動かし、それからトラン、リュセ、ゲノー、クザン。こうしてようやく人質たちは大きな半円を描くように配置された。誰もが円の外を向き、各人の間隔は一メートルほど離れている。そして誰もドアのほうを向いていない。

「座れ」

ムラドはそれからやっと銃を拾った。

「これでよし」と満足げに言う。

そしてカメラのレンズのほうをうれしそうに振り返る。カメラが褒めてくれるとでも思っているらしい。

それからムラドは部屋を出たが、人質たちには見えない。ただドアが開き、閉じる音が聞こえただけだ。

静かになり、そのまま二、三分が過ぎた。

トランがとうとう思いきって横を見る。

「出ていったわ」ぼそりと言った。

28

「あの……携帯電話がここに……」

全員が振り向いた。

ルナールが五人を見まわしながら、青ざめた顔で何度も唾をのむ。

「家内のです、忘れてました……」唖然とした顔で言う。

そして右手を内ポケットの一つに入れ、とても小さい携帯を取り出した。

「これ……彼らには見つからなかった……」

自分でも信じられないという顔で手のひらに載せた携帯を見つめる。

その知らせに五人はげっという顔をした。

「全員殺すつもりか、このアホ！」ゲノーがわれを忘れて大声を上げる。

「落ち着いて」カンベルランがなだめようとする。

ルナールはおろおろし、携帯電話と人質たちの顔を交互に見る。

「やつらに見られてるぞ」リュセが口を閉じたまま、ささやき声で言う。

そしてわずかな顎の動きで、部屋の隅の天井近くに設置された黒い小型カメラに注意を促す。

するとほかの五人は思いきり顔を上げ、右隅、あるいは左隅のカメラを見る。

「あれって、赤い点滅のときは作動してないから」とトランが自信たっぷりに言う。

「絶対そうとは言いきれないだろ」リュセがすかさず反論する。

「たしかよ！　動いてるときは緑。赤は動いてないんだってば」とトランが食ってかかる。

その言い方には苛立ち以上のものが込められていて、憎しみと言ってもいいほどだった。

「でもこのカメラ」とカンベルランが割って入る。「いずれにしても画像だけよ。わたしたちの声は聞こえないはず」

クザンだけは黙っている。相変わらず棒のように背筋を伸ばしている。ほとんど死後硬直。あるいは不屈の精神。

「で、わたしはどうすれば？」とルナールが訊いた。

完璧な震え声だ。さすが俳優、役になりきっている。ムラドのお粗末な演技のあとだからいっそう心強く感じる。

「警察を呼ぶんですよ」とカンベルランが自分を励ますように言った。

「彼らに渡さなきゃだめだ！」ゲノーがわめく。

「あなた黙ってて！」

全員がトランのほうを振り向いた。トランににらみつけられてゲノーは縮み上がっている。

「ちょっとは頭を使いなさいよ、オタンコナス」

トランはルナールのほうを向き、

「それを投げてください」と言って手を差し出した。

そこでわたしが介入し、ムラドのイヤホンにささやいた。

「いますぐ会議室に戻れ」

そして廊下を走る音が聞こえ……。

とっさにルナールが携帯を床に置き、アイスホッケーのパックのように滑らせようと身構えた。そして真剣にオフィス用カーペットの上で滑り具合を確かめてから放った。携帯はコマのように回転しながらトランのほうに滑っていったが、途中で軌道が逸《そ》れた。

モニターでもはっきり見えたが、ムラドがドアを開けたまさにその瞬間、携帯が滑走を終えてゲノーの足元で止まった。不意を突かれたゲノーは大慌てで携帯を右袖に入れ、すぐにぐったりした姿勢をとり、さっきからまったく動いていませんよとアピールする。

わたしのまえでデランブルが猛烈にメモをとっている。それを見て少しほっとした。それまでのおかしな様子は、やはり試験ならではの極度の緊張だったのではないか。ここにきてようやく落ち着いて集中しはじめたのではないかと思えたからだ。リヴェも同様にメモをとっている。

会議室では沈黙が続いていた。ムラドはイヤホンをしっかりはめようと自分の耳と格闘している。それに集中するあまり、人質のことなど忘れているようだ。ムラド以外の全員の視線はいまやゲノーに注がれている。ゲノーは何度も唾をのもうとするができない。わたしはカメラをズームに切り替えてゲノーの手元に注目した。すると袖のなかに小型携帯を隠したまま、なんとか落とすまいと必死になっているのが見えた。やがてゲノーは咳払いし、とうとう声を出した。

「あのう……」

ムラドが振り向き、またイヤホンが落ちる。

「トイレに……」消え入りそうな声だ。「トイレに行かせてもらえませんか」

こいつはすぐうろたえるばかりか、想像力もない。ズボンが床拭きモップみたいにびしょ濡れのときにトイレに行きたいとは……。ところがムラドも負けず劣らず抜けていて、おかしいとさえ思わない。むしろ予想どおりの運びになったと喜んでいるようだ。

「予想してた」と誇らしげに答える。「そういうときは付き添うことになってる」と言われたとおりに繰り返す。

ゲノーはすぐにばかなことを言ったと気づき、カンベルランのほうを見る。

「わたしも行きたいんですけど」とカンベルランがフォローした。

ムラドは目を閉じて一瞬考え、また開ける。

「それも予想してた」と勝ち誇る。「順番に行ってもらうから。まずあんた」とゲノーに言う。

「あんたが先に頼んだからな」

わたしが「いいぞ」とムラドのイヤホンにささやくと、彼は有頂天になってにんまりする。

ゲノーはその突然の笑顔をどう解釈していいかわからず、ためらう。ムラドはさあどうぞと手を伸ばし、

「ほら」と例によって励ますように言う。

そしてドアを大きく開けた。ドアの外にはヤスミンが両足を開いて立っていて、無表情な顔でまばたきもせずにゲノーの目を見た。

「ほら、行けよ！」とムラドが繰り返す。

ゲノーがようやく立ち上がる。拳を握りしめ、腕を体にぴったりつけている。そうでもしないと携帯が滑り落ちるからだ。

デランブルがなにか思いついたことを咀嚼《そしゃく》するように上を向いて考えている。それからメモになにか書きつけ、ペンを置いた。

そこからはしばらく待ちの状態となった。

数分が過ぎる。

このときトイレでなにが起きているかをわたしは知っていた。指示どおりにことが運んでいるとすれば、ゲノーはヤスミンに付き添われてトイレまで行った。そして個室に入り、向きを変えてドアを閉めようとするが、ウージーの銃口に阻《はば》まれる。ヤスミンが個室のまえに立ったまま、ドアを閉めさせない。

「ちょ、ちょっと……」ゲノーは憤慨《ふんがい》して文句を言いかける。

だが怖くてそれ以上言えない。

ヤスミンが冷たく突き放す。

「どうすんの、戻るの？」

ゲノーは仕方なく向きを変え、腹立たしげに眼鏡を外す。それからズボンの前を開けて数秒もぞもぞやり、大きな音を立てて小便しはじめる。同時に視線を下げたまま、携帯を手首のほうに滑らせる。自分の携帯は見なくてもメールが打てるから、これだってなんとかなると自分に言い聞かせる。携帯なんかどれも同じようなものさ。同じところに同じ機能があるはずだ。ゲノーは下を向いたまま、貴重な数秒を稼ぐために腹に力を入れる。人差し指でキーボードを探り、下のほうの文字入力キーをこっそり打ちはじめる。

その瞬間、着メロが鳴り響く。

音量があまりにも大きく設定されていて、監視室にいたわれわれにも聞こえたほどだ。そしがなり立てる着メロはトイレに響きわたり、ゲノーは血の気が失せる思いだったろう。そして驚いた拍子に袖のなかで震える携帯がずり落ち、慌てて押さえる。携帯は石鹸のように指のあいだをすり抜けようとするが、ゲノーはぎりぎりでどうにかつかまえる。そして携帯を握りしめた姿勢のまま、これで撃たれると観念して目を閉じる。だがなにも起きない。彼は目をしょぼしょぼさせながらヤスミンのほうを振り向く。なにをされる？　平手打ちか？　足蹴りか？　頭に一発か？　わからないのでただただ震える。だがヤスミンは動かない。携帯がまた鳴る。するとヤスミンがウージーの銃口で携帯を指す。携帯は震えつづけ、その振動が電気のように伝わってゲノーの全身が波打つ。

ヤスミンが明らかなしぐさをする。

ゲノーは下を見て赤面し、ズボンの前を閉めてから携帯をヤスミンに差し出す。だがヤスミンはまたしても銃口で携帯を指す。出ろという意味だ。

ゲノーは点滅する画面を見る。〝非通知〟の表示。

ようやく緑の応答マークを押すと、男の声が聞こえてくる。

「そのような行動は果たして分別のあるものと言えるんですかね、ゲノーさん？」とカデルが言う。

29

ゲノーは尋問室に入るなり、カデルのまえのテーブルに置かれた短機関銃を見て顔をこわばらせた。機関銃はいつでもピストルより強い印象を与える。それに、人質が飛びついて奪ったとしても、ピストルより操作に時間がかかるので、介入して食い止める余地がある。カデルは経験豊かな男で、素人相手にしくじることなどありえないし、そもそも銃にはすべて空包を装塡してあるから問題が起きるはずもない。カデルとヤスミンのコンビには信頼が置ける。これまでにいくつもの、時にはかなり厄介な軍事作戦に参加させてきたから二人の素質はよくわかっている。いまカデルはウージーをテーブルの上に放り出し、手にしているのはシグ・ザウエルだけだが、それはつい先ほど二人の人間を〝撃ち殺した〟ものなので人質へのインパクトは十分だ。ゲノーは恐怖にかられたのか反射的に逃げようとして振り向いた。だがその動きはヤスミンの無表情な顔によって阻まれた。ヤスミンはウージーで彼の背中を押し、椅子に座れと指示する。

いよいよ正念場だ。

一人目の尋問が範となり、全体の流れを決めるだろう。うまくいけばこの作戦が依頼主の目的にかなったやり方だと証明できる。いまのところわたしのシナリオは上出来で、すべてが予定どおりに進んでいる。経験のなせる業《わざ》と言わせてもらいたい。だが肝心なのはここからで、ある意味ではシナリオの外に出るにはデランブルとリヴェが尋問をうまく進めなければならない。

二人のあいだに置かれたマイクに、まずはリヴェが近づいた。そして軽く咳払いした。乾いた咳だ。

ゲノーは椅子に座った。ひどく震えている。ズボンが濡れているので冷えるのだろう。そしてなにかつぶやくように口を動かしたが、声が聞こえない。

監視室からの指示を待たずに、カデルがゲノーのほうにかがんで訊いた。

「なんですか？」

ゲノーがふたたびつぶやいた。

「わたしは殺されるんですか？」

かろうじて聞きとれるかどうかのか細い声で、いささか哀れを誘う。リヴェもそれを感じたに違いなく、すぐに返答を指示した。

「われわれの意図はそういうことではありません。ただし、あなたの態度によってはそうせざるをえなくなる。当然のことです」

カデルがその文章を忠実に繰り返したが、演技も加わるので迫力のある生きたセリフになった。アクセントの置き方がうまいからか、あるいは間の取り方が絶妙なのか、カデルの口から出た〝意図〟という言葉は威嚇になっていた。監視室にいたわれわれ三人はリヴェの言葉がエコーのように繰り返されるのを聞いて、ここにいながら別の場所にもいるような妙な感覚を味わった。

ゲノーは目を閉じて首を横に振った。そしてまた泣きだし、すすり上げながらもごもご言った。

「どうか……」

そしてゆっくりポケットを探って携帯電話を取り出し、ニトログリセリンの小瓶でも置くようにテーブルの上にそっと載せた。

「どうか助けてください」

リヴェがデランブルのほうを向いて、どうぞとマイクを示したが、デランブルはモニターを食い入るように見たまま動かない。わたしはそのとき彼が汗をかいていることに気づき、エアコンはよく効いているのにと少々驚いた。

デランブルの反応がないのでリヴェが先を続けた。

「助けを呼ぼうとしたんですか？」カデルの口を借りてリヴェが質問を続ける。「つまりわれわれの大義などどうでもいいと思っている。そういうことですね？」

ゲノーは顔を上げてそんなことはないと誓おうとしたが……そこで考えを変え、

「なにが……望みなんです？」と訊いてきた。

「それはおかしいでしょう、ゲノーさん。あなたはエクシャル・ヨーロッパの財務を担うお一人だ。立場上、数多くの秘密情報に接している。契約、協定、取引……いろいろありますねぇ。ですから、こちらがうかがいたいんですよ。つまりあなたの命と引き換えに、われわれの大義のためになにをしてくれますか？」

ゲノーは唖然とした。

「そんな、わかりません……なにも知らない……なにも……」

「なにをおっしゃる、ゲノーさん。石油業界における契約は氷山のようなもので、ほとんどの部分が水面下に隠れているとお互い知ってるじゃありませんか。あなたも、わたしも。そしてあなた自身、多くの契約交渉にかかわってきた。違いますか？」

「なんの契約のことです？」

ゲノーは誰かに証言を求めるように首をあちこち回した。

まずい手だ。

冒頭からすでに、リヴェはゲノーの個人的立場を十分考慮せず、また話がどう展開するかも読めていなかった。これではいくら情報を探りにいってもはぐらかされて終わりだ。ゲノーがこちらの戦略を完全に把握することはないにしても、ある程度見すかされてしまう。

気詰まりな数秒が流れた。

「つまり、なにを……正確にはなにをしろと？」

「それに答えるのはあなただ」とリヴェはこの路線にこだわる。

堂々巡りだ。

「でも……あなたは当然……わたしになにかを期待してるんですよね？」とゲノーが訊く。

彼はひどく混乱している。

人命まで奪われたこの恐ろしい状況と、投げかけられる言葉の内容が一致しない。ゲノーから見れば、この武装グループは自分たちが手に入れたいものがなにかも知らない、というおかしな状況になる。

こういうもたつきは勘弁してもらいたい。わたしは苛立ちとともに唾をのんだ。

そのとき、デランブルがどうやら麻痺状態を脱したようで、手を伸ばしてマイクを引き寄せた。

「あなたは結婚していますか？」といきなり訊いた。

カデルは指示の声が急に変わったので驚いたようだ。墓のかなたから聞こえてくるようなデランブルの声色のせいかもしれない。

「は？　え、ええ」カデルから問われたゲノーはそう答えた。

「で、うまくいっていますか？」

「え？」

「奥さんとはうまくいっているんですか？」

「なんのことだか……」

「ですから、奥さんとの性生活のことです」デランブルが執拗《しつよう》に訊く。

「ちょっと待って……」

「答えてください！」

「質問の意味が……」

「答えろ！」

「ええ……はい……うまくいってますが」

「奥さんに隠しごとはありませんか？」

「え？」

「聞こえたはずです」

「ええ、ありませんよ……どういう意味なんだか……とにかくありません」

「では会社にも、隠しごとはないんですね？」

「そりゃどういう……妻と会社なんて全然関係ない……」

「時には関係します」

「意味がわかりません……」

「服を脱いでください」

「なに？」

「服を脱いでくださいと言ったんです。さあ、いますぐ！」

カデルはデランブルの意図をつかんだようだ。シグ・ザウエルをまえに置き、腕を伸ばしてウージーをとった。ゲノーはそれを見て震え上がったが、服を脱ごうとはせず、もごもご言っている。

「いや、どうか、勘弁してください」と泣きつく。

「十秒やる」カデルが立ち上がりながら言った。

「どうか、どうか……」

長い二秒が、そして三秒が過ぎる。

ゲノーは泣きながらカデルの顔と短機関銃をかわるがわる見て、口をぱくぱくさせている。たぶん「お願いです、どうかお願い……」と言おうとしているのだろう。だがそう言いながらも、とうとう上着を脱いでうしろに落とし、次はシャツのボタンを下のほうから外しにかかった。

「ズボンを先に」とデランブルが注文をつける。「もっとうしろに下がって……」

ゲノーは手を止め、一歩うしろに下がった。

「もっと！」

結局ゲノーは尋問室のほぼ中央、全身がよく見えるところに立たされた。彼はうめきながらベルトに取りかかる。だがぐずぐずと涙をふいたりする。

「早く」デランブルの指示でカデルが急がせる。

ゲノーはズボンを脱いだ。そして顔を上げられなくなった。穿《は》いていたのは女性用のショーツ、それも真っ赤な、クリーム色のレース付きのショーツだった。ポルノショップのショーウインドーにあるような。

正直なところわたしは彼を恥ずかしいと思った。

もともとゲイは好かないが、恥じ入るゲイとなったらもっとうんざりだ。

「シャツも」デランブルが追い打ちをかける。

シャツも脱ぐと、とうとう下着のセットが現れた。上下揃いのブラジャーとショーツ。これは悲しすぎる。ゲノーはうつむいて両腕をぶらりと下げたまま、いまやぼろぼろ泣いている。

栄養過多で男にしては胸のあたりがふくよかで、それをカップが締めつけている。だがもちろん、太り気味の毛深い体や白く垂れた腹に真っ赤な上下のランジェリーが似合うはずもない。しかもショーツは大きな尻のあいだに挟まれ、尿で濡れている。

こんなことをなぜデランブルが見抜けたのかは謎だった。ゲノーの外見や態度の裏にこんな秘密が隠されていることを、デランブルはいったいどうやって嗅ぎ分けたのか。リヴェのほうはあっけにとられていた。まだ一人目なのに、この展開は早くも彼女の想像の域を超えたようだ。

デランブルが続ける。

「ゲノーさん」

ゲノーはぼろぼろになった顔を上げてカデルのほうを見た。

「あなたのような人を信用できると思いますか？」

ゲノーは恥じ入って前かがみになり、肩がまえに下がり、胸がくぼみ、膝がぶつかり合っている。デランブルはかなり長く待ってから、とどめの一撃を放った。

「長くなるので詳しい話はできませんが、ある政治上の理由から、われわれはエクシャル・ヨーロッパのスキャンダルをマスコミに流したい。大義のためにヨーロッパの大企業の信用を失墜させる必要があるからです。つまりエクシャルの最悪の実態を白日の下に晒《さら》したい。そのために確実な情報が欲しいのです。あなたがそれをもっていることもわかっていますか？　機密事項、袖の下、裏取引、公表できない協力関係や支援、援助、助成等々。こちらが言いたいことはおわかりでしょう。そして、選ぶのはあなただ。あなたをいますぐ撃つこともできます。でもお望みなら、この件についてゆっくりお考えいただくためにお仲間のところに数時間戻すのも悪くない。こんな……情けない姿を見たら、皆さんさぞかしおもしろがるでしょうからねえ」

ゲノーは小声でうめいてから、「やめてくれ」とつぶやいた。

これは耐えがたい恥辱で、あまりにも哀れだった。

ゲノーは背後にヤスミンがいることを忘れていないだろうし、いくら迷彩服を着ていても、若い女性に見られていることに変わりはない。彼は皮膚をむしりとるように両手をきつく揉み合わせた。

「ではわれわれの大義のために協力してもらえますか？」

そのあとは一瞬の出来事だった。

ゲノーがピストルのほうに突進してテーブルに身を投げ、カデルが動くまえにピストルを奪って自分の口に突っ込んだ。だがヤスミンが見事な反応を見せ、ゲノーの腕をつかんで自分のほうに引いたので、ピストルは宙を飛んで床に落ちた。

すべてが停止した。

ゲノーは真っ赤なランジェリーをつけたままテーブルの上で仰向けになっていた。片手を胸の上に置き、もう片方をだらりと下げていて、祭壇に載せられた惨めな生贄《いけにえ》のようだ。ちょっとフェリーニ的な映像と言えなくもない。ゲノーがここで失った自尊心の一部は二度と戻ってこないだろう。もう身動きもできず、息をするのも苦しそうだ。少ししてようやく横向きになり、胎児のように身を丸めるとまた泣きはじめたが、今度は声のない静かな涙だった。

いっそ殺してほしいに違いない。それが傍目《はため》にもわかった。

デランブルがふたたびマイクに顔を近づけた。

「行動に移ってくれ」とカデルに小声で言った。「彼の携帯だ、ブラックベリーだ！」

カデルがヤスミンにアラビア語で指示し、ヤスミンが小さい段ボール箱をとりにいった。人質の携帯、時計その他の所持品を入れた箱で、戻ってくるとゲノーの目のまえに置いた。

「さあ、ゲノーさん、あなた次第です」とカデルが言う。「なにを選びますか？」

長い一瞬だった。ゲノーは体がしびれたのかゆっくりとしか動かない。心底参ってしまったようだ。それでも体を起こしてテーブルから下り、少しふらついたものの、なんとか立った。そしてブラジャーのホックを外そうとすると、デランブルがマイクに飛びついた。

「だめだ！」

それは許されなかった。

ゲノーは憎しみの目でカデルをにらみつけたが、その憎しみはなんの役にも立たない。ランジェリー姿で、おまけにショーツはびしょぬれで、死にたいと思っていながら命を失うことが恐ろしいのだから、完敗だ。彼はゆっくり箱のなかをかき回し、自分のブラックベリーを拾い上げ、片手で電源を入れた。慣れた動作でもはや焦りもしない。それからエクシャル・ヨーロッパ・グループのイントラネットに接続されたノートパソコンに携帯をつなぐ。だが姿が姿だし、泣きつづけてもいるので、こんなふうにのんびり、いつもの職場の一場面のようにやっていると余計に哀れだ。カデルはいま背後から見張っている。ゲノーはパスワードを入力し、データを探しはじめた。おそらくなにかの事業の会計データだと思うが、モニターでは細かいところまでは見えない。

そこからの場面は人によって証言が分かれると思う。

わたしは間違いなくデランブルが「げす野郎」と言うのを聞いた。ただし誰のことを言ったのか、相手が単数なのか複数なのかもわからなかった。はっきり言ったのではなく、独り言のようにつぶやいただけで、現にリヴェはなにも聞こえなかったと言っている。だがわたしはたしかに聞いた。話をまとめると、一人目の尋問が終わり、ゲノーは屈服したが、なぜ彼をここまで追い込めたのか誰にもわからず、そこでデランブルがモニターから目をそらし、「げす野郎」と言って（たしかに言った）立ち上がった。もちろんデランブルの行動はそこで終わったわけではないが、このときはもう試験に興味を失ったというふうだった。カデルが指示を求めてカメラのほうに顔を向けていた。ゲノーは赤ん坊のようにしゃくり上げ、ランジェリーのレースをひらひらさせながらパソコンのキーボードを操作している。ヤスミンも当惑してカメラのほうを見上げた。つまり誰もが〝あいまいな時間〟のなかに置かれたときにデランブルが立ち上がったわけだ。わたしはうしろから見ていたので、彼がどんな顔をしていたのかわからない。ただ漠然と……なんというか……彼のなにかが緩んだような印象を受けた。安堵のような。もちろんあとからならなんとでも言えるが、少なくともわたしは最初の供述から一貫してこう言ってきたので、確かめたければそうしていただいてかまわない。

というわけで、デランブルは奇妙な沈黙のなかで立ち上がり、隣にいたリヴェは驚いた。しかもデランブルは自分のアタッシュケースをもって席を離れ、そのまま部屋を出ていってしまった。

おかしな行動で、もう仕事は終わったから家に帰るというふうだ。

彼が出ていくやいなや、わたしは行動しなければと思った。ただちに。尋問室ではキーボードに向かうゲノーを見ながらカデルが指示を待っていたので、マイクに手を伸ばして早口で「操作をやめさせて服を着せろ!」と言い、次いで会議室のムラドのイヤホンにマイクを切り替え、彼が真剣に耳を傾ける様子をモニターで確認しながら「そのまま全員を見張ってろ!」と指示した。そしてデランブルがばかなことをしでかすまえに止めようと向きを変え、走りだそうとしたのだが、一歩踏み出すまえにドルフマンとラコステが部屋に入ってきた。

二人ともがちがちになって目が宙を見ている。すぐうしろにデランブルがいて、左手にアタッシュケースを提げている。そして右手でベレッタの自動拳銃クーガーをドルフマンのこめかみに突きつけていた。デランブルの目は野蛮な光を放ち、態度にもなんの迷いもなかったので、おふざけではないとすぐにわかった。そういうやつが誰かのこめかみにピストルを突きつけたときは、本気で引き金をひくと思ったほうがいい。

デランブルがどなった。

「全員会議室へ行け!」

どなるのは本人も怖いからだ。目も大きく見開かれ、少しおかしくなっているようにも見える。

リヴェが悲鳴を上げた。

わたしはまず落ち着かせようと「どういうことです?」と言いかけたが、デランブルのほうが早かった。クーガーをドルフマンから離して前に向け、目を閉じて引き金を引いたのだ。一瞬の迷いもなく。銃声が耳をつんざき、二台のモニターが吹っ飛び（デランブルは当てずっぽうに撃った）、ガラスの破片が飛び散り、煙が出てプラスチックが焼けるにおいがし、リヴェは悲鳴を上げながら膝を突き、ドルフマンとラコステは耳をふさいでしゃがみ込んだ。

わたしは無抵抗を示して両腕を思いきり高く上げた。モニターが吹き飛んだ威力とコルダイトのにおいから、もはや疑いようがなかった……。この男はこの場の全員を殺せる。

デランブルが発射したのは実弾だった。

30

「手を上げろ！」「出ろ！」「ぐずぐずするな！」

デランブルはどなりつづけた。音空間を埋め、相手に考える隙を与えず、不意打ちの効果を最大限生かすためだ。

われわれは数秒後には廊下を歩かされていた。デランブルは途中でカデル、ヤスミン、ゲノーも従わせ、どなりながらわれわれの背中を乱暴に押し、会議室まで歩かせた。こうして全員が会議室に集められ、人質ゲームに参加させられた五人は知らぬ間にほんとうの人質になり、ゲームを準備した側の人間も全員人質になった。

しかもデランブルは会議室に入るなり右上のカメラを狙って撃ち、カメラは煙となって消えた。続いて左側のカメラも狙ったが、弾は大きくそれて壁にサッカーボール大の穴が開いた。だがツキがないまま納得するつもりはないようで、「ちくしょう！」と言ってもう一度狙い、今度はカメラが運に見放されて粉々になった。

四十平方メートルの部屋のなかで九ミリパラベラム弾三発がどれほどのことをなしうるか、経験のない人には想像できないだろう。自分の頭もカメラ同様粉々になったかと思った。デランブルが手にしているクーガーは十三連発であと九発残っているし、予備の弾倉ももっているかもしれないわけで、こっちも安易な行動はとれない。

わたしがはなから驚いたのは、デランブルの行動が〝プロ〟のそれだったことだ。もちろん彼はひどく興奮し、わめきまくり、落ち着きのかけらもなかった。動きがぎくしゃくしているし（だから余計に危険だった）、絶えず周囲の動きを探ってこれでいいのかと必死で考えている。それでもカデルが早々にこちらを見て、目で「そうですよね」と訊いてきたのにはわけがある。つまり、デランブルの行動は理屈にかなった、安全と確実性に配慮したものだったのだ。プロの助言を受けているとしか思えない。たとえばピストルを撃つとき両手を使い、しかもテレビでやっているように両腕を伸ばしきるのではなく、発射時の反動に耐えられる構え方をしていた。それだけでも驚きだ。しかし、考えてみればわたし自身ドルフマンとラコステの助言者としていろいろなことを教えたわけで、デランブルが同様に助言者を得ていたとしてもおかしくない。だとしたら、デランブルは正しい判断をしたことになる。なにしろ彼がやろうとしていることは単純にはほど遠いのだから。言うまでもないが、クーガーを一人か二人に向けることと、一ダースほどの人間を人質にとることはまったくわけが違う。だがデランブルはそれなりにうまくやっていた。この事件が開始早々に行き詰まらなかったのはそれが理由だ。デランブルが単に行き当たりばったりの行動をとっていたのなら、自慢するわけではないが、わたしやカデルの敵にはなりえなかった。

正直なところ、わたしは力関係が変わったことを認めざるをえなかった。

舞台に出ているのはデランブルだが、もう一人別の人物が舞台袖にいる。つまりプロであるわたしがもう一人のプロに操られているわけで、不愉快きわまりない。それまでわれわれは注文を受けて人質事件を〝演じて〟いたのだが、驚いたことに誰かが途中でゲームのルールを変えてしまった。こういうのは困る。わたしは挑発されるのを好まない。そもそもラコステがこちらの高額の見積もりをのんだのは、こういうことがないようにするためだったのだからなおさらだ。それなのに、元管理職だかなんだか知らないが、ろくでもない失業者が誰だかわからない人物に操られ、われわれをどうにかできると思って銃を向けてきたわけで……。いやまったく、腹立たしいことこのうえない。

だがクーガーはわたしがよく知る銃の一つだ。

カデル、ヤスミンと目で会話し、無言で合意に達した。デランブルが一つでもへまをしたら、チャンスを利用できる人間がまず動き、デランブルを窮地に追い込むと。

このとき、あの五人の管理職は自分の頭がおかしくなったと思っただろう。最初からこれがゲームだと知っていたメンバーは、ゲームが本物になったとすぐに気づいたが、それ以外の人間にはわけがわからなかったはずだ。なにしろついさっき彼らを人質にとった武装グループが今度は人質になっている。こんなややこしい話があるだろうか。もちろん先ほど撃ち殺されたはずのドルフマンが生きているのを見て、なにやら一杯食わされたらしいとは思っただろうが、それ以外に知らない人間がぞろぞろ出てきて、しかもそのうちの一人がドルフマンにピストルを突きつけていて、しかも部屋に入るなりカメラを撃ったのだから、頭のなかは大混乱だったはずだ。そしてその混乱はデランブルに有利に働いた。

彼は状況を分析する暇を与えず、すぐさまわれわれ全員を床に腹ばいにさせ、両手両足を大きく広げろと言った。

「指もだ、しっかり開け！　最初に動いたやつを撃つ！」

思いつきでできる指示ではない。指もしっかり開かせるなど、知っていなければできない。とはいえ、いくら的確な助言を受けていたとしてもデランブル自身はしょせん初心者なので、早々に壁にぶつかった。新たに人質に加わったメンバーの所持品を取り上げる段になって、はたと困ったのがうかがえた。つまり、全員がばらばらに床に伏せているので、その所持品を調べてまわることと全体を視野に入れておくことが両立しない。単独で押し入る場合につきものの問題だ。技術的観点からいうと、単独行動には多くの準備と予測が必要で、一つでも見落としがあればそこから必ず問題が生じる。しかもデランブルの場合、そうした事態への心構えはできていないだろう。彼はやたらに「動くな！　最初に動いたやつを、撃つ！」とわめいていたが、それこそ戸惑いの証拠だ。少なくともわたしは、彼がわたしの所持品を調べにきたときにそう感じた。そのやり方は相手に行動の隙を与えるほどひどくはなかったが、かといってプロのように正確で無駄のない動きではなかった。だからこいつはミスを犯しうる、いや必ず犯すだろうと思った。スーパーでピストル強盗に巻き込まれた平凡な客のように、会議室のまんなかで腹ばいにさせられた屈辱を嚙みしめながら、チャンスが回ってきたらけっして容赦しないとわたしは心に誓った。

つまり、デランブルにもわかっていたかもしれないが、この日彼はあと一歩というところまで死に近づいていた。

所持品に関してはデランブルに有利な点もあり、なにを探せばいいかはもうよくわかっていたはずだ。いちばん大事なのは携帯電話。一人一台。そして、時間という手がかりを奪うために腕時計も。だから彼は迷わずそれらを取り上げ、デスクから引き抜いてきた引き出しに全部集めた。

それから窓まで行って内側のブラインドを下ろし、人質の配置を整えるという次の作業に取りかかった。

「おまえ！」彼はクザンに向かってどなった。「そう、おまえだ！　立って両手を上げろ。**上げたままでそっちへ行け！　ぐずぐずするな！**」

相変わらずどなりつづけているが、いくつかの言葉はもはや叫びと言ってもいい。それがパニックの前兆なのか、それともわれわれに考えさせまいと音空間を埋めているだけなのかはわからない。だがそのせいで彼自身も考える暇がないというのはむしろ危険なことだった。わたしは最初に立ち上がらされた数人のうちの一人だったので、少し彼の様子を観察できたのだが、やはり慌てふためいているように見えた。そして直感的に、デランブルはかなり苛立っている、短気になっていると思ったことで、われわれのほうも浮足立ってしまったように思う。つまりデランブルは必ずへまをやらかすだろうと思ういっぽうで、危険な行動にも出かねないと思えたからだ。

こんなふうに出来事をあとから語る場合、一つ一つの行動やそのときの意図を細かく説明することになるので、すべてがゆっくり進んだように思えるだろう。だが実際にはなにもかもが速かった。あまりにも速くて根本的な疑問を掘り下げる暇もなかった。たとえば、デランブルはなぜこんなことをしているのか。なにが目的なのか。なぜ採用試験を受けにきた人間が、自分の上司になるかもしれない人物を人質にとったりするのか。それも実弾まで使って。そして結局、その背景にはわたしの知らない問題があるはずだから、それがはっきりするのを待ったほうがいいと考えるしかなかった。

さて、デランブルはわれわれを一人ずつ立たせると、各人に場所を示して移動させた。そして壁に背を向け、両手をぴたりと床に置いて座るように命じた。その姿勢から行動に移るのはかなり難しいので、わたし自身も過去の作戦で何度も使ってきた方法だ。したがって介入のチャンスがすぐに来るとは思えなかった。

だがデランブルも細かいところまで詰めていたわけではないようで、誰かを指名してから場所を迷い、「そこ」と言ったあとで「いや、あっちだ」と訂正する場面も何度かあり、それがまた気がかりだった。

それでも彼はどうにかこうにか全員を配置しおえた。

狙いどおりになったのかどうかは知らないが、結果はわたしから見ても理にかなったものだった。彼の右手にエクシャル・ヨーロッパの面々。つまりカンベルラン、トラン、クザン、リュセ、ゲノー（もうスーツを着ている。デランブルに追い立てられる前にどうにか着れたようだ）。ついでにリヴェ。そして左手にわたしのチーム。つまりムラド、ヤスミン、カデル、ルナール、わたし。そして中央に、つまり二つのグループのあいだにドルフマンとラコステ。見事な配置で、この場で思いついたのだとしたら驚きだ。なにしろドルフマンとラコステが被告として法廷に立たされたような構図になっている。現に二人もそう感じたようで、どちらも青ざめていた。特にラコステはスキーの名残か少し日焼けぎみだったので、血の気が失せたのが余計に目だつ。

一般的にこういう状況で泣くのは女性と思われているようだが、そうとはかぎらない。じつはいちばん長く泣くのも、いちばん激しく泣くのも女性ではない。ゲノーはもうさんざん泣いたので涙が涸れてしまい、いまはジャケットの前をきつくかき合わせて両足のあいだの床をじっと見ている。代わってリュセがめそめそし、打たれるのを恐れる子犬のように小声でうめいていた。カンベルランも声には出さずに泣いたようで、化粧が大々的に崩れて頬に黒ずんだ筋ができ、口紅は下唇しか残っていなかった。五十近い女性の化粧崩れは少々痛々しい。トランも顔色が悪く、この数分で十歳老けたように見え、ヘアスタイルもつぶれてぺったりしている。わたしはこうした例を何度も見てきた。人はこんなふうに追い詰められると、大事なのは命だけになるので、うわべを脱ぎ捨てる。だからたいていの場合醜くなる。

そのなかでもっとも目立っていたのはクザンだった。もともとひどくやせているので目を引くが、この状況で彼は復活祭の大ろうそくのように背筋を伸ばし、タカのように鋭い目でじっと見ていた。その視線はどんな障害物でも射貫《いぬ》きそうなほど鋭い。しかもなにを見ているかというと、デランブルを見ている。尊厳などかなぐり捨てて生き延びようとする人々はなるべく犯人と目を合わさないようにするものだが、クザンは視線を下げることなく、まばたきもせず、対等の立場で、個人的な敵と向き合うようにデランブルをじっと見ている。そして命令には無言で従うものの、その態度には確固たる抵抗の意志が表れていた。ほかの人質ができるかぎり身を縮め、なるべく動かないようにしているだけに、違いは歴然としていた。

息づかいがいちばんよく聞こえるのはまずうめくように泣いているリュセで、次が俳優のルナールだ。カーペットに溶け込んでしまいたいような表情でしきりに嘆息している。いまが人生最大の試練のときなのだろう。

配置が終わってから三十秒ほど沈黙があった。

ドルフマンはまったくの無表情だった。思ったとおり肝の据わった男だ。

いっぽうわたしを雇ったラコステはかろうじてショックから立ち直りはじめたところで、わたしのほうを向いて問うように眉を上げた。なにか手を打とうとしているようなので、それならわたしがやると合図した。この作戦のオーガナイザーはわたしであり、この方面の経験もいちばん長い。そこでまず心理学にも詳しいヤスミンに目で問いかけた。だが返ってきたのはどうかしらという疑いの表情で、判断が難しいようだ。だがわたしはやれると思い、この短い沈黙を利用して立場の変わったデランブルとの最初の接触を試みた。

「デランブルさん、あなたの望みはなんですか？」

わたしは穏やかで冷静な口調を心がけたが、最初にかける言葉がそれでいいのかはわからなかった。するとデランブルがいきなりこっちに駆け寄ってきたので、左手のグループは全員反射的に頭を下げた。もちろんわたしがまっさきに。

「じゃあんたはどうだ、なにが望みなんだ、マヌケ！」

デランブルはわたしのまえで膝を突き、額の髪の生え際近くに乱暴に銃口を押し当てた。しかも安全装置をかけている様子がなかったので、正直なところ震え上がり、思いきり目をつむった。

「いやなにも、望みなんか……」

「なのにおれの邪魔をするのか、え？　なんの意味もなく？」

どっと冷や汗が出て、吐き気に襲われた。職業柄何度もこういう危険に直面してきたから知っているのだが、死の恐怖というのは他のどんな感覚とも違っている。

こうなったらなにも答えないのがベストだ。これ以上こいつを興奮させてはいけない。

ピストルはわたしの額に突きつけられている。

こいつは常軌を逸しつつあると思った。だからチャンスが巡ってきたら、こいつの額の同じところに弾を撃ち込んでやると決めた。

31

介入を早まったと後悔したが、もう遅い。わたしがうっかり開けた穴からデランブルが飛び込んできた。

「おい用心棒」と彼は言った。「どこだ？　あんたのご立派な組織ってのはどこだ？　え？　どこなんだ？」

ほかの人質がどういう反応を見せていたのかわたしは知らない。目を閉じていたので。

「すっかり準備できてたのにな、なんとも残念！　あんたのチームも、カメラも、モニターも、おふざけの機関銃も」

そう言って頭にねじ留めするようにピストルをぐりぐり回す。

「けどな、こいつは本物だ。本物の弾で、本物の穴を開けるためのもの。つまり西部劇ごっこはもう終わりだ。お、そうだ、西部劇といやネイティブアメリカン、彼らが崇める偉大なる精霊《ギチ・マニトウ》はどこだ？」

デランブルは背を起こし、片手を腰に当てて周囲を探すふりをした。

「いやほんと、どこ行った？　アフリカで王になったブーブール（一九三四年のフランスのコメディ映画の主人公）は。あ、ああああ、いたいた！」

そしてわたしのときと同じように、ドルフマンのまえで膝を突いて銃口を額のまんなかに突きつけた。その話し方は明らかに憎しみから出たもので、侮辱してやりたい、鼻をくじいてやりたいという思いがにじみ出ている。それでようやく根本的な疑問の答えがわかり、その後の展開もその答えを裏づけるものとなった。つまりデランブルには要求などない。ここにいるのは金のためではない。

復讐のためだ。

これは象徴的な復讐であり、その背景には恨みと苦渋がある。

そしていま、五十代後半で、失業中で、ヨーロッパ屈指の大企業の社長に銃を突きつけているデランブルは、この状況に歓喜するあまりほんとうの殺戮《さつりく》さえやりかねないように見えた。

「おやおや」と続ける。「最高司令官にしちゃおかしなほど控え目でいらっしゃる。心配ごとかな？　そりゃそうだろう。なにしろとんでもない責任を負っている！　つらいんだろ？

え？　わかるよ、そりゃつらい」

同情の芝居に拍車がかかる。

「ほんとにな、リストラ計画の立案ってのはつらい。だがそれだけじゃない！　いちばんつらいのはそれじゃない。リストラなんてどこでもやってる、しょっちゅうやってるからもう慣れっこだ、だろ？　いやいやいや、いちばんつらいのは具体的に実施することだ。これがものすごくややこしい。ノウハウと強固な意志が必要だし、あの間抜けどもと交渉しなきゃならない。そしてそのためには人が要る、それも優秀な人間が。兵士ですよ、それこそ資本主義の歩兵が必要になる。適当に選べばいいってもんじゃない、ですよね、閣下？　そして最優秀者を選ぶには人質ごっこで試すのがいちばんんだ。ほらね、われらの偉大なる指導者は運がいい。いっちょ上がり！」

デラシブルは口づけでもするように少し頭を傾けて前かがみになり、そのときちらりとドルフマンの顔が見えた。相変わらず落ち着いている。そしてひと息ついてからなにか言おうとしたが、言葉にならない。デランブルのほうはすでに調子づいていた。

「ところで、殿下、その件でお聞かせ願いたいんですがね。サルクヴィルでは正確に何人解雇するんです？」

「なにが望みだ」ドルフマンがどうにか口にした。

「あそこで何人首を切るのか知りたいんですよ。わたしがここであなた方全員を殺したとして、十三人。しょせん一素人《いちしろうと》の仕事なのでね。しかしあなたは産業規模で仕事をしている。サルクヴィルで何人殺すつもりです？」

ドルフマンはその話に足を突っ込まないほうがいいと思ったのか、黙っていた。賢い選択だ。「たしか、八百二十三人だったような……」デランブルがわざとらしく首をひねる。「それが最新の数字かどうかわからないので。実際のところ何人です？」

「わたしは……知らない」

「いや、知っている！」今度は自信満々だ。「さあ、謙虚ぶるのはやめて、何人です？」

「知らないと言ってるだろう！」ドルフマンはとうとう声を張り上げた。「いったいどうしたいんだ？」

するとデランブルは立ち上がり、ただこう言った。

「思い出しますよ、きっと」

そしてうしろを振り向くなり発砲し、会議室にあった給水器が破裂して二十リットルくらいの水が流れ出た。

残りはあと八発。それだけあればカメラや給水器どころではない被害が生じうる。そのことは誰の目にも明らかだった。

デランブルはまたドルフマンのほうにかがみ込んだ。

「なんでしたっけ。あ、サルクヴィル！ それで、何人です？」

「八百二十五」ドルフマンが小声で吐いた。

「ほうら思い出した！ おや、二人増えてますね。まああなたにとっちゃ二人なんてどうでもいいんでしょうが。しかしね、その二人にとっては話が別ですよ」

だいたいそのあたりまではデランブルも手際よく、細心の注意を払って事を進めていた。つまり自分がどうしたいのかよくわかっているように見えた。だがドルフマンへの話しかけが長引くにつれて徐々に戦略の弱さが見えてきた。そしてそのことによって、やはり彼の目的は脅しと侮辱に尽きるのだと、たったそれだけのためにわれわれを人質にとったのだと確認できた。無論信じがたいことだが、彼の行動から分析するかぎりそれがもっとも妥当な仮説だ。

　さて、緊張に耐える能力というのは糸のようなもので、どこかで切れるのだが、人によって糸の強度はさまざまで、誰も自分の糸がどこまでもつか知らない。どうやら最初に限界に達したのはカンベルランの糸だったようで、小さい声でひいひい言いだした。と思ったらみるみる大声になり、それで信号が青に変わったように全員が叫びはじめ、集団でのストレス解消運動の様相を呈しはじめた。叫ぶことで堰《せき》が切れて恐怖や不安がどっとあふれ出し、誰もがわれを忘れ、だからますます叫びつづけ、男の声と女の声が混ざり合ってひどく動物的なわめき声になり、それが部屋を満たし、永遠に止まらないように思えた。

　デランブルはこの思いがけない不協和音に包まれると、立ち上がって人質たちを見まわした。だが誰もが顎を胸にうずめ、目を閉じて叫んでいたから誰とも目が合わない。すると彼は部屋のまんなかまで下がり、なんと自分も叫びはじめた。それはあまりにも激しく、あまりにも悲痛な叫びで、この男の苦しみの深さを思わずにはいられなくなり……。そのせいでほかの人々のストレス大放出が遮られ、全員叫ぶのをやめてデランブルのほうを見上げた。言うまでもないだろうが、奇妙な光景だった。デランブルは会議室のまんなかに立ち、ピストルをまえに構えたまま、これから死のうとでもするように天井を向いて吠えている。このチャンスを逃してなるものかと、わたしとカデルは視線を交わすなり飛び起きて突進した。カデルがデランブルの足に飛びつき、わたしは胴を抱え込もうとした。だがその瞬間、デランブルはトランプの城のように自ら床に倒れた。見事な防御だ。同時にわたしは右脚を撃たれ、カデルはグリップで頭頂部を殴られてすぐさま両腕を大きく広げて降参した。

わたしは痛みも忘れて叫んでいた。

「みんな動くな！　その場にとどまれ！」

われわれに続いて誰かがデランブルに飛びかかろうとしたら、無差別に撃ちはじめる恐れがあったからだ。

カデルは頭を抱え、わたしは脚を抱えたまま、どうにか壁まで這っていった。血が流れたことで（しかも今回は本物だ）、誰もがこの事件は新たな段階に入ったと感じていた。それまでは音と物の破壊による恐怖だったが、いま彼らが目にしているのはもっと生理的、有機的な恐怖であり、明らかにまえより死に近い。人質たちはいまや悲鳴に近いかすれ声で泣いている。

このときの行動についてはその後何度も振り返って考えた。わたしは適切に行動したと言えるのか？　カデルは適切だったと言ってくれる。あのままずっとなにもせずにいることなどできなかったのだし、なにか試みるとすればあのときしかなかったと。だがわたしは、成功しなかった行動は結局のところ適切とは言えないと思っている。いずれにせよこのとき、わたしはやり損ねたことでますますフラストレーションを感じ、このままいつまでも思いどおりにさせてたまるかという思いを強くした。

壁まで下がってから傷を調べたところ、カデルもわたしも重傷ではなかった。カデルは頭皮が切れただけだったが、血は盛大に出るので見た目はショッキングだ。わたしのほうもズボンを破ってみたら弾がかすっただけとわかったが、顔をしかめて痛いふりをしつづけた。デランブルには傷の深さはわからないだろうから、ここは当然重傷のふりをしたほうがいいわけで、カデルとわたしは相談するまでもなく苦痛を演じつづけた。

デランブルは酔いが覚めたような顔で、どうしようかと迷うように部屋の中央をぐるぐる回っている。わたしは小声で言ってみた。

「救護を呼ばないと」

だが彼はうろたえ、途方に暮れ、ぼんやりしてしまっている。こちらから解決法を提案しなければ動きそうにない。

なんの反応もないので、わたしは思いきって説得を試みた。あえてゆっくり話しかける。

「デランブルさん、いまのところ重大な被害は出ていないので、あなたは切り抜けられます。問題なく。われわれは怪我をしただけですから。でも見てのとおり出血がひどい。カデルも……。助けを呼ぶ必要があります」

腕時計は取り上げられていたが、デランブルがこの場を支配してからまだ二十分程度しか経っていないとわかっていた。そのあいだに彼は六発撃った。だがこの建物はパリのはずれのオフィス街にあり、休日ともなると人気《ひとけ》がなく、誰かが異変に気づく可能性はほとんどない。となると、デランブルが自らあきらめないかぎり解決しない。そのためにはわれわれ二人の負傷がいいきっかけになると思ったのだが、どうやらデランブルには素直に白旗を掲《かか》げるつもりなどないようだ。彼は黙ったまま首を横に振りはじめ、解決策が天から降りてくるのを待つようになおも振りつづけ、やがてこう言った。

「誰か、傷のことがわかるやつは？」

誰も答えなかった。誰もが直感的にまた新たな対決の始まりだと理解していた。

「どうなんだ。誰もいないのか？　よしわかった」とデランブルが力強く言った。「別の方法で行こう！　そうさ、取り返しのつかない被害になるとしても、どうせやるなら大物に被害が出るほうがいい」

そして大股でドルフマンのまえに戻って跪き、今度は膝に銃口を向けて言った。

「さあ、偉大な舵《かじ》取り、英雄だってところを見せてもらおうか」

その決断の速さから、迷わず撃つことはもはや確実だったが、そのとき大きな声が響いた。

「わたしがやる！」

クザンが亡霊のように立っていた。いやほんとうに、亡霊としか言いようがない。血の気のない透《す》き通るような皮膚に、気が触れた人間のまなざし。デランブルもぎょっとしたようだ。

「少しならわかるから、わたしが診《み》ます」

そう言ってクザンが堂々と歩きだした。あまりにも意外だったのでスローモーションで歩いているように思えたほどだ。彼はまずカデルに近づいてかがみ込んだ。

「頭を下げて」

そして髪をかき分けて傷を観察する。

「だいじょうぶ」と言った。「頭皮だけです。浅いので血は自然に止まります」

人質をとった側に回ったのかと思うほど堂々たる話しぶりだ。その自信と落ち着きぶりで突然クザンが優位に立ち、デランブルのほうはどうしていいかわからずドルフマンのまえでじっとしている。

　それからクザンはわたしのほうにかがみ込んだ。救急隊員がするようにすねの下を支えて脚を持ち上げ、ズボンの布をどけて観察した。

「腓腹筋《ひふくきん》です、たいしたことはない。問題なく治ります」

　そしてふたたび立ち上がるとデランブルのほうを向いた。

「それで、あなたはいったいなにをしたいんです。なにがどうなったらこれを終わらせるんです。それよりなにより、あなたは誰です？」

　クザンは決然と説明を求めた。

　ほんの数秒で舞台は二人の意志の対決へと場面を変えた。人質の輪のまんなかで、リングに上がったように二人の男が向かい合っている。もちろんまともに考えればデランブルが圧倒的に有利だ。ピストルをもっていて、すでに六発撃ち、壁に穴を開けて二人に怪我を負わせている。しかもまだ七発残っている。だがクザンのほうもピストルの脅しに屈するつもりはなさそうだ。むしろいまや彼のほうが威嚇的な態度で、堂々とやり合おうとしているように見える。

「あああっ、なんと！」とデランブルが立ち上がりながら叫んだ。「管理職の手本が社長を助けるために名乗りを上げる、なんと感動的な！」

　そして両手でピストルを構えたまま、背中がドアに当たるまで注意深く後ずさると、改めてドルフマンのほうを向いた。

「閣下、この男を使ってあなたが成し遂げたことにお祝い申し上げる。理想的じゃないですか！　あなたはこの男を解雇したのに、彼は復職を期待して無報酬で働きつづけている。これがすばらしいことではないとでも？」

と言いながらピストルを天井に向けた。全員の同意を求めるためか、それとも天井を撃ちたいのかよくわからない。続いて感心するように頷きながら銃口をクザンのほうに向けた。

「で、あんたは守りたいわけだな、会社を。必要なら命を賭《と》してでも。会社はあんたが属するものであり、家族ってわけだ！　その会社は数年まえからじわじわあんたの首を絞めてきたし、負担軽減のためなら容赦なくあんたを追い出すだろうに、それでも会社のために死ぬ覚悟でいる。その従順ぶりはもはや聖人の域だな」

　クザンはびくともせず、まっすぐデランブルの目を見て言った。

「もう一度聞きます。あなたは誰で、なにが望みですか？」

　デランブルの寸劇にも、自分に向けられたピストルにもまったく動じる気配がない。デランブルは悲しげな顔でゆっくり腕を下ろした。

「そりゃ……あんたと同じだよ。おれが欲しいものはただ一つ、仕事だ」

　そして今度はラコステのまえまで行った。ラコステは動揺を隠せず眉根を寄せ、デランブルは額ではなく心臓にピストルを突きつけた。

「この仕事を手にするためにおれはやれることをすべてやった」

「待ってくれ……」ラコステは心もとない口調で言い訳しようとした。「でもあなたは……」

　だがデランブルが銃口のわずかな動きで黙らせた。そして先ほどとは打って変わった静かな、真剣そのものの口調で続け、それが余計に恐ろしかった。

「この仕事を手にするために、おれは誰よりも勉強した。しかもあんたはおれにもチャンスがあると信じ込ませた。そんな嘘をついたのは、あんたにとっておれが人間でさえなかったからだ」

　彼はピストルでラコステの胸を軽くつつきはじめた。

「実際、彼女よりおれのほうが上だ。ずっと上だ！」

　と言ってリヴェがいるほうに投げやりに首を振る。だがリヴェの存在を思い出したことで怒りに火がついたようで、突然また叫びはじめた。

「おれにはこの仕事にチャレンジする資格があった！　だがあんたはそれを盗んだ！　いいか、あんたがおれから盗んだのはな、**おれが持っていたすべてだ！**」

　そこで一度口を閉じ、かがみ込んでラコステの耳元でささやくように、だが全員に聞こえるくらいの声で続けた。

「だからな、当然のものをくれないから……その分を別の形で払ってもらおうと思ったわけ」

　不意に走り去る足音が聞こえた。

　デランブルはクザンが廊下へ逃げたと気づくやドアのほうを狙って撃ったが、上にそれて壁に大きな穴が開いた。と同時に自分も走りだし、クザンが倒していった椅子にぶつかって転びそうになりながらもどうにか廊下に走り出た。われわれには彼がピストルを構え、迷い、また腕を下ろすのが見えた。もう遅かったようだ。

　こうなると彼には選択肢が二つしかなく、そのどちらも絶望的だ。つまりクザンのあとを追えば、われわれは自由になりすぐに電話で通報できるし、ここにとどまれば、クザンが助けを呼びにいってしまう。

デランブルは追い詰められた。

もちろんまだ彼には行動の余地があり、われわれを重大な危険にさらす恐れもあったが、たとえなにをどうしようが、その結果何人死ぬことになろうが、デランブルがもう逃げられないことだけはたしかだ。つまりある意味で、終わりだった。

わたしは経験から、誰かが正常な判断力を失うのに数秒しかかからないことを知っている。だからデランブルがこのままわれわれを人質にとって立てこもり、警察に抵抗するというばかげた行動に出る可能性は高いと思った。しかもそのための要素（屈辱感、不公平感、武器、なにも失うものがない状況など）はすべて揃っていた。

会議室に戻ってきたデランブルは腕をだらりと下げ、敗者のようにうなだれ、いまにも泣きだしそうだった。

32

デランブルはここで断念することもできたはずだが、その気力さえ残っていなかったのではないかと思う。すでに後戻りできないところまで来ていて、終わらせ方もわからなかったのだろう。なにごともいちばん骨が折れるのは幕引きだ。

彼は入り口の近くに椅子を引いてきて、ドアに背を向けて座った。

もはや同じ人間とは思えなかった。

デランブルは打ちのめされ、疲れはてていた。いや本人にとってもっとつらかったのは、クザンにしてやられたことだろう。右手で無造作にピストルを握ったまま、両肘を膝にのせ、放心したように床を見ている。左手ではオレンジ色の布製の玉のようなものをいじくり回していて、小さい鈴がついているらしくチリチリと音がしている。お守りかなにかだろうか。

デランブルがいるのはわれわれとは反対側で距離があるので、全力で走ったとしても彼がピストルを構えるほうが早い。だからこちらも迂闊《うかつ》には動けない。

そのときわたしがなにを考えていたか？　それはやはり、彼の狙いがどこにあるのかだった。彼は実弾を込めた銃をもってきた。ということはそれを使うことも辞さない覚悟だったはずだ。だがその目的は？　この出来事の隅々まで掘り返して考えてみたが、漠然とした復讐以外にこれといった答えは見つからなかったし、このあと彼が見せた反応もやはり目的の欠如を露呈《ろてい》していた。要するにデランブルはすてばちになっていたとしか思えず、しかも絶望のあまり人殺しも平気でやりかねない状態だった。

クザンの診立《みた》てどおり、カデルの出血はもう止まっていた。わたしのほうも間に合わせの布で止血したので出血は止まり、あとは痛みをどう堪えるかの問題になっていた。

全員静かになり、また大事の前夜という雰囲気に戻っていた。もう誰も泣いていないし、ぼやきやうめき、嘆きの声も聞こえない。当初のロールプレイングを入れても、結局まだ一時間経っていなかったが、あまりにも多くのことが起きたので全員精も根も尽きていた。

だがここからいよいよ終幕が始まろうとしている。

誰もがそう感じ、静けさのなかで自分自身と向き合いながらできるかぎり心の準備を整えようとした。デランブルはぼろぼろだったが、人質を解放するそぶりはまったく見られず、希望はもてない。この男は最後まで粘りかねない。だがその最後とはどんなものなのか、誰にもわからない。

そしてその状況は、およそ四十五分後にとうとうサイレンの音が聞こえてきたときも変わっておらず、いったいどういう結末になるのだろうと誰もが首をひねった。デランブルは降伏するのか、それとも抵抗するのか。表か裏か。各人が心のなかで賭けをし、結果を待った。

サイレンの音が近づいてきてもデランブルは微動だにせず、顔も上げなかった。わたしは耳を澄まし、パトカー五台と救急車二台だと聞き分けた。クザンの説明がよかったとみえて、警察側も真剣に受け止めたようだ。少しして下の駐車場から慌ただしい動きが聞こえてきた。警察はまず事件の規模を把握しようとするだろう。つまりまず建物を包囲する。続いて数分でRAIDが来て、そこから交渉が始まるが、それが五分で終わるか三十時間かかるかはわからない。デランブルが分別を見せるか、それとも抜け目なく立ち回るか、あるいは抵抗するかによって変わってくる。ところがその当人が相変わらず放心状態で足元を見ているので、いったいどうなるんだとわれわれは目を見合わせ、その結果各人の不安が折り重なって集団としての不安が高まっていった。ドルフマンだけは冷静に一人一人と目を合わせ、落ち着かせようと努力している。ラコステはもう問題外で、最初にデランブルに不意を突かれてから一度も完全に立ち直れていない。ある意味ではデランブル以上に敗者の顔になっていた。

メガホンのキーンという音が聞こえ、それから呼びかけが始まった。

「この建物は包囲されています……」

デランブルは相変わらず椅子に座ったまま、うんざりした様子で腕を伸ばし、いささかもためらわず、顔も上げずに窓のほうを撃った。下ろしてあったブラインドのうしろでガラスが轟音とともに崩れ落ち、人質全員がとっさに頭を守ったところへガラスが降ってきた。

デランブルはようやく立ち上がると、アタッシュケースのところまで行って開けた。そして人質など忘れたかのようにわれわれになんの注意も払わず、クーガーの予備の弾倉を二つ取り出した。籠城《ろうじょう》するつもりらしい。それから椅子に戻り、弾倉を足元に置いた。まずい展開だ。この終幕はほんとうにまずいことになりそうだ。

メガホンの第一声のあといきなり銃声がとどろいたので、警察は黙ってしまった。だが数分後には別の車両の音が聞こえた。ＲＡＩＤの到着だ。彼らが建物の図面を検討し、集音マイクやカメラで現場の情報収集を試み、通路等に隊員を配置して建物を完全包囲するのに二十分ほどかかるだろう。並行して、デランブルが少しでもおかしな行動をとれば頭部に二発撃ち込めるように、現場の窓を狙って複数のスナイパーが配置される。

交渉人から最初の電話が入るまでには十分程度かかると読んだが、それほど外れはしなかった。

ほどなくしてデランブルの右手の、壁際の床に置かれた内線電話が鳴った。

全員の視線が電話に集まったが、デランブルはすぐには動かず、優に十二回鳴らしておいてからようやく立ち上がった。相当疲れている様子だ。その電話はたくさんのボタンと液晶ディスプレイがついたビジネスホンで、デランブルは受話器を外して「もしもし」と言ったがつながらなかった。そこであるボタンを押し、また別のボタンを押し、ついに苛立ってほとんどすべてのボタンを押しまくり、ようやくつながったときには交渉人の声が全員に聞こえた。デランブルが押したなかにスピーカーボタンもあったわけだ。だがそれで困る様子もなく、デランブルはそのままにした。

「デランブルさん、わたしはプルニョー警部です」

「なんのご用でしょう」

「人質の皆さんの様子を知りたいのですが」

デランブルは部屋をぐるりと見まわした。

「みんな元気です」

「怪我人が二人いるそうですね」

交渉は通常のやり方で、予想どおりに進められた。デランブルは早々に、誰も解放するつもりはないから、解放したいなら「そっちから来る」しかないと宣言し、しかもその宣言が冗談ではないと示すために、また腕を上げて窓をさらに二枚粉々にした。ガラスが飛び散っただけではなく、手前のプラスチックのブラインドも焼けて大きな穴が開いたので、それが人間だったらどういうことになるか警察も考えさせられただろう。いっぽうＲＡＩＤのスナイパーたちはその穴からデランブルが見えるかもしれないと必死で体をひねったかもしれない。だが彼は窓からかなり離れた位置にいたので、それは無理な話だった。

カデルもわたしももう介入は考えられなかったが、ヤスミンには可能性があったので、わたしは警察の到着を待っているときからそっと観察していた。彼女はそのあいだに目立たないように、一ミリ、また一ミリと辛抱強く位置を変えていた。片足をそっと尻の下にもってきて、それを支えにして逆側の腕に体重を移し、少しだけ位置をずらす。これこそプロだ。その努力の甲斐あって、彼女はもうデランブルから七メートルくらいのところまで近づいていて、なにかあれば飛びかかろうと準備している。だがなんといってもタイミングが勝負なので、少しまえにデランブルが立ち上がって弾倉を取りにいったとき、わたしはまだだと目で制した。デランブルが最後の一発を撃ったあとが絶好の機会だ。弾倉が空だと気づき、新しいのを手にとって交換することになる。そのときこそヤスミンの出番だ。その状況なら、渓流を走る水のように敏捷で、徹底した訓練を受けているヤスミンに対して、デランブルが勝てるチャンスは百に一つもない。いまはまだ三発残っているし、彼は動くものをなんでも撃つつもりでいるようだから待ったほうがいい。彼のやり方はむしろ歓迎すべきもので、窓だの給水器だのをせっせと撃ってくれればそれだけ早くチャンスが来る。そこにこそ、ＲＡＩＤより先にわれわれが介入する唯一の可能性が残されている。

正直なところ、わたしにはそれが唯一の目標になっていた。

じつはしくじりの責任を感じていて、ＲＡＩＤのまえに自分の手でけりをつけなければ名誉挽回はかなわないと思っていた。しかもデランブルが武装しているということは、こちらも後ろ指をさされることなく彼を撃つことができるわけで、そんなチャンスを逃したくはない。正当防衛という口実が最初から与えられているようなものだ。他の人質が目撃者になるが、すばやく撃てれば彼らの目をごまかせる。狙いを定める余裕がなかったので急所に当たってしまったと主張すればいい。もちろん実際には、十分の数秒もあれば確実に頭をぶち抜くことができるし、わたしがやりたいのはまさにそれだった。

ところが、どうやらなにごともわたしの予想どおりにはいかないと決まっていたようだ。

デランブルはすっかり途方に暮れた様子をしていたが、それでも誰かから受けた助言を覚えていた。電話を切るとまたドアを背にし、われわれのほうを向いて椅子に座った。わたしは彼があと三発をいつ使うかとじりじりしながら待っていた。するといきなりデランブルが銃をリロードした。つまりまだ三発残っている弾倉を取り出し、新しいものと交換してしまった。不意打ちだったうえに四秒もかからない早業だったので、こちらが気づいたときにはもう終わっていて、デランブルは新たに十三発装塡したピストルを手にしていた。

ヤスミンは顔にこそ出さなかったが、内心かなりがっくりきたに違いない。

こうしてわれわれはRAIDの突入を待つしかない状態となり、その結果にすべてを委ねることになった。

われわれがいたのは建物の五階で、会議室の四枚の大きな窓のうち三枚がすでに撃ち落とされていて、そこから風が盛大に吹き込んでいた。最初のうちこそ気持ちがよかったが、ずっと吹かれているうちに耐えがたくなってきた。RAIDは窓から侵入してくるだろうか。それもありえる。だがおそらくは廊下と窓の二か所から同時に来るだろう。挟み撃ちならデランブル一人ではけっして対応できない。それにRAIDはデランブルが実弾を使うところを実際に見ているし、負傷者二人を含めて十二人も人質をとっているのだから、生きて出るチャンスなど与えないだろう。

いっぽう、交渉人が電話の冒頭から迷わず名前で呼びかけたことから、捜査がすばやく行われ、デランブルの身元はすでに特定されたと考えることができた。もちろんクザンがここで目にし、耳にしたことを全部伝えただろうから、ドルフマンからラコステにたどりつくのはさほど難しくなかっただろうし、おそらくはその助手で、この事件の鍵を握っているはずのズビコウスキーをつかまえることもできただろう。

交渉の第一ラウンドはあっという間で、二発の発射という結果に終わった。だがＲＡＩＤはすぐまた接触してくるはずだ。実際わたしの読みどおり、十分後に第二ラウンドが開始された。デランブルは二度目の電話が鳴るなり立ち上がった。ヤスミンもわたしもその行動を注視した。電話中にわれわれから目をそらすだろうか。会話のあいだピストルをどこかに置くだろうか。電話線が届く範囲で動き回るだろうか。彼はまた腹立たしげに複数のボタンを押し、そのいくつかが打ち消し合ったからなのか、結局スピーカーはオンのままになった。

「デランブルさん、あなたの要求はなんですか？」

ふたたびプルニョー警部だった。濁りのない落ち着いた声で、誰が聞いてもプロだとわかる。

「さあね、要求と言われても……。仕事を見つけてくれますか？」

「そうでした、それに関してなにか問題があったようですね」

「ええ、まさに〝それに関して〟ちょっとした問題がありました。一つ提案があるんですが」

「なんでしょう」

「いまわたしと一緒にここにいる人たちは皆仕事をもっています。わたしがそのうちの誰かを殺して、それ以外の全員を解放したら、その人の仕事をわたしにくれますか？」

「なんでも話し合うことはできますよ、デランブルさん。ほんとうに、なんでも。あなたの職探しも含めてです。ですが、そのためにはまず人質を何人か解放しなければなりません」

「なんでもというと、たとえば金についても？」

交渉人はその発言の重要性を測りかねて一瞬間を置いた。

「金が欲しいのですか？　いくらです？」

だが最後まで言いおえないうちにデランブルが四枚目の窓を撃ち、そのガラスがまた身を丸めた人質たちの上にも降ってきた。わたしがふたたび目を開けたときには、デランブルはもう電話を切って椅子に戻っていた。この成行きに下の駐車場は大混乱となり、人が右往左往する音が聞こえてくる。窓を粉砕しながら答えるような人間が相手では、警察の仕事も楽ではない。

およそ五分後にまた電話が鳴った。

「アラン……」と交渉人とは別の声が聞こえた。

「デランブルさん、お願いです！　まだ一緒に〈管理職雇用協会〉に行ってないじゃないですか！」というのも聞こえた。

「ＯＫ、デランブルさん、お好きなように。電話したのはあなたと話したいという人がここに来ているからです。代わります」

「やめろ！」

デランブルは叫ぶなり電話を切った。だがその場から離れない。電話のまえで身動きとれなくなり、黙ったままじっとしている。

ヤスミンが動くべきかと目で訊いてきた。だがデランブルのこの反応のあとで、交渉人がぐずぐずするはずはないとわたしは思った。案の定数秒後に電話がまた鳴り、今度はＲＡＩＤの交渉人ではなく、女性の声が聞こえてきた。若い女性だ。まだ二十代ではないだろうか。

「パパ？」

動揺を隠せない震え声だった。

「パパ、答えて、お願い」

だがデランブルは答えなかった。いや、答えられなかった。左手に受話器を、右手にピストルをもったまま呆然としている。その女性の声が彼をどこかに突き落とし、そこから這い上がれないというふうだった。おそらく彼にとってその声に答えることは、ドルフマンの頭に一発撃ち込むより難しいことなのだろう。いやそれとも同じだろうか。どちらも出口のない絶望の表れであることはたしかだ。わたしは危うくデランブルに同情するところだった。

電話の向こうはざわざわし、なにが起きているのかわからない。

すると今度はもっと年上の女性の声が聞こえてきた。

「アラン？」と女性は呼びかけた。「わたしよ、ニコル」

デランブルは文字どおり凍りついた。

女性はひどく泣いていて、涙にむせてうまく話すことができない。そのあとしばらくは嗚咽しか聞こえなかった。これにはわれわれも困惑した。彼女は不運な人質のために泣いているのではなく、われわれを人質にとって一時間以上もわれわれの命を脅かしている人間のために泣いているのだから。

「アラン」とまた呼びかけた。「お願い、答えて」

その声、その言葉は、デランブルにとってとてつもない力をもっていたようだ。とうとう彼は答えた。ひどく小さい声で、

「ニコル……すまない」

と言った。

それだけだった。

そして電話を切り、われわれの携帯や腕時計を入れてあった引き出しをつかむと窓際までもっていき、ブラインドを上げ、中身を全部外に放り投げた。腕のひと振りで。全部一度に。なぜそんなことをしたのかわからないが、とにかく驚いた。いずれにせよ、この行動に対する答えは瞬時にやってきた。

一発目が彼の右肩を数ミリの差でかすめ、二発目が一秒まえに彼の頭があった空間を貫いた。デランブルは床に転がり、すぐわれわれのほうにピストルを向けた。ちょうどヤスミンが飛びかかろうとして立ち上がったところだったので、よくぞと言うしかない。

「伏せろ！」デランブルはヤスミンに向かって叫んだ。

ヤスミンはすぐに伏せた。デランブルはそのまま這っていき、窓から離れたところで立ち上がった。それから入り口まで行き、ドアを開け、われわれのほうを振り返った。

「出てっていいぞ」と言った。「もう終わりだ」

全員唖然とした。

デランブルがとうとう「もう終わりだ」と言ったのだが、誰も信じなかった。

デランブルは数秒のあいだ口を半開きにしたまま立っていた。そう、彼の言うとおり、たしかに終わりだ。わたしは彼がなにか話したいのかと思ったが、言葉が頭のなかにとどまったまま出てこないようだ。電話が何度か鳴ったが、デランブルはもう動かない。

不意に、彼が向きを変えて会議室を出た。

最後に聞こえたのは廊下側から鍵をかける音だった。

われわれは閉じ込められた。

だがわれわれは自由だ。

その瞬間のことを説明するのは難しい。とにかくみんな立ち上がり、いっせいに窓に駆け寄り、ブラインドを力任せに引っ張り……。そのときわたしとカデルとヤスミンが大声で落ち着けと叫んで必死で止めなかったら、窓枠をまたいで外に飛び出していたかもしれない。それくらいの喜びようだった。

駐車場にいた警官たちは突然人質が窓に群がったのを見たわけで、わけがわからなかっただろう。さっそく交渉人が内線をかけてきた。それにヤスミンが答え、いまの状況はこういうことだと思うと推測を伝えた。デランブルはいつ戻ってくるともかぎらず、解放されたと断言することはできなかった。状況はまだ流動的で、警察同様わたしも不安を覚えた。たとえば、デランブルがいまどこにいるのかわからないし、たっぷり弾を詰めたピストルをもったままだ。ほんとうにあきらめたのだろうか。建物のどこかに身を潜め、チャンスをうかがっているだけではないだろうか。

カデルはリュセ、カンベルラン、ゲノーを静めるのに苦労していた。だがいちばん厄介だったのはルナールで、興奮のあまり、「助けにきてくれ！　早く来てくれーっ！」と叫びまくった。そこで仕方なくヤスミンが派手なビンタを二つお見舞いすると、ようやくおとなしくなった。

わたしは足を引きずって電話のところまで行き、ＲＡＩＤの隊長に自己紹介して少し話をした。

十分ほどで建物の外壁にはしごがかけられ、防弾チョッキ、ヘルメット、スコープ付きの銃で武装したＲＡＩＤの二つのチームがすぐに上がってきた。片方がわれわれ人質の警護に当たり、もう片方は後続チームのために侵入経路を確保、その後続チームがデランブルの捜索を開始した。

数分後、われわれは全員、銀色のサバイバルシートを巻きつけた格好で駐車場にいた。


だいたい以上が、わたしが警察に説明したことだ。

デランブルはオフィスの一つに閉じこもっていたそうだ。ＲＡＩＤのチームが発見したときはデスクの足元でうずくまっていた。頭を両膝のあいだに沈め、両手でうなじを抱えて。ピストルと二つの弾倉は床に置いてあったという。

彼はいっさい抵抗しなかった。

この作戦はわたしにとってはそれほど複雑でも危険でもない部類に入る。だが翌日さっそく、カデルとヤスミンと三人で徹底した反省会議を行った。どんな任務にも必ず得るべき教訓がある。だからいつでもフィルムを巻き戻し、スローモーションで再生しながら一コマ一コマ確認し、つまらないように思える細部にも目を向け、経験を豊かにしてくれるヒントを探すべきだ。そうした経験こそがわれわれの商売道具とも言えるのだから。終わった作戦について分析と頭の整理をしてこそ、各人はまた新たな目標へ、新たなミッションへと向かっていける。

ところが今回は、ミーティングをしたあともどうもすっきりしなかった。

この半日の出来事が頭のなかを回りつづけ、そこにまだなにか、自分が気づかない意識下のメッセージが隠されているような気がした。

そんなはずはないと自分に言い聞かせ、ほかのことを考えようとするが、すぐまた戻ってしまい、頭のなかで同じ映像が繰り返される。

いつも同じ場面――。

われわれは駐車場にいる。みんなほっとしている。オフィスの一つでデランブルを確保したRAIDのチームが、駐車場にいた仲間に連絡してきて、任務完了を告げた。わたしの傷の手当てはもう終わっていたが、救護隊員はまだわたしたちの周囲にいた。RAIDの隊長がやってきてわたしと握手し、ちょっとした言葉を交《と》わす。

解放されたメンバーを見わたす。緊張が解かれたいまの様子も各人各様だ。ゲノーはよれよれになったスーツを着ていて、トランはちゃっかり化粧直しを済ませていて、カンベルランは血色が戻り、崩れて醜悪だった化粧は拭きとられている。皆ドルフマンを囲んで輪になっていて、ドルフマンは朗《ほが》らかに彼らの質問に答えている。社長が権威を回復するのに時間はかからなかった。むしろ社員の側が自分たちのよりどころとしてそれを望んでいるように見えた。あんな残酷で荒っぽいゲームを承認したのはドルフマンその人なのに、誰も恨んでいる様子がないのには驚かされる。恨むどころか、彼らはすばらしい発想だと目を輝かせてみせる。それは、この試練にうまく対応できた者は信頼を勝ち得たと思っているからで、できなかった者はさらけ出した弱さを忘れてしまいたいからだ。そしてふたたび、それもあっという間に、普段の生活が戻ってくる……。言うまでもないが、彼らのなかでいまや燦然《さんぜん》と輝いているのはクザンだ。

結果は誰の目にも明らかで、彼が救世主であり、彼が集団の勇気を体現したのであり、彼がこの日の偉大なる勝者となった。だが彼は微笑みもしない。当選の知らせを受けながら、自分の精神はもっと高いところにあると示すために、あえて喜びを隠す政治家のようだ。しかし、彼がいまドルフマンのすぐそばに立っているのを見れば、そして数時間まえには彼を見下していたに違いない管理職たちが、いまその周りに作っている目に見えない尊敬の輪を見れば、彼が今日の勝利者であることに疑いの余地はない。間違いなく、サルクヴィルの采配は彼に託される。

ラコステは携帯を取り戻すなりせっせと電話をかけている。彼特有の反射行動だ。熱っぽく話し込んでいて、いかにも忙しそうだ。だがドルフマンへの申し開きをいつまでも先延ばしすることはできない。幸運を祈るとしよう。

少し離れたところでルナールが早くも報道陣に事件のあらましを語っている。われわれがどんな状況に置かれたか、そしてどう解放されたのかを、意識的に抑えた、だからこそいっそう雄弁な身ぶりで語っている。彼の今日いちばんの役回り。きっとあまりにもうれしくて、今夜死んでも本望だろう。

パトカーも回転灯がのんびり回っているだけで、エンジンもアイドリング状態と、もはや緊張をあおる存在ではない。

わたしの記憶に残っているのはそんな光景だ。

いや、まだある。二人の見知らぬ女性の姿もよく覚えている。母と娘。デランブルの妻はとてもきれいだ。美人というよりチャーミング。娘は三十前後だろうか、母親の肩に腕を回している。どちらももう泣いていない。二人は建物の正面入り口のほうを心配そうにうかがっている。デランブルが抵抗せずにとらえられたことと、負傷していないことは、すでに二人に伝えられていた。そこに三人目の女性がやってくる。やはり三十前後で、こちらもチャーミングだが、怯えているせいで老けて見える。そして三人が手を取り合ったところへRAIDのチームがデランブルを連れて出てくる。

　その場面が繰り返し目に浮かぶ。

　わたしはいま自宅にいる。一人で。事件からすでに六週間近く経っている。

　今日は火曜日。仕事は入っているが、急ぎではない。

　一昨日ヤスミンがジョージアから、その後の様子が知りたいと電話してきた。まだあの事件のことを思い巡らしているんですかと。わたしはとんでもないと笑ってみせたが、それは嘘だ。今朝もまた、広場の高い木々を見ながらコーヒーをすすっているときに、デランブルが建物から出てきた場面が目に浮かんだのだから。

　木ともコーヒーとも関係がないのに、不思議だ。

　朝の十時だった。またしてもRAIDの隊員たちがデランブルを連れていく様子が繰り返される。

　彼らはデランブルをつかまえるなり、黒い布でできたある種の拘束衣のなかに閉じ込めた。わたしが知らない種類のもので、プルニョー警部によれば非常に便利なんだそうだ。つまりデランブルは布にしっかりくるまれて、ハンモックのなかにいるような状態で運び出されてきた。仰向けで、四人の隊員に四方からバンドのようなもので吊り下げられ、その四人が足並みを揃えて小走りでやってくる。だからデランブルの体も彼らのリズムに合わせて揺れている。われわれにもデランブルの顔だけは見えた。妻と娘たちは目のまえ数メートルのところをデランブルが通ったとき、その姿を見て泣きだした。妻はしぐさでなにか伝えようとしたが、隊員たちの足どりが速くてデランブルはあっという間に通り過ぎてしまい、伝えられなかった。

そのとき、あれ以来ずっと引っかかっていたものの正体に気づいた。

デランブルの目だ。この六週間ずっと頭から離れなかったのはそれだ。

顔にはほとんど表情がなかった。誰にとっても意味をなさない顔。どちらかというと落ち着いた、どこかほっとしたような顔。あれだけの事件を起こしたあとで力が抜けたと思えばわからなくもない。

だがどうしても引っかかるのはわたしに一瞬向けたまなざしだ。わたしのまえを通った瞬間にこちらを見たときの、あの目。わたしが予期していた敗者の目ではなかった。

デランブルはわたしの視線をしっかり受け止めた。

あれは勝者の目ではないだろうか。

しかも、ある種の笑みを秘めていたと思えてならない。

微妙な印象だが、見間違いではないと思う。

つまりデランブルは勝利を噛みしめながら、ウィンクでもするように、わたしにかすかな笑みを向けて舞台を去った。

妙だ……。

記憶のフィルムを少し戻してもう一度見る。

どこに引っかかっていたのかわかったことで、記憶が鮮明になる。今度は顔もはっきり見える。その微笑みは敗者の負け惜しみではない。
やはり勝者の微笑みだ。
間違いない。
そこからフィルムを一気に巻き戻す。ＲＡＩＤが発煙筒を投げながら建物に侵入。もっと前
――人質たちが我先にと窓際に押し寄せる。もっと前――デランブルが「もう終わりだ」と言
う。
くそっ。
デランブルは一人でオフィスにいて、警察が逮捕しにくるのを待っていた。〝ＲＡＩＤのチ
ームが発見したときはデスクの足元でうずくまっていた。頭を両膝のあいだに沈め、両手でう
なじを抱えて〟
偶然とは恐ろしいもので、わたしがそれに気づいたまさにそのとき、電話が鳴った。
エクシャル・ヨーロッパのドルフマン社長だった。
この作戦のためにわたしを雇ったのはラコステであり、準備のためのやりとりはすべてラコ
ステとのあいだで行われたので、ドルフマンと直接電話で話したことはなかった。だからわた
しはまず戸惑った。するとドルフマンが言った。
「ラコステはもう関係ありません」
直球だ。もう言うまでもないだろうが、ドルフマンは筋の通らない説明をする相手には厳し
い。

「フォンタナさん、新しい任務を引き受けてくれますか？　先日の任務の続きとして」

「お引き受けすることは可能ですが、ただ――」

「もちろん報酬は弾みます」彼は苛立たしげに遮った。

それから手短に補足した。

「フォンタナさん、じつはわたしどものほうで……とんでもない問題が生じています」

自分でもちょうど気づいたところだったので、わたしはそのひと言で納得し、静かに答えた。

「やはりそうでしたか。恐れながら申し上げますが、われわれは騙されたのではないでしょうか。まんまと一杯食わされた」

沈黙。

そして、

「まあ、そうとも言えるでしょう」とドルフマンが締めくくった。

第三部　そのあと

第三部　主な登場人物

アラン・デランブル……………………語り手　失業四年目　57歳
ニコル……………………………………アランの妻
マチルド…………………………………アランの長女
グレゴリー・リッペール………………マチルドの夫　消費者金融会社支店長
リュシー…………………………………アランの次女　弁護士
ベルトラン・ラコステ…………………ＢＬＣコンサルティング社長
シャルル…………………………………アランの友人　車上生活者
ダヴィッド・フォンタナ………………警備保障会社社長　元傭兵
アレクサンドル・ドルフマン…………エクシャル・ヨーロッパ社長
ポール・クザン…………………………同社サルクヴィル工場で人員整理を指揮

33

仕事を見つけるためならどんなことでも耐え忍ぶ覚悟でいたが、拘置所は想定外だった。入れられてみてすぐ、おれはこういう場所で生き延びる遺伝的素質を持ち合わせていないとわかった。拘置所における適者生存をダーウィン的系統樹で表すとしたら、おれはいちばん下のほうで絶滅するタイプだ。そういうやつはほかにもいる。要するにたまたま、あるいはばかなことをやって（おれの場合は両方だが）ここにたどりついた連中のことで、みんな究極の不安のなかでもがいている。このタイプは《格好の獲物です。どうぞお好きなように！》と書かれたパネルを首にかけてふらふらしているようなもので、すぐ犠牲者になる。そしてその犠牲者のなかから、最初の自殺者が出る。

ここでは舎房を一歩出るだけで、自分が拘置所内の社会階層のどこに属しているかわかるようになっている。おれが属しているのはすぐ顔面にパンチを食らうグループであり、刑務官に取り上げられずに残ったものをあっという間にかすめとられるグループだ。誰かが近づいてきたと認識する暇もなかった。気づいたら鼻をつぶされて倒れていて、そいつがおれのほうにかがみ込んで腕時計と結婚指輪をもぎとり、さらに舎房に入って目ぼしいものを全部もっていった。

そのとき立ち上がりながら思った。あのメフメトとの対決は、結局のところその後のおれの人生をじつによく暗示していたじゃないかと。だがそこには特筆すべき違いが二つある。一つは殴る側から殴られる側に回ったこと。もう一つはおれ一人に対してメフメトもどきが大勢いること。しかも戦いは新入りに絶対的に不利な状況で繰り広げられる。周囲は見物に回り、いっさい口出ししない。つまり、屈辱的なのは一歩出たところで殴られることだけじゃない。不意打ちならある意味では失業以来何度も経験している。もっと屈辱的なのは、おれ以外の全員があいつはやられるぞ、やられるぞと思って見ているなかで、おれが実際にやられることだ。持ちものを全部奪われるのも必然であって、おれを襲ったやつはたまたまほかのやつより早かったにすぎない。そしてそいつが数秒でここは動物園だと、今日からすべてが戦いなんだと教えてくれたわけだ。

その後三十人ほど新入りが連れてこられたが、この洗礼のことを知っていて防御できたのは再犯者だけで、初めてのやつはほとんど犠牲になった。だがおれの歳で初心者というのは自慢にも慰めにもならない。それに、あとから来た新入りの洗礼のとき、おれはほかの連中と同じことをしたのだ。つまり腕を組み、見物させてもらった。

そんなわけで、勾留されてすぐニコルが面会に来てくれたとき、おれは洗礼を受けたばかりで鼻が豚みたいになっていたから、かなり〝ちぐはぐな〟夫婦に見えただろう。ニコルのほうは目いっぱいおしゃれしていたからなおさらだ。念入りに化粧をして、前合わせのプリント柄のワンピースを着て、その服がおれは大好きなんだが、なぜかというとおれはいつも細い紐を引っ張って……。ま、要するに、ニコルはおれに信じてる、愛してると伝えたかったんだろう。

少しでも気分がよくなるように、少しでも安らぎを感じられるようにしたかった。安らぎなんて、ここの環境とはまったく相いれないが、それでも彼女は勾留の始まりにあたってそれが大事だと思った。だからかもしれないが、おれの顔を見てもすべて平常であるかのように振る舞った。なかなかできることじゃない。荒っぽい看護師が包帯を替えたばかりで、おれの顔はすごいことになっていたのだから。処置のせいでまた出血が始まったので、両方の鼻の穴に大きな綿が詰められていて、口で息をするしかなかったし、二針縫ったところは凝固したばかりの血で覆われていた。右目の瞼《まぶた》が三倍くらいに膨れていて、目を開けるのがなかなか難儀だった。しかもくすんだ黄色の軟膏《なんこう》が蛍光灯の下でてらてらしていた。

ニコルは正面に座り、おれに微笑みかけた。そして「元気なの？」と言いかけた言葉をすぐにのみ込み、おれの額のまんなかあたりの一点を見つめたまま、娘たちの話を始めた。それから家のこと、日常のちょっとしたことを話し、数分後に涙が頰を伝いはじめたが、それに気づかないかのように話しつづけ、だがとうとう言葉が喉につかえた。すると、元気づけようと思ってきたのに自分のほうが弱さを見せてしまったと思ったのか、「ごめん」と言った。ただひと言、「ごめん」と。そして重すぎる現実にうなだれた。それからようやくハンカチくらい出さなきゃと気づいて、バッグのなかをかき回しはじめた。おれたちはどちらも打ちのめされ、向き合ってうなだれていた。

二人がこれほど離れ離れになるのは知り合って以来初めてのことだ。

こっちはニコルの「ごめん」を聞いても心が休まるどころではない。おれの勾留は彼女にとってもひどくつらいものになるはずで、しかもそれは始まったばかりだ。山ほどの手続きが必要になり、厄介ごとが雨あられと降ってくる。無理して面会に来てくれなくてもいいんだぞと言うと、ニコルはこう答えた。

「あなたなしで眠らなきゃいけないだけでも、もう……」

それを聞いたらこっちも泣きそうになって喉が詰まり、鼻に綿が詰まっていたから文字どおり息ができなくなった。

ニコルはどうにか心を静め、涙を引っ込め、質問を始めた。彼女にとってはわからないことだらけで、そもそもおれになにが起きたのかわからないようだ。以前の夫とは――というより彼女がすでに失ってしまった夫とは――別人のように見えるし、行動もまったく違う。

あなたどういう人になっちゃったの？　そう訊きたいに違いない。

だが、事故にあって混乱している人のように、ニコルは途中で脱線もする。たとえば感心したようにこう言う。

「それにしても実弾入りのピストルなんて、どうやって手に入れたの？」

「買ったんだ」

え、どこで、いくらで、どうやってと訊きたかっただろうが、ニコルはそこで軌道を修正し、大事な問題に戻る。

「人を……殺したかったの？」

それは答えにくい質問で、なぜならイエスだから、イエスだと思うから。だがそうは言えない。

「まさか、とんでもない」

もちろんニコルもその答えを信じない。

「だったらどうして買ったの？」

どうやらあの拳銃は、この調子で当分おれたち二人のあいだに居座ることになりそうだ。

ニコルはまた泣きはじめ、もうそれを隠そうともしなかった。おれが結婚指輪をしていないことに気づいたのだ。あの指輪はきっともうフェラチオ代として若い男に渡っていて、そいつが数日は耳飾りにでもするだろうが、そのあとは大麻かサブテックス（オピオイド系の鎮痛剤）かメチルと交換されるだろう。ニコルはなにも言わず、ただこの情報を心のなかの表の一列に加えた。いつの日かその表がおれたち二人の総決算に使われ、夫婦関係の破産が宣告されるのかもしれない。たしかなのは、ニコルがおれにぶつけたくてたまらないのに、けっして口にしない質問が一つあるということだ。それは——なぜわたしを見捨てたの？

だが時系列でいえば、会いに来てくれたのはニコルよりリュシーのほうが先だった。当然だ。身柄を拘束された時点で知っている弁護士はいるかと訊かれたから、リュシーの名前を出した。娘のほうもすでに接見に来るつもりでいたらしい。おれがＲＡＩＤに逮捕されたのを見て、自分に最初に連絡が来るはずだと思ったそうだ。リュシーはおれを抱きしめ、おれの体調を気遣ってくれて、意見だの批判だのはいっさい口にしなかったので、心底ほっとした。これだからリュシーが弁護士でよかった。マチルドが弁護士だったら呼ばなかったかもしれない。

弁護士の接見なので警官の立ち会いはなかったが、時間は限られていた。感情で胸を詰まらせている余裕はないので、おれたちは真情の吐露《とろ》を極力短縮した。おれはさっそくこのあとどういうことになるのか訊き、リュシーは大筋を説明し、おれの思い違いに気づくとすぐ訂正した。

「だめ！　パパ、それは無理」

「なに？　逆だろ？　おれは逮捕されて、弁護士の娘がいるんだから、当然だろ？」

「もちろん弁護士だけど、パパの弁護人にはなれない」

「なんでだ。禁じられてるのか？」

「禁じられてはいない。でも……」

「でも、なんだ？」

そのときリュシーが浮かべた母親譲りの微笑みは、この状況ではおれの気力をくじくものだった。

「あのね」とリュシーが努めて穏やかに言う。「まだよくわかってないみたいだけど、パパがしたことはね、たいへんなことなの」

まるで子供相手だ。だがこの会話のこの段階では当然の反応だから、おれは気づかないふりをする。

「予審判事が罪名をどう決定するかまだわからないけど、少なくとも〝自発的解放を伴わない不法監禁〟で、たぶん刑が〝加重〟されて、しかもパパは警察に向けて発砲したから――」

「警官なんか撃っちゃいないぞ、窓を撃ったんだ！」

「そうかもしれないけど、でも窓の向こうには警察がいたわけで、そういうのを〝官憲に対する銃器使用〟って言うの」

法律に疎《うと》い者がそういう言葉を聞くとそれだけで怖くなる。だからすべてすっ飛ばしていちばん知りたいことを訊いた。

「で、どれくらいになるんだ？　最長で」

喉が乾き、舌も乾き、声帯が紙やすりの上で震えているような気がした。リュシーが一瞬おれを見つめる。娘はいま、おれに厳しい現実を突きつけるというとても難しい役を押しつけられている。だがそれをそつなくこなす。やはりおれの娘はとびきり優秀な弁護士だ。つまり娘ははっきり、そしてゆっくりこう言った。

「パパがしたことは、かなり重い罪に当たっていて、だから最高刑もありうる……。懲役三十年」

それまでその数字は一つの仮定でしかなかった。だがリュシーが口にした途端、途方もなく重い現実となった。

「で、減刑は？」

リュシーはため息をついた。

「そんなのまだなんとも言えない」

三十年！　時の長さにおれはたたきつぶされ、それがまともに顔に出た。それでなくても無残なありさまなのに、三十年が現実的になったことでとどめを刺された。おれは椅子の上で縮こまるしかなく、衝撃に堪えきれずに泣きだした。泣く老人ほどみっともないものはないから泣いちゃいかんと思ったが、どうにもならない。

戦いに打って出るまえに、つまり最終試験の二日まえに作戦を練ったとき、ほんの一時間でもいいから司法上の刑罰の検討に時間を費やすべきだった。もちろん法律書を数冊開いてはみたのだが、漫然と拾い読みしただけで、逆上していたから頭に入ってこなかった。自分がむちゃなことをしようとしているとは思ったが、あまりにも腹が立っていたので結果のことなど具体的に考えられなかった。

おれは刑務所で死ぬことになる。いまになってようやくそう思った。

娘の顔を見れば同じことを考えているとわかる。刑期がその半分の十五年ですむとしても実質的にはほとんど変わらない。出所するのは何歳だ？　七十五？　八十？

おれは泣きに泣いた。リュシーはごくりと唾をのんでから言った。

「パパ、戦おう。それに三十年は最悪の場合だから、陪審員がどう判断するかやってみなきゃ——」

「なに、陪審員？　判事じゃないのか？」

「違うってば」

リュシーはおれの無知に愕然とする。

「パパがしたことは重罪院の管轄に属するから」

「重罪院？　おれは殺人犯じゃないぞ！　誰も殺してない！」

涙が憤慨と混ざり合って妙な具合になってきた。つまりリュシーにとってはますますややこしい状況になってきた。

「だからこそパパには専門家が必要なの。もう調べてあって——」

「そんな金はないぞ」

「お金ならなんとかなる」

おれは手の甲で涙をぬぐった。

「ほう？　どうやって？　お、そうだ。マチルドとグレゴリーに、おれがまだ取り上げてなかった分を回してもらうか？」

リュシーは泣きそうな顔をしたが、おれは続けた。

「もういい。たいしたことじゃない、自分のことは自分でなんとかするさ」

「そんなこと考えるだけでもだめ！　この種の事件で専門の弁護士を使わないとしたら、やるまえから結果は決まってる。最高刑になっちゃう」

「リュシー」

おれは娘の手をとり、顔をじっと見る。

「おまえか、おれかだ。ほかの誰かってのはない」

娘はこのとき、この父親を相手にいくら断言しても、いくら理屈をこねても通じないと気づいたはずだ。これじゃどうにもならない、お手上げ状態だと思っただろう。

「なぜわたしなの？」

おれは少し落ち着きを取り戻した。自分がどうしたいかわかっているという点で、おれは娘よりはるかに優位に立っている。リュシーに弁護してもらいたい。何時間もまえからそのことばかり考えていた。答えはそれしかない。決定済みだ。

「なあ、リュシー、おれはもうすぐ六十だ。つまりこの裁判が扱うのはおれの残りの人生だ。それを見ず知らずの人間なんかに託したくない」

「でもこれはサイコセラピーとかじゃないんだってば。重罪院の裁判なの！　だからプロが必要なの、プロが！　わたしなんかどういう展開になるかもわからない。重罪院っていうのは特殊でね、それは……つまり……」

リュシーは言葉を探す。

「まさにそれを頼んでるんだ。おまえがやりたくないならしょうがない。でもそのときは――」

「それはさっきも聞いた。それじゃ脅しじゃない！」

「そうともさ！　これを引き受けるくらいにはおれのことを愛してくれてると思ってる。それが間違いなら、そう言ってくれ！」

一気にヒートアップし、すとんと落ちた。行き止まり。これ以上どちらもなにも言えない。娘は神経質にまばたきしている。きっと譲歩するだろう。道は開かれようとしている。おれに分がある。

「考えさせて。勢いで返事なんかできない」

「ゆっくり考えてくれ。急ぐことじゃない」

実際は急ぎで、時が迫っている。すぐにも裁判の準備を始めるべきだろうし、裁判所から弁護人をどうするか訊いてくるだろうし、弁護方針なんかおれには決められない。

「考えてみる。いまはなんとも……」

そう言ってリュシーは呼び鈴を鳴らした。当惑しているとみえてほかになにも言わない。少なくともそしてそのまま出ていった。娘はおれを恨むだろうか？　いや、そうは思わない。

もいまはまだ。

34

おれの事件はたちまち新聞の大見出しを飾った。テレビでも報道され、夜八時のニュースにも取り上げられた。裁判への影響を考えるといいことではない。メディアが派手に騒ぐと判事が不快に思うだろう。幸い、逮捕の翌々日には別の事件が注目されたので、おれはこれで忘れてもらえると期待した。ある大企業の社長が、目玉が飛び出るほどの金額の横領《おうりよう》で送検されたのだ（おれと同じ拘置所に送られてきたが、向こうは特別待遇の個室に入った）。ところが、昨今そういう事件が多すぎて誰もが飽きてしまっていたのか、騒ぎは長続きせず、メディアの注目はすぐまたおれの事件に戻ってきた。考えてみれば、こっちのほうがメディア受けするのは当然だ。激怒する失業者に共感する人は、大金を横領する社長に共感する人よりはるかに多い。

記者たちはおれの事件をアメリカの銃乱射事件と同じように扱った。若者が教師やクラスメートに向けて機関銃を無差別にぶっぱなす事件のことだ。つまりおれは失業のせいで怒りに駆られ、頭がおかしくなった人間だと思われている。お決まりのインタビューもあった。リポーターはおれの近所の間抜けどもにも（「あ、いやあ、とてもおとなしい人でしたよ。まさかあんなことをするなんて……」）、かつての同僚数人にも（「あ、いやあ、とてもおとなしい人でしたよ。まさかあんなことをするなんて……」）、職安の担当者にも（「あ、いやあ、とてもおとなしい人でしたよ。まさかあんなことをするなんて……」）マイクを向けた。その点でみんなの意見が一致するとは思わなかった。こういうのを見ていると、自分の葬儀に参列している、あるいは自分の死亡通知を見ているような気分になる。

エクシャルの関係者ももちろんあちこちに顔が出ていた。

まずはあの日の英雄となったポール・クザン殿下が御自《おんみずか》らご登場。思ったとおり、クザンはあの勇気でふたたび社内の信頼を勝ち得、復職したようだ。まさにおれが夢見ていたことをやってのけた。彼がサルクヴィルで、八百世帯以上に影響を与える人員整理を指揮しているところが早くも目に浮かぶ。あの男のことだから抜かりなくやるだろう。

カメラのまえに立ったクザンはすばらしかった。事件の最終段階でおれと向き合ったときのように頑固一徹、冷静沈着、直立不動。つまり初期のカルヴァン主義者とピルグリム・ファーザーズの融合。あるいは資本主義のトルケマーダ（スペイン異端審問所の初代大審問官）。彼に比べたらあの『ドン・ジュアン』の〝騎士の像〟もミッキーマウス並みだ。いかにも彼らしいと思ったのは、おれのまえに立ったときと同じように単刀直入だったことで、「職場が犯行現場になることなど許してはなりません」と完璧なセリフを口にした。つまり彼は視聴者に、もしも失業者が次々と潜在的雇用主を人質にとるようなことになったら……というイメージを抱かせた。人々は想像し、ぞっとする。そしてそれは明確なメッセージでもあった。企業の上級管理職は自分の責任をはっきり自覚していて、今回のように犯罪者が企業を攻撃してくれれば、第二、第三のポール・クザンが行く手をふさぐというメッセージだ。

次いで、アメリカの大物スターのように登場したのがエクシャル・ヨーロッパ社長、アレクサンドル・ドルフマンだった。もちろん〝被害者〟としてのご登壇。控え目な態度で、こんな恐ろしいことが起きるとはと悲しんでみせる。だがその威厳が損なわれることはない。視聴者はそれを見て、この人は心底社員の身を案じたんだ、情に厚い社長なんだと思う。事件の最中も毅然たる態度を見せたというが、この人はそれを立場上当然のことと考えているし、社員のために命を投げ出す必要があったら一瞬たりとも迷わなかっただろうと誰もが感じる。そしてドルフマンはおれについて厳しい言葉で語る。大事な社員たちを断じて許しがたいやり方で脅したと。言外の意味は明らかだ。つまり、企業の社長たるもの、たとえ武器を手にしていようとも、失業者ごときを相手に引き下がるつもりはない。やれやれ、裁判が思いやられる。

ドルフマンがカメラ目線になると、おれのほうをじっと見ているように思えてしまう。もう一つこんな言外の意味があるとわかっているからだ。「デランブル、わたしを手玉にとったつもりでいるなら大間違いだ。おまえが刑期を終えるのを待つまでもなく、近々息の根を止めてやるからそう思え」。というわけで、拘置所暮らしも先が思いやられる。

ドルフマンの言外の、そのまた言外の意味から、遠からず彼の手がここに伸びてくるとわかるが、さしあたりそれについては考えないことにした。考えてみたところで、その時が来たらどうやって窮地を脱すればいいのか皆目見当がつかない。

次いでリポーターはおれの人生にスポットを当て、おれたちのアパルトマンの窓、建物の入り口が映し出された。一階の郵便受けのアップも。ばかばかしい話だが、こんなふうに、入居以来の黄ばんだネームプレートに自分たちの名前が書かれているのをテレビで見ると、どうにもたまらない気分になる。なかに閉じこもり、泣きながら娘たちと電話しているニコルの姿が目に浮かぶ。

胸がつぶれそうだ。

ニコルとおれがこんなにも遠い存在になっていることがまだ信じられない。記者に話しかけられたときの対応については、ママにはもう説明しておいたからとリュシーが言っていた。彼らはどこまでも追ってくるだろう。電話はもちろん、地下鉄の駅、スーパー、歩道、階段の吹き抜け、勤め先の廊下、エレベーターのなか、カフェのトイレまでも。リュシーは、なにも答えずにいれば、記者たちもやがておれたちのことを忘れ、裁判までは放っておいてくれるからと言っていた。それは十八か月以上先になるはずだからとも。十八か月と聞いておれはぞっとしたが、勇気を奮い起こしてどうにか耐えた。そしてもちろん計算した。まず想像しうるもっとも寛大な判決を思い浮かべ、そこから想像しうる最長の減刑期間を引いて、さらに未決勾留の期間を引く。それでも計算結果は信じられないほど長い。自分の年齢がこれほど切羽詰まったものに思えたことはかつてなかった。

ニュースに出たことで、おれは一時的に拘置所内の有名人になった。誰もがおれの事件について語り、勝手な意見を述べ、おれを質問責めにした。ここにいる連中はみんな、自分はなんでも知っていると思っている。だからあるグループは自信満々に情状酌量で減刑されるだろうと言い、別のグループはとんでもないと笑い飛ばし、こんな愚行をまねる失業者が出ないように見せしめにされるに決まっていると断言する。つまり誰もがおれの事件を自分の物差しで測り、各人各様の希望や危惧《きぐ》、ペシミズムだの主意主義だのに応じて煮たり焼いたりする。そしてそれを鋭敏な洞察と呼ぶ。

拘置所では、各種闇取引は別として、人生のすべてが機能停止する。というか変化をやめる。唯一変化しつづけるのは人数で、しかも増えるいっぽうだ。ここの定員は四百人のはずだが、七百人も収容されている。正確にいうと一部屋当たりおよそ三・八人になり、奇跡でも起きないかぎり二人部屋で四人が暮らすことになる。最初のうちはつらかった。八週間で部屋あるいは同室者が十一回も変わった。収監されて〝移動しない〟と思われている人々が、じつは所内でこれほど忙しく移動しているとは誰も思うまい。おれはあらゆる種類の人間と同室になった。暴力的なやつ、頭のいかれたやつ、落ち込んだやつ、あきらめの早いやつ、拳銃強盗、麻薬中毒患者、自殺願望者、あるいはそのミックスで麻薬中毒の自殺願望者、等々。まるでこの場所が「おまえもいずれこのなかのどれかになる」と予告編を見せてくれているようだ。

ここの雰囲気はかなり世知辛《せちがら》い。すべてが売られ、買われ、交換され、取引され、品定めされる。拘置所は基本的価値の常設取引所のようなものだ。豚鼻にされたのがいい教訓になった。だからその後はなにも手元に蓄えず、戸棚の服もみすぼらしい二着だけにして、それを週ごとに交互に着ている。とにかく目立たないようにしている。

そうしたほうがいいと教えてくれたのはシャルルだ。

ニコルとリュシー以外でおれに最初に連絡をくれたのはシャルルだった。それ以来手紙のやりとりをしている。おれの手紙はシャルルに最長三日で届いているようだが、シャルルのはおれに届くまでに二週間以上かかる。在監者への手紙は検閲されるのだが、シャルルの手紙は読みにくいから担当者が暇にならないとなかなか通ってこない。彼があの車のなかで手紙を書く様子は容易に想像できる。ノートパッドをハンドルの上に載せ、言葉をひねり出そうと悪戦苦闘し、呼吸困難になりながら書いてくれているのだろう。きっとかなりの見ものだ。最初の手紙にはこうあった。《もし返事くれるならでも無理しないでいいんだがモリセがまだいるかどうか教えてくれジョルジュ・モリセはおれがそこにいたときに知ってたいいやつだ》

彼の話もわかりにくいが、文章も似たようなものだ。句読点を打たず、思考の流れのままどんどん書く。

少し先にはこう書かれていた。《もうじきあんたに会いにいくがそれはいま行けないからじゃなくていつでも行きたいときに行けるんだがそこに行くとつらい時期を思い出すからできれば行きたくないでもやっぱりあんたに会いたいからとにかく行くよ》。この文体のいいところは、彼がどんなふうに考えたか手にとるようにわかることだ。

手紙にあったジョルジュ・モリセというのは刑務官の一人だが、とても評判がいい。こつこつ努力して階級を一歩ずつ上がってきた男で、いまは副看守長になっている。シャルルにそう知らせたら、返事にこう書いてきた。《モリセが副看守長と聞いても驚かないよなぜなら彼はがんばり屋でやる気があってやり方も心得てるすぐにわかると思うけどもっと上まで行くよ彼が看守長の試験に受かってもおれは驚かないねあんたにもすぐにわかると思うけど》

そのあとも褒《ほ》めたたえる文章が何行か続いていた。モリセが副看守長になったことがわかって喜びのあまり恍惚となったようだ。ところで、おれの最良の友、というか事実上唯一の友であるシャルルが二度も逮捕されたことがあったとは、ここに来てからの彼の手紙で初めて知った。しかも最初に収監されたのはまさにいまおれがいる拘置所だった。だが、なにをやらかして入れられたのかは訊かなかった。知りたくはあるが、我慢した。

シャルルはこんなことも書いてきた。《そこのことなら少しはわかるからそこのルールみたいなもんがあんたの頭に入るように手助けできると思うんだだって最初は少々戸惑うもんだしいきなり顔を張り飛ばされることもあるからなでも知ってれば最悪の事態を避けることはできると思うよ》

その提案をもらったのは、ここに来て早々の顔面パンチに続いてまた左の眉弓《びきゅう》のあたりを二針縫うはめになった直後だったので、いいタイミングだった。少々おつむの弱い筋骨隆々の男が、おれの歳にひるむこともなくシャワー室で性的なちょっかいを出してきて、ひと悶着《もんちゃく》あったのだ。そこでさっそくシャルルに指導者になってもらい、以来おれは彼の助言に忠実に従っている。なにからなにまで。

服の件もそうだが、ほかにもたくさん教えてもらった。たとえば、食事を奪われないためにはどうするか。他の一派の〝なわばり〟にうっかり踏み込まないためにはどうするか（そのなわばりは位置も範囲もミステリアスな慣習に則《のっと》って絶えず変化する）。なにかを買った途端横取りされないためにはどうするか。あるいは、新入りにあっという間に簡易ベッドを奪われないためにはどうするかなど。

またシャルルは、おれが立て続けに顔を殴られたことを知ると、それはまずいと忠告してくれた。こいつはなぶり物にできる、いつでも殴っていい相手だと思われるのがいちばんまずいぞと。

《なんとか歯止めをかけて立場を変えなきゃいけないそれには二つ方法がある一つは区画内でいちばん強いやつをぶん殴ることとそれがうまくいかないならあるいはあんたには無理ならこう

言っちゃなんだが無理だと思うんだがその場合は後ろ盾を見つけるしかないあんたが周囲から一目置かれるようにしてくれる誰かだ》

なるほど、シャルルの言うとおりだ。類人猿レベルの戦略だが、ここではそういう手を使うしかない。おれはそのことを念頭に置き、どうやったら後ろ盾になってもらえるか考えながら用心棒候補を物色しはじめた。

まずベターに白羽の矢を立てた。三十前後のアフリカ系で、子供のころにロボトミーでも受けたのか、頭が二進法でしか動かない男だ。たとえばバーベルを持ち上げるとき、彼には「上げる」と「下ろす」の二つしかコマンドがない。食べるときは「嚙む」と「のみ込む」だけで、歩くときは「右足」と「左足」だけ。ルーマニア人の売春仲介人を素手《すで》で殴り殺して判決を待っているそうだが、そのときも「拳骨を繰り出す」と「拳骨を引っ込める」しかコマンドがなかったんだろう。背が二メートル近くあり、さぞかし骨も重いだろうが、筋肉だけでも百三十キロくらいありそうだ。だがそいつと親しくなるには動物行動学の実験みたいな粘り強いアプローチが必要だった。どうにか近づいて話をしたものの、次に会ったときおれの顔を覚えておらず、覚えさせるまでに数週間かかってしまった。それも顔だけだ。名前はいつになったら覚えてくれるかわからない。それでも何度かやりとりを繰り返し、とうとう最初の条件反射を作り上げるのに成功した。つまり、おれが近づいていくと笑顔を見せるようになった。だがこの調子では長くかかりそうだ。あまりにも長く。

いっぽう、シャルルがモリセ副看守長について言ったことが、なぜかわからないがおれの頭の片隅に引っかかっていた。日中、ふと気づくと彼のことを考えている、あるいは彼を観察しているといったことが続いた。彼がおれの部屋の近くを通ったときや、散歩の時間に中庭で見かけたときなんかに。モリセは五十代で、丸みを帯びてはいるががっしりした体格の持ち主で、いかにも長く刑務官をやっているという感じがする。ここでなにか問題が起きたら、この体で受けて立つといった気概が感じられるし、熟練の目ですべてににらみを利かせている。そしてある日、モリセが自分の三倍くらいの体重のベベターを呼び止めて注意するところを見た。もちろんモリセは権力を背負っているから強いわけだが、それだけではなく、ベベターへの話し方や、ここが問題だという説明の仕方には、なにかしらおれの興味をそそるものがあった。つまり、あのベベターでさえモリセには一目置いているわけで、それはすごいことだ。それがきっかけで、あることを思いついた。

おれはさっそく図書室に行き、看守長になるための試験案内を探した。そして目を通してみたら、おれの直感が当たっていて、ちょっとしたチャンスがあるとわかった。

「ところで、副看守長、例の試験はどうなんです？　なかなかハードルが高いようですね、聞いた話ですが」

翌日の散歩のときにそう話しかけた。いい天気で、誰もがおとなしくしていた。モリセも警棒を振り回すようなタイプではなく、輸入たばこをさも大事そうに、まるで一本が年俸の四倍するかのように細心の注意を払って吸っていた。親指と人差し指で慎重につまみ、もう片方の手で若い母親が赤ん坊を守るように風を防ぐ様子は、いささか思いがけないものだった。

「ああ、あれね、なかなか難しくてね」とモリセは、フィルターについた微小な灰をそっと吹き飛ばしてから答えた。

「それで、筆記試験はどちらを選ぶんです？　小論文ですか、それとも長文要約？」

モリセの視線がたばこの吸い殻を離れ、おれのほうへと上がってきた。

「なぜそんなことまで知ってるんだ？」

「公務員の昇格試験には詳しいんですよ。長年、いろんな試験の受験予定者を対象に講義をしていたので。厚生省とか労働省とか県庁とかの。試験内容はよく似ていて、問題の立て方はいつも同じようなものなんです」

〝問題の立て方〟なんて言葉が口から出てぎょっとした。まだ早かったかもしれない。相変わらずのせっかちだ。しかも〝しまった〟と唇を噛みそうになったが、それはぎりぎりで自制した。モリセは視線をたばこに戻し、しばらく黙っていたが、やがてフィルターの継ぎ目のしわを爪で伸ばしながらこう言った。

「長文要約はどうも苦手でね」

ビンゴ。デランブル、おまえは天才だ。再就職の努力もむなしく懲役三十年を食らうことになるかもしれないが、少なくともこうした人心操作に関しては、長年人事畑でがんばったことが役に立っている。おれは急がず、少し間をとってから話を続けた。

「わかりますよ。ただ問題なのは、ほとんどの受験者が小論文を選ぶということです。じつは誰もがあなたと同じで、長文要約に苦手意識をもっていましてね。ですからあえてその逆を行けば、採点者の目に留まりやすい。つまり試験を有利に進めることができます。しかもその選択は実質的にも正しくて、長文要約というのはやり方さえ心得ていれば、小論文より容易だとさえ言えるんです。やるべきことがはっきりしていますから」

するとモリセは考え込んだ。こいつはばかじゃないから、しつこく言わないほうがいいと思った。せっかくつかんだ小さなチャンスをここで失いたくはない。だから、

「では、副看守長、ご健闘を祈ります」

そう言って中庭に戻った。うしろから呼び止められるかと期待したが、声はかからなかった。

そしてベルが鳴り、おれはほかの連中と列を作った。

少しして振り向いたときには、もうモリセの姿はなかった。

35

初夏を迎えると拘置所のなかはひどく暑くなった。換気が悪く、肉体は汗をかき、空気は重苦しく、ここにいる連中はますます攻撃的になり、始終火花を散らす。拘置所内の慣習や人間関係はすでに癌《がん》のようにおれを蝕《むしば》みはじめていた。ここで人生を終えるという不安に耐えて生きていくにはどうしたらいいのか、さっぱりわからない。

だがいいこともあって、おれは週に二回、モリセ副看守長のために長文要約の添削をするようになった。シャルルが書いていたとおりモリセはがんばり屋で、毎週火曜と木曜に、労働時間《RTT》短縮法で生じた自分の時短休日から三時間ずつを使い、実際の昇格試験と同じ条件で長文要約を作成している。しかもおれにとっては幸いなことに、モリセはまだ要領が悪いし、まとめ方も心もとない。だから添削して、こうすれば他の受験者に差をつけられるといったポイントを教えたら、すっかり夢中になってくれた。

いちばん最近取り上げたのはフランスの刑務所事情に関する文書だ。欧州拷問等防止委員会（そんなのがあったとは！）がフランスの刑務所について取りまとめた報告書で、それを出したらモリセは「ばかにするつもりか？」と言ったが、まさにこの種の文書こそ試験に出そうだと納得してもいた。もちろんできるかぎり長く続けられるように、アドバイスは小出しにしている。それでもモリセは大いに満足しているようだ。おれは週に二回モリセのオフィスに呼ばれ、そこで要約のこつを教える。こっちが出しておいた問題の答案を添削し、ポイントを説明する。拘置所のものを使うわけにはいかないので、モリセが自費でフリップチャートとフェルトペンを買った。指導は毎回二時間。そしてオフィスを出ると、たいてい誰かがにやにやしながらすり寄ってきて、おい、ケツほられたか、それともフェラしてやったかと訊くが、そういうのは無視すればいい。モリセは尊敬されていて、どういう人間なのか誰もがわかっているから問題ないし、なによりもそのモリセが後ろ盾になったわけだから、これでおれは安泰だ。しばらくは。

モリセのみならずリュシーも同じことで、おれの選択は間違っていなかった。娘はじつに精力的に仕事をしている。だが判事の前では苦労していて、重罪院での審理にこんな未経験の弁護士でだいじょうぶなのかと怪訝《けげん》な目で見られているらしい。仕事量は半端ではなく、事前準備で判事に呼ばれるたびに前回の指摘に対する答えを用意していかなければならないし、弁護側の主張を明確にしなければならないし、その場でまた山ほどメモをとらなければならないし、判例にも言及しなければならないから、すでに顔がおれと同じくらいげっそりしていて、しかもこの状態はまだ何か月も何か月も続く。といっても審理に時間がかかるのはリュシーにとっては幸いで、そのあいだにどうにか知識を身につけて周囲のレベルに追いつこうとしている。サント＝ローズとかいう弁護士の協力も得ることにしたそうで、そいつの話がやたらと出てくる。おれが首をひねったり、難癖《なんくせ》をつけたりすると、リュシーはすぐその名を出して〝権威〟がそう言ってるんだからと説得しようとする。さぞかしやり手の弁護士なんだろう。だがそんなやつに左右されるつもりはない。どれほど重罪事件に精通していようとも、おれの弁護人ではない以上、そいつにとっておれの事件はしょせん理論上のものでしかない。経験豊富でやり方を心得ているらしいが、だったらここにきておれの同房者を理論的に説得してほしいもんだ。同房者はいま三人いるが、そのうち二人が見て見ぬふりをするなか、残りの一人、最近入ってきたやつがおれの食事の半分を食っちまう。

それにしてもリュシーの奮闘ぶりはすごい。学生時代でもこれほど勉強に打ち込んだことはなかったと思う。

だがそれもそのはずで、娘はいま人生最大のプレッシャーにさらされている。悲劇のヒロインのように、父親を救えるかどうかはリュシーの肩にかかっている。そしておれも娘しか信用していない。それだけですでに悲劇的だ。

リュシーが特に頭を痛めているのは、メッサージュリー・ファルマスーティックが損害賠償を求めている件だ。

「会社側は、パパが現場主任を頭突きしたのが立てこもり事件のほんの一か月前だったことを強調すると思う。しかも相手は十日間仕事ができないほどの痛手を負った。これじゃどんな乱暴者かと思われちゃうじゃない」

十数人をピストルで脅した男にそれを言うのか？

おれは恐る恐る口を挟む。

「だがな、おまえがどうしてみたところで……」

「かもしれないけど、でも」と言ってリュシーは黄色いファイルをめくりはじめる。メッサージュリーの訴訟ファイルだ。「パパの前雇用主が訴えを取り下げてくれたらずっとすっきりするから。サント＝ローズもそう言って――」

「そりゃ無理だ。あいつらはおれを騙してまで自白めいたものを書かせたんだぞ。骨までしゃぶるような連中なんだし」

そこでリュシーが探していた書類を見つけ、

「ジルソン弁護士」と言った。

「そいつだ」

「クリステル・ジルソン？」

「かもな、おれは知らん、親しいわけじゃなし」

「わたしは親しいの」

おれはリュシーの顔をまじまじと見た。

「大学のとき同じ名前の友人がいたから、調べてみたわけ。そしたらやっぱり彼女だった」

心臓が跳ねた。

「仲よかったのか？」

「そりゃもう、いちばんの親友で……」

だがそこで困った顔をする。

「婚約者を横取りするくらい」

「なに？　誰が誰の婚約者を？」

「わたしが彼女の婚約者を」

「嘘だろ。まさかおまえがそんなこと！」

「ごめんね、パパ。でもまさか自分の父親が武装襲撃なんかして、わたしが重罪院で弁護することになるなんて、当時は知りようがなかったわけだし、それに――」

「おっと、そこまで」

おれは降伏のサインに両手を上げ、リュシーも文句を引っ込めた。

「でも結果的には彼女のためにもよかったの。そいつは本物のばかだったから」

「だとしても、おまえのじゃなくて彼女のばかだったんだろ？」

こういうのがまさにおれたちの会話だ。

「とにかく」とリュシーが締めくくる。「会ってくる」

そしてこう言った。かつての親友に頼んで、訴えを取り下げるよう原告側に働きかけてもらうつもりだが、もしうまくいかなかったら、その次はおれが原告側の重要証人であるロマンに同じことを頼むしかないと。おれは答えなかった。わかったふりはしておいたが、当面ロマンはおれの敵でなければならない。彼が大いに手を貸してくれたことを隠しておくにはそれがいちばんだ。おれたちの共謀のうわさが広まるようなことになっちゃ困る。

リュシーはニコルが独りぼっちでいることも教えてくれた。ここに来て最初のころはおれも電話していたが、最近はしていない。で、電話が来なくなったので、ニコルが心配しているという。いまはいろんな事情でなかなかかけにくいんだと言っておいたが、実際はニコルの声を聞いただけで泣きたくなるからだ。それがつらすぎて、かけられない。

マチルドについては、もうじき会いにくるはずだからとリュシーが断言した。だがおれは一瞬たりとも信じないし、マチルドと顔を合わせる瞬間があまりにも恐ろしいので、むしろ来ないでくれと祈っている。

子供のまえで恥をさらすのは、親にとっちゃつらいもんだ。だから面と向かって伝える代わりに、おれは自分の話を書きはじめた。いや、書くといっても簡単じゃない。ここではどこに行っても朝から晩までテレビがわめいているから集中なんかできやしない。ピークは夜八時で、不協和音が鳴り響く。誰もが音量を上げてお気に入りのチャンネルを見ようとするので、各局のニュースが同時に聞こえてきて頭がぐちゃぐちゃになる。フランス2の「……年間百八十五万ユーロと、フランスの大企業のトップはヨーロッパでももっとも高い報酬を得ています」が、TF1の「失業率は今年中に十パーセントに達するでしょう」にかぶさる。まさに大混乱。それでも世の中全般の傾向はよくわかる。

もちろんニュースだけで終わりじゃない。次々と流れてくる連続ドラマ、ミュージックビデオ、クイズ番組等々から逃げるのはほぼ不可能で、音声がどこまでも追ってきて頭蓋骨を震わせつづけ、ついにはテレビが神経線維の一部になってしまう。だがおれは耳栓が苦手なので、仕方なく防音イヤーマフを買った。で、色を指定するのを忘れたら、派手なオレンジ色のが来た。以来、空港で飛行機を誘導する人みたいだというので「地上誘導員《マーシャラー》」という綽名《あだな》になったが、知ったこっちゃない。仕事がやりやすくなればそれでいい。

じつは書くのはそれほどうまくない。子供のころからずっと筆記より口頭のほうが得意だった（だから公判ではそこを少し当てにしている。ただしリュシーは勝手にしゃべるな、法廷に出る数時間まえに言うべきことを教えるから、それ以外は弁護人である自分に任せろと言っている）。だがおれは回想録を書こうというんじゃなくて、ただあの事件のことをまとめたいだけだ。それももっぱらマチルドのために。いや、ニコルのためでもある。ニコルはおれたちになにが起きたのかまったくわかっていないから。そして、リュシーのためでもある。リュシーだってすべてを知ってるわけじゃないから。だが書きはじめてみると、信じがたいことだが、おれには平凡な話にしか思えない。とはいえまあ、独創的ではある。誰もが採用試験に実弾入りの拳銃をもっていくわけじゃない。

そもそもそんな事態に追い込まれたってのが問題なんだ。そう考える人は少なくないだろう。

36

おれはここに来てからずっと、というより事件の翌日アレクサンドル・ドルフマンがテレビに登場してからずっと、エクシャルからなにか言ってくるはずだと思っていた。ところがなにも言ってこない。おかしい。

何か月も黙っていられるはずはない。

そう思ったまさにそのとき、知らせを受けとった。今朝の十時ごろ洗濯室に入ったときのことだ。

洗濯係がおれの包みを受けとり、奥に引っ込んだ。

と思ったら数秒後、入れ替わりにあのばかでかいベベターが出てきた。おれはにっこり笑って右手を上げてみせた。宣誓みたいだが、それが彼に教えたあいさつだからだ。だがベベターは一人ではなく、そのうしろからボルトが現れたのではっとした。〝ねじ《ボルト》〟と呼ばれているそいつはベベターよりずっと小さいが、はるかに危険だ。一種の倒錯者で、名前は得意の武器に由来する。石投げ用のパチンコだが凝ったつくりで、石を保持するところのゴムが筒状になっていて、小石の代わりにボルトを挟めるようになっている。塀の外にいたときは、たくさんのポケットにそれぞれ異なるサイズのボルトを入れ、驚くほど遠くの標的に正確に命中させていたそうだ。そしてあるとき、M8ボルトを五十メートル先の男の額のどまんなかに命中させ、逮捕された。そのM8ボルトはまさに脳に突き刺さっていたという。しかもきっちりはまっていて血も出なかった。ほかにもいくつか名状しがたい残虐行為をやらかしているが、血だけは一度も、一滴たりとも流していないというのが彼の自慢だ。見かけによらず、繊細なところがあるのかもしれない。

そんなやつが洗濯室でベベターのうしろから現れたのを見て、とうとう〝おれの雇用主になっていたかもしれない御仁《ごじん》〟からの知らせが来たとわかった。とっさに逃げようとしたがベベターにつかまった。なにしろ向こうは腕を伸ばすだけでいい。そこで叫ぼうとしたら、あっという間に向きを変えられて締め上げられ、片手で口をふさがれた。それからベベターは軽々とおれを持ち上げてまた向きを変え、がっちり抱きかかえた。おれは手足を思いきりばたばたさせながらなんとか叫ぼうとした。こいつらはおれを殺す気だ。絶対そうだ。だが努力の甲斐もなくベベターはクッションみたいにおれを運んでいく。そしてカウンターのうしろに回り、シーツの山と毛布の山のあいだにおれを立たせようとした。ところがこっちは恐怖のあまり脚に力が入らず、結局ベベターが支えつづけることになった。おれは彼の手のひらのなかで叫びつづけたものの、非人間的なあえぎが漏れるだけで、とうてい自分の声とは思えない。まるで押しつぶされる寸前の廃車だ。ベベターは口をふさいでいるほうの腕全体でおれを押さえたまま、もう片方の手でおれの右手首をつかんで無理やりボルトのほうに伸ばした。ボルトは黙ったまま静かにおれを見ている。こっちは肘も腕も脚も思いきり動かしたがどうにもならない。なにかひどいことをされるのはもう間違いない。それもとんでもなくひどいことを。おれはなおも必死で叫ぼうとする。こんな絶望的な状況ってあるか？　これほど残酷な孤独があるか？　もうなんでも差し出すからやめてくれ。すべて差し出すから。すべて。だがそこでニコルの姿が稲妻のように頭をかすめる。おれはその姿にしがみつく。それは泣いているニコルだ。おれが苦しみもがいて死んでいくのを泣きながら見ているニコル。おれは助けてくれと泣きつこうとするが、口からはなんの言葉も出ない。すべては頭のなかだけで起きている。ボルトが言う。

「おまえにメッセージだ」

それだけ。

メッセージ。

ベベターが力ずくでおれの手を開いて棚の上に押しつける。ボルトが親指をつかみ、一気に反らせて折った。頭にずどんとくる痛みで目から火が出た。悲鳴を上げた。その一瞬で頭がやられた感じがする。それでもまだ動いている頭の部分が抵抗しろ、足蹴りを食わせろ、うしろだ、ベベターの締めつけを緩めるんだと言っている。だがそのときにはもうボルトが人差指をつかみ、それも折った。しっかり指をつかんで一気に、手の甲につくまでひっくり返す。不気味な音と、理性が吹っ飛ぶ痛み。吐き気に襲われ、堪えきれずに吐く。だがベベターの腕は緩みもしない。「うんざりです」というコマンドがないのか、あるいは彼の脳らしきものがあるところまで届かないらしい。ボルトが中指をつかんだところでおれは気を失った。と思った。だが残念ながらまだ意識があり、折られたとき脳天からつま先まで高圧電流が通り抜け、叫ぶという指令系統さえ吹っ飛んだのでもう声も出なかった。おれの体はもはやベベターの万力にぶら下がったぼろ布でしかない。地獄の亡者のように汗が噴き出す。おれが糞を垂れたのはそのときだと思う。だがボルトはやめない。まだ二本残っている。おれは痛みで死にかけている。理性が消えかかり、痛みで気が狂う。痛みが波になって脳天からつま先へと次々走り抜ける。その波さえ狂ったようになり、うねり放題うねる。とうとうボルトが最後の一本である小指を折ったとき、そしておれの理性が飛び去ろうとし、胃が裏返り、こんなに痛いなら死んだほうがましだと思ったとき、ベベターが手を放した。おれはわめきながら崩れ、自分の手の上に倒れた。だがその手を握ることもできないし、触ることさえできない。おれはあえぎつづける。おれという存在はもはやうねる痛みでしかない。飛び去ろうとする精神を引き止めることはかなわず、意識が薄れていく。

ボルトがおれのほうにかがみ込んで言った。

「これがメッセージだ」

そこで気を失ったので、そのあとどうなったのか知らない。

意識が戻ったとき、おれの手はサッカーボール大になっていた。医務室のベッドで伸びていて、まだ泣いていた。あの二人につかまってからずっと泣きつづけていたのかもしれない。痛い。あまりにも痛い。あまりにも。

おれは横向きになって身を丸め、包帯のサッカーボールを腹のくぼみに当てた。涙が止まらない。怖いからだ。怖すぎる。あんなのはごめんだ。ここから出なけりゃ。ここで死にたくない。

こんなふうに死にたくない。

ここで死にたくない。

37

拘置所のいいところは入院期間が短いことだ。四日間。最低限の治療。外科医にしてはとびきり感じのいい医者が、中手指節関節《ちゅうしゅしせつかんせつ》の骨折と脱臼を手術して整復してくれた。副木《そえぎ》を当てられ、ギプスをされ、あとはどうか完全に治りますようにと何か月も祈りつづけるしかないそうで、しかも医者は治ると思っていない。つまり後遺症が残る。

部屋に入ると若い男が立ち上がり、手を差し出した。だがおれのぐるぐる巻きの包帯を見て思わずにやりとし、反対の手を差し出した。おれたちは左手で握手した。なんとも縁起がいい。

とにかく、とりあえずは横になりたい。

医務室にいたあいだは傷のうずきがひどくてうんうん言っていたのだが、それに効くほど強い鎮痛薬はここにはないからと看護師に言われて我慢するしかなかった。だが実際はおれに使いたくなかっただけのようだ。医務室から出たら、モリセ副看守長が四人部屋から二人部屋に替えてくれたうえに、鎮痛薬ももってきてくれた。たしかに頭がぼうっとなる強い薬だが、おかげで痛みが弱まって、少しは――断続的にだが――眠れるようになった。モリセはこの件を調べるから誰にやられたのか教えろよと言ったが、その答えも待たずに出ていった。

左手で握手した相手が今度同房になったやつで、ジェロームという三十歳のプロの詐欺師だ。顔立ちが整っていて、髪はウエーブがかかり、堂々とした落ち着きを感じさせる。これでスーツを着せるとどうなるか想像すると、まえから見れば銀行の支店長、うしろから見れば不動産仲介業者、右から見れば新顔のホームドクター、左から見れば株で成功した幼馴染、といったところだろう。シエラレオネの農民ほどの教育も受けていないらしいが、自分の考えをきちんと言葉にできるし、個性があり、カリスマ性があり、ちょっとだけ若いころのベルトラン・ラコステを思わせる。たぶんラコステも詐欺師だからそんな気がするんだろう。おれも二十年以上人事マネジメントをやっていたから似たようなもので、歳の差にもかかわらずジェロームとはかなり気が合う。抜け目のない男で、もちろん逮捕されたからには限界があったんだろうが、それでも相当に悪賢い。犯罪歴もご立派で、小切手偽造数十件、架空商品の売り逃げ多数、偽の戸籍に基づく〝本物の〟偽造身分証明書の超高額取引、偽の雇用契約による助成金詐欺、さらには国外での株式譲渡と数えたらきりがない。今回逮捕されたきっかけは南仏グラースの近くで、架空の高級マンションの売却をやらかしたからだそうで、からくりを教えてくれたが、あまりにも複雑で頭がついていかなかった。ジェロームはたんまり金をもっていて、自由は別として、欲しいものがあればなんでも買える。つまり彼の商売は大いに儲かっている。それに比べたら、おれなんか極貧で通るだろう。

もちろんおれは不要なことは言わない。

ジェロームは最初の日に、おれの顔とまだ腫れ上がっている右手をじろじろ見て、なぜそこまでやられたのかとしつこく訊いてきた。彼の鼻がうまい取引のにおいを嗅ぎ分けたようだ。だからおれはずっと、自分の言うことに、言い方に、あるいは言わないことに、黙り方に、徹底して気を配っている。

ボルトとベベターに襲われたことがトラウマになり、その後は部屋を出るのも怖くなった。一歩出るだけでびくびくし、誰か近づいてくるんじゃないかと絶えず周囲を見回してしまう。ところが、ある日とうとうボルトが視界に入ったとき、おれは縮み上がったのに、向こうはこっちを一瞥しただけでなんの反応も示さなかった。どうやらおれのことは一つの頼まれごとにすぎず、次の命令が来るまでおれは存在しないに等しいらしい。ボルトが気に留めるのは命令と、その内容（どこまで痛めつけていいのか）と、その報酬だけで、相手が誰かなどどうでもいいのだろう。もっと呆れたのはベベターで、通路ですれ違ったら片手を上げてあいさつしてきた。しかも教わったとおりにあいさつできてうれしいのか、満面の笑みを浮かべた。要するに、彼の脊髄の一部の〝脳らしきもの〟からは、あの洗濯室の一場面が完全に消去されていた。

ジェロームは話好きで、しゃべらないと生きていけないらしく、うるさく話しかけてくる。こっちは余計なことを言うまいと気をつけているうえに、あの鎮痛薬のせいか気が滅入っていておしゃべりどころじゃない。しかも頭のなかは〝メッセージ〟のことでいっぱいだ。あのメッセージというより、その続きのことだ。次に来るものこそほんとうのメッセージのはずだから。指の件は始まりにすぎない。

ちくしょう、どうしたらいいのか皆目わからない。

そもそも最初から結末がどうなるか考えずに動いてきた。

短期戦略だけで突っ走ってきた。

いつも急場しのぎの連続だ。

出来事を目のまえに突きつけられてから反応している。

ここに来るなり歓迎のパンチを受けたが、そのあとモリセに目をつけて後ろ盾になってもらえた。次は指を折られたが、そのあと部屋を替えてもらえて、少しは身を守りやすい二人部屋に移動できた。

よくいえば、最悪の事態に陥らずにすんでいる。

だが悪くいえば、かろうじて試練に耐えて生き延びているだけだ。

要するに行き当たりばったりだ。ＢＬＣとエクシャルにかつがれているとわかったときから、おれの努力のすべてが無駄だったとわかったときから、意味もないのに娘から金を巻き上げたとわかったときから、そしてとてつもない怒りに身を震わせたときから、おれは目のまえの問題に反応し、解決しようとしてきただけで、全体的な戦略など一度も練ったことがない。あらゆる結果を考慮した包括的な計画などどこにもない。おれは本物の悪党じゃないから、やり方がわからない。

だからもがいている。

そもそもちゃんとした全体計画があって、その結果としてここにいるとしたら、そりゃ計画がまずかったことになるんだし。

とにかく最初のメッセージは届いた。

次はなにが起きるんだ？

なんとか第二のメッセージを阻止したいが、どうすればいい？

妙なことに、そのヒントをくれたのはおれの精神鑑定を担当した精神科医だった。

五十歳のオーソドックスな風貌の男で、専門用語をやたらに使うとはいえ、裏がないところがいい。なにを言うときも判決を読み上げる裁判長みたいな口調だから、自分はとても重要な仕事をしていると思っているんだろう。そしてそれは間違っちゃいない。基本的には儲かる仕事だから。だがおれの場合は簡単すぎたようで、事件ファイルと履歴書を横に並べるだけで終わってしまった。だからこっちも、彼がすでに知っていることを一生懸命説明したりはしなかった。

それよりはっとしたのは、この医者の冒頭のひと言だ。「あなた自身の人生をわたしに語るとしたら、なにから始めますか？」

この鑑定面接のあと、おれは猛然と仕事に取りかかった。

すでに娘やニコルのために話を書きかけていたから頭のなかではまとまっている。問題は右手が使えないことで、仕方なくジェロームに助っ人を頼んだ。おれが口述するのをジェロームが書きとり、それをおれが読み返して口頭で修正し、それを彼が訂正する。おかげで仕事はどんどん捗《はかど》ったが、おれにとってはいくら速くても速すぎることはない。だが一刻を争う仕事だとは知られたくないので、焦りを顔に出さないようにした。

うまくいけば四、五日で原稿が上がる。おれは話を盛り上げ、大いに膨らませ、現代の象徴的暴力を描き、一人称の語りとし、効果的な文体にし、これならいけるかもしれないと思った。そしてこんなのご興味ありませんかと冒頭部分を新聞社数社に送った。


いっぽうニコルとの関係はますます難しくなっていた。彼女はひたすら待つ日々、怯える日々を送っていて、しかも始終おれが世間から酷評されるのを目にし、耳にしてすっかり落ち込んでいる。たった一人で、調子も悪いのに、おれにはどうしてやることもできない。

先週はこんな話になった。

「あのね、アパルトマンを売ることにしたから。書類を送るからサインして、すぐ戻してくれる?」

「アパルトマンを売る?　なぜだ」

おれはたじろいだ。

「メッサージュリー・ファルマスーティックの訴訟の件もあるし、もしあなたが有罪になって損害賠償を命じられたら、払えるようにしておきたいの」

「そんなのまだ先の話だろ」

「でも、訴訟がなくなるわけじゃないし。それに、わたしにはあの家は必要ないから。一人には広すぎるもの」

つまりニコルはまた二人で暮らせる日など来ないと思っている。彼女がそんな考えを口にしたのはそれが初めてで、おれは言葉を失った。彼女もうっかり言ってしまったことに気づいてうろたえ、

「それに訴訟費用もあるから」と別の問題を上から被せた。

「費用はほとんどかからんだろ？　弁護士に払わないんだから」

ニコルは絶句したが、おれにはなぜだかわからなかった。

「アラン、拘置所が楽な場所だなんて思ってないけど、でもあなたって、ほんとに、あまりにも現実を知らなすぎる！」

おれは〝わけがわかりません〟という顔をしたようで、それを見てニコルはきっぱり言った。

「リュシーにただ働きなんかしてほしくないの。払ってやりたいの。あの子はあなたの弁護に集中するからって事務所を辞めて、給料の穴埋めに貯金を切り崩してて、しかも……」

「しかも、なんだ？」

そのうえまだなにかあるのかと怖くなる。ニコルはひと呼吸置いてから言った。

「サント＝ローズ弁護士に相談するのはとても費用がかかるの。とっても。それをこれ以上あの子に払わせたくない」

おれは腰を抜かしそうになった。
マチルドに続いて今度はリュシーがおれのせいで借金を抱えようとしている。
もうニコルの顔をまともに見られない。
ニコルのほうもそうだった。

リュシーがかつての学友であるジルソン弁護士に働きかけるという話は、やはりうまくいかなかった。こちら側に交換条件として差し出すものがないので交渉にならず、リュシーにできたのはわずかばかりの慈悲《じひ》と寛容を乞うことだけだった。それでもやってみたところがリュシーらしい。あの会社はその手の感情を持ち合わせちゃいないとおれが力説したのに、娘はどうしてもと言って聞かなかった。ほんとにいい弁護士だ。だが少々人がよすぎる。それもわが家の血筋ってことなんだろう。結局、リュシーは収穫を得られなかったばかりか屈辱まで味わわされた。なんとジルソン弁護士は、ただ依頼人が拒否しているからと断るだけでは満足せず、会社側がおれを追いつめたことにもいっさい同情せず、ここぞとばかりリュシーに復讐したそうだ。恋人をとられた女子大生の恨みと、懲役三十年の危機に瀕《ひん》している中高年の悲哀が同等ってことか？　いや、参った。というわけで、あとはおれがロマンに働きかけるしかないとリュシーが言う。ロマンが証言を拒否してくれれば、メッサージュリーは唯一の証人を失って訴えの根拠が崩れる。そうしたら、訴えを取り下げさせることもできるかもしれないとリュシーは考えている。おれはというと、どうせ重罪院で裁かれる身なんだから、メッサージュリーの件はさほど重要ではないと思うんだが、どうやらリュシーが心酔するサント＝ローズがこの点にこだわっているらしい。

「その件をクリーンにしておくべきだって彼は言ってる」とリュシーが念を押す。「パパは穏やかな人間なんだって、乱暴者なんかじゃないって示す必要があるから」

おれを九ミリの拳銃を手にした非暴力主義者に仕立てようってわけか。

ほうほう。

仕方がないのでロマンに手紙を出すと約束した。あるいはシャルルに頼んでロマンと話をしてもらうと。だが実際はなにもしないつもりだ。おれの利益のためにも、ロマンの安全のためにも、誰の目から見てもロマンがおれの敵側についていないとまずい。

38

第二のメッセージが今日届きそうだと知ったのは昨夜のことだ。

そのせいで一睡もできなかった。

面会の予定が入った場合、おれたちには前の晩に知らされるが、相手が誰かは教えてもらえない。だから場合によっては驚くような相手だったりするし、それもうれしい驚きとはかぎらない。今朝のおれの場合がそうだった。

とはいえ〝メッセンジャー〟に違いないとは思っていた。ニコルは今週来ないはずだし、マチルドについてはもう期待すらしていない。リュシーは弁護士としていつでも接見できるので、面会とは別だ。それに裁判の準備で大忙しだから、そうそう接見にくる暇もない。

十時ちょうど。

廊下に列を作り、名前を呼ばれるのを待った。興奮してるやつもいるが、残りはどうでもいいという感じだ。そしておれはというと、怯えていた。〝熱に浮かされたよう〟だった。これは部屋を出るときにおれのお気に入りの詐欺師、ジェロームが使った言葉だ。途中、廊下ですれ違った仲間の一人が目をそらした。つまりおれの身を案じている。ごもっとも。

面会相手はダヴィッド・フォンタナだった。スーツにネクタイ姿で、粋な感じを狙ったようだ。どんなことに手を染めてきた男か知らなかったら、どこかの会社のお偉いさんに見えたかもしれない。だが企業幹部なんかよりずっと迫力があり、座っているだけで〝威嚇〟になっている。使い走りにボルトのようなやつを選び、しかも機会さえあれば自ら手を下したがる、そういう男だ。

フォンタナの目は色が薄い。ほとんどまばたきをしない。

全身がぞっとするほどの威力と暴力のにおいを放っていて、面会用の小部屋はフォンタナの存在感に満たされていた。格子のうしろを看守が四十秒ごとに通るが、四十秒あればこいつは間違いなくおれを殺せる。

その顔をひと目見るなり指を折られたときの音が聞こえてきて、悪寒《おかん》が走った。

おれは向かいに座った。

彼は目を細め、ゆっくり微笑む。おれの手の包帯はもうとれていたが、指は相変わらず腫れ上がり、脱臼だけですまなかった指にはまだ副木が当てられ、薄汚れている。大きな事故にでもあったみたいだ。

「デランブルさん、どうやらわたしのメッセージを受けとっていただけたようで」

冷たく、横柄な声。おれは待つ。怒らせないこと。相手に流れを任せる。そうやって時間を稼ぐ。なによりも、なによりも腹を立てさせてはいけない、作業場に連れ込んで万力で頭を締めろ、なんていう命令をボルトとベターに出させないことだ。

「いや、わたしのというより……依頼人からのメッセージですがね」とフォンタナは訂正する。

なるほど、依頼人が交代したわけだ。ベルトラン・ラコステは退場。有能な人事コンサルタントが実力を発揮したと思ったら、惨憺たる結果になった。ラコステはあの小柄なポーランド女性が掘った穴に落ち、まだそこから這い上がれない。言うまでもなく大物経営者はご不満だ。ラコステは自らの信用の失墜という教訓を嚙みしめ、やはり下っ端を信用しちゃならないと思っていることだろう。「人質拘束事件シミュレーション」という彼の画期的発想は歴史的惨事を引き起こした。しかもエクシャル・ヨーロッパはあの事件のことを世間に知らしめる役まで担わされた。ラコステのキャリアには致命傷と言えるほどの傷がついたわけで、いまや彼の会社の命運はおれと同じように風前の灯火だ。

ラコステは舞台を降り、代わって大長老が登場。

いまやエクシャル・ヨーロッパ社長、アレクサンドル・ドルフマンその人が直接命令を出している。

つまり以前とはレベルが違う。

セミプロが露払いしたあと、いよいよプロの出番が来た。

ラコステからドルフマンへバトンタッチとなれば、当然やり方も変わる。前者は採用をちらつかせておれを騙したが、危害を加えてきたわけじゃない。後者はフォンタナを雇い、そのフォンタナがボルトとベターを送りつけてきた。ドルフマンは「細かいことは聞きたくない」と言ったに違いない。世に言うように、この男は手を汚さないが、それは手がないからだ。手の代わりをするのはもちろんフォンタナで、喜んで引き受けたんだろう。極秘任務だから報酬を三倍にできるし、自分のやり方で決着をつけられるから。特に後者についてはおれにもすでに説明済みってことだ。

フォンタナはおれの考察が終わるのを、パズルがはめ直されるのを静かに待っている。あのでっちあげの人質事件のとき、フォンタナはオーガナイザーという押しつけられた役をこなしていただけだが、今日ここに来た彼はようやく本来の仕事ができるわけで、その違いは歴然としている。じつにのびのびしていて、不運な肉離れのあとでようやく競技場に戻ってこれたアスリートのようだ。

メッセージを受けとっていただけたようでだと？　しらじらしい。

おれは唾をのみ、黙ったまま頷いた。

なにか言いたくても言葉なんか出てこない。こうしてフォンタナをまえにすると、前代未聞の怒り、エクシャル、ベルトラン・ラコステなど、おれをこの拘置所へ導いたすべてのものを思い出す。フォンタナが歯を食いしばって飛びかかってきたあの場面も忘れられない。あのときおれを殺せたなら、彼は迷わずそうしていただろう。おれは発砲し、フォンタナは血の出た脚を引きずり、這うようにして壁際まで下がった。拘置所の面会室にいながら、おれはいまふたたび火薬のにおいを嗅ぎ、ピストルのひんやりした重みを手に感じ、窓を撃ったときの衝撃を体で感じている。あのピストルがまだ手元にあったらよかった。この場でフォンタナに突きつけ、頭に二発撃ち込んでやれたんだが。とはいえ、彼は怒れるおれに殺されにきたわけじゃない。おれが手にしたわずかなものを、おれから取り返すためにきたんだ。

「わずかなもの?」と彼は言う。「ご冗談を!」

ほらきた。

おれはじっとしている。

「その話のまえに、まずはお祝い申し上げよう。お見事、まったくもってすばらしい。一杯食わされましたよ、まんまとね」

だが彼の表情は賞賛にはほど遠い。唇を引き結び、視線でまっすぐおれを射抜く。その目の奥底には数々のメッセージが読みとれるが、それらを突き詰めていくとただ一つのメッセージ、〝おまえなどひねりつぶしてくれる〟に行きつく。

「あれは、素人が見ればよく練られた計画でしょうがね、実際は違う。あなたはその器じゃありませんよ。反応するのが精一杯で戦略家にはなれない。だから即興になる。だが力もないのに即興なんかやっちゃいけない」と人差し指を振る。「絶対に」

それを言うなら、あんたのほうこそご自慢の完璧な準備にもかかわらず、失敗を防げなかったじゃないかと言ってやりたい。だがおれの全エネルギーは感情をなに一つ出さないことに注がれている。無論体内は別で、心臓は時速百三十キロくらいで打っている。おれはこいつを恐れるのと同じくらい憎んでもいる。拘置所内の部屋のなかにまで刺客を送り込めるこの男を。しかも真夜中でも。

さん。問題なく」

「しかし」とフォンタナが続ける。「即興にしてはなかなかの出来だったと言わざるをえません。わかるまでに時間がかかった。そしてもちろん、わかったときにはもう遅かった。やれやれ、遅すぎた。しかしあそこで失われた時間は、これから一緒に取り戻せますよ、デランブルさん。問題なく」

おれは微動だにしない。腹で息をする。動かず、感情を漏らさない。表情を消す。

「最初に尋問を受けたのがゲノーさんだったこと。あれは、あなたにとってはまぐれ当たりだったんじゃありませんか？　じつのところ、見かけに反して」と周囲をちらりと目で示す。

「あなたはなにかと運がいい。今日まではという意味ですが」

おれは息をのむ。

「ゲノーさんの順番がもっとあとだったとしても」フォンタナが先を続ける。「計画そのものは有効だった。でもあなたは実行に移さなかったでしょうね。もっと時間があれば危険性を正確に測り、思いとどまったはずだ。ところがあの日はさあどうぞと言わんばかりに……。あれじゃどうしようもない。あなたは誘惑に勝てなかった。あのゲノーさんの怯え方を覚えていますか？」

ジャン＝マルク・ゲノーは目が泳いでいた。カデルの質問に身をこわばらせていた。そしておれの横では無能なリヴェが……。

フォンタナはそのすべてをよく見ていた。

「ゲノーさんの尋問はうまくいっていなかった。あなたはリヴェさんには無理だと感じた。質問がぎこちなく、まごつくばかりで相手を圧することができず、ゲノーさんもなにかおかしいと思いはじめ、周囲を見まわす。このままではからくりに気づかれ、なにもかも無駄になりそうだった。そこであなたが介入した」

そうだ、おれはマイクに近づいた。数分後にはジャン＝マルク・ゲノーが服を脱ぎ、レース付きのランジェリー姿になっていた。そして立ったままぼろぼろ涙をこぼし、とうとうピストルに飛びついて銃口をくわえる。

「あの男はもう絶望していた。あなたは計算こそ足りないが、勘が鋭いことは認めざるをえない」

と感心してみせる。フォンタナが？　感心する？　いやいや、彼はおれが抵抗のためにつくった氷の仮面を壊したいだけだ。そのためにいろいろ試している。

「あなたはゲノーを降参させた。彼は会社を売る覚悟をし、なにもかも差し出すつもりになった。架空口座でも、闇取引でも、裏金でもなんでも。あなたが待っていたのはそれだ」

そのとおり。あれほど早くチャンスが来るとは思っていなかったが、とにかくおれはあの瞬間を待っていた、いちばん当てにしていた男が最初に尋問されるとは、まったく思いがけない幸運だった。

ゲノーはカデルの指示でノートパソコンのまえに座る。

そして自分のブラックベリーをノートパソコンにつなぎ、エクシャル・ヨーロッパ・グループのイントラネットの画面を操作しはじめる。

クリック、もう一度クリックし、財務情報の画面が出る。

おれは注視したまま数秒待つ。

ゲノーがパスワードを入れる。一つ目。そして二つ目。

おれが待っていたのはちょっとした、だが典型的な動作だ。入力すべきものをすべて入力しおえたときに誰もがするしぐさ。これで道が開かれ、仕事にかかれるぞというときのしぐさだ。つまり両手や肩のわずかな緩み。

「そこであなたは立ち上がった。そして〝げす野郎〟と言った。あれがずっと気になっているんですがね。どうなんです？　あの〝げす野郎〟は誰のことです？　相手は単数？　それとも複数？」

おれは動かない。

フォンタナは一秒ほどおれの顔をじっと見る。

そして続ける。

「そのあとはすべて芝居だった。いや、びくびくしていたのは演技じゃない。そりゃ当然でしょう、あの大仕掛け！　あのとっぴな思いつき！　ほんとうにびくびくしていたから、表に出た動揺ぶりも真に迫っていた。なにしろ信じがたいほど大胆な仕掛けを実行に移そうとしていたんだから！　ところが周囲の人間はその動揺ぶりを見て、やけになって人質なんかとったからだと思い込んだ。自分の手に負えないことを始めてしまった元管理職の怒りの暴走のせいだと。その思い込みはあなたにはますます好都合で、誰もがほかのことに気をとられ、あなたの真意に気づかない」

おれは人質を並ばせ、カミンスキーに言われたことを忠実に実行した。時計方向に移動しながら所持品検査をする。指をしっかり開かせる。ドアを背にした位置取り。窓を撃つ。全部そうだ。

「そしてとうとうクザンが機会をつくってくれた。なにしろあいつはヒーローを演じたがっていましたからね。だが彼が行動しなくても、いずれ誰かが行動したでしょう。あなたにとっては誰でもよかった。たとえば、わたしの介入を妨げたのは単に人質拘束事件としてつじつまを合わせるためだったが、介入の内容によっては抵抗しないことも考えられた。なぜなら、あなたの狙いはまさしく失敗することにあったからです。だが誰もそこに思い至らなかった」

ポール・クザン、亡霊社員。血の気のない顔。彼が立ち上がり、おれに向き合う。完璧だ。願ってもない登場だった。彼はエクシャルの正当性の権化《ごんげ》としておれのまえに立ちはだかる。絵になる場面。タイトルは『侮辱に抗して立ち上がる管理職』といったところか。

「あなたが待っていたのは敗北したように見せかけられる機会だった。あきらめて降伏するふりをするために。われわれを閉じ込めて部屋を出ていくために。そしていよいよ、当初の狙いを実行するために。つまり、開かれたままのノートパソコンが待っている尋問室に逃げ込む。そのパソコンはイントラネットにログイン済みだ。われわれのロールプレイングのおかげで、エクシャルの口座への道が開かれていた。あとは座って、腕を伸ばし、奪うだけ」

フォンタナはそこで止めた。

今度は素直に感心している。だがおれたちのあいだに共感などありえないわけで、その感心はおれには高くつくに決まっている。むしろそのための感心だ。

「それにしても、一千万ユーロとはまた大胆な！」

驚いた。

ドルフマンはフォンタナを雇っておきながら真実を伝えていない。

おれがぶんどったのは千三百二十万ユーロだ。

その驚きで隙が生まれ、わずかな笑みのようなものが顔に出てしまったようで、フォンタナは有頂天になった。

「たいしたもんだ。いや、ほんとに！　どういう操作をしたかなんて細かいことはどうでもいい。調査した情報処理技術者によれば、あなたはオフショア口座への送金をプログラミングし、そのソフトで痕跡もきれいに消した」

実際はもっといい手を使った。人質がいるところから移動してノートパソコンのまえに座った時点で、残り時間は十五分程度と想定していたが、その短時間でなにかするにはおれのコンピューターの知識はお粗末すぎる。タブレットとワープロが使える程度で、そこから先は……。それでもUSBメモリをパソコンに差し込むとか、メールの送信くらいはできる。するとロマンがそれで十分だと言い、三十時間ぶっ続けで働いてソフトを作り、USBメモリに保存してくれた。あとは起動しさえすればそのソフトが勝手に仕事をしてくれる。そして四分以内にロマンが自宅のパソコンからエクシャルのイントラネットに入り、トロイの木馬を仕掛ける。それで平日の就業時間にまた侵入できるようになるので、改めてロマンがアクセスし、悠々とタックスヘイブンに送金し、すべての痕跡を消す。そういうからくりだった。

だがフォンタナの言い分はもっともで、少々やり方が違っても結果は同じだ。

「しかも訴えられる心配がないんだから見事なものだ。石油会社が袖の下をあちこちにばらまき、あるいは高額の手数料をこっそり払うのに使っている裏金口座を空にするとはね。これなら相手は訴えられない」

おれは反応しない。これ以上いっさい反応するものか。

フォンタナはすべてを知っているわけではないが、大事なところはつかんでいる。

細部はどうでもいい。

フォンタナも数秒のあいだじっとしていて、それからまた口を開いた。

「しかし突きつめてみると、結局あなたは深く考えていなかった。単純に怒りに突き動かされて行動しただけだった。なにしろ金庫をもって逃げ出したと思ったら四十メートル行ったところでつかまったようなものだから。われわれがいまここで向き合っているのもそのせいですからね。なんという誤算だ……。正直なところ、そこがわたしには謎です。まあ、想像できなくもありませんが。たとえば、あなたは自分で使うために金を奪ったわけではない。あなた自身ではなく、家族のために大事にとっておきたい、とかね。あんな立てこもり事件を起こしたら、あなた自身はもう夢など描けないわけで、最短でもここを出るのは十五年後、そのまえに癌にでもなれば出ることもできない」

そこであえて間をとり、言葉に重みをもたせる。

「あるいはそのまえに殺されなければ。というのも、わたしの依頼人はとても、とても、とてもご立腹ですから」

そういう反応はおれも想像していた。裏金を失ったことについては、取締役会で詳細を報告したりはしないとしても、主要株主の耳には入れざるをえないはずだ。そして千三百万ユーロもの穴が開いたとなれば、いくら社長が信頼を得ていても、株主が少々マイナスの感情を抱くことは避けられない。もちろんエクシャル・ヨーロッパほどの大企業の社長が千三百万ユーロの穴で首になったりはしない。そんな滑稽なことにはならない。だがもう少し秩序を重んじるようにといった圧力はかかるだろう。一方では資金の問題があり、他方では失業の問題もある。だからドルフマンは株主たちに失った資金の再調達、つまり裏金の復元を約束せざるをえなかったのではないか。

フォンタナがおれの右手を見ている。それだけで手がずきずき痛みだし、喉がからからになった。

「いくらです？」

声にならず、相手に届かない。もう一度言う。

「いくら返せというんです？」

フォンタナは目を丸くする。

「そりゃ全部ですよ、デランブルさん。全部に決まってるじゃないですか」

なるほど。これでドルフマンがほんとうの数字を言わなかったわけがわかった。フォンタナに言われた一千万ユーロを返せば、おれの手元には三百万ユーロ残る。

それがエクシャルからの提案だ。

端数は数えないことにしてやる、けちけちするつもりはないという意味だ。

端数はおまえにやるから一千万ユーロ返せ。そうすれば命は助けてやるし、なにもなかったことにしてやる、ということだろう。ロマンの取り分を差し引いても二百万ユーロ残る。千三百二十万ユーロの夢よ、さらば！　だがいいじゃないかと自分に言い聞かせる。生きて、五体無事でここを出られれば、それだけでもありがたいじゃないか。それに二百万ユーロあればマチルドにもリュシーにも返済以上のことがしてやれるし、ニコルもアパルトマンの売却を思いとどまるだろう。

だが頭のなかで、もう少し多くてもいいんじゃないかという声がする。もう何度も計算したから間違っちゃいないはずだが、おれがとった金額は大社長殿の報酬の三年分にも満たない。そりゃ、最低賃金なら千年分に相当するが、そんな低い水準に設定したのは、ちくしょう、おれじゃないぞ！ それなのに、その一桁下で我慢しろとは、どうにも納得できない。

だから最後の弾を撃つことにした。

「それで、受取人のリストはどうすれば？」

抑えた口調でさりげなく言った。フォンタナは眉を上げ、そのまま押し黙った。そしてごくわずかだが、頭にレンガが落ちてくると知った瞬間のように首をすくめた。

おれは動かずに、待つ。

「どうすれば、とは？ 説明してください」とフォンタナ。

「金については提案をいただいたのでもうわかりました。でもあなたの依頼人の連絡先リストのほうはどうしたらいいですか？ あの資金が送られることになっていた相手先のリストです。振込先の口座情報も入っている。秘密のサービスに対する然るべき報酬の振込先です。思いがけない名前も入っていて、たとえばこの国の副大臣、他国の大臣、イスラム教国の首長、有名実業家……。それをどうしたらいいか知りたいんです。これについてはまだ言及がなかったので」

フォンタナは苛立ちを隠せなかった。おれが厄介なことを言いだしたからというより、依頼人がすべてを話してくれていないと思ったからだろう。その点にかちんときたようで、奥歯を噛みしめた。

「依頼人は、あなたがリストをもっているという明白な証拠を求めるかもしれませんが」

「なら最初のページだけ送ります。全部ネット上に保存してあるので。送り先のメールアドレスさえ教えてもらえればすぐに送ります」

フォンタナの脳みそに新たな疑問を植えつけることができた。用心深い男だからきっちり調べるだろう。おれの言うことが事実なら、駆け引きに慎重を期すべきだと依頼人に言わなければならないからだ。これで少し時間が稼げる。

「わかりました」とフォンタナが言った。「改めて依頼人と相談することにします」

「それがいいでしょうね。ぜひ話し合ってください」

おれはそこで最後の駒を動かし、自信たっぷりの笑顔を見せた。

「結果を知らせてもらえますね？」

そう言うのと同時に席を立ったが、フォンタナは座ったままじっとしていた。

おれは廊下を歩く。

足に力が入らず、ふらつく。

二日か三日でフォンタナははったりに気づくだろう。

おれはリストなんかもっちゃいない。

彼は怒り狂う。

例の新しい作戦が二日以内に成功しなければ、ベベターとボルトが大金を稼ぐことになる。コンクリートの中庭におれの内臓をぶちまける代金だ。

39

一日目、なにもなし。

不安でたまらず、視界にボルトをとらえるとこっそり観察してしまう。だが幸いなことに、彼にとっては今日もおれは存在していないようだ。まだなんの命令も出ていない。というわけでおれは今日も生きていられる。

希望を捨てるな。

うまくいくかもしれないんだから。いや、きっとうまくいく。

二日目、なにもなし。

朝、所内を偵察していてジムをのぞいたら、ベベターがダンベルで筋トレしていた。おれに気づくとダンベルを置いて、片手を上げた。彼の頭のなかには「手を休めずに頷くことであいさつする」というコマンドもない。

ベベターはわかりやすい。なんの命令も受けとっていないとひと目でわかる。

一日がゆっくり過ぎていく。ジェロームはおしゃべりしたいようだが、おれがぴりぴりしているのに気づいて遠慮している。

その後は一度しか部屋を出なかった。その一度は、知ってるやつと交渉してナイフを手に入れるためだった。いざというときナイフで身を守れるかどうかはわからないが、少なくとも空手よりはましだ。だが結局相手が欲しがるものを用意できず、交渉は成立しなかった。

食べるのをやめた。食欲がない。

頭では〝それ〟ばかり考えつづけている。うまくいくはずだ。明日は明日の風が吹く。

おれは〝それ〟にしがみつく。

三日目、おれに残された最後の日。

ボルトもベベターも姿が見えない。

嫌な予感。

いつもどのあたりにいるかは知っている。すれ違いたくはないが、姿が見えないと余計不安になり、彼らのなわばりをぐるりと回ってみずにはいられなかった。見つかるまいと思うあまり、壁を這うような歩き方になる。モリセ副看守長のことも探したが、数日休みをとっているんだったと途中で思い出した。友人の一人が死にかけているとかで、いまはその枕元にいる。

おれは部屋に戻り、それ以上動かないことにした。

そうすればボルトとベベターに命令が出ても、連中はここまで来るしかない。

朝から汗をかきっぱなしだ。

昼になった。

なんの知らせもない。

このままなら明日おれは死ぬ。

なぜうまくいかなかったんだろうか。

そして午後一時。

TF1。

ニュースの冒頭でいきなりおれの顔が出た。はるか昔の身分証の写真で、記者がどうやって手に入れたのか謎だ。

すぐに二人、三人、四人と、一緒にニュースを見ようとほかの連中がおれとジェロームの部屋に集まってきた。みんな大騒ぎをはじめ、何人かが「しっ！」と言って解説に耳を傾ける。ちょっとしたスクープだ。

キャスターがまず語ったのは、今朝のル・パリジャン紙が二ページを割いて改めておれの事件を取り上げたこと。そしてその記事にはおれが送った原稿の冒頭数ページ分も掲載されていること。そこまではいわば前置きで、そのあといよいよ核心に触れる。おれが自ら事件のことを語る本を出すと発表したこと。

そして、ルイ＝フェルディナン・セリーヌが危機的状況の犠牲者として人々に訴える証言を残したのだとすれば、被告人も同じような試みを望んでいるということでしょうかとコメント。『なにがあったのか（仮題）』、アラン・デランブル著。そうだ、おれだ。部屋に詰めかけた一人がやるじゃないかとおれの背中をたたいた。

アラン・デランブル――就活中の熟年失業者。その経歴、人生、幸せだったころ、定年が見えてきたところでの解雇、憤り、惨めな日々、奈落への転落、父親としての見栄、打ち砕かれる再就職の希望、生活の困窮、精神の衰弱。そして人質事件、絶望から生まれた行動。その代償——懲役三十年の可能性。

フランス中が心を動かされる。多くの人がおれの証言を〝痛ましい〟と思う。

資料映像。数か月まえの事件現場、警官だらけの駐車場、回転灯が眩しいパトカー、無事解放されて銀色のサバイバルシートにくるまれた人質、逮捕されて拘束衣に包まれ、RAIDの隊員たちに運ばれていく男。つまりおれ。また周囲で大歓声が上がる。で、また何人かが「しっ！」と言う。

次いで社会学者がコメンテーターとして登場し、管理職層が直面している困難について、社会の暴力について語る。社会システムが人々の意志をくじき、モチベーションを奪い、極端な行動へと追い込む事例が増えていること。社会的弱者にとっては、強者だけがうまくやっているとしか思えない状況が生じていること。なかでも中高年層が社会から締め出される傾向がますます強くなっていること。そしてこう問題提起した。「二〇一二年には高齢者が一千万人を超えると言われていますが、このままでは一千万人が社会から締め出されることになりかねません」

これでおれの人生は一つの典型となり、おれの失業は一つの悲劇となり、おれの事件は一つの社会現象となった。

やった。

どうだ、参ったか、フォンタナ。

おれを囲んだ連中は、とうとう一人がおれの首にキスするほどの興奮ぶりだ。仲間の一人がテレビスターになったのがとんでもなくうれしいらしい。

テレビ画面は町の声に移っている。

アフメド、二十四歳、商品発送係――すごくわかる。この人に心底同情する。今朝の新聞は読んだ。本が出たら絶対読む。職場もこの話でもちきり。失業者が失業のせいで拘置所に入るなんて「納得できませんね。自殺者だって大勢出てるのに、まだ足りないっていうんですか？」

フランソワーズ、四十五歳、秘書――自分もいつか解雇されるんじゃないかと不安。恐怖さえ感じる。そうなったら自分もなにをしでかすかわからない。だからよくわかる。「当然ですよ。特に子供がいたら……」。今朝の新聞は読んだ。職場もこの話でもちきり。本が出たら夫へのプレゼントにする。

ジャン＝クリスチャン、七十一歳、年金生活者――こんなのは全部嘘っぱちだ。ほんとうに仕事を見つけたければ見つかる。自分も、知り合いの高齢者も、みんな選り好みせずになんでもやって働いている。「商品発送係だってなんだってやりますよ」。おれのまわりで仲間が抗議の口笛を吹く。ジャン＝クリスチャン、いつか会うことがあったら、メッサージュリーの給与明細を尻の穴に突っ込んでやるからな。まあ、こんなマヌケはどうでもいいが。

おれはジェロームを目で探す。大笑いしていた。あの口述筆記の謎が解けたってことだ。

ニュースは最後にもう一度、おれの原稿は近々書籍として刊行されるだろうと報じて締めくくられた。「政治家たちに考えさせずにはおかない、悲痛な証言の書となるでしょう」。出版社の当てなどまったくなかったのだが、その点は五分まえからもう問題でもなんでもなくなっていた。

おれはいまやフランス随一の有名失業者だから。

中高年失業者の代表。

不可侵の存在。

ようやく緊張を解き、ひと息ついた。

ボルトとベベターにはほかで仕事を探してもらおう。

おれは立ち上がり、看守長に面会を求めることにする。

いまこのときから、おれの身に何か起きれば拘置所側が困ったことになる。だから守ってくれるだろう。なにしろもう有名人だから。

こうなったらおれの罪状はインサイダー取引かなにかだったのと同じようなものだ。特別待遇の部屋に移してもらおうじゃないか。

40

いつもなら、リュシーはすぐに分厚いファイルと紙の束——読みやすいきれいな字がびっしり書き込まれた数十ページのメモ——を取り出す。だがこの日はなにも出さず、ただテーブルの上を見つめてじっとしていた。たぎる怒りで頭が爆発しかかっているのがわかる。おれが父親じゃなかったら、すぐさま張り倒したかもしれない。

「パパが普通の依頼人なら、大ばか野郎って言う」

「父親だからそう言うんだろ」

リュシーの顔は青白い。おれは待つ。だが娘も待っている。だからこう切り出した。

「あのな、説明させてほしいんだが――」

リュシーはおれのそのひと言を待っていた。そのひと言でダムが決壊し、怒りのすべてが一気に流れ下って大河となった。

ものすごい量なので抜粋する。

これは裏切りよ。パパは自分で思いつくかぎり最悪の行為をしたってこと。そもそもわたしは弁護を引き受けるつもりなんかなかった。卑怯な愛情の脅しに屈しただけ。でもそれ以来、最善の状態で公判に臨めるように昼も夜もがんばってきた。それなのにパパはわたしに内緒であのばかげた手記を書いて、新聞社に送った。わたしの仕事をばかにし、努力をばかにした。つまりわたしをコケにした。あれを書く時間を稼ぐためにわたしを利用した。何日も、何週間も定期的に会って話をしてたのに、パパはあのことを一度も言わなかったし、涼しい顔をしてた。わたしのことを笑いものにしたかったとしか思えないけど、実際はもっとひどい。黙ってあんなことしたのは、わたしのことなんかどうでもよかったから。ただの歯車の一つにすぎなかったから。サント＝ローズはもう降りるって。見限られちゃった。「あなたの依頼人は陪審より恐ろしい。こんな造反者は弁護なんかしきれませんよ。もう放っておいたほうがいい」って言われた。判事からはこの事件を喧伝して裁判所と陪審に圧力をかけるつもりかと訊かれた。「デランブル先生、この審理を穏やかな環境で進められるようにすると約束なさいましたね。それが破られたからには、こちらも考え方を変えざるをえません」だって。わたしの顔は丸つぶれ。そしてママは……。もちろんママもなにも知らなかったわけだけど、まっさきに知ることになった。だって今朝七時から取材陣がアパルトマンの下に陣取って、ママがカーテンを開けるたびに叫んでるんだから。今回はあきらめる気配もないみたい。もちろん電話は鳴りっぱなし。ママはこれから何か月もそれに耐えなきゃならない。やったね、パパ、みんなの人生をわかりやすいものにしてくれてありがとう。しかもそれで満足なんでしょ。望みがかなうわけだよね。ベストセラー。スターになりたかったわけ？　だったらなれてよかったね。印税で好きなだけコケにできる弁護士を雇えば？　わたしはもううんざり。パパのばかさ加減にこれ以上付き合ってられない。

抜粋終了。

会話も終了。

リュシーはかばんをとってドアを荒っぽくノックし、看守が開けると振り向きもせずに出ていった。

これでいい。このままのほうがいい。

あれほどの言葉の洪水のあとでは、こちらがなにを説明したところでどうにもならない。そもそもリュシーになにを言ってやれるだろう。「おれには事実上の終身刑を食らうかもしれない裁判だけじゃなくて、隠し口座に入れてある大金ってのもあってな、ところがそれをおまえとマチルドに残してやれる可能性がどんどん下がりつつあってな、っていうのもその大金を取り返そうとしてるのがものすごく危険で手ごわい連中でな」なんて言えるか？

こんなことになるなんて思ってもみなかったと言うのか？

ちくしょう、おれはギャングじゃない。ただ生き延びようとしてるだけだ！　それに、おれがとんでもないことをしたと、石油会社の裏金を持ち逃げしようとしたと知ったら、リュシーはおれの弁護なんかできなくなる。しかもよりによって、あのタックスヘイブンを選んだなんて言えるわけがない。カリブのサント＝リュシー（セントルシアのフランス語名）だなんて言ったら、おれはたたきのめされる！

あの金をほんの一部でも守り抜けたら、判決を受ける日に娘たちにやるつもりだ。

それが唯一の目標だ。おれは重い刑を免れず、刑務所で死ぬことになるだろう。だがせめてあの金の一部でも残してやれたら、娘たちはその金でやりたいことができるだろう。そのときにはおれはどうせ死んでる。

生ける屍《しかばね》ってことだが、そりゃもう死んでるのと同じだ。

ニコルはかれこれもう一か月以上面会に来ていない。取材陣が押しかけてるから、面会はおろか、家を出るのも難しいとわかっている。だがそれ以上に、ニコルは腹を立てているんだろう。

おれは特別待遇の個室に移った。危険からも守られている。テレビも一人で見放題。まずニュース専門のユーロニュースにチャンネルを合わせ「……これら二十五人の投機ファンド運営者は、それぞれ年間四億六千四百万ドルの利益を受けとっており……」、それから同じくニュース専門のＬＣＩに変え「……このように、こうした国の援助があることで、企業は今年六万五千人近くの解雇に踏み切る結果となりました」、そこで消し、久しぶりにゆっくり休むことにした。ここにきてまだ数か月なのに、もう何年も経った気がする。

正確にはまだ六か月経っていない。

懲役三十年の六十分の一にもならない。

記者というのは万事に抜け目がない。昨日、図書室ですれ違った収監者が、こっそりおれの手にメモを握らせた。金を出すから独占インタビューに応じてくれないかというオファーだった。翌日、またそいつとすれ違ったので訊いたら、おれに渡すように言われて百ユーロもらっただけで内容についてはなにも知らない、自分に頼んだやつもなにも知らないと言っていた、と答えた。一枚のメモがおれに届くまでに千ユーロくらいかかっているのかもしれない。それだけおれの記事が金になるということだ。原稿の冒頭部分はその後ほかの新聞雑誌にも掲載されたが、インタビューはどこもやっていないから他紙を出し抜けるということだろう。おれは値段を提示しろという返事を伝えさせた。実際はいくらだろうと応じるつもりなのだが、少なくともリュシーにもう一度会うまではなにもしたくない。

おれはリュシーに電話して留守電にメッセージを残した。許しを請い、説明するからと言い、会いにきてくれと頼んだ。さらに見捨てないでくれとすがり、おまえが思ってるようなことじゃないんだとも、愛しているとも言った。どれもほんとうのことで、そこに嘘はない。

そして娘が来るのを待ちながら、筋の通る説明を練り上げようとした。おまえのために、おまえたちのために戦っているんだ、もう自分のためなんかじゃないと言えたらどんなに楽だろうか。だが愛も脅しの一種になってしまう。

ル・モンド紙の「展望」という欄におれの事件の分析が掲載され、労働省も質問に答えてコメントを寄せていた。いっぽうおれのインタビュー記事は「不況のなかで絶望する人々」という見出しでマリアンヌ誌に出た。ニコルに一万五千ユーロ前払いするという条件で合意し、先方がよこした質問にミリ単位の精度で練り上げた答えを書いて送った。ついでに一週間以内に掲載することという条件もつけておいた。先日の新聞記事からあまりあいだを置かずに出すことで、人々の記憶にもう一度おれの名前が刻まれ、知名度を落とさずにすむからだ。この道を選んだからには突き進むしかない。〝いまの話題〟でありつづけ、メディアの見出しを飾りつづけること。多くの人々にとっておれはまだ三面記事のどこかに出ていた男でしかないが、それを現実の人間、顔も名前もあり、妻も子供もいる生身の人間に変えていかなければならない。誰の身に起きてもおかしくないような普通の悲劇を味わっている人間に。つまりおれは普遍的な存在にならなければいけない。

昨夜また面会の予定を事前に知らされた。

フォンタナか？

だがおれは心静かに廊下を行く。他の収監者から保護してもらえたのはおれの戦略が正しいからだ。そして拘置所の上層部にとって正しいのなら、エクシャルに対しても正しいはずだ。

だが面会者はフォンタナじゃなかった。

マチルドだった。

その姿を見ただけで心が萎えてしまい、堂々と正面に座ることさえできない。マチルドは微笑んだが、おれは反射的にその視線を避けてしまった。様子が変わりはてていたからか、おれを見てマチルドはすぐに泣きはじめ、腕を回してぎゅっと抱きついてきた。うしろにいる看守が鍵で金属をたたいて注意を促し、マチルドはしぶしぶおれから離れ、二人とも椅子に座った。おれの娘は相変わらずとてもチャーミングだ。その娘から多くを奪い、しかも解決しようのないトラブルを引き起こし、娘がまだその渦中にいると思うと、すまないという気持ちと同時に桁外《けたはず》れの愛情がわいてきて胸が熱くなる。すべておれのせいだ。その事実が胸を締めつける。マチルドが、もっと早く来れなくてごめんなさい、考えてもしょうのないことにとらわれちゃってててと謝りはじめたので、おれは慌てて首を振り、いいんだと、わかってるからと伝えた。マチルドはありがとうと言った。

どうやらなにもかもひっくり返ったようだ。

「最近じゃ電話より新聞を読んだほうがお父さんのことがわかるんだから」とマチルドはユーモアさえ発揮する。

それから、

「ママがキスを送るって」

と言い、さらに、

「グレゴリーも」

とつけ足した。

そう、マチルドはいつでも言うべきことを全部言う。時にはそれが癪に障ることもあるが、この日はそんなことはなかった。

結局アパルトマンは買えなかった。でもいいのと娘は言う。二人は予約契約を履行できなかったので、おれが取り上げて使った金額以外にもかなりの額を失い、貯金が一気に減ってしまったそうだ。

「また貯金しなくちゃね。でもどうってこと……」

とそこでまた微笑もうとするが、顔が引きつってだめだった。

結局、娘の人生の一部はおれの転落の巻き添えになって失われた。それでもマチルドは、英語を教えているからだろうか、多少イギリス的な対応能力を身につけているとみえて、嵐のなかでも冷静だった。泣き言をいうのをすぐにやめ、現実に立ち向かった。マチルドのモットーは《どんなときにも己を見失うな》なんだろう。唯一幸いなことに、マチルドはもはやデランブルを名乗っていない。結婚して夫の姓を名乗ることを夢見ていた女の一人だから。そのおかげで学校の同僚たちも、新聞を賑わせている哀れな男が父親だとは気づいていないだろう。だが、たとえ知られてなにか言われたとしても、マチルドは勇敢に立ち向かい、心の底では認めたくないことを「家族とはそういうもの」と思って認めるに違いない。おれはそういう娘を愛しているし、実際娘は並外れたことをしてくれた。こっちが夫を殴ったのに、娘は黙って頼んだものを差し出してくれたのだから。それ以上なにが望めるだろうか？

「裁判のことだけど、情状酌量が認められるかもしれないってリュシーが言ってたわ」

「いつ言った？」

「昨日の夜」

ほっとした。リュシーはまた来る。どうしても会わなければ。

「おれはそんなに老けたか？」

「なに言ってるの、全然！」

その返事がすべてを語っている。

マチルドはまた母親の話に戻り、お母さんはとても寂しがっている、あの記事の件で感動している、近々会いにくると思う、と言った。

制限時間の三十分が過ぎ、おれたちは立ち上がって抱き合った。そして立ち去り際にマチルドが言った。

「アパルトマンは売れたみたい。お母さんが来たら話すと思うけど」

そのとき頭に浮かんだのは、おれたちのアパルトマンのあちこちに値札が貼られ、無表情な客がぞろぞろ入ってきて、置いてある物を持ち上げたりしてこっそり顔をしかめるところだった。

だめだ、考えただけで胸が張り裂けそうだ。

41

フォンタナがまた現れるまでにそう長くはかからなかった。

今日もまた違うスーツだ。仕事があったころのおれみたいにとっかえひっかえしているようだ。ただし色がいただけない。通俗きわまりないブルー。高級品なんだろうが、それ以前の問題としてセンスがない。ポケットチーフを胸に飾るのが現代を生きる男のエレガンスだと思っている、それがフォンタナだ。快適が第一なので、スタイルがはっきりしないゆったりした服を選ぶ。まあ職業柄、動きやすい服が必要なのはわかる。試着するとき、店員の顔にパンチを見舞うふりをして袖が邪魔にならないか確認し、股間に足蹴りを決めるふりをしてズボンがつっぱらないか確認するんじゃないかと思う。なにしろ実利的なやつだから。だからこそこいつは恐ろしい。スーツをじっくり観察したのも、顔をまともに見るのが恐ろしいからだ。こちらをじっと見る冷たい目はおれを縮み上がらせる。

どういう態度をとるか決めなければならない。おれはかろうじて第一セットをとったが、もう第二セットに入っているから、相手の切り札を早く見極める必要がある。フォンタナが空手で来たとは思えない。そんなのは彼らしくない。だからなにが出てきても対応できるようにしておかなければ。そのためにおれは集中し、黙っている。フォンタナは笑顔抜きでこう言った。

「デランブルさん、またしてもうまくやりましたね」

これを訳すと、デランブル、おまえはばかだ、いつかひどい目にあうぞ、もう片方の手もつぶしてやる、となる。

おっかなびっくり言ってみる。

「お気に召してなによりです」

声に不安がにじみ、無意識のうちに少しでも遠ざかろうと椅子の上であとずさりしていた。

「ええ、依頼人は大喜びでした。わたしもです。いやほんとに、誰もが気に入りましたよ」

それには答えず、おれは口角《こうかく》を上げようと努力する。

「あなたには才覚がある」と彼は続けた。「あなたは明らかになんのリストももっていなかった。それでも確認する必要が生じ、依頼人に問い合わせるのに二日かかり、さらにプロに確認させるのに十二時間かかってしまった。そのあいだにあなたはマスコミの興味をあおることに成功し、わたしが介入できないようにした。もちろんとりあえずは、ということですが」

おれはそこで終わりにしたくて、立ち上がって彼に背を向けかけた。

「まだですよ、デランブルさん。あなたにこれを持ってきました」

フォンタナはまったく慌てなかった。ほんとうに出ていくはずはないと見抜いていた。おれは仕方なく振り向き、悲鳴を上げた。

こんちくしょう！

フォンタナがテーブルの上に大きなモノクロ写真を放り投げたところだった。

ニコルだ。

おれは衝撃で動けなくなり、椅子に崩れ落ちた。

アパルトマンのエントランスホールで撮られた写真で、ニコルはエレベーターに背を向けて立っている。黒覆面の男が彼女をうしろから抱え込み、無理やりカメラのほうを向かせている。腕で首を締め上げていて、ニコルはそいつの肘を引っ張ろうとしているが、力が足りない。もがいても役に立たない。おれがベベターに羽交い絞めにされたときと同じだ。ニコルの顔は恐怖でこわばり、目も大きく見開かれている。この写真の目的はそこだ。死にかけているニコルを、その必死のまなざしをおれが直視せざるをえないようにすること。唇が少し開き、空気を求めている。窒息しかけている。足元までは写っていないが、自分より背の高い男に吊り上げられた状態なので、爪先立ちになっているだろう。おかしなことにハンドバッグはそのままで、手にしっかり握っている。こっちを向いたニコル。画角《がかく》いっぱいの。

男はフォンタナだ。覆面でもポケットチーフでわかる。おれはわめいた。

「いまどこだ！」

「静かに……」

そんなふうにわめくのは不作法だと言わんばかりに、フォンタナが目を細める。

「ニコルさんはチャーミングですねえ。デランブル、あんたは趣味がいい」

とうとう〝さん〟もとれて、ただのデランブルになった。ギアが一段上がったわけだ。おれは指が白くなるほどテーブルの端を握りしめる。殺してやると心に誓う。

「どこにいる！」

「自宅だ。心配するな、と言ってほしいか？　逆だな。心配したほうがいいぞ。このときは怖い思いをしただけで、つまりこの場のあんたもそうだが、次はそうはいかない。ハンマーで指を十本つぶしてやる。おれがこの手でやってやる」

〝この手で〟に力が入ったことで、指をつぶすための特殊なハンマーとか、特殊なやり方があるような気がしてくる。その声には断固たる決意が感じられる。そして間髪を入れず、おれに反応の余裕を与えず、たたきつけるように二枚目の写真をテーブルに出した。同じくモノクロの大判。

「こっちは両手両足を折ってやる」

血が逆流して胃が持ち上がった。マチルドだ。高校の近くの見覚えのある公園。うしろに高校生の列が写っている。マチルドはベンチに腰かけ、膝の上で包み紙を広げ、プラスチックの舟形容器に入ったサラダをプラスチックのフォークで食べている。ランチがこんなふうだとは知らなかった。笑顔ではなく、真剣な顔。隣に座った男がなにか話しかけていて、娘は手を止めて耳を傾けている。

またしてもフォンタナだ。二人は話をしている。公園でのちょっとした会話。のどかで、月並みとさえ思える日常の一場面だが、おれはその続きを想像せざるをえない。まさにそのために撮られたものだ。このあと二人は立ち上がって高校のほうに歩いていくが、そこへ車が来てドアが開き、マチルドが押し込まれるのでは……。

フォンタナはもう一つ気がかりがあるという顔で眉をひそめる。演技過剰だ。

「それから弁護士……あんたの娘。仕事をするには手も足も必要だろう。それとも車椅子でもできるのかな？」

吐き気がする。ニコルにも娘たちにも髪の毛一本触れてもらいたくない。くそっ、おれが死んでやる。ボルトに骨を折ってもらうさ、全部、容赦なく。だが妻や娘にはいっさい手を出すな！

このとき、文字どおりなにも発音できないことがおれを救った。言葉は喉のずっと奥のほうに詰まったままで、舌も口も脳も完全にフリーズ状態。手回しハンドルで錆びついた脳の歯車を動かそうとしても、なに一つ考えをまとめることができない。意識が丸ごと娘たちの姿に吸いとられてしまっていた。

おれは目を横に投げ、新たな道しるべを求め、咳払いする。だが黙っていた。言うまでもなく、夜明けの麻薬常習者のように目を見開いていたはずだ。血を抜かれた男みたいだったかもしれない。それでもじっと黙っていた。

「三人とも骨を折ってやる。まとめて」

おれは聴覚情報処理システムを遮断する。フォンタナの声は聞こえても、その意味は処理されないようにする。写真から意識を遠ざけること。さもないと吐いてしまう、死んでしまう、無抵抗になってしまう。

これははったりだ。はったりだと思うしかない。一応確かめようと彼を見る。

はったりじゃない！

「動くのに必要な骨を全部折ってやる。三人ともだ。それも生きたまま、意識があるまま。言っとくが、それに比べたらあんたがここで経験したことなんかただのお遊びだ」

それじゃだめだ、フォンタナ。ちゃんと名前を言え。「マチルドはこうしてやる」、「リュシーはああしてやる」。そうやって脅しを人に直接結びつけるんだ。「あんたの奥さんのニコルはな、まず縛りつけておいて……」みたいな調子で具体化する必要もある。その点おまえは下手くそだ。抽象的すぎる。〝三人とも〟は滑稽だ。それじゃ物と同じで怖くもなんともない。

というのはおれが心のなかで自分に言い聞かせたことだ。そうやってなんとか抵抗し、相手の脅しに屈しないように踏ん張った。そうだ、写真だってテーブルの上じゃなくておれの目のまえに突きつけて、続きを想像せざるをえないようにするべきだ。どういう目にあわせるのかもっと具体的に、もっと細かく描写しろ。とかなんとか考えながらおれは抵抗を続ける。耐えがたいことを頭から追い出すためにフォンタナの説得術について分析する。こいつはもっとうまくやれるはずなのになどと考える。すべて黙っているためだ。それから記憶にあるニコルの姿を無理やり消そうと試みた。ニコルという名前さえ消す。「おれの妻」。おれは「おれの妻」と心のなかで言い、それを十回、二十回、三十回と、その言葉が意味のない音の連続にすぎなくなるまで繰り返す。その作業にひたすら集中する。そうしているかぎりは黙っていられる。そうやって時間を稼ぐ。泣きたい、吐きたい、娘たちが……。いや、そこでも抵抗する。「娘たち娘たち娘たち娘たち」と繰り返し、この言葉からも意味を抜いてしまう。おれはまばたきもせずにフォンタナを真正面から見る。自分じゃわからないが、たぶんおれの頬には涙が流れている。ここに最初に来たときのニコルのように。ニコル！　いかん。「ニコルニコルニコルニコルニコルニコル」。この言葉からも意味を抜く。ニコルの姿を思い出さずにすむように〝ニコル〟という言葉の意味を消す。それからフォンタナの視線に耐えるべく、その顔を物質として観察する。こりゃなんだ、クレーターか？　そう考えながらフォンタナの瞳を見つめ、フォンタナから実体を抜く。こいつが何者かなんて考えちゃいけない。考えたら黙っていられなくなる。いや、クレーターじゃない。あれだ！　こいつの瞳は、瞳孔は、音楽再生ソフトのあの変化する幾何学模様。

フォンタナが先に譲歩した。

「さあ、デランブルさん、どうします？」

「やるならおれにしてくれ」

自然に口から出た。それが本心だから不思議ではない。言葉から意味を抜く脳内作業のおかげで、完全には現実に戻らずにすんでいる。なおも心のなかで繰り返す。「ニコルおれの妻おれの娘たちニコルおれの妻おれの娘たちニコルおれの妻おれの娘たち」。なかなかいいぞ。

「でしょうね」とフォンタナは答える。「でもこれはあなたではなく、三人の問題なんでね」

頭を空にする。ばかになる。具体的なことはいっさい考えない。観念のレベルにとどまる。概念化する。マネジメントにはどうあった？

《出口を探す》――どこにもない。

ほかには？《障害物を回避する》――どうやって？

「三人ともひどく苦しむことになりますよ」

ほかには？《代替案を提示する》――なにもない。

ニコルの顔が、あの魅力的な微笑みが急浮上する。追い払え！「ニコルニコルニコルニコルニコルニコルニコルニコルニコル」。よし、その調子。

もう一つあっただろ、マネジメントに、ほら。そうそう《障害物を飛び越える》――どうやって？

最後にもう一つ、《視点を変える》――一つ思いついたが、効果のほどは？　考える暇はない。やってみよう。「それで終わりか？」

フォンタナがわずかに眉をひそめた。いいぞ。《視点を変える》。たぶんこれでいい。

フォンタナはどういうことかと首を傾げる。

「だから、それで終わりかと訊いたんだ。コントは終わったのか？」

フォンタナは目をむき、歯を食いしばった。その顔に冷たい怒りが宿る。

「おい、フォンタナ、おれをばかにしてるのか？」

たぶんうまくいく。フォンタナは顔をこわばらせる。おれはもう一度ぶつける。

「ほんとにばかだと思ってるのか？」

フォンタナはにんまりした。おれのやり方をのみ込んだつもりだろう。だがどこかまだ釈然としないようだ。おれはありったけの言葉と気力をかき集め、想像上のバケツに水として溜める。そしてそれをいきなり相手にぶっかける。

「それをやったとして……そのあとあんたがなにを目にするかというと、〝フランスでもっとも有名な失業者〟が骨を折られた妻と娘たちの写真をメディアに公開するところ。それから巨大石油会社を誘拐、不法監禁、暴行、虐待で訴えるところ……」

なぜそんなことが言えたのか自分でもわからない。

《視点を変える》、《論点をすり替える》。マネジメント万歳。まさにへそ曲がりの論法だが、有効だ。

フォンタナはとりあえず感心を装った。

「なんと、リスクを冒す覚悟があるとはな」

もう一度写真を見せつけようかと迷っているのがわかる。おれの言うことにも一理あると思ったようだ。バケツの底に水が少し残っていたから、頭の上で逆さにして振ってやった。

「で、そっちの依頼人は？　リスクを冒す覚悟があるのか？」

フォンタナは損得を秤《はかり》にかける。そして、

「写真を公開できないように体ごと消すという手もあるんだぞ。そんなことまでこのわたしにさせるつもりか」

　そう来るならまた視点を変えるまでだ。こいつにはこの手が効く。

「ばかもやすみやすみ言え。ここがどこだと思ってんだ？『ハジキを持ったおじさんたち』（一九六三年のコメディ映画）の一場面か？」

　気を悪くしたようだ。

　ではまた視点を変える。それがコツだ。

「交渉相手はおれだ。おれが唯一の交渉相手だ。あんたもそのことはわかってる。つまりおれと交渉するか、あるいは手ぶらで戻るかのどっちかしかない。脅しなんかもううんざりだ。あんたを雇った依頼人にはその手の厄介ごとを楽しむつもりはさらさらない。どっちを選ぶ？おれとの交渉か、あるいは収穫ゼロか」

　これでいい、成功だ。首飾りと同じで、結び目をほどけば全体もほどける。人生の破綻も同じだから、おれは身をもって知っている。そしてすべてが崩れていくとき、その流れに逆らうにはものすごいエネルギーが要る。あるいは死ぬ覚悟が要る。おれにはどっちもある。

　また一つ思いついた。どの程度のものか知れないが、それしかない。勘だ。おれは勘が鋭いとフォンタナが言ってたが、たぶんそれは当たってる。

　リードを奪い返したからには、攻めに出る。

「金は返すつもりだ。全額」

　そう言った。自分がそう思っているのかどうかもわからずに言ってしまった。だが言ってから、ほんとうにそう思っているとわかった。欲しいのは金じゃなくて平和だ。

「ここから出たい。自由にしてくれ」

それだ。おれの望みはそれだ。家に帰りたい。

フォンタナは仰天した。そこで一気に攻める。

「いますぐにとは言わない。もう少し我慢できそうだから、数か月なら待つ。だがそれが限度だ。おれが我慢できるうちにここを出られたら、全額返す。すっかり丸ごと」

さすがのフォンタナもこれにはたまげた。

「ここを出るって……」

そしてただもう素直にこう訊いてきた。

「いったいどうやって？」

おれの思いつきはそれほど悪くなかったようだ。四秒かけて考える。

一秒、ニコル。

二秒、リュシー。

三秒、マチルド。

四秒、おれ。

結局のところおれにはそれしかない。思いつきってやつしか。

そして答えた。

「それにはあんたの依頼人に奮闘してもらわなきゃならない。だがうまくいくと思う。こっちの条件は裏金を全部返すことだと伝えてくれ。キャッシュで」

42

おれは自分がついた嘘のなかに閉じ込められている。あまりにも多くの嘘を積み重ねすぎて、ニコルに真実を話すなんてことはもうおれの手に負えない。おれたちは人生と安心と未来に対する自信を奪われた。それを全部取り返したかっただけなんだが、それを彼女にどう説明したらいいのかわからない。

フォンタナとの面会の翌日、ニコルに長い手紙を書き、リュシーに託した。弁護人経由が最短ルートだからだ。正規のやり方とは言えないが、急いでいるのでしょうがない。リュシーはこっそり引き受けてくれた。

その手紙のなかで、おれはニコルに危険が及んだことについて詫びた。彼女の恐怖はよくわかる。だから、すまない、と書いた。そして、愛している、おれがしていることはすべて、きみを守るためだ、たとえ刑務所で死ぬことになるとしてもきみには生きていてもらいたい、おれはいろんなことをせざるをえなかったんだが、だいじょうぶ、もうきみの身にはなにも起きない、けっして、ほんとうに、どうか信じてくれ、おれのせいでつらい思いをさせたことを謝る、愛している、こんなにも愛している、といった言葉を山ほど書き連ねた。なによりも彼女を安心させたい。手紙を書きながら、おれはフォンタナに見せられた写真を、恐怖に泳ぐニコルの目を何度も思い出し、そのたびに怒りの嵐に揺さぶられた。フォンタナをこの手でつかまえたら、おれが単なるボルトでもベベターでもないことを思い知らせてやる。だがニコルを安心させるのが先だ。だから、もう二度とあいうことは起こらない、ほんとうだ、近いうちにまた一緒に暮らせるようになるからと書く。いつとは言わず「近いうちに」と書く。ニコルはそれを十年とか、十二年先ととるかもしれないが、これ以上嘘を増やしたくないのでいつとは書かない。

夜は個室で泣く。時には一晩中泣く。ニコルの身になにかあったら、どうしたらいいのか想像もつかない。あるいはマチルドに、リュシーに……。

フォンタナが覆面越しにニコルになにを言ったのか知らないが、たぶん拘置所内の亭主を生かしておきたかったら静かにしろとでも言ったんだろう。もちろんニコルは写真が目的だと理解した。おれに見せるための写真だと。

ニコルは被害届を出さなかった。出していたらリュシーが話してくれたはずだ。つまりニコルは誰にもなにも言わず、すべてを胸のうちにしまい込んだ。検閲されると知っているから手紙も書かなかった。マチルドはニコルが近々会いにくると言っていたが、もう来ないだろう。以来、なにごとも起きないまま時が経った。日々が、週が過ぎていった。ニコルがどうなったのかわからない。

ニコルのほうもおれがどんな苦境に陥っているかわからず、悶々《もんもん》としているだろう。いったいこれからなにが起きるのかと考えつづけているはずだ。

彼女に。おれに。

おれたちに。

時にはおれが死んだほうが、ニコルは楽になるんじゃないかと思うこともある。

彼女のほうもそう思っていないだろうか。おれがいなくなれば平和がくる、おれたち二人をこれほど苦しめる事件にけりをつけられると思っているんじゃないか。

昨日は夜中にわれを失い、ベッドを出てドアのまえに立った。まず一回、怪我をしたほうの手でこぶしを握り、全力でドアをたたいた。痛みは強烈で、傷口がすぐに開いた。だが二回、三回と続けた。自分を罰したかったし、けりをつけたかったし、あまりにも孤独だったから。痛かったが、どんなに痛くてもそれで十分とは思えず、なおも続けた。右、左、右、左、強く、もっと強く、さらに強く。手の感覚がなくなっても、汗まみれになっても、鋼鉄のドアをたたきつづけた。そしてとうとうKOされたボクサーみたいに立ったまま気を失ったが、それでもまだたたきつづけ、足が体を支えられなくなってからようやく倒れた。包帯が血でびしょ濡れになっていた。鋼鉄と人間の手では勝負にならず、殴ってもたいした音も出ないのに、手はひどい損傷を受ける。

翌日の治療がこれまた痛かった。一部の指はまた折れていたし、今回は両手とも包帯を巻かれてしまった。レントゲンも撮った。もしかしたら再手術になるかもしれない。

五週間が過ぎた。

ニコルからはなんの便りもない。

たとえ懲罰用の独房とか、地下牢とかに閉じ込められたとしても、ニコルの便りがないことに比べたら、それほどつらくはないだろう。

いまやおれの座標軸は時間でも、食事でも、音でも、昼夜の別でもない。

唯一の座標軸、それはニコルだ。

おれの宇宙は愛を中心に回っている。

彼女なしでは、もう自分がどこにいるかもわからない。

43

「〝あれ〟は、あなたがなにかしたの?」

ニコルは〝あれ〟にあまりにも驚いて、とうとう重い腰を上げて面会に来た。すっかり変わっていた。ひどい変わりようだ。この事件で文字どおりぼろぼろになり、数か月で十歳老けていた。おれのニコル、おれを頼りにしてくれていたころのニコルが懐かしい。痛めつけられたニコルを一度消去して、いつものニコル、おれの妻、おれの愛するニコルを復元できたらどんなにいいだろう。

「手紙は受けとったか?」

ニコルは頷いた。

「もうなにも起きないからな、わかったか?」

彼女は答えず、困ったことに無理して微笑もうとする。それは「あなたを支える」という意味だ。「言葉を求めないで、なにも言えないから。とにかくあなたを支える、わたしはここにいる、それしかできないから」。質問なし。非難なし。ニコルは理解しようともがくのをやめたのだ。男に襲いかかられたが、それが誰かを知りたくない。その男に首を絞められかけたが、その理由も知りたくない。あの男はまたやってくるだろうか? それも知りたくない。あれは一種の事故なんだとおれは言い、彼女はそれを信じるふりをする。ニコルにとってはおれが嘘をつくことより、自分がもう二度とおれを信じられないだろうってことがつらいのだ。だが、くそっ、どうすりゃいい？

ニコルの態度が変わり、おれたちの関係がまたしてもややこしくなったのは、つい最近の出来事である〝あれ〟がきっかけだ。正確にはそこで形勢が変わったことが原因だ。だがこっちはむしろこう言いたい。

「見たか、見事やってのけたぞ！　なのにどうして信じてくれないんだ？」

ニコルは疲れはてていて、左右の瞼を見ればずっと不眠状態が続いているとわかる。だがそれでも、おれと同じように、彼女もそこに希望を見なかったわけじゃない。またしてもあのいまいましい希望の登場。

「同僚が放送のことを教えてくれたの。だからいつもより早く帰宅して録画して、晩にリュシーが来るのを待って一緒に見たのよ」

ニコルはばつが悪そうだが、それこそが、絶対に嘘をつけないことこそが彼女の強みだ（でもおれが彼女みたいだったら、とっくに死んでいる）。

「それで、リュシーはやっぱりあなたが一枚嚙んでるんじゃないかって言ってた」

おれは憤慨してみせた。

だがニコルに手で止められ、口を閉じた。

リュシーなら少しは言葉でごまかせるが、ニコルとなると、ごまかそうと思うこと自体無駄だ。彼女はちょっと目を閉じてから、事前に考えてきたに違いないことをぶちまけた。

「あなたがなにをしてるのか知らないし、知りたくない。嘘じゃないのよ、ほんとうに知りたくないの。でもね、この件に娘たちを巻き込まないで。わたしは別よ。なにがあろうとあなたと一緒だから。あなたがああする必要があったって言うなら、わたしは……。でも娘たちはだめ！」

娘たちを守ろうとするときニコルは別人になる。おれへの愛でさえ関係なくなる。フォンタナが娘たちの手足を折ってやると脅したとき、あいつのまえにニコルを立たせたかった。もちろんおれだって同じ気持ちだ。でも、それはそうなんだが、「この件に娘たちを巻き込まないで！」といっても二人ともどっぷり浸かっている。長女は大事な貯金のほとんどを失い、次女は父親を底知れぬ泥沼から引っ張り出せと命じられた。

「説明させてくれ……」

ニコルは首を横に振り、おれはまた口を閉じる。

「〝あれ〟が助けになるならそれはいいけど、事情なんか知りたくない」

彼女はうつむき、涙を堪える。

「とにかく、娘たちはだめだから」とハンカチを出しながら言う。

説明するなら絶好のチャンスだっただろう。ニコルもそう思っただろうが、あえて話題を変えようとする。

「〝あれ〟で状況が変わると思う？」

「金は受けとったか？　インタビューの」

「ええ。それさっきも訊いたじゃない」

おれの本の件だが、複数の出版社が四万、五万、六万五千ユーロといった前払い金と悪くない印税率を提示してきた。それは全部ニコルの口座に振り込んでもらうつもりでいる。エクシャルからせしめた金は全部返すという条件だから、妻と娘たちに渡せるのは結局それだけだ。

「リュシーとマチルドに半分ずつ渡しといたから」とニコルが念を押す。「助かったみたいよ」

オファーがあったなかから、いちばん宣伝がうまくて、いちばん大衆受けがよくて、いちばん押しの強い出版社を選んだ。本のタイトルは『働きたかった……』で、その下にサブタイトルが『ある中高年失業者の拘置所日記』と入る。刊行予定はちょうど公判の一か月前。リュシーはタイトルに顔をしかめたが、おれが押し通した。カバーは永年勤続賞の表彰メダルで、そこに彫られた女性の胸像（フランス共和国の象徴）がおれの鑑識写真に置き換えられている。宣伝は大がかりなものになる予定で、広報担当一人では足りないので研修生も使うらしい。もちろん無報酬でってことだろう。どこの会社も無駄遣いはしない。テレビ局も、ラジオ局も、おれの代わりにリュシーが行く。新聞、雑誌のインタビューに答えるのもリュシー。初版十五万部。出版社はその後の裁判でさらに伸ばせると踏んでいる。

「おまえたちを守ろうと……」

「手紙に書いてあったからわかってる。あなたはわたしたちを守りたいのよね。でも実際はすべてをややこしくしつづけてる。わたしはね、あなたがなにもしないほうがよかったの。一緒に暮らせればそれでよかった。でもあなたは、あんな暮らしは嫌だったんでしょ？　とにかくもうすべて遅すぎる。わたしはいま独りぼっちなの。わかってる？」

ニコルはそこで言葉を切った。おれたちはU字管みたいに片方の水位が上がるともう片方の水位が下がるようだ。つまり片方がほっとしたときには、もう片方が絶望している。

「お金は要らない」とニコルが続ける。「そんなのどうでもいい。それよりあなたにいてほしかった。わたしと一緒に。ほかにはなにも要らないの」

ちぐはぐな部分もあるが、意図するところはわかる。彼女にはあの惨めな暮らしを再開するつもりがあるということだ。たとえまえよりもっと惨めになろうとも、おれたちが中断したあの時点からやり直したいということだ。

「けど、なにも要らないと言いながら、きみはアパルトマンを売ったじゃないか！」

するとニコルは小さく首を横に振った。結局あなたたって、なにもわからないままなのねと言いたげに。はっきりいってわからない。だからいらいらする。

「それで、あなたは〝あれ〟で状況が変わると思う？」と彼女はまた話題を変えた。

「なにが」

「あの放送のこと」

そう、〝あれ〟というのはエクシャル・ヨーロッパの記者会見のことだ。おれは肩をすくめたが、内心は感動に震えていた。

「まあ、普通はそうだろう」

長いテーブル。

各社から取材陣が殺到。フラッシュの嵐。

テーブルのうしろの壁には《EXXYAL-EUROPE》と巨大な赤文字の社名ロゴが入った横断幕が掛けられている。

「そうよね、あの社長さんは貫禄があるから」とニコルが無理に微笑もうとする。仕事の場でのアレクサンドル・ドルフマンはたしかにすごい。事件の日に最後に近くで見たのは、おれが「アフリカで王になったブープール」とか「サルクヴィルでは何人解雇するんです？」とか、その種のことを言ったときで、ドルフマンは床に座り、おれが額のまんなかに拳銃を突きつけていた。だが彼は汗をかいてさえいなかった、と思う。あれは冷血動物だ。記者会見でも震えもしない。とはいえ会見場に入ってきたときも見えない拳銃を額に突きつけられていた。おれがアレクサンドル大王の首根っこを押さえていたわけだから。もっともそれがわかるのはおれとフォンタナくらいで、それ以外の誰が見ても堂々たる登場だ。サーカスのスターのようにしなやかで確固たる足どり、控え目な微笑み、穏やかな表情。そしてうしろに信奉者を従えている。どの順番で付き従うかはすでに楽屋で決まっていたのだろう。

「人質になったエクシャルの人たちはあれで全員なの？」とニコルが訊く。

「いや、一人欠けてたよ」

おれはすぐにジャン＝マルク・ゲノー、あの赤いランジェリーの主《ぬし》がいないと気づいた。遅れたのだろうか？　ポルノショップにでも立ち寄っているのだろうか？　いや、おれは確信をもって彼は来ない、欠席だと思った。そして、それが妙な結果につながらなきゃいいがとも思った。

信奉者の入場シーンは編集でだいぶカットされていたが、肝心なところは見えた。ドルフマンに続いてまず入ってきたのがポール・クザンだったことだ。例によって棒のように背筋が伸びているので、周囲から頭一つ飛び出ている。そのあとすぐ全員が座っている場面に飛んだ。

まるで『最後の晩餐』で、中央のドルフマン、つまりキリストが全人類に〝御言葉〟を授けようとしている。十二人の使徒は四人に減っている。不況だからしょうがない。キリストの右手にポール・クザンとイヴリン・カンベルラン、左手にはマキシム・リュセとヴィルジニー・トラン。

ドルフマンが眼鏡をかける。フラッシュの嵐が一段落し、会場は静まり返る。

「一人の失業者が苦境に陥り、就職活動の最中にとうとう……暴力に身を委ねるという悲劇が起きました。その失業者の悲しむべき境遇に、当然のことながらフランス中が心を動かされました」

用意してきた文章のようだったが、読み上げるなどというのはドルフマンの流儀ではなく、なにやら仰々しい滑り出しになった。彼自身そう思ったのか、さっそく眼鏡を外して顔を上げた。言葉のひらめきに自信があるようで、そこからは記者たちを、さらにはカメラを通して視聴者のほうをまっすぐに見て話しはじめた。

「わたくしどもエクシャル・ヨーロッパ・グループの名は、期せずして、この嘆かわしい事件に結びつけられることとなりました。なぜなら、その失業者、すなわちアラン・デランブルさんがあまりの苦しみからわれを忘れた際に、わが社の複数の幹部とわたし自身を人質にとり、数時間にわたって拘束したからです」

ほんの一瞬ドルフマンの顔がひきつった。記憶がよみがえったのだ。よくぞ思い出してくれました、万歳！　彼の仮面にほんの一瞬差した影、それはこんなメッセージを思わせるものだった。われわれは恐怖を体験したが、泣き言を並べるつもりはなく、苦しみを表に出したりはしない。気高くありたいのだ、と。そして横にいる四人の使徒たちもこの一瞬の感情の動きに同調する。一人はあの悪夢を噛みしめてうつむき、もう一人は恐怖の記憶の虜《とりこ》となって唾をのむ。彼らにも、万歳！　もちろんカメラマンはこれを見逃さず、ふたたびフラッシュがいっせいにたかれ、テレビ向きの最高の一瞬をとらえる。おれはというと、そのとき仲間のほうを振り向いて拍手してもらいたかったが、残念ながら誰もいなかった。特別待遇の一人部屋だから。

「あの人たちって、けっこうな偽善者よね」とニコルが言う。

「そんなところだな」

ドルフマンは続けた。「いかなる理由があろうとも、いかなる状況であろうとも、いいですか、いかなる状況であろうとも、暴力を正当化することはできません」

「あなたの手、具合はどうなの？」とニコルが訊く。

「六本は動くようになった。ここの四本と、こっちの二本。それで指の大半だからなんとかなるさ。あとの四本は継ぎ合わせがうまくいってなくて、医者いわく、もしかしたら少し曲げにくいままになるかもしれないそうだ」

ニコルがおれを励ますように自然に微笑んだ。それこそおれが愛する微笑みだ。そしてそのためにこそおれは戦い、苦しんでいる。この女のためなら死ねる。

くそっ、まさにそうなりかけてるじゃないか！

いやいや、そうともかぎらない。なにしろドルフマンはこう続けたんだから。

「しかし、わたくしどもは苦境にある人々の心の痛みに無関心ではいられません。企業のトップに立つ者は皆、日々経済戦争を勝ち抜こうと戦っていますが、それはそうした人々の復職を可能にするためでもあります。しかし同時に、実際には復職に時間がかかり、人々が苛立ちを覚えざるをえないということも理解しています。いえ、むしろ、わたくしどももその苛立ちを共有していると言うべきでしょう」

この放送をサルクヴィルのカフェで見たかったとつくづく思う。ワールドカップの試合みたいに盛り上がっただろう。みんな放送後にこの場面だけ繰り返し再生したかもしれない。

「デランブルさんに降りかかった災難は、一部の求職者が経験する悲劇の典型と言えるかもしれません。だとすれば、それに対するわたくしどもの対応もまた、模範的でなければなりません。したがって、わたくしの発案により、エクシャル・ヨーロッパ・グループはすべての告訴を取り下げることにいたしました」

会場にどよめきが走り、最後の晩餐の会食者たちは全員フラッシュの攻撃にさらされた。

「よき協力者である幹部たちが……」キリストは右へ、そして左へとおごそかに視線を送り、使徒たちは揃って瞼を閉じて恭順の意を示す。「率先して賛同してくれたことにも感謝しています。それぞれが個人の資格で訴えを起こしていましたが、そのすべてが取り下げられます。デランブルさんは刑事上の責任を法廷で問われることになりますが、附帯私訴当事者は手を引き、すべて司法に委ねることといたします」

キリストの左右にいる幹部たちは、自分たちの歴史的役割を意識して表情を引きしめる。ドルフマンはたったいま、資本主義の歴史を語るステンドグラスに新たな一枚を加えるべく、その下絵を完成させたのだから。画題は『絶望した失業者に憐憫を垂れる経営者』。

そしてこれに続いてドルフマンが放った言葉で、おれには彼があの一千万ユーロをどう値踏みしたかがよくわかった。あれはやはりエクシャルの舞台裏でそれなりの騒ぎを引き起こしたとみえる。だからドルフマンはステンドグラスの下書きだけではなくわざわざ色まで塗った。それもほかならぬ純白、キリストの白、無実の白を。

「エクシャル・ヨーロッパもその幹部も、もちろん司法に影響を及ぼそうなどとは思ってもいません。司法の判断は完全な独立のもとに下されなければなりません。しかしながら、わたくしどもの決定は寛容への一つの呼びかけでもあります」

会場がざわつく。世の経営者が傲慢になりうることは、彼らの報酬を見ればすぐわかるから誰もが知っていた。だがこれほどの高潔さとなると聞いたこともない。嫌でも涙を誘う感動の場面だ。

「リュシーが、附帯私訴の取り下げは陪審の評決にもインパクトを与えるだろうって」とニコルが言う。

おれもリュシーからそう聞いた。こっちはその程度で満足する気はないが、黙っていた。まあ、見ていればわかる。公判まであと四、五か月の辛抱だ。記録的短時間なんだそうだが、フランスでもっとも有名な失業者が重罪院に出廷するなど、めったにあることじゃないからだろう。

そのあとドルフマンは少しトーンを下げた。

「しかしながら……」

会場のざわつきがどうにか収まる。ドルフマンは〝御言葉〟が間違いなく伝わるように、音節を区切りながら明確に発音する。

「しかしながら、今回のわたくしどもの自発的な対応が、今後の判例になるというわけではありません」

TF1の視聴者にはわかりにくい文章だ。

だからドルフマンはコミュニケーションの基本に立ち返り、嚙みくだく。

「今回の対応は例外です。デランブルさんの例に倣おうとする人はすべて……」サルクヴィルのカフェでは怒りの爆発！「わがグループが暴力阻止の断固たる姿勢を崩さないことを、また誰であろうと、わがグループに属する資産と人員に危害を加える者があれば、迷わず告訴することをご承知おきいただきたい」

「それにしても、誰もあれを非難しなかったなんて、どうかしてるわよね」とニコル。

おれがぽかんとしたので、ニコルは補足した。

「あの社長さんは〝わがグループに属する資産と人員〟って言ったでしょ？　あれって驚くじゃない」

まだわからない。

「資産はわかるわよ、でも人員って！　その人たちは企業に〝属している〟わけじゃないじゃない！」

おれは考えもせずにすぐ言った。

「いや、別に驚かなかったけどな。おれがしたことだって、結局はもう一度どこかの企業に〝属する〟ためだったんだから。だろ？」

ニコルは仰天し、黙ってしまった。

彼女はおれを支えてくれる。あらゆる面で。これからもとことんそうするだろう。だがおれたちの宇宙は異なる方向に膨張しつつある。

「あ、そうだ」とニコルが言う。

そしてバッグのなかを探り、写真を出す。

「あと二週間で引っ越すの。グレゴリーがとてもよくしてくれて、友人と一緒に手伝ってくれるって」

だがおれは写真に気をとられてすでにうわの空だった。カメラアングルにも光にも気を配り、少しでもよく見えるように苦心惨憺した写真だが、それでもどうしようもない。陰気な建物、そのひと言に尽きる。ニコルはお隣さんがとっても感じがよくてとか、二日休みがとれたからとか引っ越しについて話しつづけるが、おれのほうは写真にパンチを食らってげんなりしている。何階かも聞き逃した。十三階、と言っただろうか？　窓からの眺めも何枚もあった。遠景のパリ。だが不動産で見晴らしを強調するとなったら、それ以外が思いやられる。空の写真は見もせずに飛ばした。

「キッチンで食事ができるし……」

そこで吐くこともできるだろう。細かい寄木張りの床は七〇年代のものに見える。なんの装飾もない直線的な部屋で、写真を見ただけで声が虚《うつ》ろに響くのが聞こえるようだし、夜になれば中空の壁を通して隣人ののしり合いが聞こえてくるに決まってる。リビング、廊下、寝室、もう一つの寝室。どれもぞっとする。こんなろくでもない物件にどんな価値があるんだ？　ローンをほぼ完済したおれたちのアパルトマンを、こんなものと交換したってのか？

「アラン、ほぼ完済したってことは、まだ完済してないってことよ。あなたは知らないのかもしれないけど、わたしたちはお金に困ってるの！」

これ以上気に障ることは言わないでおこう。ニコルはかなりいらいらしていて、爆発寸前だった。案の定また口を開いたので、ミサイル発射を覚悟して目を閉じたが、彼女が選んだのはもっと意地の悪い攻撃だった。面会室を見まわしてこう言ったのだ。

「あなただって引っ越したじゃない」

汚い手だ。おれはテーブルの上に写真を投げ出した。ニコルはそれを集めてバッグにしまうと、顔を上げておれを見た。

「アパルトマンなんかどうでもいいの。あなたと一緒ならどこでもよかった。あなたと暮らすことだけがわたしの望みだったの。だからあなたがいないなら、ここだろうとどこだろうと……。少なくとも、これで借金はなくなったし」

ニコルの引っ越し先はまさに受刑者の家族が住みそうなところだ。

言いたいことは山ほどあるが、言わなかった。節約だ。裁判の日まで力をとっておいたほうがいい。

そのろくでもないアパルトマンになるべく早く合流するためにも。

44

誰もが経験していることだろうが、なにもかもうまくいく日もあれば、なにもかもうまくいかない日もある。重罪院に出廷する日は前者であることが望ましい。しかもそれが二日続くことが望ましい。おれの公判は二日間の予定だから。

リュシーは少しまえからちょっとしたパニックに陥っていた。サント＝ローズとかいう弁護士はおれが本を出すと発表した時点で降参して逃げたので、もうその話も出ない。おかしなことに、そいつが背後霊みたいにリュシーにくっついていたときはどうにも気に入らなかったが（特に報酬がえらく高いとわかったときから）、いなくなってからは、リュシーが孤軍奮闘するさまを見ておれは少々うろたえた。専門家の助けが必要だとリュシーに言われたのは十六か月まえのことだが、その意味がいまになってようやくわかってきた。だからリュシーが不安でいっぱいなのを見ると、こっちは申し訳なくて泣けてくる。いっぽう、おれの弁護士が娘であることはマスコミの注目を浴び、リュシーの写真入りの記事が涙を誘う見出しとともに何度も掲載された。リュシー自身はそういうのを嫌がるが、そこは娘の考え違いで、このほうがいいに決まっている。

裁判が近づくにつれておれもひどく不安になったが、娘から弁護方針を聞いて、おれは正しい選択をしたと改めて思った。大ざっぱにいうと、方針は政治的か心理的かの二つに分けられる。リュシーは検事が前者を選ぶと推測し、自分は後者で対抗すると決めた。

またおれたちにとっては幸いなことに、複数の信号が青になっていた。

一つはエクシャルで、アレクサンドル・ドルフマンのあの驚きの記者会見は社会全体から好意的に受け止められた。そしてその後、高い評価を無にするまいとの配慮が働いたのか、ドルフマンも幹部たちもいっさいインタビューを受けつけず、それがまたいいほうに解釈された。

つまりそうした態度は、あの決断が無私無欲の博愛精神から出たことを証明するものだと受けとられた。ごく一部、あれには隠された意図があるのではないかと指摘する記事も見られたが、それは例外にとどまり、報道の基調は次のようなものになった。労使間の対立がエスカレートして労働争議が絶えないこの時期に、エクシャル・ヨーロッパとその幹部が博愛精神に基づく決断を下したことは、労使関係に新たな光を投げかけるものとして評価できる。およそ二世紀に及んだ出口の見えない階級闘争のあとで、一人のリーダーが誠実な協調の必要性を訴え、経営者と労働者の待望の和解という歴史的瞬間をもたらした。というわけでこちらは大成功だ。

もちろんエクシャルは、間違いなく全額返済いたしますとおれに確約させることも忘れなかった。

もう一つの青信号はメッサージュリー・ファルマスーティックで、公判の少し前に態度を変えてきた。それを知ったリュシーは、おれが社会の英雄になったことで会社側の社会道義上の立場が弱くなり、裁判で勝てるかどうか怪しくなってきたからだろうと考えたが、その後理由は別のところにあるとわかった。重要証人であるロマンがすでに仕事を辞めていて、前雇用主からの書面による催促にもいっさい答えていないからだった。そこでさっそくリュシーが調べてみたら、ロマンは生まれ故郷に帰っていた。農業に戻ったのだ。しかもぴかぴかのトラクターを購入し、大規模な灌漑《かんがい》計画を推し進めるなど、野心的な投資を行っているらしい。

だが信号がいくら青でも、リュシーの心配はなくならない。

一般人の陪審がどう判断するかは予測が難しいのだそうだ。おれがあまりにもしつこく訊いたので、リュシーがしぶしぶ見通しを打ち明けてくれた、最善の場合「懲役八年、うち四年を執行猶予」（フランスの「一部執行猶予」制度による）に持ち込めるんじゃないかと。

脳内計算機がすぐに引き算し、おれは狼狽した。つまり最善でも四年の実刑。

そのとき座っていたからよかったが、立っていたら倒れたかもしれない。あと三十か月以上もここにいるってことか！　特別待遇の個室をキープできたとしても、もう疲れはてていて、そんなに長くいたら、

「死んじまう！」

リュシーがおれの手に触れて励まそうとする。

「パパは死なない。辛抱できるってば。言っとくけど、その程度で済めば奇跡だから」

おれは涙をのんだ。

それから三日間眠れなかった。三十か月！　ほぼ三年……。出るときは年寄りだ、老いぼれだ。

しかも全額をエクシャルに返さなきゃならない。

つまり老いぼれの貧乏人ってことになる。そう思うと気持ちが折れそうになり、孤独が身に染み、眠るどころじゃなかった。

そんなわけで、公判初日、おれは肩を落とし、血の気のない黄ばんだ顔で入廷した。見るからに疲れきった男。それが期せずして人々の同情を誘うことになり、結果的にはよかったようだ。

ひと握りの陪審員は、おれが働きに出ていたころ毎日メトロで乗り合わせたような普通の人々のなかから選ばれる。老若男女取り交ぜて。だが実際に法廷で顔を眺め、こういう普通の

人が重罪を裁くのかと思ったらひどく不安になってきた。全員が「憎悪や悪意、恐怖や情愛にとらわれず、良心と心証に従い、公平誠実に職務を行うことを誓います」と宣誓しているとはいえ、やはり当惑してしまう。なにしろおれと同じような人間なわけだから、当然おかしな好き嫌いがあるはずだ。

おれの数少ない取り巻きが傍聴席にいるのはすぐにわかった。

まずは近い親戚。ニコル。今日はとびきり美しく、ずっとこっちを見ていて、絶えず信じているという密かなサインを送ってくれている。マチルド。夫は時間がとれず、一人で来ている。その少しうしろにシャルル。自分より少しは余裕のある隣人からスーツを借りてきたんだろうが、そいつがかなり太っているらしくてスーツがぶかぶかだ。風にたなびいているように見える。しかも、法廷では飲めないと知ってあらかじめアルコールをたっぷり仕込んできたようで、遅れて入ってきたときもまっすぐ歩けず、おれを見て例のネイティブアメリカンのあいさつをしようとしてよろめき、ベンチの背に倒れかかり、そのままそのベンチにへたり込んだ。それでも傍聴中はずっと表現力を発揮しまくっていた。裁判の進行に立ち会うことに全身全霊没頭していて、誰かがなにか発言するたびに顔でコメントする。まるでオシロスコープだ。そしておれの車の修理をしている自動車整備士になったみたいに、時々おれのほうに首を回していまのところすべて順調と知らせてくる。

近い親戚に続いて遠い親戚。フォンタナ。いかめしい顔で黙々と爪を磨いていて、おれのほうをけっして見ない。二人の仲間も一緒だ。クールな視線の若い女と、事件の日に尋問を担当していたアラブ人の男。裁判資料によれば名前はヤスミンとカデル。彼らは検察側の証人として名前が挙がっている。だがそれ以前の問題として、彼らはおれのためにここにいる。おれだけのために。なんとも光栄なことだ。

そして記者連中、ラジオ、テレビ。出版社からも誰か来ているはずで、増刷のことを考えて舌なめずりしていることだろう。

そしてリュシー。久しぶりに法服姿の娘を見た。若手の弁護士仲間が何人も傍聴に来ていて、その誰もがおれと同じように「彼女、この一年で何キロやせたんだろう」と案じているようだ。

一日目が終わった時点では、リュシーがなぜ〝最善で懲役八年〟と予測したのかおれにはわからなかった。公判初日の様子を伝えたあるリポーターの言葉を借りるなら、全世界がおれの味方で、評決は寛大なものになるだろうと思えた。ただし、全世界といってもたしかに検事はそこに入らない。気難しいことこのうえない辛辣《しんらつ》なやつだ。あらゆる機会をとらえておれに対する反感をあらわにする。

精神鑑定医の証言のときもそうだった。医師は事件当日のおれの精神状態について、「正常な判断能力と行動制御能力を損なわせる」一時的な障害の影響を受けていたと明言した。だが検事は医師を執拗に問いつめ、刑法百二十二条一項を盾にとり、十分責任能力を問える状態にあったという方向になにがなんでももっていこうとする。専門用語がわからないのでやりとりは頭上を素通りしたが、リュシーは粘った。この点は重要な争点の一つだそうで、リュシーもずいぶん勉強していた。リュシーと検事の言葉の応酬はエスカレートし、途中裁判長が注意を促す場面もあった。その晩のニュースで、あるキャスターは簡潔にこうまとめた。「陪審員は検察側が力説したように被告人は責任能力があったと考えるでしょうか。それとも弁護側が主張したように心神耗弱《こうじゃく》状態によって判断能力が著しく損なわれていたと考えるでしょうか。それは明日の晩の判決でわかります」

検事は細部をほじくり返すのが得意で、人質が感じた不安についてもその場に居合わせたかのように克明に描写する。その口にかかるとあの事件がアラモ砦《とりで》の籠城みたいになってしまう。そしておれを逮捕したRAIDの隊長を証人として呼んでいた。リュシーはほとんど口を挟まなかった。ほかの証人たちに期待していたからだろう。

それぞれの功労に応じて誰にでも敬意を払わねばならない。

やがてアレクサンドル・ドルフマンが仕事をする番になった。

あの衝撃の記者会見以来、誰もが彼の証言を待っていた。

ちらりと見たら、フォンタナも依頼人であるドルフマンをじっと見つめて耳を傾けている。

公判の数日まえに、おれはフォンタナにこう言っておいた。

「言っとくが、こっちが求めているのは一千万ユーロに見合う証言だ。最小限の小手先仕事で済ませるようなことは問題外だからな。三百万ならおれのことを〝混乱した男〟とする程度で我慢するし、五百万なら〝実直な男〟でもいいだろう。だが一千万というからにはおれを〝聖人〟に祭り上げてもらいたい！　こっちはそう考えてるとあんたのローマ教皇に伝えてくれ。今回は社長を気どってる場合じゃない。あくせく仕事をするしかないぞ。一千万ユーロを取り戻して大株主をなだめるために、偉大な舵取りには大いにお骨折りいただく必要がある」

法廷でのドルフマンの態度は驚くほど自然だった。

リュシーはあの記者会見レベルの同情的な発言を期待していた。だが実際にドルフマンの口から出てきた言葉はそれ以上だったので、正直驚いただろう。こんなのはいちばん楽観的な夢のなかでさえ期待していなかったはずだ。

「はい、もちろんあの事件はつらい試練でした。しかしわれわれがまえにしたのは、殺し屋というより〝取り乱した男〟にはるかに近かったのです」。そこで言葉を止め、記憶を探るふりをする。「いや、ほんとうに、脅されているとは感じませんでした。そもそもデランブルさんは自分がなにをどうしたいのかよくわかっていない様子でした」。そこへ質問。そして答え。「いいえ、身体的な暴力はいっさいありませんでした」。だが検事はこだわる。おれは心のなかでドルフマンを励ます。そうだ、閣下、もうひと踏ん張り頼むぞ！　ドルフマンは使える材料をかき集める。「ピストルを撃ったときも、誰かにではなく、はっきりと窓に向けて発射したのを全員が見ています。脅すというよりむしろ……失意によるものだと思えました。なにかに打ちのめされて、疲れはてているといった印象を受けました」

　検事は攻撃に転じた。まずドルフマンの当初の発言、ＲＡＩＤによって解放された直後の発言を持ち出して〝被告人にたいして非常に厳しい〟と評し、続いてあのあまりにも意外で説明がつかない記者会見の発言を繰り返して〝ここでは被告人のすべてを許している〟と指摘した。

「ドルフマンさん、あなたの発言には理解しがたい矛盾があるようですが」

　しかしアレクサンドル大王はその程度ではひるまない。

　この批判をかわすのに、ドルフマンはある種の〝三段論法〟で応じたが、これが見事なパフォーマンスになっていた。あるときは人差し指を検事に向け、あるときは陪審員にまなざしを送り、またあるときは片手をおれのほうに差し伸べるなどして話にアクセントをつけながら、完璧な寸劇を演じてみせたのだ。三十年間取締役会を掌握してきた経験がなせる業《わざ》。そしてその寸劇が終わったとき、彼がなにを言おうとしたのか誰にもわからないのに、彼が言うとおりだと誰もが認めていた。すべてが明確になり、すべてのつじつまが合ったと思えた。誰もがドルフマンに導かれて〝明確な答え〟なるものの周囲に集まり、そこで理解を共有したわけだ。仕事に精を出す大物社長は、大聖堂でミサを捧げる司教のように美しい。

リュシーがうれしそうな顔でおれを見る。

公判の数日まえ、おれはフォンタナにこうも言っておいた。

「社長のみならず、全員に力を発揮してもらいたい。これは共同作業で、しかも一千万ユーロだから足並みの揃ったチームでないと困るんだ、わかるか？　ドルフマンが道をつくり、それに続いてチーム一丸となって進む。誰も調子はずれの音なんか出さないこと！　いつも自分の部下にどういう忠告をしているかよく考えろとチームメンバーに言っといてくれ。それでわかるだろう」

実際、よくわかったようだ。

イヴリン・カンベルランが証言台に向かう。口やかましい中年女。自尊心の塊。

「ええ、たしかに怖かったです。でもすぐに、わたしたちに危害を加えることはないだろうと思いました。怖かったのはむしろ、うっかりして操作を誤ったりしないだろうかという点でした」

検事の反対尋問のたびに傍聴席から不満のつぶやきが聞こえてくる。中世の聖史劇でユダが登場する場面と同じだ。検事はカンベルランに、〝怖かった〟というのをもっと具体的に説明してくれますかと言った。

「怖かったのですが、恐怖に怯えていたわけではありません」

「ほう！　ピストルを突きつけられたのに？　それはまたずいぶん度胸がありますね」と皮肉を言う。

するとカンベルランは検事をじろりと見て、盛大な笑みを浮かべて言った。

「ピストルは、わたしにはあまり効果がありません。兵舎で育ったので見慣れていて。父は陸軍中佐でした」

法廷に笑いが広がった。陪審員のほうを見たら何人かは口元を緩めていたが、苦笑のようなもので、素直な笑いとは言えない。

検事は口調を変え、思わせぶりに言った。

「あなたは訴えを取り下げられたわけですが、それは……あなた個人の意思で、ということなんですね？」

カンベルランの答えはほんの一瞬遅れ、その一瞬がとんでもなく重かった。

「どうやら、わたしが会社から言われて取り下げたとおっしゃりたいようですけど、そんなことをして会社になんのメリットがあるんです？」

それはまさに、今日証人として呼ばれている幹部全員が抱いた疑問に違いない。それに対してドルフマンがうまく説明できたのかが問題で、それはこれからわかるだろう。一千万ユーロのために抜かりなくやってくれたと信じたい。

検事がふたたび口を開くまえに、カンベルランが続けた。

「おそらく、わたしが働いている企業がイメージアップを図ろうとしたと想定しておられるんでしょうね」

クビだ！　こんな物言いをしたら、おれならすぐさま解雇する。人前でのしゃべり方も知らないのか？　まったく腹が立つ。このミスをすぐカバーしないなら、サルクヴィルの人員削減の筆頭にこいつの名前を入れろとドルフマンに言うぞ。するとおれの呪いを感じたのか、カンベルランはすぐに言い直した。

「エクシャル・ヨーロッパが、こんなやり方で、あえてイメージアップを図る必要があるとお思いですか？」

よし。ましになった。だが陪審員の頭にしっかり入るようにもっと念を押してもらいたい。

「でしたらなぜ、この証言のために特別報酬でも受けとったのかとお尋ねにならないんです？　あるいは解雇の脅しを受けたのかと。そうした質問はあまりにもぶしつけだと思われたのですか？」

法廷内がちょっとざわつく。裁判長が静粛を求め、陪審員たちは当惑し、おれは少々不安になってきた。作戦は失速状態に突入か？

「では」と検事がようやく口を開く。「それほど被告人に共感しているのなら、なぜ事件の翌日すぐに告訴したのですか？」

「警察でそう言われたからです。警察官にそうしたほうがいいと勧められ、そのときはそれがもっともだと思えたんです」

だいぶましになった。やはりドルフマンは明確な指示を出していた。幹部たちも自分の未来を賭けてここに臨んでいるようだ。おれもまえほど孤独じゃないような気がして、うれしくなってくる。

　マキシム・リュセも同僚に倣った。ただし話し方はカンベルランよりずっと地味だ。簡単な言葉しか使わず、こいつの場合はそれがかえって効果的だ。ほとんどは「はい」か「いいえ」。目立たないニッケルといったところだ。

　ヴィルジニー・トランはその逆で、目立ちすぎだった。クリーム色のミニのワンピースにスカーフを巻き、自分の結婚式かと思うほど気合の入った化粧をし、モデル歩きで証言台へと歩み出る。社長に気に入られたいのが見え見えで、真剣な顔で宣誓する。だが真剣すぎて、なにかうしろぐらいところがあるのではないかと思えてしまう。あの競合会社のプロジェクトリーダーとはまだ切れていないんだろう。おれが彼女の立場だったらそのあたりは用心するんだが。

　トランの証言は一方的な決めつけだった。

「デランブルさんはなんの要求もしませんでした。あの行為が計画的なものだったとはちょっと考えにくいです。もしそうならなにか要求したはずですよね」

　検察側が抗議し、裁判長もそれを認め、トランは惨めな立場に追い込まれた。

「被告人の動機について意見を訊いているわけではありません。あなたが見たことだけを話してください」

　だが弾幕を張られたトランはむしろチャンスとばかり、もじもじしながら脚線美をアピールしつつ、しおらしくうつむいて頬を染めてみせた。ジャムの瓶に指を突っ込んだところを見つかった少女だ。これを見たらユダでも泣き崩れるだろう。

そして最後にポール・クザン閣下。彼だけは、証言台からおれの顔をまっすぐ見た。記憶にあるよりさらに背が高い。聴衆受けしそうだ。

フォンタナにはこうも言っておいた。

「あの背の高いやつがすべての鍵だ。あいつのせいでおれはここにいるんだから、ぜひともとびきりの対応を頼みたいと伝えてくれ。そうでなければ、また定年まで〈管理職雇用協会〉の世話になるしかないぞと」

クザンは厳かな雰囲気を漂わせ、自分はいまや偉人だと意識しているのがわかる。毅然とした落ち着き。模範的だ。

裁判長の問いにも検事の問いにも、さりげなくおれのほうを見てから答える。〝厳格なる者〟は意見を述べるために〝迷える者〟を観察する必要があるのだろう。そして厳選された言葉で簡潔に答える。

互いをよく知るわけでもないのに、おれはなんだかクザンが旧友のような気がしている。

「はい、いまはノルマンディーで仕事をしています」。次の問いにはつらそうに「はい」と頷く。「大規模な再編計画で、困難な任務です。人間的に」。この言葉が彼の口から出ると妙な具合に響くので、乱用しないでくれるといいんだが。「そうです、サルクヴィルは経済的苦境のただなかにあります」。いまがいかに苦しい時期かを彼は理解している。それから事件の際の行動に話が移り、検事がクザンの抵抗、対決、勇気ある脱出に触れる。

「被告人はあなたを止めようとして発砲しましたね」

傍聴席からもなんて勇敢なんだとため息が漏れたが、クザンはすべての賞賛を惜しげもなく一蹴する。

「しかしわたしは撃たれませんでした。わたしにとって重要なのはそこだけです。デランブルさんは撃とうとしたのかもしれませんが、わたしは振り向いてそれを見たわけではないので証言できません」

　誰もがそれを慎みと解釈する。

「あなた以外の全員が見たんですよ！」

「ではほかの方に訊いてください。わたしではなく」

　法廷がざわめき、裁判長が静粛を求める。

「しかし」と検事が応じる。「皆さんの驚くほど統一のとれた証言を聞いていると、この事件はちょっとした観光アトラクションと変わらないように思えてしまいますね。被告人が危険な存在ではなかったのなら、なぜもっと早く介入しなかったんですか？」

　クザンは体の向きを変え、検事を真正面にとらえて言った。

「なにごとにも観察、理解、そして行動というステップがありますから」

　堂々としたものだ。

　傍聴席はあっけにとられている。全員脱帽。

　フォンタナにはもう一つ言っておいた。

「それからジャン＝マルク・ゲノーだが、ボールを確実にコートに入れてもらいたい。さもないと法廷でまた下着姿にしてやる」

　証言台に上がったゲノーは別人になりはてていた。

まえはつらつとして自信たっぷりだったのに、いまは亡霊だ。そして自分の肩書を〝失業労働者〟と述べた。

要するに失業者のことだ。彼は事件の二か月後にエクシャル・ヨーロッパを首になった。あの事件でひどくつらい思いをしたんだから、と経営陣の誰もが躊躇《ちゅうちょ》しただろうが、やはりスーツの下にランジェリーをつけている財務責任者に信頼を置くことはできなかったようだ。だがゲノーは、解雇されたにもかかわらずこうして証言しにやってきて、言うべきことを言う。なぜなら世間は狭く、雇用関係が切れても、この業界での再就職を望むかぎりエクシャルに逆らうことはできないからだ。

もう少し説明しよう。

失業して十四か月。ということはまだ以前の感覚が抜けていない。

いまのゲノーは失業一年半後のおれだ。以前の状態に戻れるとまだ信じていて、それにしがみついている。だがあと半年もすれば賃金要求額を四割下げ、九か月後には臨時雇いでもいいと譲歩し、二年後には請求書の半分を払うために下っ端仕事でもいいと言う。そして五年後にはトルコ人の現場主任に尻を蹴られるだろう。おれはゲノーの上着の縫い目がほつれ、法廷中が大笑いになる場面を想像した。

フォンタナにはラコステについても注文をつけておいた。

「あのアホにはあんたからきっちり忠告しといてくれ。飲み込みが悪いようなら指を全部折ってやってもいいぞ。経験してるからわかるんだが、効果抜群だ」

フォンタナは笑いらしきものを浮かべたが、それを笑顔と呼ぶのはあいつの母親だけだろう。

ラコステは人情味あふれる証言をしてくれた。彼の会社は民事再生の手続き中だそうだ。「いえ、いまここで取り上げられている事件とはまったく関係ありません。不況のあおりによるもので、デランブルさんと、あるいは他の多くの人々と同じ波をかぶったからです」。なかなかいいじゃないか、ラコステ。あの美人のリヴェが少しは傷を癒してくれていることを祈るとしよう。

リュシーが事の成り行きに驚いて何度もおれのほうを見る。

この調子だとじきに敵軍は検事一人になりそうだ。リュシーは戦うつもりで準備してきたが、敵軍は早くも休戦に持ち込みたいという状況ではないだろうか。リュシーは細心の注意を払いつつ、穏やかに証人尋問を進めていく。そして、形勢は悪くないが、オーバーランは避けるべきだと思いはじめる。

あとから聞いたのだが、リュシーはニコルからこう言われたそうだ。

「それにしても呆れるわよね。アランは人質事件を起こして重罪院送りになったわけだけど、企業が社員評価のためにあんなことまでして、しかもそれで罰せられないってことに誰も驚かないなんて！　だってあの人たちがあんなおかしなゲームをしなければ、人質事件だって起きなかったわけでしょ？」

「もちろんそうだけど」とリュシーは答えた。「でもどうしろっていうの？　評価の対象になった人たちでさえ異常だと思ってないみたいなのに」

リュシーはこのやりとりを何度も思い返した。そして、証人尋問でその点を浮き彫りにできないか、企業側の暴挙を前面に押し出して、それが結果的におれを狂わせたという方向にもっていけないかとも考えていたそうだ。だがこれはエクシャルではなくておれの裁判だし、と迷っていた。ところが蓋を開けてみたら、そもそもそんな必要がなくなっていたわけで、リュシーは驚きを隠せない。

またリュシーが振り向いた。成り行きがあまりにも極端だからか心配顔になっている。おれはこっちも驚いていると両手をちょっと広げてみせた。そしてほんとうに驚いているふりをしようといろいろ試みたが、そのときにはもうリュシーは、怪訝な表情のまま、証人のほうに視線を戻していた。

フォンタナ自身の証言についてはこう言っておいた。

「いちばん得意なことをやってくれ。つまり忠実なる兵士の役だ。そっちも金がかかってるんだろう？」

フォンタナは眉一つ動かさなかった。図星だ。報酬は歩合で、おれから取り返せる金額が多いほどフォンタナも儲かる。

「おれのことを犬の糞みたいに踏みつぶしたいだろうが、ここは軍人らしくやるべきことをやってくれ。おれの世話を焼くってことだ。こっちも手助けする。不適切な言葉が一つ出るごとに、ドルフマンが待ってる金額が百万ユーロずつ減ると思え。なんで減ったんだと訊かれたらそう答えるんだな。そしたらドルフマンはその分をあんたに請求するだろう」

おれがこれほど優位に立っていなかったら、こんなことを言っただけで即刻両足をセメントで固められ、酸素ボンベ一本と六時間分の猶予とともにサン＝マルタン運河に投げ込まれただろう。そんなことは霊媒師じゃなくたってわかる。だがすべてが終わっておれが貧乏に逆戻りしたあと、いったいなにが起きるだろうか。フォンタナが根に持たなければいいんだが。この件を私的な恨みと混同しないことを祈るばかりだ。

　いずれにせよ、法廷でフォンタナはおれの指示に従った。

デランブルは危険な男ではないというそれまでの数多くの証言に、フォンタナが保証を与える。そしてその保証が意味あるものだと示すために、リュシーがフォンタナに職歴を訊く。本物の戦闘員を、いやもっと荒っぽい連中でさえ知り尽くしていることで、アラン・デランブルはおとなしい人間だという彼の証言に説得力が生まれる。また、撃たれて怪我をしたのではありませんかと訊かれると「ちょっとしたかすり傷です」と答え、なぜ訴えないのかと訊かれると「訴えるとは、なんのために？」と答えた。

だがおれは少々やりすぎたようだ。証言はこのあたりが限界だ。同じトーンの証言があまりにも続くと逆効果になりかねない。

　二日目の午後には検察官と弁護人の意見陳述が行われ、まずは弁護人の口頭弁論から始まった。

　リュシーはすばらしい。凛《りん》とした説得力のある声で理路整然と論じ、結論を押しつけないように気をつけながら証言のポイントを押さえていき、男性の陪審員にも女性の陪審員にも配慮して訴えかける。主張すべきことを漏れなく主張する。もっとも重要なのは、おれの事件が誰のものであってもおかしくないと論証することだが、そこが見事だった。おれが陥った困難な状況を強調し、自信喪失、屈辱感、粗暴で理解しがたい扱い、そして錯乱に陥ったこと、追い込まれた状況から自力で抜け出せなくなったことを語る。おれが孤独に陥ったことも。

そしてそのタイミングで〝おれの本〟という手榴弾のピンを外す。

「そうです、被告人は本を書きました。これについては名声を得たかったからだという声が多く聞かれましたが、そうではありません。支えが必要だったからです。苦難を誰かと分かち合う必要があったのです。そしてまさにそうなりました。似たような境遇にいる何千、何万という人々が、被告人の挫折に自分の姿を見、被告人の不幸に、屈辱に自分の姿を重ねたのです。そして被告人の行為を許しました。そもそもその行為はなんの結果ももたらさなかったのですから」

そして、被告人のために求める情状酌量は、不況下のこの時期に苦しんでいるすべての人々が共有する情状であると訴えた。

ほんとうにいい弁論だった。

だから、あの気難しい検事を脅威と感じてさえいなければ、リュシーの〝最善の予測〟が現実になると期待できたかもしれない。検事はリュシーの弁論中、絶えず首を振ったり、顔をしかめたり、大げさにまさかという顔をしたりと忙しかった。いずれにしてもおれを無罪とする陪審員は一人もいないだろう。採用試験に実弾入りのピストルをもっていったんだから、誰がどう見ても計画的な犯行だ。だから問題は刑期なんだが、懲役三十年という理論上の刑を十年とか八年とかに引き下げるなんて、やはり簡単にできることじゃないだろう。それでもリュシーはあきらめず、あらゆる手を尽くしてくれた。誰かがおれの刑を軽くできるとしたら、それはおれの娘、リュシーしかいない。ニコルが感嘆のまなざしで娘を見ている。マチルドも信頼と羨望のまなざしで妹を見ている。

そしていよいよ検察側の論告求刑。リュシーの言うとおり、検事はこの事件を今後のための見せしめと位置づけた。

論点は次の三つに要約できる。どれも単純明快だ。

一　アラン・デランブルはエクシャル・ヨーロッパの最終試験の三日前にピストルと実弾を探し、見つけ、買い、装塡した。つまり明らかに攻撃的な意図をもっていたのであり、おそらくは殺意ももっていた。

二　アラン・デランブルはこの事件をマスメディアに売り込み、審理に圧力をかけようとし、陪審員に影響を与えようとし、陪審員を感動させようとし、また威圧しようとした。すなわち人質事件の犯人が恐喝犯になった。

三　アラン・デランブルは危険な前例をつくった。その刑罰が厳しいものにならなければ、失業者は皆、自分も暴力に訴えられると思うだろう。解雇された労働者による放火、脅迫、略奪、暴行、監禁等々の暴力事件が増えつつあるこの時期に、陪審がこの人質事件を合法的な交渉手段の一つとすることなどできるだろうか？

もちろんその答えはすでに質問のなかに含まれているわけだ。

よって見せしめが必要、となる。検事は陪審に向かってそこのところを明確にした。

「今日ここにおいでの陪審員の皆さんは、新手《あらて》の暴力に対する最後の砦です。皆さんの義務を自覚してください。実弾の発射を情状酌量に値すると考えることは、社会的対話より内戦を良しとすることに通じます」

これで誰もが厳しい求刑を予想した。十五年くらいだろうかと。

ところが検事はもっと上をいき、最高刑の三十年を求刑した。

検事が着席したとき、法廷内のほぼ誰もがあっけにとられていた。

もちろんおれがまっさきに。

リュシーは顔色を変え、ニコルは息を止めた。

シャルルは生まれて初めて酔いから覚めたようだった。

フォンタナまでうつむいていた。おれの刑期を考えると、金を拝めるとは思えないからだろう。

慣例に従い、裁判長は最後にもう一度弁護人に発言の機会を与えた。つまりこの審理の意見陳述はリュシーの弁論で締めくくられる。それこそまさしく、この十数か月に及ぶ努力の成果となるべきものだが、リュシーは言葉が喉につかえて出てこない。必死で話そうとするが、声にならない。咳払いをし、ようやくなにか言ったが、周囲には聞き取れない。

裁判官が心配して声をかける。

「聞こえませんでしたが……」

法廷に気まずい空気が流れた。

リュシーがおれのほうを振り向く。目に涙をためている。おれは彼女を見て口の動きだけで言った。

「終わりだ」

それでもリュシーは力をかき集め、陪審員たちのほうを向く。だが、もうほんとうに、どうにもならない。言葉が一つも出てこない。法廷中が息をひそめる。

おれが言ったとおり、もう終わりだった。

死人のように青ざめ、リュシーが裁判官のほうに片手を上げる。もうつけ加えることはありませんという意味だ。

そしてもう、ほんとうになにもつけ加えられない。

陪審員たちが評議のために出ていく。

それからだいぶ時間が経ち、夕方遅くになったが、驚いたことに陪審員の意見はまだまとまらない。そして明日も評議を続けることになった。

拘置所に戻る護送車のなかで、おれは不本意ながら仮定を増やした。もちろんすべて悲観的なものだ。陪審員の意見が一致を見ないのは、情状酌量への反対論者が少なからずいるからだろう。公判は望みうるかぎり最高の展開を見せたが、結局のところ評決はおれに不利なものになろうとしている。検察官にあれだけ説得力があったのだから、陪審員の一部は自分こそが法の番人だと考えるだろうし、当然のことながら見せしめとなる刑を主張するだろう。

おれにとって、その夜の拘置所は死刑房と同じだった。ひと晩で二十回死んだ。おれの人生が何度も繰り返され、そのたびにここで死ぬ。

一晩中起きていた。刑務所に三十年いるなんて想像できない。二十年でも無理だ。十年でさえ耐えられそうにない。

朝までずっと恐ろしい時間を過ごした。これでもう完全に力が抜けてしまうだろうと思った。ところがそうはならず、逆にあの怒りが無傷で戻ってきた。事件を起こすまえと同じすさまじい怒りだ。そして殺意。あまりに不公平だという思い。

翌日、血の気の失せた状態で裁判所に向かう途中で、おれは決心した。

そして護送のために拘置所から付き添ってきた警官をよく観察した。裁判所の被告人席でおれのうしろに立つ警官と装備は同じだ。拳銃ホルスターの蓋の部分をじっくり見る。どうやら大きなスナップボタンで留めてあるだけで、革の蓋を持ち上げれば簡単に銃を取り出せそうだ。次に以前カミンスキーが教えてくれたことを頭の奥から引っ張りだした。これはシグ・ザウエルSP2022。手動の安全装置がない代わりにデコッキングレバーがついている。

おれにも使えるはずだと思った。

すばやくやらなければならない。

被告人席のなかでどう動けばいいか頭のなかでシミュレーションする。警官を思いきり突き飛ばしてよろけさせ、肩で押さえつける。指がちゃんと動くほうの手を使うこと。

リュシーも昨夜は眠れなかったようだ。ニコルも。マチルドも。

シャルルはすっかり途方に暮れていた。おれを案じるシャルルの顔は厳かで、美しい。おれの過酷な運命に心を打たれたのか、目が合うとうなだれた。シャルルに直接別れを告げられたらいいんだが。

フォンタナが例の滑るような足どりで傍聴席のうしろのほうに入ってきた。鋭い目つきもいつもと変わらない。無表情なところはスフィンクスのようだ。

被告人席に入るとすぐ、リュシーがおれのほうにかがみ込んだ。

「パパ、ごめんね。昨日の最後……もうしゃべれなくなっちゃって、ほんと……。ごめんなさい」

昨日のリュシーのしわがれ声がまだ耳に残っている。おれは娘の手を握りしめ、指にキスした。娘はおれの緊張を感じとり、優しい言葉をかけてくれるが、おれはもう聞いていない。

被告人席担当の警官は昨日のやつより背が高く、たくましく、顔もいかつい。これは手ごわそうだ。だがやってやれないことはない。

おれは被告人席の少しうしろ寄りに陣取った。両脚をバネにして一気にやるしかない。

五秒以内で銃をこの手にする。

45

陪審員たちが戻ってきた。十一時だった。

重々しい静寂。裁判長が口を開く。言葉が紡《つむ》がれていく。そして質問が響く。陪審員の一人が立ち上がって答える。

いいえ。はい。いいえ。

予謀。はい。

情状酌量。はい。

評決。懲役五年、うち三年半を執行猶予とする。

衝撃。

つまり実刑十八か月で、おれの未決勾留はすでに十六か月。

恩赦としての減刑（実刑判決を受けた場合ほぼ自動的に与えられる減刑）分も差し引くと、おれは自由だ！

感情が一気にわいてきておれをのみ込んだ。

法廷に拍手の嵐が巻き起こり、裁判長は静粛を求めたがどうにもならず、そのまま閉廷した。

リュシーが叫びながらおれの胸に飛び込んでくる。

各社のカメラマンがいっせいに寄ってくる。

おれは泣きだす。ニコルとマチルドもやってきて四人で腕を回して抱き合い、それから一人一人と抱き合う。四人とも感涙にむせぶ。

おれはあふれ出た涙をぬぐう。大地を抱擁したい気分だ。

傍聴席の奥のほうでも人が押し合いへし合いし、叫んだりしているが、なにを言っているのか聞きとれない。

数歩離れたところにシャルルが立っていて、いつものようにさりげなく上げた左手が〝ほんとによかった〟と言っている。

少し向こうではフォンタナが二人の仲間と一緒にいて、初めておれに向かって大きな笑顔を見せたが、開いた口が猛獣のようだった。彼は親指を上げてみせた。

素直に感激して。

唯一、おれの本の編集者だけが不満顔だった。刑が重ければ部数が伸びると期待していたに違いない。

だがそこで警官たちに袖を引かれ、おれはわけがわからずパニックになりかけた。

「パパ、安心して、ただの手続きだから」

一度拘置所に戻らなければならないという。名簿からの抹消とか、いろいろ手続きがあるらしい。それに持ち物も返してもらえるそうだ。

リュシーはおれに抱きついたままで、マチルドはおれの両手を握っていて、ニコルはおれの背中から両腕を回し、頬を肩にのせている。

警官たちがまたおれを連れていこうとするが、乱暴にではない。規則は規則だから、とにかくここを出て拘置所に戻らなければならない。

娘たちと冗談を交わしてから、愛していると言い合う。おれは両手でリュシーの顔を挟み、言葉を探す。するとリュシーが盛大なキスをしてくれて、「パパ」と言った。

それがこの場の締めの言葉。

しぶしぶ互いの手を離し、指をほどく。ニコルだけはまだ背中にしがみついている。

「さあ、奥さん」と警官が促す。

「終わったのね」ニコルがそう言って熱いキスをしてくれた。

そして涙を流しながらようやく手を離し、笑った。泣き笑いだ。

警官じゃなくて、ニコルと一緒に出ていきたい。いますぐに。ニコルと、娘たちと、人生と、すべてと一緒に大急ぎで出ていきたい。

マチルドが「今晩ね」と言い、リュシーがもちろんわたしも行くと頷く。今夜はみんなで一緒に食事だ。

さあ、行かなければ。おれたちは合図を送り合い、無数のことを約束し合う。

隅のほうでまだ笑顔を見せていたフォンタナが、首のわずかなひと振りで合図してきた。

メッセージは明らかだ。「あとで会おう」

46

拘置所に戻る護送車のなかでようやく落ち着きを取り戻した。知らせはすでに所内を一巡していて、建物に入るとブリキ缶で格子をたたく音が聞こえてきた。おめでとうの意味だ。何人かはそう叫んでくれた。もう自由の身だとわかってここに戻ってくるというのは気分爽快だ。

モリセもさっそくやってきて祝ってくれた。おれたちは互いに幸運を祈り合う。

「副看守長、忘れないでくださいよ。問題提起は導入部分でやるんです。そのあとじゃなくて」

彼はわかってるさと微笑み、おれたちは握手する。

これを最後と部屋に入った。記念にもう一度簡易トイレで小便でもするか。すべてこれが最後だ。

十六か月の未決勾留。

この体験を経ておれに残るものはなんだろうか。

明日の自分を思い描いてみる。娘たち。また涙が出てくるが、それはいい涙だ。そして指の後遺症。

何本かはうまく曲げられないままになった。左の人差し指と、右の中指。

それから拘置所内の記録保管所へ行く。おれのスーツ。事件の日に着ていたもので、かなりくたびれている。収監者名簿からの抹消手続き。あれやこれやサインし、渡された写しは見もせずにポケットに突っ込む。ドアが開いたり閉まったり。そのすべてがまどろっこい。そして最後にまた少し待たされる。おれはベンチに座っている。

ふと気づくと、おれはうまく動かない指を折って、頭のなかで総決算をしていた。少しずつ苦い思いが胸に広がる。

ここにいるあいだに十歳老けた。

マチルドはすっからかん。

リュシーもすってんてん。

ニコルはぼろぼろ。

娘婿は失ったも同然。

お気に入りのアパルトマンは売られてしまった。

本の印税は訴訟にかかわるあれこれに注ぎ込んだ。

引退なんていつできることやら。

あの陰気なアパルトマンで一生を終える。

失業。

振り出しに戻る。

この勝負で手にしたものをすべて手放して。

これじゃたまったもんじゃない。

昨夜のおれは自由以外のなにも望んでいなかったが、自由を得たいま、それだけでは足りないとわかる。

あの金は返さなければならない。捨て身で稼いだものを、組織という衣をまとった悪党どもに返さなければならない。

つまりおれはほんとうになにもかも失ったのか？　そんなことが受け入れられるか？

だとすれば問うべきことはただ一つ。

これが最後の問いだ。

あの金を渡さずにすむ方法はないのか。ほんとうにないのか？　え、どうなんだ？

おれは探す。あれこれ引っかき回してみたが、答えは一つしか見つからない。

サルクヴィル。

ポール・クザンに会いにいくこと。

47

いくつものドアがおれのまえで開き、おれのうしろで閉じる。どのドアも陰気な音を立てるが、いまのおれにとっては前向きな音だ。にもかかわらず恐ろしい。おれは数本の指を別にすれば五体満足で、生きてここから出ようとしている。もう二度とへまをしたくない。

だからとうとう拘置所の門を出るときになっても、最後の勝負に出るかどうかを決めかねている。

するとまたしてもおれに代わって状況が決定を下した。いつもそうだ。

門のまえの通りには完璧な三角形が描かれていた。

三つの頂点の一つはおれだ。残された最後のスーツを着て、手ぶらで、拘置所の門を背にして立っている。

もう一つはシャルル。おれの左手、通りを渡ったところの歩道にいる。わが親友はよろけずに立っていることができないので、石塀に寄りかかっている。バスで来るしかなかったと思うんだが、ちゃんと来られたというのはすごい奇跡じゃないだろうか。そして例によってネイティブアメリカン式に片手を上げた。

三つ目の頂点はダヴィッド・フォンタナ。おれの右手、通りの反対側の歩道寄りにばかでかい四駆を停めている。そしておれの姿を見て車を降り、通りを渡りはじめる。力のみなぎる颯《さつ》爽《そう》たる足どり。

ほかには誰もいない。

おれたち三人だけ。

左右を見まわしてニコルの姿を探す。娘たちは晩飯どきに集合だが、ニコルはどこだ？

フォンタナが確固たる足どりで近づいてくるのを見ると、反射的に助けを探してしまう。おれは思わず一歩引いた。

そのとき、今度はシャルルが塀を離れてふらふら歩きだしたが、フォンタナがすばやく振り向いて人差し指で制した。シャルルは驚き、道路のまんなかで、つまりなんの支えもないところで足を止める。

フォンタナはおれのまえ一メートルのところに立った。圧倒的な負のエネルギーを放っている。しかも見せかけの微笑みを浮かべているからなおさら恐ろしく、吐く息そのものが獰猛《どうもう》だ。

フォンタナはその見せかけの微笑みをまっすぐおれに向ける。

「依頼人は約束を守った。今度はそっちの番だ」

そしてポケットのなかを探る。

「ほら、あんたの自宅の鍵」

体内の回転灯がすぐさま点灯する。

「妻はどこだ」

「あんたが引っ越し先の住所を知らないらしいから」おれの問いを無視して言う。「ここに書いておいた。暗証番号もな」

そう言って紙きれを差し出す。色の薄い目で、まばたき一つせずにこっちを見ている。

「一時間やる。そのあいだに依頼人の口座に振り込め」

紙きれを指し示す。

「振り込み先も書いてある」

「おい……」

「奥さんとはすぐに会えるさ」

体を支えるものが欲しかったが、なにもない。

「妻はどこだ」

「安全な場所にいるから心配するな。もっとも安全なのは一時間だけだ。それを過ぎたら責任はもてない」

そして答える隙を与えず携帯電話を手にする。こっちは血の気が引いたが、そのあいだにフォンタナは携帯を耳に当て、黙ったままおれに差し出す。

「……ニコル？」

帰宅したのに彼女がすぐ姿を見せないときみたいに名前を呼ぶしかなかった。

「アラン……」

溺れかかっていながら冷静さを失うまいとするような声。

その声はおれの脊髄まで染み込んでくる。

フォンタナが携帯をもぎ取る。

「一時間だ」と言う。

「それは無理だ」

彼が立ち去りかけたとき、おれはほぼ無意識に、だがきっぱりとそう言っていた。フォンタナが振り返る。おれは深呼吸する。ゆっくりと流れるように話すこと、これも鉄則だ。

マネジメントにいわく、《自分の力を信じるべし》。

「金は金融商品を含む複数の口座に分けてあって、どれも外国だ。最速でやっても国によって証券取引所の営業時間が違うから……」

言ってることに自信をもてと自分を励ましながらしゃべる。自分は国際金融の専門家で、相手は無知だと思え。おまえは知っている！　こいつはなにも知らない！　言葉をはっきり発音しろ！

「……残高の確認、証券の現金化、振り込み手続き、パスワード管理……。無理だ。最短でも二時間、いや三時間はかかるだろう」

これは想定外だったとみえて、フォンタナは少し考えた。おれの視線に揺れがないか、額の生え際に一滴でも汗がないか、瞳孔がいつもより開いていないか観察している。それから腕時計を見た。

「なら十八時半」

「それまでニコルが無事だという保証は？」

フォンタナはぱっと顔を上げた。怒りがにじみ出ていた。

「そんなものはない」

フォンタナはおれの狼狽に気づかなかった。だがおれのほうは基本が変わったことに気づいた。彼にとって、おれはこれまでけりをつけるべき仕事の一つでしかなかったが、いまでは個人的な憎悪の対象になっている。やり手で通っていたのに、おれのせいで何度も失敗に追い込まれ、誇りが傷ついたようだ。

フォンタナと四駆は数秒で視界から消え、シャルルとおれだけになった。

通りを渡って街灯にしがみついたシャルルが、そこからおれのところまで支えなしでどうにか歩いてきた。

おれは彼の肩に手を置く。

シャルル、おれに残された唯一の友。

おれたちは抱き合う。なんだこの匂いは、キルシュじゃないか。キルシュの香りなんて十年ぶりだ。

「なんだか、まずいことになってるみたいだな」とシャルルが言う。

「妻が、ニコルが……」

なにを迷っているのか自分でもわからない。すぐにでも走り回るべきじゃないのか？　どんなパソコンでもいいから探し出し、ネットに接続し、スコップでせっせと大金をすくってダンプカーの荷台を満載にし、エクシャルの油井に乗りつけ、荷台を傾けて全部下ろさなきゃいけないはずだ。ところがおれはまだここに突っ立っている。新しいアパルトマンの鍵だけもって。

不動産屋の鍵束みたいに、小さいプラスチックケース入りのネームタグがついてるやつだ。紙きれに書かれた住所を見る。ちくしょう、フランドル通りとは。横長の棒状建物か縦長の塔状建物しかないところだ。そういえばニコルが見せてくれた写真もそういう感じだった。そしてそれが、フランドル通りのイメージが、おれの行動を決めた。

「奥さん来てないんか？」シャルルが訊く。

あの大金のことは二十回、百回、千回と数えきれないほど考えた。そのたびにどんなアパルトマンをニコルに贈ってやれるだろうかと想像した。娘たちも一緒に暮らせるくらい広いやつを。

「心配するなって、家であんたを待ってるさ」

ところがフランドル通りのアパルトマンときたら……。ニコルはあのいまいましいキッチン家具をそのままもってきて設置したんじゃないだろうか。リビングには彼女のカーディガンみたいにすり切れたカーペットが敷いてあるのかもしれない。くそっ、あれだけの思いをしたあとで、全部手放すなんて冗談じゃない。ルーアンなら二時間。勝算はある。おれには三時間残されている。ニコルに手出しはさせない。そんなことはさせない。ニコルには手を触れさせない。だがまずは電話だ。

「携帯あるか？」

シャルルが理解するのに時間がかかる。

「おまえの携帯」

シャルルはようやく思い至り、携帯の捜索にとりかかる、だが二時間くらいかかりそうだ。おれは彼がまだ探していないほうのポケットに手を入れて携帯を取り出し、ニコルの番号を押した。

「手伝うよ」

ニコルが携帯を耳に当てる姿が目に浮かぶ。娘たちがとっくの昔に見捨てた時代遅れの機種だ。ぞっとするようなオレンジ色で、第一世代に毛が生えた程度の一トンくらいありそうなしろものなのに、ニコルは手放そうとしない。片手でもつのもやっとだし、いまどきあんなもの、もうこの世に二つとないんじゃないか？　だがニコルは「ずっと使ってるんだからほっといて。わたしのなんだし、ちゃんと動くんだから」と言う。あれが壊れたら、代わりをどうやって買うんだ？

女の声が出た。ヤスミンだろう、人質事件のときのあの若いアラブ人女性。

「奥さんか？」とシャルルが訊く。

「妻に替われ！」おれはわめいた。

女は一瞬迷ったが、結局譲歩した。「ちょっと待って」

そしてニコル。

「なにもされてないか？」

まずそう訊かざるをえない。おれはひどいことをされたからだ。自由に動かないのも含めて、指がいっせいにうずく。

「ええ」とニコルが言う。

まったく抑揚のない、彼女らしくない声だった。どれほど恐ろしい思いをしているかわかる。

「きみを痛めつけるようなことはおれが断じてさせない。だから安心してくれ。なにも怖がらなくていいから」

「この人たちお金が欲しいって……。アラン、お金ってなんのことなの？」

泣いている。

「この人たちからお金を盗ったの？」

ややこしすぎてとても説明できない。

「あいつらが望むものはなんでも渡すから、約束する。だからやつらになにもされていないと誓ってくれ！」

ニコルは泣いていて話すことができない。なにか言っているが聞きとれない。だがまだ電話を切らせたくない。

「そこがどこかわかるか？　ニコル、答えてくれ、どこなんだ」

「わからない」

小さい女の子みたいな話し方だ。

「痛くないか？」

「痛くない」

ニコルがこんなふうに泣くのをまえに一度だけ聞いたことがある。六年前に父親を亡くしたときだ。キッチンの床にぺたりと腰をついて、わけのわからないことをつぶやきながら泣いていた。あのときと同じ、悲しみに押しつぶされそうな甲高い声。

「もういいでしょ」

女がそう言ってニコルから携帯を取り上げ、電話を切った。おれはその場から動けなかった。不意に切れた電話は恐ろしいほど残酷だ。

「奥さんだったか？」といつも遅れぎみのシャルルが訊く。「まずいことになってんじゃないのか？」

シャルルは優しいやつだ。おれはかまうどころじゃないし返事もしないのに、それでもここにいて、辛抱強く待っている。キルシュの香りに包まれておれのことを心配している。

「車が要るんだ。いますぐに」

シャルルが口笛を吹く。たしかに簡単なことじゃない。おれは続ける。

「あのな、説明するとちょっと長くなるんだが――」

それをシャルルが止めた。ほぼ正確な無駄のない動きで。まだそんな動きができるなんて思ってもみなかった。

「おれのことなんか気にするな！」

　そしてちょっと沈黙してから、

「よし」と言う。

　シャルルはポケットからしわくちゃの紙幣を何枚か引っ張りだし、数えるためにしわを伸ばしはじめた。

「あっちにタクシーがいるから」とうしろのほうに首を振る。

　おれは数えるまでもない、拘置所の記録保管所で渡されたばかりだから金額はわかっている。

「二十ユーロある」とおれ。

「こっちは……」シャルルが揺れながら数える。

　とんでもなく時間がかかる。

「こっちも二十だ！」と突然叫ぶ。「おんなじだ！」

　この驚くべき偶然から彼が立ち直るのに一分かかる。

「満タンは無理でも、なんとかなるんじゃないか？」

48

　タクシーであっという間にシャルルの〝住所〟に到着。おれは極度の興奮状態で、アドレナリンがギャロップで血管を駆けめぐっていた。シャルルのルノー25の下にジャッキを入れ、台を外し、ふたたび下ろすのに十分とかからない。シャルルが車を前後に動かしながら少しずつ通りに出していく。すべての動きがシャルルとは思えないほど速い。そのあとのおれの運転も速かったので、通りの角のスタンドで満タンにし、マイヨ門を通ったのが十五時四十五分で、その五分後にはもう高速に乗っていた。渋滞なし。ステアリングがかなり不安定だ。しかも指の半分が使いものにならないのでハンドル操作が難しい。ダッシュボードの時計が正確かどうか腕時計で確認。

「だいじょぶだ」シャルルが自分の巨大な腕時計と見比べながら言う。「三か月に一分も狂いやしない！」

計算。まだ二時間ちょっとある。番号案内にかけ、サルクヴィルのエクシャルの製油所の番号を入手。さっそくかけると「誰におつなぎしましょうか」と男の声が言うので、ポール・クザンを頼んだ。女が出て、また別の女が出る。おれは何度もポール・クザンさんをお願いしますと言う。

「おりません」

急ブレーキ。

シャルルはとっさにキルシュの瓶を両脚で挟み、可能なかぎりすばやくリアウィンドーのほうに首を回して、トラックが突っ込んでこないか確認した。

「とおっしゃると？」

「まだこちらに来ておりません」と女性秘書が言う。

「でも、今日はそちらですよね？」

秘書が予定を確認する。

「そうなんですが、いささか予定が立て込んでおりまして……」

電話を切った。クザンはオフィスに戻ってくるとおれは信じる。会議だか面会だか知らないが、彼は必ず戻ってくる。おれはニコルの姿と声を必死で追い払う。どこにいるのかわからないが、十八時半まではなにも起きないんだし、それまでには問題を解決できる。

フォンタナなんかクソくらえ。

おれは歯を食いしばる。できればハンドルの上の手も握りしめて関節を鳴らしたいところだが、関節自体がいかれていて無理だ。

シャルルは高速道路が猛スピードでうしろへ流れていくのを見ている。途中でキルシュの瓶の置き場所を膝のあいだから座席の下へ移した。クロムメッキの巨大なパイプバンパーが前方の視界の一部を遮っている。高さがフロントガラスの下三分の一くらいまであるからだ。警官に止められたらなにを言われるかわからない。それにおれは免許証を携帯していない。

《V６ターボ、V型6気筒、２４５８ｃｃ》というのがシャルルの仕様上の住所だ。あくまでも仕様上だ。で、実際には、いまその住所は時速百十キロで移動中。しかも離陸位置に向かう途中の飛行機みたいに振動している。音も飛行機並みで、互いの話がよく聞こえない。それでもおれは追い越し車線で踏ん張る。

「もっと飛ばしてもだいじょぶだ！」シャルルがおれを励ます。「こいつは臆病者じゃない」

これでもアクセルを目いっぱい踏んでるなんて不愉快なことは言いたくない。シャルルががっかりする。おれはエンジン音に身を委ねた。車内はキルシュの香りに満たされている。

出発してから一時間経ったところで、おれは人差し指で計器盤をたたいた。燃料計の針が驚くほど速く下がってきていて、自分の目を疑った。

「あ、それな」とシャルルが言う。「ちょいと食うんだな!」

よく言うよ。百キロで十二リットルも消費してるのに。きりがいいからすぐ計算できる。もつかもしれないが、ぎりぎりだ。さっきからニコルのことを考えずにすむようにあらゆることを試している。パリから離れることで、彼女に近づいているんだと自分に言い聞かせる。彼女を助けることにつながるんだと。

くそっ、助けてみせるぞ!

ハンドルのぶれがかなりひどくなってきたので、必死で握りしめる。

「痛むのか?」シャルルがおれの包帯を指さして訊く。

「いや、そうじゃなくて……」

シャルルが頷く。おれの言いたいことがわかったんだろうか。そのときようやく気づいた。拘置所の門の外でシャルルがネイティブアメリカンの合図をしてきたときから、おれは彼の携帯を取り上げ、二十ユーロを取り上げ、車を取り上げたんだと。そして彼になにも言わず、なんの説明もせずに、この冒険に巻き込んでしまったんだと。それなのにシャルルは質問一つしない。たまらなくなって思わず彼のほうを向いたら、風景が飛び去るのをじっと見ていた。その顔におれは衝撃を受けた。

シャルルは美しい。ほかに言葉が見つからない。

気高い精神の表れだ。

「あんたに説明しないとな……」

シャルルは風景を見つめたまま左手を上げた。あんたの好きなように、いつでもいいんだ、あんたがそうしたいならな、無理すんな、といった意味だろう。

高貴な魂。

おれは最初から全部話した。

話すと同時に全部思い出した。ニコルのこと。事件まえの数年のこと。特に最後の数か月のこと。この歳でも採用されるかもしれないというばかげた希望にすがりついたこと。書斎のドア枠に肩をもたせかけ、右手に手紙をもって「ねえ、これ、すごいじゃない！」と言ったときのニコルの顔。シャルルが頷く。飛び去る高速道路を見つめたまま集中して聞いている。筆記試験、ラコステとの面談、おれの必死の準備。

「そりゃすんげえ！」シャルルが感心する。

おれが意地を張ったこと、ニコルの怒り、マチルドの金、その夫の顔を殴ったこと。そして人質事件についても全部話した。

「そりゃすんげえ！」シャルルが頷く。

彼がすべての情報を消化するまでに車は三十キロ走った。

「そのフォンタナって、あのアルミみたいな目で四角い顔のやつのことか？」

法廷でも拘置所のまえでも見かけて、強烈な印象を受けたらしい。

「あいつ、いつも警戒態勢だよな！　んで、偉そうに手下を引き連れてる。したたかなやつだ、だろ？　えっと、なんだっけ」

「フォンタナ」

シャルルはその名前について長々と考える。音を咀嚼するみたいにフォンタナ、フォンタナとぶつぶつ唱える。

燃料計の針がますます傾いてきた。冗談かと思う速さだ、タンクから漏れてるんじゃないか？

「百キロで少なくとも十二リットル食ってるぞ」

シャルルが首を傾げ、

「いんや、十五ってとこだろ」ととうとう白状する。

もしかしたらルノー25自身は「じつは二十五リットルです」と自白したいのかもしれない。

消費といえばキルシュも問題で、シャルルはおれにまで瓶を差し出しかけて引っ込めた。

「ああ、だめだよな、あんたは運転中だ」

ほかのことを考えようとする努力はすべて無駄に終わり、おれの頭はニコルの顔と電話口の泣き声でいっぱいになっている。まだ痛めつけられてはいないようだった。連中はアパルトマンの下で待ち伏せしたんだろう。また体内のアドレナリンの流量が増える。頭から足先まで血管が波を打つ。椅子にロープで縛りつけられたニコルが目に浮かぶ。いや、ありえない。まだ数時間待つんだから自由に動ける状態のはずだ。彼女を縛ってなんになる？　そうだ、やつらはただ見張っているだけだろう。どんな場所で？　ニコル。吐き気がする。前方を見て運転に集中。ポール・クザン。サルクヴィル。いまは全意識をそこへ注がなければ。この最後の勝負に勝てたら、それで決着だ。ニコルはおれのもとに戻ってくる。

あいつらに嘘をついた。金を返すのは三十分もあればできる。そうしていたらいまごろもう送金は完了していた。

ニコルも解放されていたはずだ。

ところがおれはそうせず、この車が許すかぎりの速度でニコルから遠ざかっている。

とうとうほんとに頭がいかれちまったんだろうか？

「泣くなよ、兄貴」シャルルが言う。

いつの間にか泣いていた。袖の裏で涙をぬぐう。このスーツ……。ニコル。

クリクブフまで百十一キロという標識。燃料計は蠟燭のごとく燃え尽きる寸前だ。

「十五リットルじゃないぞ。おれが思うにもっとずっと食ってる！」

「かもな」

シャルルが計器盤のほうにかがみ込む。

「ありゃりゃ、まずい！　ほんじゃ、あれを考えてみるってのも……」

ガソリンスタンドの案内標識。六キロ先。

十七時になった。

おれたちの手元には四ユーロと小銭くらいしかない。

数分後にルノー25はしゃっくりを始め、シャルルがちょっと顔をしかめた。おれはまた泣きそうになり、やけになってハンドルをたたく。

「なんとかなるって」とシャルルが請け合う。

よく言うよ。しゃっくりがますます増えてきたので、車線変更してどんどん右に寄せ、最後はアクセルペダルを離して数秒分節約したが、エンジンはとうとう止まり、車は惰性《だせい》で出口に近づく。その先にガソリンスタンド。四ユーロ分だけガソリンを入れるか？　だが車は手前で急にへたり込み、とうとう死んだ。車内がしんとする。ショック状態。時間を見る。どうしたらいいのかわからない。たとえあきらめて金を振り込むとしても、どこへ行けばいいんだ？どうやって？

ここがどこかさえわからない。シャルルがおれもわからんと口をとがらす。

「いんにゃ！」と突然うしろの高速道路を指さして叫ぶ。「あそこにあった！　見た。ルーアンまであと二十五キロって！」

ということはサルクヴィルまで六十キロ。でも車は完全なガス欠。

ニコル。

いや、それより考えろ。

ところが二つ同時にはできず、ニコルの顔が浮かび、あの電話の声が聞こえたところで思考回路が停止した。シャルルがドアを開けて車から降りたのさえ見ていなかった。ふと気づくと彼がガソリンスタンドのほうに正弦曲線《サインカーブ》を描いて歩いていくのが見えた。考えろ。ヒッチハイク。別の車を見つける。それしかない。おれも車を降り、走ってシャルルを追った。なんと彼はすでに一人つかまえて交渉している。赤ら顔で汚れたキャップをかぶった巨大な金髪男だ。追いついたところでシャルルがおれを指さした。

「こいつだ、おれのダチなんだ」

そいつがおれを見る。それからシャルルに視線を戻す。おかしなコンビに見えるだろう。

「ルーアンの先まで行くけど」とそいつが言う。

「サルクヴィルは？」おれが訊く。

「近くを通る」

　シャルルが両手をすり合わせる。

「じゃあこいつを連れてってくれないか？」

　このときシャルルの底力がわかった。つまり誰も彼には、おれのシャルルには抵抗できない。あっけにとられるほど素直だから。無私無欲そのものだから。

「いいよ」とそいつが言う。

「よっしゃ、となったら善は急げだな」シャルルがなおも両手をすり合わせながら言う。

そいつがすぐ車を出すぞと足踏みしているので、おれは慌ててシャルルの手を握った。だがもうなんと礼を言ったらいいかわからない。それに気づいてシャルルが言う。

「気にすんなって！」

　おれはポケットを探って四ユーロを取り出し、シャルルに渡した。

「けど、あんたは？」とシャルル。

　そして答えも待たず、シャルルは三ユーロ返してきた。

「分配だ」と笑いながら言う。

「あのさ、こっちは急いでんだけど」と金髪男が急《せ》かす。

　シャルルを抱擁してからトラックに向かおうとしたら、シャルルがおれを引き止め、蛍光グリーンのベルトの巨大な腕時計を外し、差し出した。おれはそれを手首にはめ、彼の肩を抱きしめた。運転手が待ってるぜとシャルルがトラックのほうに首を振る。

ネイティブアメリカンのあいさつをするシャルルが小さくなり、見えなくなるまで、おれはサイドミラーでずっと見ていた。

乗せてくれたのはセミトレーラーの運転手で、紙を運んでる。つまり重い。だから高速道路をのろのろ進む。おれは自殺しようとしてるのか？

ニコル。

おれは黙り込み、金髪男も道中ずっとそっとしておいてくれた。ニコルの姿が何度も浮かび、そのうち亡き妻を思い出しているような感じになり、その印象を消すために意志を総動員する。その繰り返しだ。ほかのことに集中しようと思ってラジオに耳を傾けてみても、こんなニュースばかり。「今年度末の失業者は昨年を六十三万九千人上回るのではないかと言われていますが、労働大臣はもう少し多くなりそうだと認めています」。そりゃ大臣の言うとおりだろう。

金髪男がおれを《サルクヴィル八キロ》の出口で下ろしてくれたとき、十七時半だった。あと一時間。

電話しなけりゃ。おれは高速道路の出口の電話ボックスに入った。たばこのにおいが鼻をつく。コインを二枚入れる。

フォンタナが出た。

「妻と話したい」

「やるべきことはやったか？」

目のまえにいるような存在感。おれは一分十万回転で頭を働かせる。

「いまやってる。妻と話をさせろ!」

ラミネート加工されたシートが目に留まった。全国の市外局番と電話の使い方の簡易ガイド。すぐにまずいと思った。

「どこからかけてるんだ?」とフォンタナ。

回転数を倍に上げる。一分二十万回転。

「インターネットサーバーからだが、なぜだ?」

沈黙。そして、

「代わる」

「アラン、どこなの?」

不安そのものの声が苦悩を訴えてくる。そしてすぐに泣きだす。

「泣くな、ニコル、すぐ迎えにいくから」

「いつ?」

なんて答えりゃいいんだ!

「もうすぐだ、約束する」

だがそれはあまりにも乱暴に響く。電話するんじゃなかった。彼女は叫びだす。

「どこにいるのよ、アラン! なんとか言って! どこなのよ! どこにいるの!」

最後は嗚咽混じりになり、そこで泣き崩れて涙がすべてを覆ってしまう。絶望的だ。

「行くから。な、すぐに行くから」

そう言うおれはニコルから何光年も離れたところにいる。

ふたたびフォンタナ。

「依頼人はまだなにも受けとっていない。どういう状況なのか正確に言え」

悪寒が走る。電話の残り時間のランプが点滅したのでコインを追加。おれの信用はシャルルの車の燃料計みたいに急速下降中。ところが物価は上昇中。なにもかもなんて高くなったんだ。

おれは力尽きた。

「三時間はかかると言ったはずだ」

こっちから電話を切った。番号が表示されたはずで、それを手がかりにフォンタナはどこからかかってきたか調べるだろう。五分も経たないうちにおれがルーアンの近くにいるとばれる。彼は結びつけるだろうか？　もちろん。だがその意味がわかるだろうか？　いや、わかるまい。

料金所のほうへ走る。最初の車の右手に回る。乗っているのは女性だ。おれは身をかがめ、ウィンドーをノックする。女性は怖がり、料金所の収受係のほうを振り向き、釣り銭を受けとって急発進する。

「どうしました？」その収受係がボックスから声をかけてくる。

二十五歳くらいの体格のいい女性だ。

「ガス欠で」

と高速道路のほうを指さした。収受係は「ああ」という顔をする。

続いて二台の車に断られた。〝どこにいるの！〟というニコルの声が耳の奥でまだ響いている。おれが料金所のそばで片っ端から車に声をかけるので、収受係が困っていらいらしはじめた。でもなんて説明すりゃいいんだ！

小型トラックがいい。人のよさそうな犬顔がいい。それを探す。いた、セッターだ。四十代。身をかがめてドアを開けてくれた。おれは時計を見る。

〝どこにいるの！〟

「お急ぎですか？」

「ええ、まあ」

「いつだってそういうもんです。急いでいるときにかぎって……」

そのあとは聞いていない。ただ、サルクヴィル、製油所、八キロ、と頼んだ。

町に到着。

「工場まで行きますよ」とセッターが言ってくれる。

町はがらんとして人気《ひとけ》がない。店はどれも閉まっていて、あっちにもこっちにも横断幕が掛かっている。《閉鎖反対！》、《サルクヴィルを殺すな！》、《サルクヴィルにイエス！　サルコヴィルにはノー！》（サルコヴィルはサルコジが長年市長を務めたことからつけられた高級住宅地ヌイイ＝シュル＝セーヌの別称）

ポール・クザンの仕事は順調なようだ。着実に任務をこなしている。

「この町はもう死んでますよ。明日デモが予定されていて、みんなその準備に行ってるんです」

なるほど、いい日に来たってことか。だとしたらクザンはどこにいるだろうか。女性秘書の電話口での戸惑いを思い出した。

「正確にはいつです？」

「デモですか？　ニュースによると、主催者側は明日の十六時と言ってるそうです」。車は工場の正門まえに着き、男は最後にこう言った。「デモ行進のゴールがここで、参加者は夜七時のニュースのときここにいたいんですよ」

おれは礼を言って車を降りた。

製油所というのはパイプ、配管、巨大なコック、あらゆる径のダクトでできた怪物だ。何本もの煙突が空に向かって伸びていて、タンクの上では赤と緑の光が点滅している。誰もがこの光景に息をのむだろう。だが今日、この工場は眠っている。稼働していない。ここでも横断幕が風に吹かれて力なくはためいている。町で見たのと同じものだが、ここでは巨大な設備のなかに埋もれていてなんのインパクトもない。ここを支配しているのはあくまでも配管類であり、横断幕にスプレーで書かれた抵抗のメッセージなど、勝ち目のない戦を告げるものでしかない。ポール・クザンの手腕はたいしたものだ。人々は不満を言い、不平を言い、わめいているが、練り歩くのは工場の外の通りだけ。工場内ではタイヤ一つ燃やされておらず、パレットも積み上げられておらず、車両が出口をふさいでいるわけでもなく、組合員たちがピケを張って火鉢でメルゲーズ（北アフリカのソーセージ）を焼いているわけでもない。地面にもビラ一枚落ちていない。

四分の一秒迷ってから、おれは堂々と正門に向かった。そしてそのまま通ろうとしたら、案の定声がかかった。

「あ、すみません！」

おれは振り向く。守衛だ。

〝アラン！　どこにいるの！〟

ニコルが叫ぶのはもっともだ。いったいおれはここでなにしてるんだ？

守衛所はちょっと高いところから正門を見わたせるようになっている。そこに近づき、ぐるりと回って階段を二段上がる。守衛がおれのくたびれたスーツをじろじろ見る。

「あのう、クザンさんとアポがあるんですが」

「お名前は？」守衛が受話器をとる。

「アラン・デランブルです」

この名前を聞いたらクザンは躊躇するだろうが、それでも会うはずだ。おれはシャルルの腕時計を見る。守衛も見ている。蛍光色の腕時計にくたびれたスーツ。これじゃ社長とアポがある人間には見えない。こうしているあいだにも時が飛んでいく。おれは守衛所のまえをさりげなく行ったり来たりする。

「予定のリストにお名前がないと秘書が言っています。申し訳ありませんが」

「そんなはずはありません」

守衛は両手を広げてみせた。その様子とまなざしを見れば頑固者だとわかる。職務に忠実なタイプ。つまりこの場合、最悪のタイプ。ここで下手に粘るとかえってまずいことになる。

こういうとき面会者は普通どうするか。驚き、携帯を取り出し、工場内のクザンのオフィスに電話して問題を解決する。守衛はおれがどうするかじっと見ている。おそらくホームレスかなにかだと思っているんだろう。無理に門を突破しようとすれば守衛が喜ぶだけだ。おれは向きを変えて守衛所から数歩遠ざかり、ポケットを探って想像上の携帯を取り出した。そして空を見上げ、話しながら考えるふりをして少しずつ遠ざかる。電話に夢中になっているふりを続ける。正門に通じる道路はS字型になっている。近くを通る高速道路はますます交通量が増えていたが、ここは静かなものだ。おれは会話のふりを続けながらS字を曲がり、とうとう守衛から見えないところに来た。車が頻繁に通るならなんとか乗せてもらう手を考えるところだが、ここの交通量はゼロだ。十七時五十五分。あと三十五分しかない。いずれにしてももう遅すぎる。後戻りしたくても、もうできない。

〝アラン！〟

ニコルがどこかで殺し屋にとらえられている。そして泣いている。殺し屋はニコルを痛めつけようとしている。指を全部折るつもりだろうか？

ポール・クザンを探す手段がない。

一サンチームもないし、携帯電話もない。

車もない。

おれは一人だ。風が吹きはじめた。雨になりそうだ。

もはやなす術《すべ》がない。

〝アラン！〟

〝どこにいるの！〟

49

サルクヴィルの町に戻って通りをぶらついてみようかとも思ったが、なんの役にも立たないとあきらめた。ポール・クザンが戦いの前夜に町なかに出て、墓参りしているとでも？　ありえない。結局おれはその場にとどまり、むなしく足踏みする。

工場は高速道路に平行して細長く伸びていて、サルクヴィルの町は高速道路を挟んだ反対側にある。高速の交通量はますます増えてきた。明日のデモに備えてか、警察車両が高速から町のほうに降りていっている。保安機動隊《CRS》の輸送車も通ったが、それもサルクヴィルの町に向かうようだ。だがおれがいる製油所のほうには車一台来やしない。十八時を少し過ぎたところで雨になった。

その後数分で土砂降りになった。

おれは無人地帯にいる。

なんとしてもニコルと話をしなければ。

いや、フォンタナとだ。

送金が遅れる理由を見つけるしかない。

だがなにも見つからない。

雨がいっそう激しくなり、おれは上着の襟を立て、そのなかに首をうずめて正門のほうへ戻りはじめた。歩きながらまたマネジメントの手法を漁《あさ》る。

《仮説を立てる》――もしも……と考えてみるが、うまくいかない。

《可能性をリストアップする》――数えようとしてみたものの、一つも浮かばない。

そもそも脳が正常な機能を拒んでいる。雨に煙る守衛所のまえに来た。おれは刑務所を出たばかりの失業者に見えるだろう。ジャン・ヴァルジャンだ。

守衛は雨が流れる窓越しにこちらを見たが、動こうともしない。おれは爪先立ちになり、窓ガラスをたたいたが、それでも動かない。ただ立っている。そんなばかな……。もう一度たたく。守衛はようやく観念してドアを開ける。だがなにも言わない。さっきは気づかなかったが、おれくらいの歳で、おれみたいな体格だ。腹が出ていて、ベルトがその下にある。口ひげを生やしているが、それを除くとおれたちはほぼ同じだ。ほぼ。雨が襟のなかまで入ってくる。上着はもうずぶ濡れだ。雨が目に入るので、守衛を見上げるには目を細めなければならない。彼はドアを開けたままじっとおれを見ている。

「あの……」

雨、ずぶ濡れのスーツ、相手を見上げるおれの立ち位置、ネクタイをしていない襟元、その襟元をかき合わせている包帯した手、へりくだった態度等々、おれのすべてが〝負け犬〟と声高に叫んでいる。守衛が首を傾げているが、なんの意味なのかわからない。

その守衛は六十歳くらいで、おれとほぼ同い年で……。

〝アラン！〟

あと三十分もない。この状況を突破するのにまだできることなんてあるんだろうか。だがあるとすれば、それはこの守衛を経由するはずだろう。つまりこいつはおれと生をつなぐ唯一の人間だ。

そして最後の。

〝どこにいるの！〟

「あの……」とおれは繰り返す。「電話しないといけないんですが。緊急なんです」

電池がいかれちゃったみたいで、携帯が使えないんです……。守衛所の屋根にたたきつける雨音で、彼にはおれの声が聞こえない。そこでドアに近づく。おれのほうにかがみ込もうとして頭をわずかに屋根から出す。だがうなじに雨がかかると飛び上がり、すぐまた引っ込んで、怒ったようにうなじに手をやる。守衛は改めておれを見る。

「帰ってください！　ほら、いますぐに！」

そう言って乱暴にドアを閉めた。彼が気に入らなかったのはシャツの襟にかかった水滴だ。それで感情を害した。

というわけで、助けなし、携帯なし、行動なし。ニコルは苦しみ、おれはくたばり、製油所は閉鎖され、町は空になり、文明世界は消えるかもしれない。だが彼はドアを閉めた。こいつは解雇を免れる側に入るんだろう。

終わりだ。あと三十分足らずでフォンタナがニコルに近づき、メタリックな視線で彼女を射る。おれはなにもかもしくじった。その挙句、ニコルから二百キロも離れたところにいる。彼女は言いようのない苦しみを味わうことになる。

守衛はおれを忘れたふりをし、雨が打ちつける窓越しに遠くを眺めている。貨物船の船長気どりだ。そのとき、おれは不意にある確信を得る。こいつはおれが忌み嫌うものすべての象徴だと。おれのすべての憎しみの化身だと。

だから、いま唯一意味のある行動はこいつを殺すことだ。

おれは襟元を押さえていた手を離し、階段を二段上がってドアを開け、驚いてうしろに下がった相手に詰め寄った。

こいつこそが悪魔だから、殺せば人類を救える。

守衛の顔にパンチを見舞った瞬間、椅子に縛りつけられガムテープで口をふさがれたニコルの姿が浮かんだ。誰かが彼女の片手をつかんで五本の指を全部折ろうとし、守衛はうしろに倒れ、後頭部をコンソールに打ちつけ、椅子がドアのほうに転がって、フォンタナがニコルの目を見て「あの亭主は当てにならないと知っておくべきだったな」と言い、一気に指を全部折り、ニコルが叫ぶ。それを見ておれが先史時代の獣の咆哮《ほうこう》を発したとき、守衛がおれの股間に膝蹴りを入れる。いまやニコルとおれは同時に叫んでいる。どちらも汗まみれで、一緒に苦しみに身をよじる。一緒に死のうとしている。そしてそのことをおれは最初から知っていた。最初から、死ぬんだと。おれはドアのほうに三歩よろけ、その隙に守衛が起き上がり、ニコルは気を失い――〃アラン！　どこにいるの！〃――だがフォンタナは彼女の頰をはたいて「まだもう片方の手があるから目を覚ませ」と言い、守衛はおれを殴り、なにで殴ったのかもわからないが、おれはドアのほうに飛ばされ、キャスター付きの椅子に倒れかかり、それがひっくり返ったはずみで守衛所から投げ出され、階段に足をとられてバランスを失い、びしょ濡れのコンクリートのほうに落ちていき、ニコルはあまりにも苦しくて手を見ることもできず、おれは仰向けになって雨に打たれ、最初にぶつかるのが頭で、ニコルはあまりにも痛くて叫ぶこともできず、喉からなにも出ず、目は痛みで大きく見開かれ、焦点が合わなくなっていて――〃アラン！　どこにいるの！〃――おれの頭はまず一回コンクリートに当たって跳ね返り、そこで目を閉じ、二回目で機能が停止し、無意識に頭を抱えるがもはやなにも感じず、抜け殻みたいになり、いや最初から抜け殻だったんだが、片手で目を覆い、自分がどんな状態なのか理解しようとし、体の向きを変えようとするが動けず、このまま死ぬんだと思ったところで、排気ガスのにおいが喉の奥まで入ってきて、かろうじて目を開けたら、クロムメッキしたマフラーの先端が見えて、大きなタイヤとシルバーのホイールも見えて、最後に完璧に磨き上げられた靴が見えて、つまり男がすぐそばに立っていて、おれは目をこすり、目を上げ、するとその男がおれを見下ろしていて、両脚が大きく開かれていて、ものすごく背の高い男だとわかる。

そしてやせている。

あいつだとわかるのに二秒かかった。

ポール・クザン。

50

土砂降りの雨がフロントガラスを伝って流れ、車内を水中のようにぼんやりした乳白色に染めている。すでに日が傾き、辺りは灰色一色だ。高速道路の反対側で明日の準備をしているというデモ参加者たちはどうしているだろうか。ますます不安な思いで空模様をうかがっているに違いない。この空は、少なくとも一部の人々にとっては敗北の色に見えるだろう。だがポール・クザンにとっては都合がいい。自然さえ彼の味方をしているわけで、神の審判が下ったようなものだから。

聖クザンはハンドルに手をかけている。フロントガラスに雨が流れるのは気にならないのか、ワイパーを止めたままだが、おれのスーツからカーペットにしずくが滴るのは気になるようで、クエーカー教徒のような厳しい目で見ている。おれは全身震えている。それはおれの心がニコルと一緒にいるからで、そのニコルがフォンタナと一緒にいるからだ。おれの体はここにいて、途方に暮れている。後頭部から血が出ているし、呼吸が苦しいから肋骨にもひびが入ったかもしれない。ニコルが言うとおり、おれはすべてを台無しにした。上着を脱いで袖の部分を丸め、後頭部に当てた。クザンが不快感をあらわにする。

守衛を止め、なだめてくれたのはクザンだ。

おれたちは製油所の駐車場にいる。高級車のなかだ。クザンは両手をハンドルに載せている。それは辛抱してやると示す姿勢だが、この状況につけ込むなと伝える姿勢でもある。おれは頼んだ。

「それを止めてもらえませんか」

エアコンで凍りつきそうだ。いやもう凍ってる。自らを罰するようなこの寒さはいかにもクザンらしい。ひょっとしたら、なにかを悔いるとき胸に手を当てたりするんじゃないか？　そう、クザンにはディムズデール牧師（ホーソーン『緋文字』の登場人物）を思わせるところがある。

高級な車の高級なダッシュボード。

「社用車ですか？」

クザンは動かない。もちろん社用車にきまっている。間近で彼を見るのはこれが二度目だが、脳みその容積の大きさに改めて驚いた。驚くというより怖いくらいだ。などと観察することでおれは集中しようとする。感情を抑え、これ以上乱闘騒ぎを起こさないこと。なにしろあと二十分もない。絶望者の守護聖人である聖ユダがぎりぎりのところでおれをつかまえてくれたんだから、守衛相手と同じようなことをしてラストチャンスをふいにしたくない。おれは勢いをつける。ニコルが直面している恐怖に精神を集中する。

この機会を逃してたまるか。

クザンはしびれを切らしかけている。

「時間がないんだ！」と、とうとうつっけんどんに言った。

だがそれがほんとうにほんとうなら、今日のような日に、つまり彼が機動隊の助けを借りてでも決行しなければならない計画に対して、この町がまさに立ち上がろうとしている日の前日に、土砂降りの駐車場にとめた車のなかなんかにいられるはずがない。それじゃ筋が通らない。

クザンが不安げなのがわかったので、おれはあえて黙っていた。大至急、大特急で進めたいところだが、それでは失敗する。

クザンが最後におれを見たのは昨日の公判でのことだ。彼は社長命令でおれの有利になる証言をした。ところがその二十四時間後に、ストライキ中の彼の工場で守衛の顔をぶっつぶそうとしているおれを発見した。かなりやけになっているおれを。当然悪い予感しかしないだろう。おれがここに来たということは、なにかを要求するためだろうから。そして、それこそが彼を、聖パウロを驚かせる。なぜなら、彼にしてみれば、これでは立場が逆だからだ。彼が法廷に入ってくるのを見たときから、おれはこいつがずいぶんご立腹だと感じていた。つまりクザンは自分が騙されたことを知っている。ただしなんのために、どの程度騙されたのかは知らない。おれは明らかに社長に守られていて、社長はおれのために八方手を尽くした。絶対になにかある。だがそれがなにかわからないので、なにを要求できるかもわからない。だから気がもめる。本来なら自分こそおれに要求をつきつけてもおかしくないと思っている。おれのために尽くしたんだから。釈放のために尽力したんだから。そんな状態でついさっきおれを見つけたわけで、これじゃあべこべだと思っただろう。

辛抱した甲斐があって、とうとうクザンが切り出した。

「あの人質事件のとき、わざとわたしを出ていかせましたね」

「というより、止めなかっただけです」

「撃つこともできたのに」

「なんの得にもなりません」

「なぜならあなたは、誰かが逃げて警察に通報するようにしたかった。それが誰でもよかった。わたしでも、誰でも」

「ええ。でもあなたになればいいと思っていました」

上着の袖を見たらまだ血が出ているようだったので、もう一度強く頭に押し当てた。こうやって相手を無視してほかのことをするっていうのが、これまたクザンを苛立たせる。そのあいだ待たされるからだ。だがおれだってひどくつらい。視線は絶えずダッシュボードの時計のほうに戻ってしまう。ニコル。時が一分また一分と刻まれていく。だが焦りを隠し、あえてぼんやりした顔つきで続けた。

「あの日あなたが英雄になってよかった。何年もただ働きしてきた会社であなたが再雇用されるには、ああいうきっかけが必要でしたから。最初にあなたが動いてくれて、やったと思いましたよ。ひいきにしていたものでね。失業者のよしみというか」

クザンはおれの言葉を巨大な頭蓋骨のなかで攪拌《かくはん》する。

「エクシャルのなにを手に入れたんです？」

「なぜそのことを？」

「やめてくださいよ」

　クザンはばかにするなと憤慨する。

「アレクサンドル・ドルフマンが記者会見を開いてすべての訴えを取り下げると宣言し、公判でもあなたに有利な証言をするよう幹部たちに命じた……。あなたが彼のなにかを押さえているとしか思えないじゃありませんか。だから訊いているんです。なにを押さえたんです？」

　いよいよだ。残された時間は十五分。おれは目を閉じ、ニコルを見る。おれの勇気はすべて彼女から生まれる。静かに問いをぶつけた。

「わたしたち二人が手を組んでいたと知ったら、ドルフマンはどんな顔をするでしょうね」

「手を組む？　なんのことです。あなたと手なんか組んじゃいない！」

　クザンが憤慨し、叫ぶ。

「ええ、もちろんなにもありません。でもそれはあなたとわたししか知らないことです。二人で手を組んで騙しましたとわたしが言ったら、ドルフマンはどっちを信じると思いますか？　あなた？　それともわたし？」

　クザンは考える。だが先におれが予測を披露する。

「思うに、サルクヴィルについては最後まであなたに任せるでしょう。厄介な仕事ですから。一般的に社長は自分の手を汚すことを好まない。だがそのあと、あなたがここの全員を解雇したあとで、彼はあなたを解雇する。そしてそのときには、前回のようにあなたに助けの手を差し伸べる善良な失業者はもう現れない」

どうやら巨大な脳のほぼ全域に怒りが広がったようだが、それでもクザンはこう訊いてきた。

「それで、手を組んでたっていうのは……なにに？」

おれは重機関銃を取り出す。

「わたしは金を奪った。その半分をあなたがもっていると社長に言うつもりです」

いきなり激怒してもおかしくないのに、そういうことはしない。ポール・クザンは考える。上に立つ人間らしく、状況を分析し、仮説を列挙し、目標を定める。だがその調子だと、自分は破滅だと結論づけるのに時間がかかりそうだから、助けることにした。

「クザンさん、そうなったらあなたは破滅ですよ」

助け船を出したのはめちゃくちゃ急いでるからだ。フォンタナがニコルの目のまえに時計を突きつけてなきゃいいんだが。あいつならやりかねない。分を数え、秒を数えかねない。おれは重機関銃を再装塡する。

「三分差し上げる」

「ご冗談を」

彼は仕切り直そうとするだろう。あと八分。ニコル。

「いくらとったんです？」と訊いてきた。

おれはちっちっと舌打ちする。

予想どおり彼は仕切り直そうとしたが、おれは受けつけない。

「望みは？」と彼が訊く。

現実原則の見事な実践。

「エクシャルの不正行為。それもとびきりの。ドルフマンを空中分解させてやりたいんでね。あなたがいいと思うものでかまわない。細かいことは言いません。七桁のリベートとか、違法取引とか、テロ国家との契約とか、悪質な賄賂とか、なんでもいいんです」

「そんなものをなぜ知ってると思うんです？　このわたしが」

「二十年前からエクシャルにいるから。しかもそのうちの十五年以上、幹部社員の座にいたからですよ。しかもあなたはその種の厄介事にどっぷり浸かるタイプだ。そうでなければこのサルクヴィルにいるはずがない。書類を全部よこせとは言いません、肝心なところを二ページほどもらえればいい。それ以上は要らない。二分差し上げます」

一か八かの大勝負。

「あなたが情報源を明かさないという保証は？」

「その二ページ分の情報をサーバー経由でとること、それだけです。エクシャルのシステムにはすでに入っているので、そこにあるものはなんでも拾えます。だから紙の機密書類も秘密書類も必要ない。鍵となる情報さえもらえれば、あとはこっちでなんとかします」

「わかりました」

やはりクザンは抜け目がない。しかも思った以上だった。こう続けたんだから。

「三百万」

まさに現実主義者。ほんの数秒でこの状況を分析し、損得を勘定し、危険はないと踏んだ。それにしても三百万ユーロとは。どうやってこの金額にたどり着いたのか。おれが金をせしめたことは言った。そこから推測したとして、三百万を全体の何パーセントと見ているんだろうか。いやいや、そんなことはあとでいい。話をまとめるのが先だ。

「二百万」と、おれ。

「三百万」

「二百五十万」

「三百万」

「わかった、三百三万」

クザンは眉を上げたが、おれがそっけない表情のままなのでなにも訊かず、ただ、

「合意」と言った。

「名前を！」

「パスカル・ロンバール」

くそっ。元内務大臣じゃないか。こりゃたまげた。そいつの顔ならすぐ頭に浮かぶ。紛れもない政治腐敗の産物だ。かなりのやり手、きれいとは言えない過去、徹底した皮肉屋、いくつかの前代未聞の失態。だが一度も司法に尻尾をつかまれたことがなく、十五年前から危機に瀕していながらいまだに議会で長広舌《ちょうこうぜつ》を振るいつづけ、公序良俗を踏みつけにしている。しかも選挙のたびに再選を果たしている。模範的な政治家だ。息子たちも実業界と政界で活躍中。

「なにをした？」

「インサイダー取引、一九九八年。ユニオンパス社との合併のときです。月並みな手口で、ドルフマンから合併のことを聞き、息子たちに大量に株を買わせ、三か月後の合併発表時に全部

売った」

「儲けは？」

「九千六百万フラン」

自動車電話の受話器をとり、ニコルの番号を押す。一度鳴っただけでフォンタナが出た。

「妻に替わってくれ」

「いい知らせがあるんだろうな」

「あるともさ、すばらしい知らせが！」

「聞こうか」

「パスカル・ロンバール。ユニオンパス。一九九八年。九千六百万」

無音。おれはフォンタナが理解するまで待つ。これがとんでもない不正絡みだということは公安警察じゃなくたってわかる。パスカル・ロンバールは札付きで、その名は詐欺師どもの天国への〝開けゴマ〟になっている。フォンタナが黙り込んだのがその証拠だ。それでも彼はジャブを繰り出してくる。

「その手に乗るか」

フォンタナの背後でなにか音がした。冗談じゃないぞ。

「妻を出せ！　いますぐ替われ！」

おれの声が車内を満たす。ポール・クザンがこりゃますます重症だという顔でおれを見ている。

「悪いな、デランブル」とまたジャブ。「だが依頼人はまだなにも受けとっていないし、もう時間なんでね」

「なんの音だ！　あんたのうしろでなにやってる！」

フォンタナは失敗を好まない。だから、この勝負はいまのところおれに不利なようだが、彼にとってもけっして有利とは言えない。そこに期待をかける。依頼人に義務を負っている分、フォンタナの力はそがれる。

「依頼人に電話しろ。アレクサンドル・ドルフマンと直《じか》に話して、おれからだと言ってこれだけ伝えればいい。〝パスカル・ロンバール、ユニオンパス、一九九八年〟」

はずみをつけ直すために数秒待つ。

それから撃鉄を起こす。

「それだけ言えばあんたの問題はすべて解決。ドルフマンはすぐに静まる」

銃を肩で支える。

「だが電話しなかったら、ドルフマンはおまえにすごく、すごく、すごく、すごく腹を立てるぞ」

そして撃つ。

「そのときドルフマンになにができるかよく考えるんだな。おまえの問題は、おれのなんか比べものにならないほど厄介なものになる」

また無音。

いいぞ。おれはひと息つく。彼は電話するだろう。うまくいった。

「あんたのいまの番号は？」

「こっちからかける、その前に妻に替われ」

フォンタナは躊躇する。操られるのが気に入らないのだ。

「妻に替われと言ってるんだ！」

「もしもし……」

ニコルだ。怖がっているどころじゃない。もうそれを超えてしまった。力尽きて死んだようになっている。

「アラン、どこなの？」

「そこだ、きみと一緒だ。全部終わった」

安心させてやりたいのに、信じさせてやりたいのに、声が少しつかえる。

「だったらどうしてまだ捕まってるの？」ニコルが訊く。

「すぐに自由になる、ほんとうだ。なにかされたか？」

「いつ自由になれるの？」

恐怖で抑制された震え声。酸欠状態にでも陥りそうな極度の緊張。

「痛めつけられたのか？」

ニコルは答えない。ただ不安と失望の入り混じった声で問いつづける。思考が同じところをぐるぐる回っている。

「この人たちなにを要求してるの？　あなたどこにいるの？」

答えるまえに相手が変わった。

「十分後にかけてくれ」

そう言ってフォンタナは電話を切った。胃が派手に動いて吐き気が込み上げる。ポール・クザンは指でハンドルをたたいている。

「忙しいんですよ、デランブルさん。さっさと話をまとめませんか、どうです?」

そうだ、まとめよう。クザンは実務上の処理方法について手っ取り早く決めようと提案する。つまりドルフマンに仕えるのと同じプロ精神をもって、ドルフマンを騙すというわけだ。ものすごいプロだ。

おれのほうはいまの電話のニコルの言葉にひどくショックを受けていた。

「そのまえに一つだけ」とクザンが訊く。

「はあ、なんです?」

おれはすでに放心状態だ。

「三万っていうのは?」

「三百万は分け前」

手のひらでダッシュボードをたたく。

「三万はこの車。これに乗って帰りたいんで」

51

「悪いが、それに関してはなんの指示も受けていない」

「ふざけるな!」

おれはわめく。パリに向かう高速を百八十キロで飛ばしながら、手のひらで力いっぱいハンドルをたたく。だがこの車はびくともしない。それを頼りに、まえを百六十キロでもたついてるやつにクラクションを鳴らす。

「立場が変わったんだ！」

このとき、ほんの少しまえまでフォンタナに感じていた恐怖など、思い出したくても思い出せないくらいだった。もうおれの勝ちに決まっているし、すでにそれを実感しつつある。だがそれよりなにより大事なのはニコルだ。

だから続ける。

「これからはこっちが命令を出す。聞こえたか、このアホ！」

アホは黙ってしまった。パスカル・ロンバールとユニオンパスの名を聞いてから四十秒で、ドルフマンはフォンタナに、すべての行動を中断し、自分が直接デランブルと会うまで待てと命じたそうだ。しかも二時間以内に時間をつくり、オフィスで待つと言った。四十分くらい遅れると言っても許されそうな雰囲気だ。ドルフマンはこれを最優先として、いくらでも予定をずらして待つだろう。おれは自動車電話の音量を上げて叫びつづけながら、二百キロ近くまで加速し、路面を縫って動くものすべてを追い越していった。

「どういう結末になるかも言ってやれるぞ。おまえは一時間以内に妻を解放して家に帰す。そのとき、いいか、妻に髪の毛一本でも足りなかったら、次のスーダンでの任務は『ビアンカの大冒険』（一九七七年のディズニーのアニメ映画）みたいにしてやっからな！」

まともな言葉にならない。

「だからしっかり指示をメモして実行しろってんだ、アホンダラ！　いますぐ妻の写真を三枚よこせ。顔、両手、立ってるところの全身。おまえの携帯で撮って、日付と時間が入るようにしろ。それを……」

番号を探す。ボタンとか押して探さなけりゃならない。おれは片手をハンドルから離し、電話のほうにかがみ込む、ボタンを一つ押し、もう一つ押して、「どうすりゃいいんだ、このがらくた……」。すさまじい警笛で車体が振動。はっと顔を上げると車は右にそれ、猛スピードでオランダのセミトレーラーのほうへ滑っていて、そいつが力いっぱい四連ラッパを鳴らしていて、おれは状況を把握する暇もなくいきなり左へハンドルを切り、そしたら別の車に光速でぶつかりそうになってまた右にハンドルを切った。ブレーキをかけることさえ忘れていた。メーターは百八十三キロを指している。

ようやく自動車電話の番号を叫ぶ。

「五分やる！　こっちからかけ直すようなことをさせるなよ。さもないと、社長からもらった金を全部注ぎ込んでキンタマ引っこ抜いてやっからな！」

四車線道路でスラロームを再開。いや、落ち着け。レーダーなんかどうでもいいが、ここで警察に止められるようなへまはしたくない。スラロームを中断して追い越し車線に張りつき、百五十キロまで減速。これならまともだ。十秒おきに電話のディスプレイを見る。早くニコルの写真を確認したい。だがフォンタナがおれのためにせっせと動くとは思えない。まだあと数分ある。

緊張をほぐそうとクザンの車の内装を拝見する。ゴージャス。なにもかも最高級。まさにフランスの技術の粋であり、業界の殺戮者のための最上級の皮肉。ガソリンスタンドを探そうとカーナビをいじっていたら、いきなりフランス・アンフォの放送が鳴り響いた。「……はジョン・アーノルド、三十三歳のトレーダーで、昨年の推定年収は二十から二十五億ドル。それに次いで……」。すぐに切った。地球は今日も同じ方向に同じ速度で回転している。

オプションのキャッチホン設定がオンになっているのを確認してから、シャルルの番号にかける。呼び出し音一回、二回、三回、四回。

「もしもーし！」

おれのシャルルだ。まあ、さわやかな声とは言えないが、ほんわかした温かみがある。

「よう、シャルル！」

「おおっあんたかいやったぜどっからかけてんだ？」

と一気に言う。シャルルは喜んでいる。こっちも彼のためにこの電話を使えるのがうれしい。努力が報われた気がする。

「パリに向かう高速」

その情報がキルシュのなかを泳ぎながらシャルルの小脳を一周する。時間がかかりそうなので、訊かれるのを待たずにこっちから説明した。クザン、フォンタナ、ドルフマン、全部。

「そりゃすんげえ！」と一段落ごとにシャルルが合いの手を入れる。

そしてたいした手腕だとしきりに感心する。おれはまだフォンタナからの写真送付を待っている。時間がかかりすぎじゃないか？　シャルルにどこにいるのか訊く。

「あんたと同じ、高速」

ということは……。

「どえらくついててな」と続ける。「ダチに電話したらそいつの義理の兄貴がおれたちがエンコしたあのガソリンスタンドから十二キロの村に住んでてなんとわざわざ来て満タンにしてくれてこれがツキじゃないってんならなんだ？」

「シャルル……運転してんのか？」

「まあ、なんとかな」

仰天。

「心配すんな、慎重にやってる」とシャルルが請け合う。「右車線でおとなしくしてて六十を超えないようにしてるから」

追突されて警官に見つかる典型的パターン。

「で、いまどの辺りにいるんだ？」

「さあ、そいつはなんとも、なにしろ標識の字が小さくて」

だろうな。それに答えようとしたまさにそのとき、ずっと前のほうの右車線に真っ赤なルノーと巨大なパイプバンパーが見えた。白煙をたなびかせ、それが羽根飾りみたいに見える。おれは少し減速し、横に並んだところでクラクションを鳴らした。運転席のシャルルはハンドルと頭が同じ高さで、体が縮んだみたいに小さく見える。

彼がこの状況を把握するのにまた数秒かかる。

「ありゃ、あんたか！　や、すんげえ！」気づくやいなや叫ぶ。

そして狂喜する。小さくネイティブアメリカンの合図をし、大笑いする。

「シャルル、悪いが急いでるんだ。人を待たせてる」

「おれのことなんか気にすんなって」と彼が答える。

言ってやりたいことが山ほどある。彼には山ほどの借りがある。すべてうまく片づいたらな、シャルル、あんたの暮らしを変えてやる。キルシュの詰まったカーヴ付きの家を進呈するよ。

ってなことを全部言ってやりたい。

おれはまたアクセルをふかす。そして突っ走る。赤い車体と白い羽根飾りは数秒でバックミラーのなかの点々にすぎなくなる。

「シャルル、ここまできたら、あとはなにもかもうまくいくはずなんだ」と電話を続ける。

「んだな」と彼は言う。「そりゃ豪儀《ごうぎ》だ」

〝豪儀〟なんて言葉を使うのは、この世にもう彼しかいない。おれはきっぱり言う。

「ドルフマンに会ったらすぐさまデスクにねじ伏せてやって、ニコルを取り戻す。それで全部終わりだ」

シャルルはますます感心する。それもうれしそうに。

「ほんとにほんとによかったよ、なあ、あんたはそれだけのことをやり遂げたんだし！」

シャルルにそんなふうに言われるとこっちが面食らう。誰かのためにこんなに素直に喜ぶなんて、おれにはできそうもない。

「もう一人のアホのほうはぎゃふんと言わせてやったんかなんつったっけモンタナ？」

「フォンタナ」

「それだ！」シャルルが叫ぶ。

そしてまた大笑い。こういうことがものすごくうれしいらしい。

成功は間近だ。ドルフマンが会いたいと言ってきたのは、それ自体ほぼ間違いなく退却の意志表示であり、休戦協定の申込みだ。おれはニコルを解放させ、家で再会する。今度こそなにもかも彼女に話せる。そしておれたちは受けとって当然の報酬を手にする。これまでの苦労に見合った金額だ。惨めな暮らしはこれにて終了。その場にはシャルルにもいてもらいたい。ニコルもきっと彼を好きになる。

「いんにゃ、そりゃだめだ」とシャルルが言う。「あれだけのことがあったんだから奥さんと二人きりじゃなくちゃ。水入らずを邪魔する人間なんかいらんだろ！」

でもおれはしつこく誘う。

「一緒にいてほしいんだ。おれにとって大事なことなんだ」

「ほんとか？」

ポケットのなかを探り、フォンタナに渡された紙を広げて住所を読み上げる。

「ちょい待て」とシャルルが言う。

それから、

「えっと、もう一度言ってみ」

おれがもう一度住所を言うと、シャルルが叫ぶ。

「おおっあんたもおもしろいと思うだろうけどその地区におれ住んでたんだガキのころっていうか若いころに」

なら話が早い。

「ちょい待て」とまた言う。「そんでも番地をメモしないとな覚えてられるか自信がないもんで」

彼が右へ左へと体をひねり、それからグローブボックスのほうにかがみ込むところが目に浮かんだ。

「やめろ！」

シャルルのいまの状況では運転に百パーセント集中しないと命取りになる。

「メモなんかいいって、メールで送るから」

「おお、助かる」

「じゃあ八時半ごろってことでどうだ？　もう電話を切らないといけないんだ。当てにしてるから来てくれよ、な？」

一枚目の写真はニコルの両手だった。おれは手というものにすっかり取りつかれていて、その写真を見て自分の手のことを意識した。まだひどく痛むからかもしれないし、ハンドルを握るのが久しぶりだからかもしれないが、とにかく二度と元通りにならないだろうとこのときはっきりわかった。一部の指はおれが死ぬまで、いやそれよりあとまで硬直したままだろう。そしてニコルの結婚指輪。指を広げて並べた両手というのはハンマーで打たれるのを待っているようで、けっして愉快な眺めじゃない。二枚目の写真はカメラのほうを向いて立っているニコルで、日時の表示に問題はないが、ニコルに問題がある。おれの永遠のニコルが五十代の白髪交じりのやつれた顔の女にすり替えられている。恐怖と絶望のまなざしをしたその女は、苦しみのあまり憔悴しきっている。ほんの数時間でニコルは老女になった。胸が締めつけられる。

ニュースで見かける人質の写真と同じだ。レバノン、ボリビア、チャドなどで事件に巻き込まれた人々のあの無表情な目、極度の緊張で力尽きたといった様子。三枚目は顔写真で、左頬に傷があり、その周りが内出血で紫色になっている。棍棒かなにかで殴られた痕だ。

ニコルが抵抗した？

逃げようとしたのか？

おれは血がにじむほど強く唇を嚙んだ。涙が込み上げる。

そしてうめきながらハンドルをたたいた。ニコルをこんなふうにしたのはおれだからだ。自分が許せない。だがいまは気合を入れ直さなければ。ここで負けたら元も子もない。集中を切らさずに最後の直線を行け。おれは洟をすすり、涙をぬぐう。むしろ電話のディスプレイでニコルの写真を見たことを力にしなければならない。おれは最後まで戦う。唯一幸いなのは、おれが持ち帰るものによってニコルはすべてを理解し、傷はすべて癒され、傷痕も消えるとわかっていることだ。ニコルと再会するとき、そのニコルは未来と和解した人生を手にしている。おれが持ち帰るのはおれたちの問題を一つ残らず解決してくれる手段だから。

いまの望みは時間が速く経つこと、ニコルが解放されること、ニコルが家に帰ること、おれも帰ること、ニコルをこの手で抱きしめること、それだけだ。

そうだ、電話しよう。だが呼び出し音と同時にフォンタナが「だめだ」と言った。ぴしっと。こっちはののしってやるつもりでいたが、先手をとられた。

「これ以上なにもしてやらない。依頼人から指示が来るまではな」

フォンタナは電話を切り、おれとニコルのあいだの細い糸が切れた。だがすべてはこっちの手中にある。ニコルを解放する。ニコルを救う。あと少しで。

おれはまたアクセルを吹かした。

52

デファンス地区。

そそり立つビルを見上げる。

エクシャル・ヨーロッパのガラス張りのタワーのてっぺんには、社名とシンボルマーク入りの赤と金のロゴが輝いている。夜にはそのロゴが強い光で世界を照らし、人々の崇拝の念を集めるように考えられている。

クザンの社用車は遠隔操作でパーキングの入り口を開けられるようになっていた。十九時三十分を過ぎたところだが、地下二階の幹部社員用パーキングはまだほとんどの車が残っている。車が近づくと一九八番のスペースが自動的に明るくなり、アルミのポールゲートが床に引っ込んだ。駐車して車を降り、落ち着いた足どりでエレベーターへ向かう。複数のカメラがおれの動きを追う。あまりにもカメラが多くて考えごともできない。だがドルフマンはどこだろうなどと考える必要はなく、おれは一瞬も迷わず摩天楼の最上階のボタンを押した。天地創造以来、神々の住処はそこと決まっている。

エレベーターはポストモダン様式で、間接照明にカーペットと豪華なつくりだ。しわくちゃで古臭いスーツを着たおれはどう見ても場違いで、階を上がるにつれて不安になってきた。

いかん、こうやって戦いに負けるんだ。マネジメントにいわく、《自分のなかの幻想を見つけて遠ざけ、常に現実と、測定可能なものを優先せよ》。

そこで冷静になろうと深呼吸してみたが、効果がない。フランス屈指の経営者で、ヨーロッパの産業を支える存在でもあるアレクサンドル・ドルフマンがおれを迎えようとしている。そんな大物に立ち向かうと思うとやはり身が震える。それに、こちらの論法をまとめようとしても、答えの見つからない疑問がどうしても残る。つまり、ドルフマンはなぜおれを呼んだのか。なんの意味もないはずだ。

おれをどうにかしたいならこっそり指示を出せばいい。わざわざ会おうとするなんて軽率すぎないか？ ドルフマンは詳細を知らず、ニコルが誘拐されたことさえ知らないだろう。そもそもフォンタナを高額で雇ったのはなにも知らずにいるためで、そうやって法的リスクから自分と会社を完璧に守るためだ。

だとしたらなぜいまになって自ら戦いに身を投じるのか。

きっと思いもよらぬ理由がある。おれが知らぬ間に仕組まれたいかさまのカードだろうか。だとしたらおれは一撃でつぶされる。身ぐるみはがされる。考えてみたらこんな大物相手におれみたいな下っ端がやすやすと勝つなんて不可能で、いまだかつてないことだ。つまりおれは死刑台に上がろうとしている。それがエレベーターのドアが開いたときのおれの心境だった。要するにもう半分負けていた。目のまえにベールがかかり、そこに精根尽きはてたニコルの顔が映し出されているようなものだ。だからエレベーターから出るおれも疲れはてていた。

ドルフマンのレベルになると秘書も男性で占められる。だいたい高学歴の若手で、秘書ではなくブレーンとかコラボレーターと呼ばれる。おれを迎えた男も、いかにも国立行政学院《ENA》卒ですというプロの微笑みを浮かべていた。三十くらいで、毎年友人たちとCMフェスティバルに行くようなタイプ。もちろんおれが来ることを承知していて、お待ちしておりましたと言った。

まず次の間に通された。なにもかもがふかふかで、静かで、ゆったりしたその空間で、おれは立ったまま待った。待たせる作戦ならよく知っている。とろ火でじっくり煮るってことだ。また深呼吸するが、心拍数は百二十くらいに上がったまま下りてこない。ところが、待たせる作戦じゃなかった。三十秒後にドアが開いた。

お入りくださいと言われた。

若いブレーンは姿を消す。

一歩入るなりおれをとらえたのは、巨大な窓ガラス越しに広がる息をのむような夜景だった。神はこうして世界を眺めておられる。彼が社長の座に執着するのはこのためかもしれない。アレクサンドル・ドルフマンはしぶしぶデスクを離れる。気がかりな書類に目を通していたのに、それをおれが邪魔したということだろう。そして厳かに眼鏡をはずし、そこで表情を変え、刃のような冷笑をおれに向ける。

「ああ、デランブルさん、ようこそ」

その声だけでも立派な支配の道具になっている。微妙なイントネーションに至るまで完璧に計算された声。ドルフマンはおれに歩み寄ると、右手でおれの手を力強く握りながら左手でおれの肘を支え、広いオフィスの一隅にある応接セットのほうへ引っ張っていく。その一隅は壁が蔵書で埋め尽くされていて、わたしは偉大なるヒューマニストですとアピールしている。おれは座った。

ドルフマンは正面ではなく、横の肘掛け椅子に座った。

おれが受けた印象は表現不能だ。

この男はとんでもないオーラを放っている。

世の中にはこういう人がいるものだ。電波でも発しているみたいに、そこにいるだけで周囲を興奮させてしまう。

フォンタナが危険そのものなら、ドルフマンは力そのものだ。擬人化された支配欲動とでも言おうか。

おれが動物だったら唸っていたかもしれない。

あの事件の日の、黙って床に座っていたドルフマンを思い出そうとしてみたが、無理だった。彼もおれももはやあのときと同じ人間ではない。あのときは異常で、いまは通常。通常に戻れば社会階層も元に戻る。確信はないものの、今日こうしておれたちが顔を合わせたのも、その点を追求するためではないかと思う。つまり、あのときおれがドルフマンに強いたものはなんだったのかを。

「デランブルさん、ゴルフはされますか?」

「あ……いや」

収監されていると早く老けるのは事実だが、それにしてもゴルフをするような年齢に見えるとは。

「それは残念です。ゴルフ絡みで、この状況にぴったりのたとえ話があったのですが」

そこでハエでも追い払うように手をひと振りする。

「忘れてください」

それから申し訳ないという顔をし、詫びるように両手を広げる。

「じつは時間がありませんでね」

そしてにっこり微笑む。事情を知らない誰かがこの場面を見たら、ドルフマンがおれに深い共感と親近感を抱いていて、時間があれば大親友であるおれとたっぷり話がしたいのだと思ったろう。

「わたしもいささか急いでいます」

彼は頷くと、そこからは口を閉ざしたままおれをじろじろ見はじめた。沈黙のなかで、なんの遠慮もなく、丹念におれを観察する。そしてその物怖《ものお》じしないまなざしがとうとうおれの目を射たと思ったら、そのまま動かなくなり、信じられないほど長い時間が流れた。そのときおれは腹の底まで震え、これまで仕事で経験したあらゆる恐怖を濃縮したような〝恐怖のエキス〟を味わった。人を威圧するという点で、ドルフマンは卓越した技をもっている。その技で数えきれないほどのコラボレーターだの秘書だのブレーンだのを震え上がらせ、虐《しいた》げ、たじろがせ、うろたえさせ、転落へと追い込んできたのだろう。ドルフマンという存在はある単純明快な事実の結果でしかない。つまり、彼がいまこの地位にいるのはほかの全員を蹴落としてきたからだ。

「さて」とようやくドルフマンが言った。

おれもそのときようやく、ここに呼ばれた理由に気づいた。ドルフマンは自分で見極めをつけずにはいられなかったのだ。実際上はおれを呼ぶ必要などなかったし、むしろ避けたほうがいいことだったにもかかわらずだ。この出来事は最初から、ほとんど顔を合わせたことのない二人の人間を対峙《たいじ》させてきた。おれがベレッタを突きつけた数分を例外として、おれたちは直接向き合うことがなかった。だがそういう状態のまま終わらせるのは、ドルフマンの流儀ではないんだろう。

仕事上の問題であっても、真実の瞬間というのはあるに違いない。ドルフマンはある必要性を感じ、それを無視したままおれを行かせることができなかった。その必要性とはまず、直接おれに会い、自分の力が阻まれたのかどうか見極めること。それから、自分にとっておれがいかなる脅威かを判別すること。潜在リスクの度合いを測ること。

「すべて電話で片づけることもできたのですが」と彼は言う。

おれの狙いが有害なものかどうかを見極めること。

「しかしぜひお目にかかって、あなたを祝福したいと思いましてね」

おれが最終決戦を挑むつもりかどうか確かめること。もちろん彼はなにごとにも迷わず立ち向かえる人間だから、応戦の準備はできているだろう。

「あなたのやり方は巧みでした」

あるいは、おれが信頼できそうな相手かどうか、つまり下衆《げす》仲間になれるかどうか見極めること。

おれはじっとしたままドルフマンの視線に耐えた。彼は自分の勘しか信じていないはずで、その勘はけっして人を見誤ることがない。それが成功の鍵なんじゃないだろうか。

「あなたを雇うべきでしたね」と彼は独り言のようにぽつりと言った。

そしてその考えに自分で笑う。おれがもうそこにいないかのように。

それからまた地上に降りてくる。白昼夢からしぶしぶ出てくるような感じだ。ぶるっと体を震わせてから、話題転換の合図として微笑む。

「それで、デランブルさん、あの金でこれからどうされるんです？　投資ですか？　会社を立ち上げる？　新たなキャリアのスタートですか？」

それは終局判決の最終確認だった。千三百万ユーロの見えない小切手をしっかり指に挟んでおれに差し出し、さあ引っ張ってみろ、もっと強くと促すようなものだ。そしていまのところ、小切手はまだ彼の手に握られている。

「わたしが欲しいのは安らぎと休息です。自分にふさわしい引退生活を心から望んでいます」

おれはストレートに武装平和を申し出た。

「そのお気持ちはよくわかりますよ」と彼は自分も安らぎしか夢見ていないかのように応じた。

こうして評価は終了し、おれの申し出と引き換えに、彼は見えない小切手をおれの手に委ねる。

だがそのときおれはあることに気づき、愕然とした。要するにあの金額はドルフマンにとってはどうということはない。なにか理由をつけて損失処理をするだけのことなんだと。

ドルフマンほどの人間はそんなもので生きているわけじゃない。

そんなもののために必死で戦ったりしない。

しかも、おれに大金を勝ちとったと思い込ませて帰すという余裕さえ持ち合わせている。

ドルフマンは笑顔を見せて立ち上がり、おれの手を握った。

おれは情けないやつだ。

小銭を持ち逃げするんだから。

53

この車の乗り心地は最高だが、それでも待つのはつらい。二十時五分。社員の最後の一団が車で家に向かう時間だ。ただし管理職クラスは別で、最低でもまだ二、三時間は仕事をする。おれの信号はまだ完全に青になったわけじゃないから、やったぞ、勝ったぞ、とうとうぶんどってやったぞ、などとは考えまいと自制する。目は自動車電話に釘づけだ。だが着信はない。まったくない。いや、とりあえず心配することはなにもないんだと自分に言い聞かせる。もう一度計算をやり直す。誤差の範囲を広げてみたり、数字を丸めてみたりするが、結局のところすべてはドルフマンの指示伝達速度にかかっている。ダッシュボードの時計を見る。二十時十分。

気を紛らすためにもやれることをやろうと、アパルトマンの住所をシャルルにメールする。自動車電話の画面を一瞥。まだなにもなし。もう一度ニコルの写真を見たくなるが、我慢する。見たら恐ろしくなるし、すべてが終わったのにわざわざ恐ろしい思いをするなんて無駄で、非生産的だ。とにかくあと数分でおれは人生最大の瞬間を迎える。すべてうまくいけば、今日を人生修復の記念日にすることもできるだろう。

二十時十二分。

我慢できなくなってニコルの携帯の番号を押した。呼び出し音が一回、二回、そして三回目と同時に「もしもし」。彼女だ、本人が出た。

「ニコル！　いまどこだ！」

おれは叫んだ。なぜかわからないが、彼女が答えるのに数秒かかる。おれの声がわからなかったんだろうか。いきなり叫んだから驚いたのかもしれない。

「タクシーのなか」とようやく彼女が言う。「それで、あなたはどこなの？」

「タクシーに一人か？」

また時間がかかる。なぜすぐ答えないんだ？

「ええ、あの人たち……解放してくれた」

「たしかなんだな？」

ばかげた質問。

「家に帰っていいって言われた」

やった。ほっと息をつく。終わったんだ。

勝った、おれは勝者だ。

抑えがたい喜びで胸がいっぱいになる。

胸が開いて勝手に叫びだし、わめきだしそうだ。

勝ったぞ！

〝職安デランブル〟が終わり、〝連帯富裕税ただし非課税デランブル〟が始まる。泣きそうだ。いやもう泣いていて、ハンドルを力のかぎり握りしめる。

それからこれまでの怒りを込めてハンドルをたたく。

勝った、勝った、勝った。

「アラン……」とニコルが言う。

おれは喜びの叫びを上げる。

やっつけてやったぞ、あいつら全員を！　これを喜ばなくてどうするんだ。

死ぬまで毎月五万ユーロ使えるぞ。アパルトマンを三つ買おう。マチルドとリュシーとおれたちに。最高だ！

「アラン……」ニコルが繰り返す。

「おい、勝ったんだぞ！　どこにいるんだ、え、どこだ？」

そこでニコルが泣いているとようやく気づいた。静かに泣いている。すぐには気づかなかったが、よく耳を澄ましたら小さい嗚咽が聞こえてきた。おれをひどく苦しめるあの泣き方だ。

そりゃ泣くだろう。極度の緊張から解放されたばかりなんだから。安心させてやらなければ。

「終わったんだ、ほんとうに終わった。なにも怖がらなくていい。もうなにも起きない。説明しなきゃならないだろうが……」

「アラン……」とまた言うが、その先を続けられない。

さっきからおれの名前を繰り返しているだけだ。ニコルには説明しなきゃいけないことが山ほどあるが、それには時間がかかるから、いまは安心させるしかない。

「ねえ、アラン……どこにいたの？」と彼女が問う。

おれがいまどこにいるかではなく、彼女が助けを必要としていたときにどこにいたのか訊いている。その気持ちはわかるが、ニコルはこの事件の全貌を知ってるわけじゃないから、簡単には答えられない。実際にはずっと一緒にいたんだと、一度も離れてなんかいないと、彼女が恐怖にさらされていたあいだずっと、おれはおれたち二人のために、おれたちの惨めな暮らしに終止符を打とうとしていたんだとあとで説明してやらなければ。おれは電話を続けながら車を出し、エクシャルのパーキングを出てパリ方面に向かう自動車専用道路に入った。

「デファンスにいる」

ニコルが唖然とする。

「え、デファンスって……そんなところでなにしてるの？」

「いや、もう帰るところだ、あとで話すよ。とにかくもう安心だ。肝心なのはそこだろ？」

おれたちはなかなかわかり合えない。そのまえに彼女がこのすべてを、今回経験したすべてを乗り越える必要があるのかもしれない。だったら一緒に乗り越えていこう。車は環状線《ペリフェリック》に上がる。

「怖いの……」

「もう怖がる理由は一つもない」とおれは繰り返す。だってほかにどう言えばいいんだ？

「もうすぐ会える」車を飛ばして駆けつけて、ニコルをこの腕で抱きしめる。「なあ、おれたちがこれからどうするかわかるか？」と彼女を励ます。「まったく新しい生活を始める。そうさ、それがこれからすることだ。すごいニュースがあるんだ。ものすごいやつが！　きみが想像もしてないような……」

だがいまはなにを言っても無駄なようで、ニコルはまだ泣いている。この状態でいるかぎりどうしようもない。

「もうすぐそこに……」

〝家に〟と言えたらいいんだが、おれにはできない。再会のためにいま向かおうとしている場所を〝家〟と呼ぶなんておれの体が受けつけないので、代わりの言葉を探す。ニコルはまた「アラン、アラン」と繰り返す。それを聞いているといたたまれない気分になる。それにいらいらしてくる。

「あと三十分で着くから、な？」

ニコルはようやく嗚咽を抑える。

「ええ」と、盛んに洟をすすりながらかろうじて言う。「わかった」

そして電話が沈黙。ニコルはおれより先に切った。

その五分後、クリニャンクール門に近づいたところでまたかけた。呼び出し音が一回、二回、三回と鳴りつづけ、やがて留守電になった。もう一度かける。ヴィレット門。また留守電。嫌な波動を感じる。心のなかでさえその名を言いたくないが、フォンタナがそこに、おれのまえに、おれの周囲に、あらゆるところにいるような気がする。おれはいらいらとハンドルをたたく。おれは勝ったんだから、もう心配などしたくない。もう一度ニコルにかけたらようやく出た。

「なぜ出なかったんだ？　どこにいた？」

「え？　なに？」

取り乱したような、無意識の反応のような声。おれは問いを繰り返す。

「エレベーターのなかにいたのよ」とようやくニコルが言う。

「じゃあ……着いたんだな？　アパルトマンに入って、ドアを閉めたか？」

「ええ」

そこでニコルは大きなため息をつく。

「ええ、ドアを閉めた」

おれは彼女がいつものようにつま先を踵《かかと》にかけて靴を脱ぐところを想像する。彼女のため息は心からの安堵の表れだ。おれにとっても。

「おれもあと十五分で着くから、いいな？」

「ええ」とニコル。

今回はおれが先に切った。それからカーナビに住所を入れたと思ったらもう出口で、結局道がわからないままペリフェリックを下りる。だが奇跡的に数分でフランドル通りに出る。ところが苦労はまだ続き、どこも車がずらりと駐車していて空きがない。おれは横道に入ったり、出たり、ある範囲を一周したりして駐車スペースを探す。この辺りに公共駐車場はあっただろうか？　途中で周囲の高層集合住宅を見上げる。やはり醜悪だ。だがおれはにんまりし、ニコルが買ったアパルトマンはエマウス（慈善団体）に進呈しようと決める。右に左に曲がり、同じ道に戻り、駐車している車のなかに出そうなのがいないか探りながら、フランドル通りを離れたり戻ったりを繰り返す。仕方ないので少しずつ範囲を広げて探すが、同心円を描きつづけるうちに苛立ちが募ってくる。それでも辛抱し、速度を落としてゆっくり進みながら右側に駐車している車の列を見ていき、次は左の列を見ていく。

突然心臓が跳ね上がり、胃が裏返った。

いや、そんなはずはない。見間違いだ。

おれはごくりと唾をのむ。

だが頭のどこかでありうることだと声がする。

とっさの反応でブレーキを踏まずにそのまま通り過ぎた。確かめなければ。だが見間違いではないとしたら今度こそおれの破滅、あの世行きだ。そう思ったら手が震えだした。右折し、もう一度右折し、さらに右折して同じ通りに戻り、徐行。まっすぐまえを向いたまま、運転に集中しているように、あるいは考えに耽《ふけ》っているように目を細めるが、もう一度そこを通ったとき、おれの目ははっきりその姿をとらえた。黒い四駆の運転席にいる女、ヤスミンだ。イヤホンをつけている。

間違いない、彼女だ。

誰かを待っている。

いや、見張っている。

ニコルがいるアパルトマンから三十メートルのところにヤスミンがいるということは、フォンタナも近くにいるということだ。

二人はおれを待ち伏せしている。おれたちを見張ってる。ニコルとおれを。

おれは走りつづけ、あちこち適当に曲がる。時間を稼いでそのあいだにこの状況を整理する。ドルフマンは指示を出した。フォンタナはそれに従い、任務は終了。

そこから答えにたどりつくのに苦労はない。ドルフマンとの契約が終了したので、フォンタナは自分の銭勘定を始めた。千三百万、いやフォンタナにとってはまだ一千万かもしれないが、ターゲットとしては申し分ない。それだけあれば残りの人生は万万歳だ。

そのうえ、おれに個人的な恨みを抱いている。やることなすことおれに邪魔されてきたから清算したいんだろう。というわけでフォンタナがわざわざ家までおれを探しにきた。いまや彼の雇い主はただ一人、彼自身だけだから、完全に抑制不能。なんでもやるだろう。

ニコルを餌に使うとしても、狙いはおれだ。ハンマーを振るっておれの口から銀行口座を吐かせることだ。あらゆる意味でおれにツケを払わせようとしている。

そのためにおれたち二人をつかまえるつもりだ。ニコルを叫ばせることによって、おれにすべてを、完全にすべてを差し出させる。

そしてそのあとニコルを殺すだろう。

もちろんおれも殺すだろうが、そのやり方は特別なものになる。おれとの個人的な対決にけりをつけるためだから。

どうしたらいいのかまったくわからない。おれは途方に暮れたまま車を走らせ、あっちの道こっちの道とうろうろするが、あの四駆の横だけは二度と通るまいと全神経を尖らせる。フォンタナはおれがアパルトマンに来たところをつかまえるつもりだろう。だが幸いなことに、車で来るとは思っていないから、おれはまだ見つかっていないというわけだ。待ち伏せはタクシーのなかだろうか、あるいはどこかに立っている？　そのあたりはわからない。

二人ともフォンタナにつかまったら……。また椅子に縛りつけられたニコルの姿が浮かぶ。冗談じゃない。だがこれじゃお手上げだ。おれはこの界隈をよく知らない。アパルトマンの住所が書かれた紙をもう一度広げる。ニコルは九階にいる。

地下駐車場はないのか？

書かれていない。

じゃどうする？

頭が混乱して考えがまとまらない。

一つしか方法が見つからない。最悪だがそれしかない。強行突破して逃げる！　ばかげていると思いつつ、脳がそこで固まってしまってほかになにも浮かばない。

受話器をとろうとしたが手が震えて落としてしまった。それを苦労して拾い、胸に押し当て、とある建物の正門まえに一つだけ空きを見つけたので、エンジンをかけたまま一時停車した。ニコルにかけなければ。番号を入力。そして彼女が出るやいなや、

「ニコル、そこを出ろ！」

「え？　どうして？」

ニコルは当惑する。

「あのな、いま説明できない。とにかくすぐに出るんだ。いいか、こうしてくれ……」

「ちょっと、どうして？　なにが起きてるの？　アラン！　いつもなんにも説明してくれないじゃない！　こんなのもう……」

ニコルはおれのパニックを感じてまずい状況だと知り、身に迫る危険を察知し、その途端また声が出なくなって泣きだす。この数時間の恐怖がよみがえったに違いない。「いや、いや」と繰り返し言うばかりで動けなくなっている。なんとかして行動させなければ。おれはあえてぶつけた。

「あいつらがいる」

誰のことか言う必要はない。ニコルはフォンタナの顔を、ヤスミンの顔を思い出し、一気に恐怖が高まるはずだ。

「もう終わったって言ったくせに」

ニコルは泣いている。

「もう嘘はたくさんだから。これ以上耐えられない」

これじゃ選択の余地がない。行動させるにはもっと怖がらせるしかない。

「ニコル、そこにいたらあいつらがつかまえにくる。出るんだ。いますぐに。おれは下にいる」

「下？」ニコルはわめく。「だったらなぜ来てくれないの？」

「それがあいつらの思うツボだからだ！　あいつらはおれをつかまえにきたんだ！」

「でも、ちょっと、いったい誰なのよ〝あいつら〟って」

彼女はわめきつづける。不安だからだ。

「おれがきみを連れて逃げる。ニコル、よく聞いてくれ。下に降りたら右に曲がれ、クロエクネル通りへ。右側の歩道を行け。ほかに方法がないんだ、ほんとうだ。あとはおれがなんとかする」

「アラン、悪いけどもうだめよ。警察を呼ぶから。もう我慢できない。限界」

「呼ぶな！ 聞いてるか？ おれが言ったこと以外はするな！」

沈黙。おれは押し通す。無理強いするしかない。

「ニコル、おれだって死にたくないんだ！ だから言ったとおりにしろ！ 下に降りろ！ 右に曲がってまっすぐ行けってんだ、くそっ！」

そこで切る。おれだって怖くてたまらない。おれたち二人にとって恐ろしい状況だ。それに正直いって、おれの作戦はほとんど無に等しい。でもほかになんにも見つからないんだからしょうがない。三分待つ。四分。彼女が決心して下りてくるのに何分かかるだろうか。それからおれは車を出す。おれがこんな高級車に乗っているとは誰も思うまい。ニコルでさえ。

すばやくやればなんとかなる。

ごり押していく。

スピードを落としてクロエクネル通りに入ると、遠くの右側の歩道をニコルが歩いているのが見えたので、そっちへ車を走らせ、かちかちの、あまりにぎこちないニコルの歩き方を見ながら近づいていった。ニコルのほうは左手背後にエンジン音を聞いているはずだが振り向かず、いつ襲われるかとびくびくしながら、死刑囚のように硬くなって歩いている。おれはしばらく前後をうかがい、誰もいないとわかったところでアクセルをふかし、ニコルの三メートル先で急ブレーキをかけて車から飛び出し、ニコルの腕をつかんだ。彼女はおれだと気づいて悲鳴を押し殺すが、おれは彼女が反応するより早く助手席のドアを開け、彼女を押し込み、ぐるっと回って運転席に戻り、そのすべてに七、八秒もかけず、相変わらず前後に人影はなく、いまのうちにと静かに発車する。少しは恐怖が収まったのかどうかわからないが、ニコルはおれと車を交互に見ている。なにもかも奇妙に思えるらしく、静かで滑るように走る車と、そのハンドルを握るおれを見て、とうとう目をつむる。おれは最初の通りを慎重に右折したが、相変わらず前後に人影がないので、ほっとして一瞬目を閉じ、ふたたび開くと前方三十メートルにフォンタナの猫のような姿が！　その猫がこちらに気づいて歩道を走って姿を消し、おれはもうなにも考えずにスピードを上げ、彼が消えた通りを過ぎたが、その通りからかなり車高がある四駆の鼻面が出たのがバックミラーで見えたので、反射的にドアをロックし、それでニコルが異常事態に気づいて座席で飛び上がり、おれはアクセルを踏み抜き、車はまえに飛び出し、ニコルは叫ぶと同時に加速でシートに押しつけられ、と同時にフォンタナの車がおれたちのうしろに全貌を現し、おれは左折するが、すでにスピードが出ていて停車中の車の尻をこすり、急な揺れでニコルがまた叫んでシートベルトを引っつかみ、乾いた音とともにそれを締める。この辺りの交通量はさほど多くなく、ほとんどの車は二本の大通りに集中し、つまりパリ中心部に向かうか郊外に出ていくかだ。次の交差点にそのままのスピードで突っ込んだら、そこで巨大なバンパー付きの真っ赤なルノー25が急ブレーキをかけ、それがなんとおれたちのアパルトマンを目指すシャルルだった。

シャルルのことを忘れていた。

彼はおれとニコルの乗った車がすごいスピードで目のまえを通り抜けるのを見、手を上げてあいさつしようとしたが間に合わず、しかも次の瞬間黒い四駆がおれたちを追って通り抜けるのも見たはずだ。シャルルのことだから時間はかかるだろうが状況をわかってくれるだろうし、こっちは考える暇もないからとりあえずシャルルのことは忘れ、その先を右折して大通りに入った。するとまずいことに少し先で渋滞していて、でもここで止まったらフォンタナが襲いかかってきて、窓を撃って力ずくでドアを開けるだろう。そうなったらおれにはどうしようもないし、とにかくこの車がちょっとでも止まりさえすれば彼が襲いかかるのに十分で、あとは彼の思うままになり、すぐニコルの頭に一発ぶち込み、ショックで動けなくなったおれを殴り、ヤスミンが運転する四駆に無理やり押し込み……。

おれは渋滞の最後尾がもうすぐなのにどうしたらいいかわからず、ニコルは前方の車列がみるみる迫ってくるのを見て両手をダッシュボードに伸ばす。追い詰められたおれは覚悟を決め、いきなりハンドルを左に切ってUターンし、再加速して端っこの車線を逆走しはじめた。クラクションを鳴らし、ハイビームで突っ走る。ところがフォンタナが思いもよらない手に出て、サイレンのスイッチを入れ回転灯を屋根に載せて追ってきたので、大胆不敵なやつだとおれは仰天し、しかもそれは彼の決意のほどを雄弁に物語っていて、こうなると誰が見てもおれたちが悪者だから、もう誰も道を空けてくれないだろうと青くなる。いまやおれたちは警察に追われる身で、町全体がおれたちの敵だ。そのときどうしたわけか、いや互いに対称図形を描いて走ったからに違いないが、シャルルの車が正面から来た。おれは慌てて右に切って彼をかわし、また左に切って元に戻る。ニコルのほうはもうとっくにシートで身を丸めていて、屋根が落ちてくるみたいに両脚を引き寄せて両手で頭を抱えていたが、サイレンを聞いてぱっと顔を上げ、希望に満ちた顔でうしろを振り向いた。だがすぐ敵の罠にはまったと理解し、またうずくまって甲高い声で叫びはじめる。

すれ違いざま、シャルルはおれを見て目を丸くした。

そのすぐあとで、フォンタナの車とすれ違ってまた目を丸くしただろう。

おれはもう考えるのをやめ、反射神経の塊となり、幸せかどうかも、人かどうかもわからない状態で乱暴にハンドルを左に切ってある通りに入り、次を右、次を左と行くうちに、どっちに向かっているのかわからなくなり、ただ障害物が現れるたびに道を変え、一本、二本、三本目に入り、あちこちで車をこすり、歩行者や自転車を避け、停留所を発車したバスに左のフェンダーをぶつけながら突っ走るが、フォンタナは相変わらずついてきていて、これ以上どこへ行ったらいいかわからないと思っていたら、突然、どうしたことか、おれたちは一方通行の道にいて、それがペリフェリック沿いにどこまでもまっすぐ伸びている。

左右とも駐車の列で挟まれた道。

巨大なIの字みたいにまっすぐな道。

一方通行。一車線。

出口ははるかに遠い。

おれは思いきりアクセルを吹かしたが、バックミラーには相変わらずフォンタナの車が見えている。指が完全には動かないから、おれの運転はテクニックもスピードも足りない。いっぽうフォンタナは、獲物はもう逃げられないと見て回転灯を引っ込め、サイレンも消し、おれたちの五十メートルうしろにつけたまま一定速度で追ってくる。

おれは車をまっすぐ走らせることができず、左右に揺れながらの走行で、時にはおれの側が、時にはニコルの側が駐車の列をかすめる。

何百メートルも先に赤信号が見え、どうやらそこでこの道は交通量の多い大通りにぶつかる。つまり行く手をふさぐ壁だ。絶望のあまりおれはまた加速する。

もう終わりだ。

それはニコルもわかっている。

おれたちが突っ込もうとしている大通りは自動車専用道路らしいが、その手前で停止するのはF1サーキットで車を降りるようなもので、うしろから突っ込んでくる四駆に吹っ飛ばされて終わりだ。かといって強行突破するのはTGVに突っ込むようなもので……。

ニコルはシートの上で姿勢を正し、前方でおれたちを待ち受ける障害物に顔を向けた。

突然リアウィンドーが破裂した。早くもフォンタナが撃ってきた。こっちの速度を落とさせて突撃に移るつもりだろう。車が二つに割れたかと思うほどの衝撃で、風とガラスの破片が一気に流れ込んでくる。ニコルは身を伏せた。

これがラストシーンか。

これで物語は終わるのか。

ここで。あと数秒で。

あと数百メートルで。

ハイビームで迫る黒と金属の怪物に追いかけられて、おれたちが百二十キロ近くで飛ばしているこのどうしようもなくまっすぐな道で。

その光景は何か月経っても脳裏に焼きついたままだ。

一生消えないだろう。

おれはこれからもずっとそれを見つづけ、追体験し、悪夢にうなされ、その不可思議で悲しい意味を問いつづけるだろう。

ニコルはふたたび顔を上げ、走行車列の壁へと突進する感覚に酔ったようになっていた。

そのとき、おれたちの行く手に不意に赤い車が出現し、おれもニコルもあっけにとられた。ばかでかいバンパーが銀色に光り、うしろに白煙の羽根飾りを背負っている。車は大通りから入ってきて、一方通行を逆走してこっちに向かってくる。三百メートルを挟んで、おれたちはどちらも相手に向かって猛スピードで突き進む。

おれは軽くブレーキをかけはじめたが、どうすりゃいいのかわからない。

なにしろ今度はまえからも死が近づいてくる。

ところがシャルルはこの状況でますます加速する。距離が二百を切ったところで、パイプバンパーの合間から彼の顔が見えた。

そしてシャルルの最後のメッセージも。

ウィンカーだ。

左の。

どこかで左折するつもりなんだろうか。そんな横道があるのか？　だがすぐにそういうことじゃないと気づいた。ウィンカーが示しているのはシャルルが行きたい方向じゃなくて、おれが行くべき方向だ。つまりシャルルは〝右に曲がれ〟と言っている。

ふたたびアクセルを吹かし、右側の途切れのない車列に必死で目を凝らす。シャルルの車との距離はもう百メートルしかない。ルノー25がどんどん大きくなり、もうじき画面いっぱいになりそうだ。おれたちは両側から同じ竜巻に吸い込まれるように、ますます加速しながら近づいていく。

そのとき車列の切れ目が見えた。

袋小路。

ひと目で気づいた。数十メートル先の右手にある。ニコルに大声で指示を飛ばし、彼女はシートベルトにしがみつき、両脚を前に投げ出してダッシュボードで体を支える。おれは力いっぱいハンドルを右に切り、車は横滑りして後部がなにかに衝突し、激しく跳ね返ったがどうにか袋小路に入り、そこに駐車していた小トラックにまともにぶつかり、エアバッグが開いておれたちはシートに押しつけられ、車は止まった。

おれたちの車が空間から消えたので、Iの字の直線道路ではシャルルの車とフォンタナの車が真正面から向き合った。

どちらも隕石みたいに飛んでいく。

クロムメッキの巨大バンパーが見えたとき、フォンタナはもちろんブレーキをかけようとしただろうが、もう遅かった。

二台は合わせて百八十キロ以上の速度で急接近する。

シャルルの最後のしぐさは、おれの脳裏にスローモーションで刻まれている。

真っ赤なルノー25が袋小路の前を通過した瞬間、おれははっきり見た。座席に埋もれたように低い位置にあるシャルルの顔がこっちを向き、笑った。

おれのシャルルの微笑み。いつもと変わらぬ友情と献身の微笑み。〝おれのことなんか気にすんな〟

彼はおれの目を見た。そして片手をおれのほうに上げた。

ネイティブアメリカンのあいさつ。

そのあとすぐ、ぞっとするような衝撃音がとどろいた。

二台は真正面からフルスピードで激突して空中に跳ね上がり、互いに折り重なり、もつれ、めり込み、一体となって落下した。

肉体は文字どおりばらばらにならなかったとしても、山ほどの金属類に貫かれていただろう。すぐに火がついた。

終わった。

54

今夜はマチルドのアパルトマンで食事だ。おれは細い縞模様のグレージュのスーツを着て、花を抱えて踊り場に立ち、呼び鈴を鳴らす。だがこんなふうにあつらえのスーツを着るときでも、ベルトが蛍光グリーンのグレゴリーの大きな腕時計を外すことはなく、それを見ると誰もが怪訝な顔をする。いつものようにグレゴリーがドアを開けにきて、マチルドははるか遠くのキッチンからうれしそうに「お父さん、もう来たの？」と叫ぶ。婿殿は玄関で必ずおれの手をぎゅっと握るので、そのたびに男同士の勝負の申込みかと思ってしまう。だがおれはけっして応じない。戦いはあのとき終わったのだから。

リビングに入るとマチルドが出てくる。そして髪をなでつけながらいつも同じことを言う。「ねえ、ひどい格好でしょ、もうやんなっちゃう。ウイスキーをどうぞね。すぐ戻ってくるから」

そして長々と三十分くらいバスルームに消えたままになり、そのあいだにおれとグレゴリーはごく月並みな、つまり無害だと証明済みの会話を交わす。

おれは娘夫婦にパリ中心部の5LDKの広いアパルトマンを買ってやったが、そこに君臨するようになってから、グレゴリーはすっかり自信をつけたようだ。彼がアペリティフをサーブしながらもったいぶる様子を見たら、いまのこの暮らしは彼の計り知れない才能と、明らかに人並み外れた資質のおかげだと誰もが思うだろう。じつのところおれたちはどちらもボクサーのようなもので、それぞれの成功を、それまでに身に受けたパンチの総量に負っている。だがおれはなにも言わない。黙っている。ただ微笑み、そりゃよかったなと相槌を打ち、娘が出てくるのを待つ。その娘は毎回新しいドレスで登場し、入ってくるなりくるりと回ってみせ、「気に入った?」と訊く。これじゃまるでおれが夫だ。

そういうときの褒め言葉にはおれも気を遣っていて、毎回同じにならないように努力している。今後のために形容詞のリストを作ることも考えたほうがよさそうだ。マチルドのところの夕食会は月に一回のペースで、毎回第二木曜日だが、おれは限られた語彙を早々に使い果たした。

それにいつもなぜか慌ててしまう。それで「いかしてるね」とか言ってあまりにも言葉が古いと思い、あるいは「すごいよ」あたりで終わってしまう。

これじゃシャルルだな、と思う。

窓からはノートルダム大聖堂の尖塔が見える。ライトアップされた大聖堂を眺めながら、マチルドがおれ専用に買っておいてくれたウイスキーをすする。そう、おれは娘の家にボトルをキープしている。といっても大酒飲みになったわけじゃない。むしろ逆で、健康維持のためにあらゆる努力を払っている。ニコルがそういうのをとても気にして、必要なことだと言うから。だから彼女の家の近くのスポーツセンターにも通っている。おれのところからは遠いので、なぜそこにしたんだか自分でもわからないが、まあそういうことになっている。

食事が始まった。マチルドはすごく敏感なので、おれが心待ちにしていると感じとり、いつも開始早々にリュシーの近況を教えてくれる。あの出来事が終わってからというもの、マチルドがおれとリュシーをつなぐ唯一のパイプだ。

リュシーと最後に会ったのはフランドル通りのアパルトマンでのことだ。誰も来る予定はなかったのに突然チャイムが鳴り、ドアを開けたらリュシーが立っていた。そしておれが、

「おお、おまえか」

と言うと娘はこう返した。

「通りかかったからちょっと寄ってみた」

そしてなかに入った。誰にでもわかる嘘だ。たまたま通りかかったわけじゃなくて、わざわざ来た。なぜ来たのかも顔を見ただけで……。しかも想像するまでもなくいきなり本題に入った。そういうところが娘の強みだ。ほかの人のように礼儀だのうわべだのを取り繕ったりしな

い。

「ところで、質問があるんだけど」とおれのほうを振り向いた。

座ろうでも食事に出ようでもなく、いきなり「ところで」と言い、それがずしりと重みをもち、ひどく厄介なことになりそうだとわかるので、おれは頭を低くして最初のミサイルが飛んでくるのを待つ。

「ねえ」と続ける。「いちばん基本的な質問から始めるけど、パパはわたしのことほんとうにばかだと思ってたわけ？」

まずいスタートだ。

その前日の夜、おれは全員に小切手を切った。すごい金額の小切手を。マチルドはそれをあるがままに受けとり、まだ年末じゃないけど想像を絶するクリスマスプレゼントをもらったと思った。宝くじに当たったみたいだと。

実際にはそれは偽の小切手で、そうやってみんなで祝おうと思っただけだ。だからちゃんと説明した。この数百万ユーロはタックスヘイブンに隠されていて、こんな金額を使うには税務署のことを考えてちょっとしたごまかしをする必要があるが、たいしたことではなく、単なるタイミングの問題で、そのあたりはすべておれが引き受けるからと。

ニコルは自分の分の小切手をテーブルの上にそっと置いた。彼女は何日もまえから事情を知っていた。おれがすぐに説明したからだ。ニコルは娘たちとは別だ。だからなにも言わずに、食事の終わりにナプキンをテーブルに置くような感じで小切手を置いた。なにも言わないのは同じことを繰り返してもしょうがないからで、同時に娘たちの喜びを台無しにしたくないからだ。

　リュシーは小切手を見るとすぐ、なにやら深く考え込んでしまった。はっきりしない声で「ありがとう」とは言ったものの、その後のおれの熱の入った説明はずっと思案顔で聞いていた。おれの説明と並行して、心のなかで別の説を唱えてでもいるようだった。

　そのときおれは娘たちにこう言った。これでもうなにがあってもおまえたちの将来は安泰だ。これだけの金額があればアパルトマンも一軒、二軒、三軒くらい買えるし、心安らかに暮らすために必要なことはなんでもできる。これがパパからのプレゼントだと。

　おれはみんなに借りを返した。

　あの金を三分割した。

　借りを百倍にして返した。

　だから少しは感心してくれると思っていた。

　もちろん部分的にはそうなった。マチルドは大喜びしてくれたし、グレゴリーはいったいなぜ、どうやってと質問攻めにしてくれた。おれは語ったが、もちろん要点しか言わないように注意しなければならなかったし、おれが予想し、夢見ていた瞬間とはどうも様子が違うとも感じていた。

　その翌日、リュシーがやってきたわけだ。そして「パパはわたしのことほんとうにばかだと思ってたわけ？」と言った。そしてすぐに続けた。リュシーはいつもそんなふうで、自分で問題提起をして自分で答え、相手に猶予を与えない。というのも娘は小切手を見た瞬間からずっと考えつづけ、その結果こう理解したからだ。

「パパはわたしをいちばん汚いやり方で操った」

怒った口調ではなく、静かにそう言った。だから余計に恐ろしかった。

「ずっと隠してたのはこう思ったからでしょ。わたしはばか正直だから、パパにやましいところはないと思い込んでるほうがいい弁護ができるって」

それはそのとおりだ。おれが実際にしたことを話す機会は何度もあったが、話していたら娘の弁護はあれほど説得力のあるものにはならなかったと思っている。それにこっちにも言い分はある。もしそうしていたら、今頃娘は長期刑で刑務所にいる父親を抱えるはめになっていた。

それに、最後の最後の瞬間まで、あの金を守れるかどうかわからなかった。

そんな状況でまともに話すことなどできただろうか。もう金に困ることはないと期待させておいて、うまくいかなかったら足をすくうようなことになるのに?

おれはそういうことをリュシーに言おうとしたが、娘はおれに口を開かせなかった。

「パパはわたしが誠実でナイーブな人間に見えるようにしたかった。だからわたしたちの関係を演出して、世間の目に哀れな失業者とそれを弁護する献身的な娘と映るように仕組んだ。そしてわたしが陪審員のまえで声が出なくなって、最後の弁論ができなかったとき、パパが狙ってた最高の結果が得られたわけよね。おそらくあの瞬間があったからこそパパは自由の身になれたんだし。まさにあの特別な瞬間に行き着くために、パパは何か月ものあいだわたしに嘘をつき、ほかの人に信じ込ませたのと同じことをわたしにも信じ込ませた。わたしに弁護させたいと思ったのは、ばか正直ながんばり屋、誠実な不器用者を必要としていたから。パパは陪審の哀れみを誘いたかった。そのためにもわたしが間抜けなほうがよかった。間抜け役をあれほど完璧に演じられるのはわたししかいなかった。配役はもう用意されてたってわけでしょ？　最善の弁護のために、パパには間抜けが必要だった。あの裁判でパパがしたことは、最低」

リュシーはいつも大げさに言う。そういう気性で、いつもそうで、なんでも少し行きすぎなければすまないようにできている。

しかも原因と結果をごちゃまぜにする。弁護を頼んだのは戦略でもなんでもなかったとわかってもらいたい。それにおれは一度だって、リュシーが間抜けに見えないと裁判に勝てないなんて思わなかった。娘の弁護はほんとうにすばらしかったし、あれ以上の弁護人なんてどこを探しても見つからなかっただろう。ただある段階で、リュシーの少々不器用な面でさえ切り札になるのだと気づいたが、そのときはもう事実を打ち明けるには遅かった。おれにはそれ以上の意図はなかった。

ものごとは見る角度によってまったく違ってしまうものだ。

だからおれから見たらどうなのかを全部話さなければと思うのだが、娘はそのチャンスをくれなかった。ひと言も。言い争いになったのならむしろほっとできただろうし、侮辱だって受け入れただろう。だがあれでは……。

リュシーはおれを見た。

そして出ていった。

あの瞬間のことは思い出すだけでもつらい。おれは部屋のまんなかに突っ立ったまま、しばらく動けなかった。立ちすくんでいた。リュシーはドアを開けたまま出ていき、おれがようやく踊り場まで出たとき、エレベーターが下に着いた音が聞こえた。おれは疲れはて、がっくり肩を落としてアパルトマンに戻ろうとした。すると玄関マットの上に丸めた紙きれが落ちていて、拾って広げてみたらリュシーにやった小切手だった。

以来そのことが頭を離れず、考えるたびに胸がつぶれそうになる。

グレゴリーがしゃべりつづけている。おれたちはテーブルを囲んでいて、グレゴリーが職場の新ネタを披露していて、その話のヒーローは当然彼自身だ。マチルドはそんな夫をうっとり眺めている。なにしろマチルドにとっては偉人だから。それがおれをへこませる。だから適当に相槌を打ち、「ほう、違うのか?」とか「やったな!」とか言いながら、じつはなにも聞いていない。

リュシーから電話の一本もないままほぼ一年経った。

おれに残されたのは月に一度のグレゴリーとの会話だけ。

人生ってやつはずいぶんとおれに厳しくないか?

だからグレゴリーとの会話からこっそり抜け出して、シャルルのことを考える。

そしてニコルのことを。

一年前のおれたちの別れを思い出すと、とんでもなく寂しくなる。

シャルルが死んで、すべてが終わったあと、ニコルとおれはフランドル通りの陰鬱なアパルトマンで二日間だけ一緒に過ごした。夜はずっと手だけつないでベッドの上で仰向けになっていた。墓石の上の二体の横臥像みたいに。

そして三日目に、ニコルは出ていくと言った。愛しているとも言った。でも無理なんだと、もうどうにもならないんだと、ばねが壊れちゃったと言った。

そのときが、それこそが、おれの自我の大冒険のほんとうの終わりだった。おれが自分を理解するにはそのすべてが必要だったということなんだろう。

「アラン、わたしは生きなきゃならないし、それはあなたを通してじゃないのよ」とニコルは言った。

リュシーもニコルも、おれから離れるときに同じようなことをした。立ち去り際に、リュシーは丸めた小切手を踊り場に残し、ニコルはおれが無傷では抜け出せなくなるあの微笑みを残した。それはおれが彼女にこう言ったあとだった。

「なにもかも終わっておれたちは金持ちになったんだぞ！　もうなんの心配もない。これからは思う存分、きみが夢見ることを二人で実現できるじゃないか！」

そう言いながら、まだ自信をもってさえいた。

だがニコルはただ片手をおれの頰に当て、かわいそうにとでも思っているように首を少し振った。

現にこう言った。

「かわいそうな人……」

そして静かに出ていった。

だからリュシーのときも、ニコルのこの場面を思い出さずにはいられなかった。

よくはわからないが、いまやどんな豪邸でも住めるのにおれがまだフランドル通りにいるのは、もしかしたらそのせいかもしれない。

その後おれはこのアパルトマンを良くも悪くもない既成概念で、つまりイケアの家具で整えた。

正直なところ、悪くない。

ニコルはイヴリーのアパルトマンに落ち着いたが、なぜそんなところにしたのか理解しかねる。マチルドみたいに立派なアパルトマンを買えと説得したかったが、無理だった。その件を話題にすることさえできなかった。「そんなのいや」で終わりだ。しかもそのイヴリーのアパルトマンでさえ、おれの金で買わずに、自分で家賃を払っている。自分の給料で。

ニコルとはたまに食事をする。最初のときはパリの超一流レストランに連れていった。誘惑しようと思って、初めて仕立てたスーツでめかしこんでいったのだが、そういうことが彼女にとってどれほど不愉快かすぐにわかった。結局ニコルはほとんどなにもしゃべらず、おれと会話というものをせず、帰りもタクシーを断ってメトロで帰っていった。

しょっちゅう会うわけじゃない。おれはオペラに芝居にと何度も誘ったし、美術書とか、週末ドライブといったたぐいのものを贈ろうとした。ニコルの心を取り戻さなければと思っていたし、それには時間も知恵も必要だろうが、徐々に互いを再発見するだろうし、いまや人生が〝すばらしきもの〟になりうることを、彼女もいずれは理解するだろうと思っていた。だがそうはならなかった。一、二度付き合ってはくれたが、それ以後は断られた。電話も同様で、最初のころかなり頻繁に電話していたら、ある日、電話が多すぎると言われた。

「アラン、愛してる。だからあなたが元気だとわかるのはうれしいけど、それだけで十分なの。それ以上のことは要らないから」

最初、彼女がいないと時間が経つのがあまりにもゆっくりで閉口した。がらんとしたこのアパルトマンで仕立てのいいスーツを着ているおれは、ばかみたいだ。

おれは悲しい男になった。

陰鬱というほどじゃないが、おれが期待していた生きる喜びがない。ニコルがいないとすべてに意味がないからだ。

彼女なしではなにごとも意味をなさない。

先日、シャルルが言ってたことをまた一つ思い出した（あいつは格言めいたことが好きだったな……）。「誰かを殺したいなら、まずそいつがいちばん望むものをやれ。ほとんどの場合、それで事足りる」

シャルルがいないのが寂しくてたまらない。

おれは残っていた金のすべてを娘たち名義の口座に入れた。その後はほとんど放ってある。そこにあることはわかっている。おれが獲得したものはたしかにそこにある。そうわかっているだけで十分だ。

最初の数か月はやけに長かったが、独り暮らしなんてそんなものだ。

数週間前に仕事を再開した。

おれは若手起業家を支援する小さい団体で、ボランティアの〝シニアコンサルタント〟をしている。彼らの事業展開を分析したり、戦略立案を助けたりといった仕事だ。

じつは自分でもどうしようもないくらい、働きたくて仕方がない。

二〇〇九年八月、ヴェゼノブルにて

謝辞

まっさきに浮かぶのはパスカリーヌへの感謝の思いだ。その忍耐に、労を惜しまぬ原稿の再読に、またいつもそこにいてくれることに。

そしてもちろん、次の人々にも礼を述べたい。

サミュエルに感謝する。その数えきれない助言と援助（時に離れ業になる）は、この作品の貴重で頼れる友となった。ここではセンスが正確さに勝ることも深く理解してくれた。なにか間違いが残っているとすれば、言うまでもなくその責はわたしにある。

ジェラルドがくれた有益な指摘にも感謝する。いずれもまさにその箇所に必要なものだった。

ジョエル・ド・キャバーの医学的助言と対応の速さに感謝する。

エリック・プリュノーに感謝する。タイミングよく原稿を読んで意見をくれたことが励みになった。

カティー、わたしの心優しい後援者に感謝する。

ジェラール・ゲスの対応と熱意に感謝する。

そしてシャルル・ネメスに感謝する。彼は食事の席でこの作品のタイトルを提案してくれた（ワインを飲みすぎたというわけではなく）。

カルマン＝レヴィ社のチーム全員にも心から感謝している。

そして読者の皆さんは、アラン、ベルクソン、セリーヌ、デリダ、ルイ・ギユー、ホーソーン、カント、ノーマン・メイラー、ハビエル・マリアス、ミシェル・オンフレ、マルセル・プルースト、サルトル、スコット・フィッツジェラルド、その他の数人の作家たちからの引用に気づかれるのではないだろうか。

それらはすべて彼らへの賛辞ととっていただきたい。

■ピエール・ルメートル長編作品リスト

1 *Travail soigné*（2006）『悲しみのイレーヌ』（文春文庫）＊
2 *Robe de marié*（2009）『死のドレスを花婿に』（柏書房→文春文庫）
3 *Cadres noirs*（2010）**本書**
4 *Alex*（2011）『その女アレックス』（文春文庫）＊
5 *Sacrifices*（2012）『傷だらけのカミーユ』（文春文庫）＊
6 *Au revoir là-haut*（2013）『天国でまた会おう』（早川書房／ハヤカワ・ミステリ文庫）★
7 *Trois jours et une vie*（2016）未訳・文藝春秋近刊
8 *Couleurs de l'incendie*（2018）『炎の色（上下）』（早川書房／ハヤカワ・ミステリ文庫）★

＊ヴェルーヴェン警部三部作　★世界大戦三部作

解説

諸田玲子

本書『監禁面接』について、まずはひとこと。ひとすじ縄ではいかないと心すべし。なにしろ予測不能、驚天動地、全力疾走の、あのルメートルである。読みだしたら息つくまもなく、これでもかと強烈なパンチをあびてノックダウン、茫然自失させられるのはまちがいない。

私がルメートルと出会ったのは、大ヒット作『その女アレックス』だった。噂にたがわず、ページをめくる指が止まらないまま一気読みした。それまで名前も知らなかった著者の掌《てのひら》の上でころがされて、どれほど翻弄《ほんろう》され、驚愕させられたか。そもそも推理小説のどんでん返しは最後に予想外の犯人が明らかになってびっくり仰天するのが定番なのに、そんな悠長な展開はルメートルの辞書にはないらしい。早々と、しかも一度ならずくりだされるどんでん返しに加えて、奇策につぐ奇策の連続。なのに、とっぴとも思えるストーリーを違和感なく読みおおせてしまうのは、リアルすぎるほどリアルな描写と、十二分に練りあげられた完璧な構成、そして緻密な文章によるものだろう。

原作の順序はあべこべだが、このあと同じカミーユ警部を主人公にした『悲しみのイレーヌ』を読み、『傷だらけのカミーユ』も読了した。気弱な私は、正直なところ、リアルで緻密な――だからこそ生々しすぎる――残虐シーンに打ちのめされ、救いのない悲惨さに――それが現実だと理解しつつも――胸苦しさをおぼえた。後味の良い大団円なんてクソくらえと、ルメートルは辛らつに、世の善人ぶった読者諸氏を嘲笑《あざわら》おうとしたのかもしれない。


さて本書――。

くだんの三部作の衝撃が大きかったので、本を手にしても私はしばらく及び腰だった。が、何度もいうけれど「あの」ルメートルである。となれば怖いもの見たさもあって、読まずにはいられない。ところが案に相違して、本書に残虐な殺戮《さつりく》シーンは皆無だった。無慈悲な殺人鬼も登場しない。ひとまずは安堵。

だからといって、本書をありふれたミステリーと思うのは早計だ。もしかしたら三部作以上に恐ろしいのでは……と、本を閉じて戦慄した。なぜなら、本書の主人公アラン・デランブルは、私であっても貴方であってもおかしくないからだ。彼をとりまく背景も、決して特別な世界ではなく、私たちがおかれている現代社会そのものである。

アランは五十七歳。安定した仕事を失って四年、職探しに奔走して物流会社のアルバイトにありついたものの、トラブルを起こしてそれすら失いかねない。訴訟沙汰にもなっていて、人生最大の窮地におちいっている。共稼ぎの妻と独立した娘たちという愛する家族のためにも、金が要る、仕事が欲しい、プライドも保ちたい。そんな彼が、某コンサルティング会社が企画した大手企業の人材採用試験の最終候補に残ったことから、予想外の事態に巻きこまれてゆく。実は、最終試験は、武装グループに重役会議を襲撃させて、重役たちの反応から的確な人物評価を導くという奇想天外なもの。悩みぬいた末、アランは涙ぐましい準備をかさね、偽物の武装グループをあやつって芝居を粛々《しゆくしゆく》と遂行すべく試験にのぞもうとするのだが……。

本書はアランが一人称で語る「そのまえ」、語り手を試験の企画・進行を担う警備保障会社の社長ダヴィッド・フォンタナにバトンタッチして事件の推移を語らせる「そのとき」、そして再びアランが語る「そのあと」の三部で構成されている。未読の読者のためにこれ以上は書けないが、よくもまあ次から次へ思いもよらない出来事が起こるものだと目をみはる。あれよあれよというまに状況が二転三転して、一体どこへ向かっているのか、まったく結末が読めない。

窮鼠《きゆうそ》猫を嚙むというけれど、「以前、おれは自分のことをよくわかっていた。だから自分の振る舞いに驚いたことなどなかった」というアランが一変、「このところおれは自分に驚きっぱなしだ」と述懐する。人間だって追いつめられればなにをするかわからない。めまぐるしい展開に、事態はますます混とんとしてゆく。

ふと、映画「チャップリンの殺人狂時代」を思い出した。長年まじめに働いてきた男が失業をきっかけに殺人狂と化してゆく話だが、金欲しさもむろんあるにせよ、彼が殺人にかりたてられたのは弱者を非情に切り捨てる社会への激しい怒り、世間への恨みだった。アランもそうだ。金を得ようと命を賭《と》して闘うものの、それは自分のためというより家族のためで、アラン自身の原動力となっているのは「怒り」である。本書にも「ここにいるのは金のためではない。復讐のためだ。これは象徴的な復讐であり、その背景には恨みと苦渋がある」と、フォンタナの語りを通してはっきりと書かれている。

おいおい、そっちへゆくのかよ。ねえ、それってまずいんじゃないの。いつしか常軌を逸し、自ら底なし沼に足を踏み入れてのたうちまわるアランに呆れ、ときに罵倒をあびせながらも、つい「負けるな、がんばれ」と応援したくなるのは、アランの死に物狂いのサバイバル・ゲームが私たちの日常とあいまって、切実な共感を呼び起こすからだろう。

今、世界は危機的状況にある。本書でも描かれているように、手段をえらばず暴利をむさぼる大企業がある一方で、人格さえ認められずに首を切られる失業者や低賃金にあえぐ非正規雇用者が数多いる。しかもコロナ禍で、失業者は増加の一途をたどっている。格差や差別がこれ以上蔓延すれば、社会への恨みがところかまわず爆発するにちがいない。第二第三のアランが生まれる土壌は、日々、醸成されているのだ。本書はまさに時流の正鵠《せいこく》を射ている。フランスで発売されたのは二〇一〇年だそうだが、今こそ必読の書といえるのではないか。

フランスといえば、本書には英国や米国、北欧ミステリーとはちがう香りがある。言葉にするのはむずかしいけれど、洒脱でシニカルな大人の遊び心とでもいおうか。愚かしくも右往左往するアランや、一緒になって手に汗にぎる読者を、ルメートルは諧謔《かいぎゃく》にみちたまなざしで見つめているような気がする。虫けらのごときホームレスのくせにときおり格言を口にする心憎い脇役シャルルのように、どこか超然とした雰囲気をただよわせながら。

ところで、アランの運命やいかに？　サバイバル・ゲームはどうなったのか。

「ものごとは見る角度によってまったく違ってしまうものだ」とはアランの言葉だが、自分がなにをしでかすか予測できず、泣き怒り怯え、心休まるまもなく闇雲に闘ってきた彼がそんなにまでして手に入れたものは、いったいなんだったのだろう。

最愛の妻ニコルは、「かわいそうな人」とだけいって去ってゆく。

アランの望みはただひとつ、仕事を得ることだった。ニコルや娘たちのために。

「おれをレースに復帰させてくれ、社会に戻してくれ、人間に戻してくれ。生きた人間に。そしてあの仕事をくれ！」

アランは叫ぶ。最初から最後まで一貫して「仕事が欲しい」と。

人は衣食住のため、より良い生活をするため、金銭を得るために働く。でも、それだけではない。働くとは、生きることでもある。だれかに必要とされること、社会に自身の居場所を見つけること——それこそが生きることで、つまりは労働の本質なのだ。

仕事を奪うな。失業者を増やすな。だれもが働ける社会をつくれ。

アランの怒りを通して、ルメートルの声が聞こえてくる。

怒濤のサスペンス巨編は、私たちに生きる意味を問いかける真摯《しんし》な一冊でもあった。

（作家）

単行本　二〇一八年八月　文藝春秋刊

文春文庫

監《かん》禁《きん》面《めん》接《せつ》

定価はカバーに
表示してあります

2021年1月10日　第1刷

著　者　ピエール・ルメートル
訳　者　橘《たちばな》　明《あけ》美《み》
発行者　花田朋子
発行所　株式会社　文藝春秋

東京都千代田区紀尾井町 3-23　〒102-8008
TEL　03・3265・1211㈹
文藝春秋ホームページ　http://www.bunshun.co.jp

落丁、乱丁本は、お手数ですが小社製作部宛お送り下さい。送料小社負担でお取替致します。

印刷製本・大日本印刷

Printed in Japan
ISBN978-4-16-791636-7

（　）内は解説者。品切の節はご容赦下さい。

ジャック・カーリイ（三角和代　訳）
百番目の男
連続斬首殺人鬼は、なぜ死体に謎の文章を書きつけるのか？　若き刑事カーソンは重い過去の秘密を抱えつつ、犯人を追う。スピーディな物語の末の驚愕の真相とは。映画化決定の話題作。

カ-10-1

ジャック・カーリイ（三角和代　訳）
デス・コレクターズ
三十年前に連続殺人鬼が遺した絵画が連続殺人を引き起こす！　異常犯罪専従の捜査員カーソンが複雑怪奇な事件を追う。驚愕の動機と意外な犯人。衝撃のシリーズ第二弾。（福井健太）
カ-10-2

ジャック・カーリイ（三角和代　訳）
ブラッド・ブラザー
刑事カーソンの兄は知的で魅力的な殺人鬼。彼が脱走、次々に殺人が。兄の目的は何か。衝撃の真相と緻密な伏線。ディーヴァーに比肩するスリルと驚愕の好評シリーズ第四作！（川出正樹）
カ-10-4

ジャック・カーリイ（三角和代　訳）
キリング・ゲーム
手口も被害者の素性もバラバラな連続殺人をつなぐものとは？　ルーマニアで心理実験の実験台になった殺人犯の心の闇に大胆な罠を仕込む超絶技巧。シリーズ屈指の驚愕ミステリー。

カ-10-7

スティーヴン・キング（深町眞理子　訳）
ペット・セマタリー（上下）
競争社会を逃れてメイン州の田舎に越してきた医師一家を襲う怪異。モダン・ホラーの第一人者が〝死者のよみがえり〟のテーマに真っ向から挑んだ、恐ろしくも哀切な家族愛の物語。

キ-2-4

アガサ・クリスティー　他（中村妙子　他訳）
厭な物語
アガサ・クリスティーやパトリシア・ハイスミスの衝撃作からロシア現代文学の鬼才による狂気の短編まで、後味の悪さにこだわって選び抜いた〝厭な小説〟名作短編集。（千街晶之）
ク-17-1

ハンナ・ジェイミスン（高山真由美　訳）
ガール・セヴン
家族を惨殺され、一人ロンドンの暗黒街で生きる21歳の娘、石田清美。愛する人のいる日本へ帰るべく大博打に出た彼女は犯罪の渦中へ。25歳の新鋭が若い女性の矜持を描くノワール。

シ-23-1

悪魔の涙
ジェフリー・ディーヴァー（土屋　晃　訳）
世紀末の大晦日、ワシントンの地下鉄駅で無差別の乱射事件が発生。手掛かりは市長宛に出された二千万ドルの脅迫状だけ。捜査本部は筆跡鑑定の第一人者キンケイドの出動を要請する。
テ-11-1

青い虚空
ジェフリー・ディーヴァー（土屋　晃　訳）
護身術のホームページで有名な女性が惨殺された。やがて捜査線上に〝フェイト〟というハッカーの名が浮上。電脳犯罪担当刑事と元ハッカーのコンビがサイバースペースに容疑者を追う。
テ-11-2

神は銃弾
ボストン・テラン（田口俊樹　訳）
娘を誘拐し、元妻を惨殺したカルトを追え。元信者の女を相棒に、男は血みどろの追跡を開始。CWA新人賞、日本冒険小説大賞受賞、'01年度ベスト・ミステリーとなった三冠達成の名作。
テ-12-1

音もなく少女は
ボストン・テラン（田口俊樹　訳）
荒んだ街に全てを奪われ、耳の聞こえぬ少女は銃をとった。運命を切り拓くために。二〇一〇年「このミステリーがすごい！」第二位、読む者の心を揺さぶる静かで熱い傑作。（北上次郎）
テ-12-4

その犬の歩むところ
ボストン・テラン（田口俊樹　訳）
その犬の名はギヴ。傷だらけで発見されたその犬の過去に何があったのか。この世界の悲しみに立ち向かった人々のそばに寄り添った気高い犬の姿を万感の思いをこめて描く感動の物語。
テ-12-5

ひとり旅立つ少年よ
ボストン・テラン（田口俊樹　訳）
詐欺師だった父が殺された。父が奴隷解放運動の資金にと巻き上げた金を約束通り届けるため、少年は南部までの長い旅に出る。弱い者の強さを描き続ける名匠の感動作。（杉江松恋）
テ-12-6

WORLD WAR Z（上下）
マックス・ブルックス（浜野アキオ　訳）
中国奥地で発生した謎の疫病。感染は世界中に広がり、人類とゾンビとの全面戦争が勃発する。未曾有の災厄を描くパニック・スリラー。ブラッド・ピット主演映画原作。（風間賢二）
フ-32-1

（　）内は解説者。品切の節はご容赦下さい。

テリー・ホワイト（小菅正夫　訳）
真夜中の相棒
美青年の殺し屋ジョニーと、彼を守る相棒マック。傷を抱えて裏社会でひっそり生きる二人を復讐に燃える刑事が追う。男たちの絆を詩情ゆたかに描く暗黒小説の傑作。（池上冬樹）
ホ-1-7

ロジャー・ホッブズ（田口俊樹　訳）
ゴーストマン　時限紙幣
爆薬の仕掛けられた現金一二〇万ドルを奪還せよ。犯罪の始末屋ゴーストマンの孤独な戦いがはじまる。クールな文体で描く二十一世紀最高の犯罪小説。このミス三位。（杉江松恋）
ホ-10-1

ピエール・ルメートル（橘　明美　訳）
その女アレックス
監禁され、死を目前にした女アレックス――彼女が秘める壮絶な計画とは？　「このミス」1位ほか全ミステリランキングを制覇した究極のサスペンス。あなたの予測はすべて裏切られる。
ル-6-1

ピエール・ルメートル（吉田恒雄　訳）
死のドレスを花婿に
狂気に駆られて逃亡するソフィー。かつて幸福だった聡明な女は、なぜ全てを失ったのか。悪夢の果てに明らかになる戦慄の悪意！『その女アレックス』の原点たる傑作。（千街晶之）
ル-6-2

ピエール・ルメートル（橘　明美　訳）
悲しみのイレーヌ
凄惨な連続殺人の捜査を開始したヴェルーヴェン警部は、やがて恐るべき共通点に気づく――『その女アレックス』の刑事たちを巻き込む最悪の犯罪計画とは。鬼才のデビュー作。（杉江松恋）
ル-6-3

ピエール・ルメートル（橘　明美　訳）
傷だらけのカミーユ
カミーユ警部の恋人が強盗に襲われ、重傷を負った。執拗に彼女の命を狙う強盗をカミーユは単身追う。『悲しみのイレーヌ』『その女アレックス』に続く三部作完結編。（池上冬樹）
ル-6-4

ピエール・ルメートル（橘　明美　訳）
わが母なるロージー
『その女アレックス』のカミーユ警部、ただ一度の復活。パリで爆発事件が発生。名乗り出た犯人はまだ爆弾が仕掛けてあるという。真の動機が明らかになるラスト1ページ！（吉野　仁）
ル-6-5

（　）内は解説者。品切の節はご容赦下さい。

鹿島 茂
「レ・ミゼラブル」百六景
一九世紀の美麗な木版画二三〇葉を一〇六のシーンに分けて、骨太なストーリーラインと微に入り細を穿った解説で、古典名作の全貌をあざやかに甦らす。関連地図付き。
か-15-7

ロバート・ジェームズ・ウォラー（村松 潔 訳）
マディソン郡の橋
アイオワの小さな村を訪れ、橋を撮っていた写真家と、ふとしたことで知り合った村の人妻。束の間の恋が、別離ののちも二人の人生を支配する。静かな感動の輪が広がり、ベストセラーに。
ウ-9-1

P・G・ウッドハウス（岩永正勝・小山太一 編訳）
ジーヴズの事件簿
才智縦横の巻
二十世紀初頭のロンドン。気はよくも少しおつむのゆるい金持ち青年バーティに、嫌みなほど有能な黒髪の執事がいた。どんな難題もそつなく解決する彼の名は、ジーヴズ。傑作短編集。
ウ-22-1

P・G・ウッドハウス（岩永正勝・小山太一 編訳）
ジーヴズの事件簿
大胆不敵の巻
ちょっぴり腹黒な有能執事ジーヴズの活躍するユーモア小説傑作集第二弾。村の牧師の長説教レースから親友の実らぬ恋の相談まで、ご主人バーティが抱えるトラブルを見事に解決！
ウ-22-2

P・G・ウッドハウス（岩永正勝・小山太一 編訳）
ドローンズ・クラブの英傑伝
無敵の従僕ジーヴズのご主人も会員で、イギリスのお気楽な紳士が集うドローンズ・クラブで日々メンバーが引き起こす騒動はいかに収まるか？　世界一のユーモア作家の傑作選。
ウ-22-3

P・G・ウッドハウス（岩永正勝・小山太一 編訳）
エムズワース卿の受難録
綿菓子のような頭脳のエムズワース伯爵の領地に、本日も凶悪な騒動が勃発。不肖の息子・超頑固な庭師・妹たちとその娘達に、老いた卿には心の休まる暇がない！　ユーモア小説短編集！
ウ-22-4